insel taschenbuch 4955
Marina McCarron
Die Zeit zwischen uns

Marina McCarron

Die Zeit zwischen uns

ROMAN

Aus dem Englischen von Katharina Förs

INSEL VERLAG

Die Originalausgabe erschien 2021 unter dem Titel *The Time between us*
bei Aria, einem Imprint von Head of Zeus Ltd.

Klimaneutral
Druckprodukt
ClimatePartner.com/14438-2110-1001

Erste Auflage 2023
insel taschenbuch 4955
Deutsche Erstausgabe

Umschlaggestaltung: zero-media.net, München
Umschlagabbildungen: FinePic®, München
Satz: Satz-Offizin Hümmer GmbH, Waldbüttelbrunn
Druck: C.H. Beck, Nördlingen
Printed in Germany
ISBN 978-3-458-68255-4

www.insel-verlag.de

Die Zeit zwischen uns

Für A. C.
Vive la différence.

Teil eins

Prolog

Omaha Beach, Normandie, 6. Juni 1944

Kugeln singen. Das hat er bisher nicht gewusst. Wenn er genau hinhört, kann er jede einzelne wahrnehmen. Nur eine Sekunde lang fragt er sich, ob eine davon für ihn singen wird. Um ihn her fallen die Granaten; die markerschütternden Trommeln in dieser brutalen Oper. Wo sie auf den Strand treffen, explodiert die Erde. Sand wird emporgeschleudert, klebt an seinem Körper, brennt in seinen Augen. Er reibt ihn ab und geht weiter, dankbar, nicht mehr im eiskalten Wasser zu sein und sich bewegen zu können.

Sobald er konnte, war er über die Reling des Landungsboots gesprungen. Besser, seine Chance zu nutzen und sich tapfer dem Kanal zu stellen, als zusammengekauert auf dem Boot zu sitzen. Der Kapitän gab den Befehl. Keine Zeit, zu zögern und den Wahnsinn in Frage zu stellen, in eine Wand aus Kugeln hineinzulaufen. Also sprang er, das Gewehr über dem Kopf, damit es nicht nass wurde, und stieß sich dabei die Hüfte. Es tat höllisch weh, bis die Eiseskälte des Wassers seinen Körper gefühllos machte. Sehr kalt für Juni. Im Meer sammelte sich das Blut der Soldaten, die vorangegangen waren, rote Seen in den Wellen, die ihn nach vorn trieben. Aber darüber konnte er jetzt nicht nachdenken. Vorne, auf dem Hügel über dem Strand, lag gut geschützt der Feind, versteckt hinter Betonbunkern, die gewaltigen Waffen direkt auf sie gerichtet. Er schiebt sich vorwärts.

Zwei Jahre Ausbildung haben ihn hierauf nicht vorbereitet. Der Lärm. Der metallische Geruch von Blut; wie die Eimer voller Nägel in der Werkstatt seines Großvaters. Er senkt den Kopf und geht weiter. Wie weit ist es über den Strand? Wird er es schaffen? Er denkt an den Strand zuhause, den er am Morgen vor seiner Abfahrt entlanggerannt ist. Die Sonne ging gerade auf. Er weiß noch, wie er in den frühen Morgen hinaustrat und darauf achtete, dass die Tür mit dem Fliegengitter nicht zuschlug und seine Eltern und den kleinen Bruder weckte. Wer war noch da gewesen an jenem Wochenende, um ihn zu verabschieden? Seine Tante und sein Onkel. Die Nachbarn schauten kurz herein. Ihr Junge war als einer der Ersten losgezogen. Ihr Land war angegriffen worden. Sie wussten, was sie zu tun hatten. Und doch war es eine schreckliche Geschichte.

Und noch ein Schritt. Ein höllisches Getöse, der Boden erzittert, es fühlt sich an wie ein Erdbeben. Vor ihm wird ein Mann von Flammen verschlungen. Eine menschliche Fackel, so nah, dass er ihn berühren könnte. Er spürt die Hitze auf seiner eigenen Haut, als er den brennenden Mann packt und ins Wasser zerrt; seinen Helm benutzt er, um die Flammen zu ersticken, die den Kopf des Soldaten umschließen wie eine glühende Krone. Er wendet den Blick ab, schließt für einen Moment die Augen. Der Geruch. Wie beim Grillen. Ein raucherfüllter Oktoberabend. Und noch etwas, das er noch nie zuvor gerochen hat. Ihm dreht sich der Magen um.

»Alles in Ordnung, alles in Ordnung«, ruft er, obwohl

ihm bewusst ist, dass das nicht stimmt. Was sollte er auch sonst sagen? Wahrscheinlich hört der Mann es nicht einmal. Die Artillerie wütet um ihn her. Er muss es über den Strand schaffen. Rückwärts gehend, schiebt er den verbrannten Mann zur nächstgelegenen Panzersperre, dessen metallische Struktur ihre einzige Deckung ist. Es erinnert ihn an ein Spiel, das er als Kind gespielt hatte. Warum bloß muss er jetzt daran denken? Er lässt den verbrannten Mann im Sand liegen und wendet sich wieder seiner Aufgabe zu. Sie müssen die Klippen hinaufklettern. Sand und Wellen zerren an seinen Beinen, und er fällt rückwärts ins Wasser. Landet auf dem Gesäß. Das wird man ihm später unter die Nase reiben. Er kann schon fast hören, wie Hank behauptet, er hätte sich im Dienst hingesetzt.

Hank. Wo ist er? Er kann nicht viel sehen, denn der aufstiebende Sand fliegt ihm in die Augen.

Als er aufsteht, ist er sich der Tatsache bewusst, dass er nun ein größeres Ziel bietet. Er zurrt seinen Helm fest. »Ich möchte leben«, flüstert er wie ein kleines Gebet. Er hat viel, wofür es sich zu leben lohnt. Eine Familie. Ein Mädchen. Aber er will nicht an sie denken. Er will sie nicht zu sich in diesen Albtraum holen. Sie hat es nicht verdient. Seine Stiefel kommen ihm jetzt schwer vor; vielleicht sind sie voller Wasser. Er ist sich nicht sicher. Es dauert einen Moment, bis er sich orientiert hat. Er fühlt sich benommen und muss sich konzentrieren, um seine Beine zum Gehen zu bewegen. Ein Schritt. Zwei. Er glaubt mitten im Konzert der pfeifenden Kugeln zu hören, wie sein Name gerufen wird. Er macht einen weiteren Schritt.

»Sanitäter! Sanitäter!«, hört er. Er kennt diese Stimme

und blickt sich um, um herauszufinden, wo die Rufe herkommen. Etwas Warmes und Nasses spritzt auf sein Gesicht. Blut. Sein eigenes? Keine Zeit, sich darum zu kümmern. Noch ein Schritt. Etwas liegt im Weg. Er stolpert, blickt nach unten. Ein Bein. Ohne Körper. Das Fleisch vollkommen zerrissen. Er weiß, was es ist, kann das Blut riechen, die Knochen sehen, aber es könnte genauso gut ein Autoreifen oder ein Geburtstagskuchen sein, so wenig nimmt er es wahr. Jetzt tritt er auf Fleisch. Er kann nicht darüber nachdenken, er muss vorwärtsgehen. Sie müssen den Strand freimachen, so lautet der Befehl. Das ist es, was sie tun müssen. Noch ein paar Schritte, dann ist er in Sicherheit. Dann hat er es geschafft. Aber die Klippe liegt nun schemenhaft in der Ferne. Es kommt ihm vor, als würde sie sich immer weiter entfernen, wie eine Fata Morgana.

Der Lärm ist unerträglich. Die Granaten schlagen ein, und die Erschütterung lässt seinen Körper vibrieren, bringt ihn kurzzeitig aus dem Gleichgewicht. Er kämpft sich vorwärts. Vor sich sieht er Hank. Sie sind seit der Grundausbildung zusammen, und er hätte seine gebeugten Schultern überall erkannt, seine seltsame Art zu gehen, so weit vorgebeugt, dass man glaubt, er würde gleich stürzen.

Der Geruch des Wassers füllt seine Nase, seine Lungen. Es erinnert ihn an die Meeresgischt in Cape Cod. Wenn sie überleben, wird er Hank mit nach Cape Cod nehmen. Sie wohnen nur ein paar Stunden voneinander entfernt, wären sich aber ohne diesen Krieg nie begegnet. Jetzt sind sie Freunde. Sie werden segeln gehen und Austern essen. Hummer. Er wird Hank alles bieten.

Der Meeresgeruch ist jetzt stärker. Er lässt ihn an Perlen

denken. An Spaziergänge am Strand. An sein Mädchen. Das Leben, das sie zusammen geplant hatten. Er spürt, wie es ihm entgleitet.

Der Lärm ist nicht mehr so laut. Er beginnt zu frieren. Wer hätte geahnt, dass es in Frankreich im Juni so kalt ist? Wie weit ist die Sandbank noch entfernt? Er könnte sich dort einen Moment ausruhen und auf Befehle warten. Er rutscht aus, blickt aber nicht nach unten. Er will nicht wissen, auf was er dieses Mal getreten ist. Er rutscht nochmal aus und fällt zu Boden. Komisch, aber er kommt nicht auf die Beine. Er umfasst seine Waffe fester, zieht sie an die Brust. Er wird gezogen. Hört, wie immer wieder sein Name gesagt wird. Er kennt die Stimme. Er muss aufstehen. Aber irgendwie kann er sich nicht rühren. Jemand setzt ihm seinen Helm wieder auf. Er hat nicht gemerkt, dass er heruntergefallen war.

»Alles in Ordnung, Kumpel, alles in Ordnung.« Es ist Hank.

»Ich bin getroffen worden«, sagt er zu Hank. Er ist fast überrascht. Aus irgendeinem Grund hatte er geglaubt, er könnte es schaffen. Aber er weiß, dass es nicht so sein wird. Die Gedanken an zuhause werden stärker. Er riecht Speck, Eier, Zimt und den leichten Meeresgeruch, der immer in der Luft lag. Er hört seinen Vater beim Zeitunglesen pfeifen, seine Mutter in der Küche herumwirtschaften. Den Aufprall eines Balles auf einem Handschuh – jahrelang hatte er Baseball mit seinem kleinen Bruder gespielt, dem jegliches Ballgefühl fehlte. Er hatte ihn deswegen aufgezogen. Das tat ihm jetzt leid.

Der Schmerz, den er bisher nicht gefühlt hat, schießt in

ihn, er schnappt nach Luft. Er versucht die Hand an seinen Brustkorb zu bringen, aber die einfache Bewegung ist ihm unmöglich. Er wird sie nicht wiedersehen. Wird die Süße ihrer Küsse nie mehr schmecken. Wird sie nie mehr in den Armen halten. Er spürt Tränen aufsteigen und macht sich nicht die Mühe, sie zurückzuhalten. Könnte das wohl gar nicht, selbst wenn er es versuchte. Er weiß, dass er es aus dem Wasser geschafft hat, aber trotzdem fühlt es sich an, als würde er ertrinken.

Er spürt Arme, die sich um ihn legen.

»Alles in Ordnung«, sagt Hank erneut. Aber er sieht die Panik in den Augen des Freundes. Über ihm ruft jemand nach einem Sanitäter. Oder vielleicht ruft Hank. Aber er soll damit aufhören. Hank muss aufhören zu schreien, denn bevor er stirbt, will er ihm noch etwas sagen.

»Hank«, sagt er, bemüht, sich in dem Chaos Gehör zu verschaffen. Was er zu sagen hat, ist wichtig. Er streckt den Arm nach Hank aus, ergreift ihn, und sein Freund blickt zu ihm herunter, zwingt sich zu einem Lächeln.

Gott, es tut jetzt so weh – nicht die Wunde, sondern der Gedanke an alles, was er verloren hat. Hank nimmt seine Hand, hält sie ganz fest, als wollte er ihn zwingen zu bleiben. Ihn aus der Leere zurückholen. Aber er hat etwas im Hals. Blut, denkt er. Wenn er spricht, scheinen die Worte aus einem sprudelnden Brunnen zu kommen.

»Weißt du, mein Mädchen, über das wir gesprochen haben ... wirst du dich um sie kümmern?« Seine gurgelnden Laute klingen verzweifelt, qualvoll.

»Du kommst schon wieder in Ordnung«, sagt Hank, doch seine Augen sprechen eine andere Sprache. Der Druck seiner eigenen Hand wird jetzt schwächer, die Hände sind zu kalt zum Festhalten, aber er spürt Hanks Griff, sicher, zuverlässig, stark.

»Hank«, sagt er und versucht seine Hände zu bewegen. Hände, die jahrelang Klavierunterricht genommen haben. Hände, die Zeichenstifte hielten, Häuser und Gebäude skizzierten, ihr Gesicht streichelten. Hände, von denen er geglaubt hatte, sie würden Kinder halten. Jetzt folgen sie seinem Willen nicht mehr.

»Natürlich werde ich das. Natürlich, ich verspreche es dir.« Hanks wilder Blick passt nicht zu seinen bestimmten Worten.

Nun fühlt er sich besser. Hank wird für sie sorgen. Er sieht sie jetzt vor sich, wie sie an jenem Abend in Paris aussah, in diesem einfachen cremefarbenen Kleid, voller Energie, Schönheit und Liebe. Er hofft, dass sie spüren kann, wie sehr er sie liebt.

»Du musst segeln gehen in Cape Cod, wie wir es besprochen haben«, sagt er. Dann schließt er die Augen und nimmt den Atemzug, von dem er weiß, dass es der letzte ist. Er hätte gern gelebt, denkt er nochmal. Es gab so vieles, was er tun wollte. So vieles, für das es sich zu leben lohnte.

»Geh auch mit ihr zum Segeln.« Hank hält seine Hand noch fester.

Jetzt ist es still, der Artilleriebeschuss, das Geschützfeuer, das Geräusch von zerreißenden Körpern. Die Schreie der Männer. Eine der Kugeln hat eben doch für ihn gesungen.

1

Esperance, Frankreich. Frühling 1937

Auf dem Weg zur Bäckerei spürt Elise die Sonne auf dem Rücken. Sie hört den Wind in den Blättern der Bäume. Platanen, Pappeln. In der Ferne Monsieur Gravels Windspiel, das leise Klirren, das sie immer an Feen denken lässt. Es ist ein schöner Frühlingstag, ein perfekter Tag, und sie wird heute sechzehn und geht zur Bäckerei, um einen Kuchen zu kaufen. Sie hat seit drei Jahren keinen Kuchen mehr gegessen, seit Papa gestorben ist. Obwohl sie wusste, dass ihre Maman keinen Kuchen backen würde, hat sie am Vorabend noch gehofft, heute einen auf dem Tisch zu entdecken, auf der Kuchenplatte, geschützt von der Glasglocke, durch die die roten Kirschen aussehen wie Muster im Glas. Daneben ein Geschenk, oder mehrere, je nachdem, in welcher Stimmung Maman wäre. Dass Papa ihr ein Ständchen bringen würde, während er vor der Arbeit seinen *café* trank. Als er noch lebte, war es schön gewesen, Geburtstag zu haben. Alles war damals besser gewesen. Nicht perfekt, aber besser. Jetzt lagen die Dinge anders. Papa war nicht mehr da. Ihr Bruder Philippe studierte in Paris –, und er hatte sich seit Papas Tod vollkommen verändert. Er war ein Fremder geworden, verloren in einer Welt von Alkohol und Zigaretten. Jetzt gab es nur noch Maman und sie. Sie versucht nicht daran zu denken. Sie blickt wieder zu den Blättern hoch und konzentriert sich auf das Geräusch des Feengeklingels.

Es ist nicht weit zur Bäckerei, also verlangsamt sie ihren Schritt; es besteht kein Grund zur Eile, und es ist schön, allein unterwegs zu sein, weg von zuhause. Unterwegs in den von Häusern gesäumten Straßen, durch die Hauptstraße mit all den Läden. Zu bald schon steht sie vor dem kleinen Steingebäude gegenüber dem Park, in dem sich die Dorfbäckerei befindet. Sie bleibt einen Augenblick stehen und atmet den Duft frisch gebackenen Brotes tief ein. Er ist so dicht und deutlich, dass sie meint, sie bräuchte nur die Hand ausstrecken und Butter auf die Luft um sie herum zu schmieren. Bei dem Gedanken muss sie lächeln, während sie die drei abgetretenen Stufen zum Eingang hinaufgeht. Ein Klingeln ertönt, als sie die hölzerne Tür öffnet. Hinter dem Tresen sitzt Monsieur Allard. Bei ihrem Anblick weicht sein gewöhnlich starrer Gesichtsausdruck, mit dem er konzentriert und ungeduldig drei Dinge auf einmal erledigt, einem breiten Lächeln. Er freut sich immer, Elise zu sehen, und das beruht auf Gegenseitigkeit.

»*Ma belle*«, sagt er und reckt ihr zur Begrüßung die Arme entgegen, obwohl der hölzerne Tresen sie trennt. Als er dagegenstößt, lachen sie beide. Elise hegt den leisen Verdacht, dass er solche Sachen nur anstellt, um sie zum Kichern zu bringen. Im Dorf gilt er als ein wenig mürrisch, doch Elise weiß, dass das nicht stimmt, es ist einfach seine Art. Jetzt lacht sie, damit er sich freut.

Er zieht ein Gesicht, als überraschte es ihn, dass der Tresen zwischen ihnen ist. Schnell geht er herum und kommt auf sie zu. Trotz seines Umfangs und seines seit irgendeiner Kinderkrankheit verdrehten Fußes bewegt er sich voller Anmut.

»*Bonne fête, chérie!*«, sagt er und zieht sie an sich. Sie spürt die dicke Baumwolle seiner Schürze und seine Wärme, weil er am Ofen gearbeitet hat. Er riecht nach frischem Brot und Zucker und Zimt. Diese Düfte trösten sie ebenso wie seine Umarmung, und sie hat das Gefühl, von einem riesigen, frisch gebackenen Zimtbrötchen umfangen zu werden.

Elise kann kaum glauben, dass er daran gedacht hat. Es rührt sie fast zu Tränen. Statt zu weinen, erwidert sie seine Umarmung ganz fest. Er ist so beleibt, dass sie ihn nur halb mit den Armen umschlingen kann, und letztendlich drückt sie hauptsächlich seine Flanken. Das bringt sie erneut zum Lachen.

Einen Arm um sie gelegt, führt er sie hinter den Tresen und die schmale Treppe zu der kleinen Wohnung über dem Laden hinauf, in der er mit seiner Familie wohnt. Die Tür öffnet sich und sie erblickt Marianne, Monsieur Allards Frau. Sie sagt etwas, das Elise nicht versteht, und lacht dann, ein schnelles, klares Lachen.

»So gratuliert man auf Deutsch zum Geburtstag.« Marianne ist aus München, und als sie ins Dorf zog, war das ein großes Gesprächsthema. Neuzugezogene waren immer ein beliebtes Klatschobjekt. Derzeit sind Deutschland und sein kleiner Führer in aller Munde. Elise schenkt dem kaum Aufmerksamkeit. Er ist ein hässlicher Mann und sie hat kein Interesse an ihm. Und überhaupt, was hat Deutschland schon mit Frankreich zu tun?

»*Merci*«, sagt sie. »*Danke,* richtig?«

Michel, Mariannes Sohn, sitzt auf ihrer Hüfte. Als Marianne die Kerzen anzündet, starrt er zunächst fasziniert auf die flammende Spitze des Streichholzes, bis er Elise entdeckt und die Ärmchen nach ihr ausstreckt. Sie nimmt ihn auf den Arm. Mariannes Gesicht zeigt Erleichterung. Sie sieht müde aus, denkt Elise. Vielleicht kann sie es einrichten, öfter zum Babysitten zu kommen, damit Marianne sich ausruhen kann. Monsieur Allard legt ihr die Hände auf die Schultern, um sie zum Hinsetzen zu bewegen. Elise lacht, und Michel auch. So ein fröhliches Baby. Sie nimmt seine Händchen und drückt schmatzende Küsse darauf, was ihn noch mehr zum Lachen bringt.

»Achtung, Achtung«, sagt Monsieur Allard. Elise blickt zu ihm hoch, während Marianne eine Tasse Kaffee vor sie hinstellt. Der leichte Wind von draußen spielt mit dem weißen Musselinvorhang am Fenster und kommt den brennenden Kerzen auf dem Kuchen gefährlich nah. Elise schiebt ihn weg, um die Gefahr abzuwenden. »Heute ist ein sehr wichtiger Tag.« Er räuspert sich und strafft die Schultern. Elise beschleicht das Gefühl, er hätte das alles einstudiert, und sie liebt ihn umso mehr. »Unsere schöne Elise wird sechzehn. Sie ist jetzt eine Frau!«, sagt er, und aus irgendeinem Grund errötet sie daraufhin. »Für meine Marmeladentörtchen wirst du dich nicht mehr interessieren und auch nicht den warmen Pudding aus dem Gebäck drücken.« In seiner Stimme schwingt gespielte Verzweiflung mit, und Elise denkt, er hätte nicht Bäcker, sondern Schauspieler werden sollen. Marianne starrt ihren Mann, diesen großen Bären, an, als hegte sie die gleichen Gedanken.

»Vor unseren Augen bist du zu einer schönen Frau geworden. Einer schönen Frau«, betont er nochmal. »Möge das beginnende Jahr das beste von allen bisherigen sein! Herzlichen Glückwunsch, Elise!«

Marianne gibt ihr einen herzlichen, mütterlichen Kuss, obwohl sie nur fünf Jahre älter ist als Elise. Monsieur Allard legt seine großen, warmen Hände auf ihre Wangen, zieht sie an sich und verpasst ihr nicht einen, nicht zwei, sondern drei Küsse, bis Marianne lachend sagt: »Das reicht!«

»Wünsch dir etwas!«, sagen die beiden. Elise gehorcht, schließt die Augen. Einen Augenblick überkommt sie Traurigkeit. Sie weiß, was sie sich wünscht, nämlich dass Papa nach Hause kommt, aber sie weiß auch, dass das unmöglich ist. Also konzentriert sie sich auf einen anderen Wunsch, einen verrückten, lächerlichen Wunsch nach Liebe und Abenteuer, dessen Erfüllung an diesem ruhigen kleinen Ort, wo sie zuhause ist, unmöglich scheint. Die Hand auf Michels kleinem Kopf, drückt sie ihn enger an die Brust, um ihn vor dem Wachs zu schützen, als sie die Kerzen ausbläst. Während schmale Rauchfähnchen emporsteigen, beginnt Marianne den Kuchen anzuschneiden und auf kleine weiße Teller zu verteilen, die mit leuchtend roten Rosen und Goldrand verziert sind. Elise weiß, dass das ihr Hochzeitsgeschirr ist, und die Tatsache, dass Marianne es jetzt benutzt, rührt sie fast zu Tränen. Sie zieht Michel noch enger an sich und vergräbt ihr Gesicht in seinem warmen Babygeruch.

»Iss!«, sagt Marianne und reibt Elises Hand mit einer Geste, die besagt, *ich sehe deine Traurigkeit und wünschte, ich könnte dir helfen*.

Elise steckt ein Stück Kuchen in den Mund und nimmt einen Schluck Kaffee. Monsieur Allard holt eine Flasche Calvados und schenkt allen einen kleinen Aperitif ein. Die Ladenglocke klingelt und Monsieur Allard springt auf.

Elise nimmt das Glas entgegen. Sie hat ihn noch nie probiert, den Apfelbranntwein, den jeder in ihrem kleinen Dorf trinkt. Vorsichtig nippt sie und spürt das Brennen in der Kehle.

»Oh«, sagt sie und greift nach der Kaffeetasse, um den scheußlichen Geschmack loszuwerden. Michel schaut hoch und lacht über das Gesicht, das sie macht.

»Man gewöhnt sich daran«, sagt Marianne achselzuckend.

»Warum sollte man das wollen?«, erwidert Elise lachend. Aber es stimmt, was Marianne sagt. Man gewöhnt sich an schreckliche Dinge und akzeptiert sie. Sie ist zwar erst sechzehn, aber das weiß sie.

»Also«, sagt Monsieur Allard, der gerade ins Zimmer zurückkommt. »Jetzt beginnt der Ernst des Lebens. Das Leben ist kein Zuckerschlecken.« Er sieht Elise an. »Jetzt, wo du eine junge Frau von Welt bist, wirst du Geld brauchen«, sagt er und steckt die Hände in seine Schürzentaschen.

Elise vermutet, er wird sie bitten, sich um Michel zu kümmern. Der Gedanke gefällt ihr, aber sie weiß nicht, wie Maman reagieren wird. Auf das, was er schließlich sagt, ist sie nicht vorbereitet. »Hättest du Lust, in der Bäckerei zu arbeiten, vor allem samstags, aber auch nach der Schule?« Er sieht sie hoffnungsvoll an.

Elise strahlt. Sie ist überwältigt. Arbeiten in der Bäckerei. Geld! Sie kann sich einen neuen Hut kaufen, ins Kino gehen. Doch dann bricht die Realität über sie herein, als hätte man einen Eimer nassen Zements über ihr ausgeleert, kalt und klebrig und lähmend. Maman wird das nie und nimmer zulassen. Sie wird sagen, dass Elise daheim gebraucht wird. Nach Papas Tod ist sie immer abhängiger von Elise geworden. Inzwischen erträgt sic cs kaum noch, Elise aus den Augen zu lassen.

»Ich würde sehr gern hier arbeiten. Nur zu gern. Aber ...« Sie verstummt. Elise hat versucht, das Familiengeheimnis zu wahren, aber, na ja, in dieser Stadt bleibt nichts geheim. Monsieur Allard weiß Bescheid, denkt sie, aber er soll nicht erfahren, wie schlimm die Dinge stehen. Papa hatte Geld hinterlassen, seine Eltern ebenfalls, so kamen sie also über die Runden. Es war genug da, um ihrem Bruder und ihr selbst die Ausbildung zu finanzieren. Aber das Haus musste renoviert werden. Maman zog sich an den meisten Tagen nicht einmal an. Elise ist verlegen, als wäre die Frau gerade leibhaftig in ihrem schäbigen Bademantel aufgetaucht. Die Röte steigt ihr ins Gesicht. Sie spürt es, kein scharfes Brennen wie vom Calvados, sondern schlimmer. Ein Brennen, das nicht weggeht. Ein Brennen, das in jeden Teil ihres Alltags kriecht, ohne dass ein Ende in Sicht wäre.

»Ich habe mit deiner Maman gesprochen.« Ein Schleier von Wut verdunkelt einen Augenblick lang seine Augen, aber er fasst sich sofort, während Elises Herz zu rasen beginnt. War er bei ihr zuhause, als sie in der Schule war? In welchem Zustand war Maman? In die Bäckerei war sie bestimmt nicht gekommen. Sie hatte das Haus seit zwei Jahren nicht verlassen!

»Deine liebe Maman ist einverstanden. Sie versteht, dass eine junge Frau ihren eigenen Lebensweg antreten muss. Und sie weiß, dass wir die Hilfe benötigen.« Er deutet vage in Richtung Küche, aber seine große Armbewegung umfasst auch Marianne, die Elise strahlend anlächelt, wie um zu sagen: *Es ist in Ordnung. Hab Vertrauen.* Doch Elises Verstand arbeitet nach wie vor wie im Fieber. War Maman angezogen, als er kam, oder trug sie das scheußliche braune Nachthemd? Monsieur Allard legt seine große, warme Hand auf die von Elise. »Es ist okay. Alles ist gut! Nächste Woche fängst du an, ja?«

Elise würde am liebsten aufspringen und diesen guten Mann küssen. Aber sie hat das Baby auf dem Arm und vor ihr steht Kaffee. Zudem ist da die bohrende Angst, Maman könnte ihr das irgendwie kaputtmachen. Und doch, jetzt in diesem Moment ... ist es eine Riesensache. Sie hat Tränen in den Augen, als sie zu Monsieur Allard hochblickt, und sagt: »Danke.« Ihre Worte und das Leuchten in ihren Augen lassen ihn dahinschmelzen, und er sieht Elise mit väterlicher Zärtlichkeit an. Elise kann sich kaum erinnern, mal einen solchen Blick abbekommen zu haben.

Die Ladenglocke klingelt und Monsieur Allard eilt die Stufen hinunter, um seinen nächsten Kunden zu bedienen. Marianne wendet sich Elise zu und sagt: »Ist er dir zu schwer? Soll ich ihn dir abnehmen?«

Elise schüttelt den Kopf. »Nein, es ist wunderbar so«, sagt sie und schnuppert an Michels Hinterkopf.

»Sechzehn also. Irgendwelche großen Pläne?« Marianne lässt sich auf einem Stuhl nieder und lächelt Elise an.

»Philippe kommt«, sagt sie und versucht es klingen zu lassen, als käme er zu ihrem Geburtstag, obwohl ihr Bruder wahrscheinlich nicht einmal dieses Datum im Kopf hat. Aber sie freut sich, dass er zu Besuch kommt. Es muntert Maman auf.

»Das wird bestimmt nett«, sagt Marianne. »Und nächste

Woche fängst du hier an. Ich freue mich darauf, dich nun öfter zu sehen!«

Plötzlich fällt Elise die Zeit ein und sie rutscht auf ihrem Stuhl hin und her. »Ich muss gehen«, sagt sie, bleibt aber sitzen, will die schöne Zeit nicht enden lassen. Will nicht nach Hause gehen.

»Ich werde dir deinen Kuchen einpacken«, sagt Marianne.

Elise denkt an die wenigen Centimes, die sie in der Tasche hat. Jetzt kann sie sie für eine neue Winterjacke zurücklegen. Aus der letzten ist sie herausgewachsen und trägt nun die ihres Vaters.

»Wirklich? Maman isst bestimmt gern ein Stück zum Tee.«

Marianne holt ein Stück Packpapier und beginnt den Teller einzupacken.

»Ich kann doch nicht dein gutes Geschirr mitnehmen!«, ruft Elise aus.

Marianne winkt ab. »Du bringst ihn einfach zurück.«

Elise übergibt Michel wieder Marianne und nimmt den Teller. Sie küsst das Baby und auch Marianne und verlässt den Laden.

»Danke für den Kuchen«, sagt sie zu Monsieur Allard, bittet um ein Baguette und reicht ihm ein paar Münzen.

»Nicht an deinem Geburtstag!«, weist er das Geld zurück. Obwohl sie weiß, dass es hoffnungslos ist, versucht sie es erneut, aber er bleibt hart.

Noch ein paar Küsse, und dann ist sie aus der Tür; hinter ihr klingelt die Glocke. Sie beeilt sich jetzt und hält dabei den Teller ganz fest. Das Papier klebt schon am Zuckerguss. Auf dem Weg wünscht sie sich inständig, dass Papa noch leben würde und sie ihm erzählen könnte, dass sie jetzt eine Arbeit hat. Ein vertrauter Schmerz sticht ihr ins Herz, als müsste sie daran erinnert werden, dass er nicht mehr da ist. Sie geht schneller, wie um davor davonzulaufen. Der Wind wird jetzt stärker und Monsieur Gravels Windspiel klirrt so, als wollte es eine große Ankunft oder ein wichtiges Ereignis ankündigen.

Elise kann ihn vor sich sehen, wie er aus seinem Fenster blickt, den Stumpf seines linken Armes, den er im Weltkrieg verloren hat, nach hinten gedreht, und sich Sorgen macht, sein Windspiel könnte weggeweht werden. Die Nachbarn, des unaufhörlichen Gebimmels längst müde, würde das nicht betrüben.

Auf dem gepflasterten Weg zu ihrem Haus tritt sie vorsichtig auf, weil die Steine immer so schlüpfrig werden. Sie öffnet mit einer Hand und einem Stoß mit der Hüfte die Tür, setzt den Kuchen auf dem kleinen Tisch in der Diele ab und erhascht dabei in dem gesprungenen Spiegel darüber einen Blick auf sich selbst. Während sie ihr Haar löst und den Kopf schüttelt, entdeckt sie auf dem Boden die braune Ledertasche ihres Bruders. Sie ist an den Ecken so abgestoßen, dass sie sie überall erkennen würde. Sie ist nicht alt, aber ungepflegt. Philippe kümmert sich um gar nichts mehr. Nicht einmal um sich selbst. Es gab eine Zeit, in der er charmant und eitel war und gerne lachte. Spaß machte. Diese Tage sind vorüber, aber Elise hofft, dass sie zurückkehren. Daneben steht ein marineblauer Koffer, schick und neu. Wem gehört der wohl? Schnell bindet sie ihre Haare wieder zusammen, nimmt den Teller in die Hand und geht Richtung Küche.

Ein paar Schritte, und sie sieht Maman im Wohnzimmer stehen. Irgendetwas an ihr ist anders. Sie berührt mit einer Hand ihre Haare, wie um schöner auszusehen. Ein Lächeln spielt um ihre Lippen – das ist so selten, dass Elise stutzt. Während sie noch große Augen macht, tritt jemand Neues ins Bild. Ein hochgewachsener Mann in eleganter Kleidung. Wer ist das? Dort, wo er steht, betrachtet er offenbar das Bild von Papa, mutmaßt Elise. Ihr Herz beginnt schneller zu schlagen, während sie still weiter beobachtet. Der Mann ist größer als Maman, sogar größer als Philippe – bisher war er der größte Mensch, den Elise kannte. Immer noch den Teller in der Hand, immer noch reglos, starrt sie den Fremden an. Er trägt weiche graue Hosen und ein frisches weißes Hemd, unter dem man seine breiten Schultern ahnt. Sein dunkles Haar reflektiert das wenige Licht, das durchs Fenster hereindringt, und sein Glanz erinnert Elise an Baumrinde nach einem starken Regen. Langsam dreht er sich um. Alle Luft scheint aus dem Zimmer zu weichen, und ihr Griff um den Teller wird unerklärlicherweise fester. Er sieht gut aus, nein, mehr als das: Er ist schön, mit großen, graublauen Augen, die Farbe des Meeres vor einem Sturm. Er sieht sie an und lächelt. *Sie.* Ein Ruck durchfährt Elise, als sie sich an den Wunsch erinnert, den sie getan hat, ehe sie die Kerzen auf ihrem Kuchen ausblies. Könnte es sein …?

Die Hintertür fällt zu und Elise weiß, dass ihr Bruder draußen eine Zigarette geraucht hat. »*Minou!*«, sagt Philippe und kommt auf Elise zu. »Wir haben uns schon gefragt, wo du bist. Oh, was hast du denn da?«

Elise weiß, dass ihr Bruder mit ihr spricht und dass sie antworten sollte. Aber irgendwie bringt sie weder ein

Wort heraus noch kann sie die Augen von dem Fremden wenden.

»Elise! Dein Bruder spricht mit dir!«, seufzt Maman, und der Mann sieht kurzzeitig überrascht aus. Elise ist daran gewöhnt, denn Philippe ist Mamans ganzer Stolz und macht niemals etwas falsch, ganz im Gegensatz zu Elise. Man verabscheut den Menschen, von dem man abhängig ist, das lernt sie gerade.

»Kuchen. Monsieur Allard hat mir zum Geburtstag einen Kuchen gebacken«, sagt sie mit einer hohen, etwas flötenden Stimme, die gar nicht wie ihre eigene klingt.

»Ach so, ja, alles Gute zum Geburtstag«, sagt Philippe. »Ich habe was für dich.« Er klopft seine Taschen ab, als könnte dort ein Geschenk stecken. »In meinem Gepäck.« Elise zweifelt stark daran. Philippe hat sie immer an Plundergebäck erinnert: außen süß und schön anzusehen, aber innen hohl, bis man Schokolade oder Zitronencreme hineinfüllt. In letzter Zeit füllen Philippe nur noch Zigarettenrauch und Alkohol. Sie wartet darauf, dass sie seinem Freund vorgestellt wird, aber nichts geschieht.

»Möchte jemand Kuchen? Soll ich Kaffee machen?« Elise fasst sich, geht bereits Richtung Küche. Ihr Herz klopft so heftig, dass sie sich ruckartig bewegt. In der Küche stellt sie den Teller ab und holt tief Luft. Dann linst sie um die Ecke, um ihn nochmal zu sehen. Maman spricht mit ihm und er beugt sich zu ihr, eine Locke fällt ihm in die Augen. Er sieht aus wie James Stewart. Während Elise die beiden im Gespräch beobachtet, werden seine Augen schmal und ernst; was erzählt Maman diesem Mann bloß? Unvermittelt blickt er auf und sieht, dass sie ihn beobachtet. Er lächelt sie direkt an, zeigt seine weißen Zähne, und in seinen Augen leuchtet etwas, das Elise nicht identifizieren kann. Wieder fällt ihm das Haar ins Gesicht und er streicht es nach hinten.

Elise ist es schrecklich peinlich, dabei erwischt worden zu sein, wie sie ihn anstarrt, und sie fährt auf dem Absatz herum und wendet ihm nun den Rücken zu. Sie packt den Kuchen aus und versucht ihn auf dem Teller so anzurichten, dass es schön aussieht. Der Zuckerguss bleibt an ihren Händen kleben. Während sie ihn ableckt, entdeckt sie auf dem Schrank ein Tablett. Es wird nie benutzt, ist aber wohl groß genug für den Kuchen, die Teller und die Tassen. Auf Zehenspitzen streckt sie sich hinauf, zieht es vorsichtig herunter und erhascht einen Blick auf die alte grüne Kuchenplatte samt Deckel dahinter. Sie schnappt sich einen Stuhl, klettert hinauf, und holt vorsichtig auch dieses Geschirr herunter. Es ist von einer dicken Staubschicht überzogen. Wann wurde es zum letzten Mal benutzt? Jedenfalls nicht seit ihrem dreizehnten Geburtstag. Ein schreckliches Jahr, aber an jenem Tag, ihrem Geburtstag, wussten sie noch nicht, was auf sie zukam. Sie spült es mit heißem Wasser und trocknet es ab, dann richtet sie Monsieur Allards Kuchen auf der Platte an und deckt ihn ab. Die rosa Rosen leuchten nicht so stark durch das grüne Glas wie damals die roten Kirschen, aber es macht sie trotzdem glücklich. Genau das hat sie sich gewünscht. Na ja, so ziemlich. Doch als das Tablett beladen ist, ist es ihr zu schwer, um es anzuheben.

»Philippe«, ruft sie und streckt den Kopf aus der Tür. Aber ihr Bruder ist nirgends zu sehen.

Der Mann kommt auf sie zu, mit entspannten Bewegungen und sicherem Schritt. Elises Herz schlägt schneller – so laut, dass sie sich fragt, ob er es hören kann, als er neben ihr steht.

»Kann ich vielleicht behilflich sein?« Seine Stimme ist warm, höflich und freundlich. Elise ist erneut sprachlos, aber aus einem ganz anderen Grund. Dieser entzückende Akzent! Sie könnte ihm den ganzen Tag lang zuhören. Wahrscheinlich ist er Amerikaner, mutmaßt sie, obwohl er ein sehr schönes Französisch spricht.

»Ähm, könnten Sie, könnten Sie bitte das Tablett zum Tisch tragen? Ich weiß nicht, wo Philippe steckt.«

»Er ist draußen beim Rauchen«, erklärt er und hebt das Tablett mühelos an. Elise weiß, dass Philippe des Hinausgehens schon bald müde sein und Maman ihm sagen wird, es sei in Ordnung, wenn er im Haus raucht. Schon bei dem bloßen Gedanken ziehen sich Elises Lungen zusammen. Sie denken nie daran, dass der Rauch bei ihr Asthmaanfälle auslöst. Aber Philippe kommt selten nach Hause, und wenn, dann verwöhnt Maman ihn, ihren Erstgeborenen.

»Nach Ihnen«, sagt er mit einer angedeuteten Verbeugung. Elise geht glücklich vor ihm her und wünscht sich inständig, sie hätte ihren hübschen marineblauen Rock angezogen anstelle des tristen grauen.

»Ich bin Elise«, sagt sie. »Philippes Schwester«, fügt sie erklärend hinzu.

»Und heute ist Ihr Geburtstag. Herzlichen Glückwunsch. Ich bin William.« Er setzt das Tablett ab und streckt die Hand aus. Einen Augenblick lang weiß Elise nicht recht, was sie tun soll. Zögernd streckt auch sie ihm die Hand entgegen, doch dann öffnet sich schwungvoll die Tür und Philippe erscheint, in eine Rauchwolke gehüllt, die sofort ihren Rachen reizt. Sie zieht die Hand zurück und hustet hinein. Williams Stirn runzelt sich eine Sekunde lang, und sie ist beschämt. Wie ordinär, in die Hand husten! Doch sein Blick gilt ihrem Bruder, nicht ihr selbst.

Gläser stoßen klirrend aneinander, während Philippe im Schrank etwas sucht.

»Ha!«, sagt er mit einer überschwänglichen Geste und fördert eine Flasche Rotwein und eine Flasche Calvados zutage. Den Kaffee ignoriert er.

Sie setzen sich alle an den Tisch, und einen köstlichen und aufregenden Moment lang berührt Williams Bein das ihre. Sie spürt den weichen Stoff seiner Hose, die kräftigen Muskeln darunter. Seine Wärme. Er zieht das Bein rasch weg, lächelt sie von der Seite halb entschuldigend, halb gleichmütig an und ihr Herz beginnt schnell und flatternd zu schlagen. Sechzehn zu werden ist wirklich das Beste, was ihr je passiert ist.

2

Boston, Sommer 2009

Es ist ein strahlender Sommertag, aber anstatt durch den Common-Park zu spazieren oder am Fluss zu sitzen, trinkt Lucy Wasser aus einem Messbecher und wartet auf die Umzugsleute.

Warum hatte sie als Erstes das ganze Geschirr eingepackt? Sie wusste nicht einmal mehr, wo dieser Messbecher herkam. Vielleicht war er schon da gewesen, als sie hier einzog. Sie lässt ihn ins Waschbecken fallen und blickt auf die Uhr, dann aus dem Fenster. Drei Jahre lang hat sie die gleiche Aussicht gehabt, viele Stunden damit zugebracht, auf die Bäume in der Ferne zu starren, als wären sie alte Freunde, die an schlechten Tagen Trost spenden. Die all ihre Fragen beantworten, zum Beispiel nach einem Freisemester. Nach Zusatzunterricht. Die Entscheidung, nicht zur Abschlussfeier zu gehen, hatte sie getroffen, als die ersten Knospen an der Amerikanischen Spitzeiche herauskamen. Ein Baum, so hatte ihr Großvater gesagt, der eine größere Wahrscheinlichkeit hat, vom Blitz getroffen zu werden, als alle anderen Arten. Sie wird es vermissen, zuzusehen, wie die Blätter sich flammend rot färben. Sie wird den Herbst in Massachusetts vermissen. Die vielen wissenswerten Kleinigkeiten, die ihr Großvater immer parat hatte, vermisst sie jetzt schon. Aber die Bäume haben keine Antwort auf die Fragen, die in ihrem Kopf kreisen. Und an Großvater kann sie sich jetzt nicht mehr wenden.

Sie dreht sich vom Fenster weg und betrachtet ihr Leben, das sich, ordentlich in Kisten und Koffer gepackt, in einer Ecke ihres kleinen Apartments stapelt. Ihr Bett und ihr Schreibtisch, der eigentlich als Esstisch gedachte Tisch, der ihr als zweiter Arbeitsplatz diente, und ein paar Stühle stehen mitten im Raum wie eine Gruppe von Sportlern, die sich nach dem Spiel umarmen. Sie lagert alles ein, bis sie an die Westküste zieht. Jetzt muss sie erst einmal den Rest des Sommers herumbringen.

Die Türglocke lässt sie zusammenfahren, ein lauter, schriller Ton wie von einer Million wütender Bienen. Sooft sie ihn gehört hat, er erschreckt sie immer noch. Das wird sie nicht vermissen. Lucy blickt aus dem Fenster, um sicherzugehen, dass es nicht Hal ist, der sich verzweifelt um die Verzeihung bemüht, die sie ihm nicht geben kann. Sie ist erleichtert und zugleich ein wenig enttäuscht, dass er es nicht ist.

Die Umzugsleute wirken verärgert, weil sie so wenig besitzt.

»Dafür reichen ein paar Freunde und ein Transporter«, sagt einer, als wollte er sie tadeln, weil sie ihnen die Zeit raubt.

»Nun, zufällig kenne ich niemanden, der einen Transporter hat. Und bezahlt habe ich auch schon. Können Sie also diese Sachen mitnehmen oder nicht?« Ihre Härte schockiert sie selbst. Sie ist müde. Es ist ihr alles zu viel, tröstet sie sich selbst.

Der Typ, der den Kommentar abgegeben hat, sieht sie bloß an, während der andere sagt: »Selbstverständlich, junge Frau.«

Sie müssen nur zweimal gehen. Als sie sich verabschieden, fragt sie, ob sie die vier Flaschen Sam Adams aus ihrem Kühlschrank haben wollen. Die stehen da seit Wochen und sie weiß, dass sie sie nicht trinken wird. Die Männer nehmen das Bier und ziehen davon.

Lucy blickt sich in ihrer jetzt fast vollständig leeren Wohnung um und beschließt, laufen zu gehen.

Der Sommerhimmel ist strahlend hell und schimmert golden. Lucy liebt es, durch die stillen, von alten Bäumen gesäumten Straßen zu laufen. Gegen Ende des Sommers werden einige davon Blätter in der Größe von Frisbee-Scheiben haben und in windigen Nächten sausende Geräusche machen. Das fehlt ihr jetzt schon, und sie ertappt sich dabei, wie sie sich im Vorbeilaufen von ihren Lieblingshäusern verabschiedet. Sie stellt sich gern vor, wie es darin aussieht und wie das Leben dort sein mag. Und dass die Straße, die sie entlangläuft, einst ein Feld war, dann ein Feldweg, der schließlich für den Autoverkehr zur Straße verbreitert und am Ende asphaltiert wurde. Sie läuft gern frühmorgens oder gegen Abend wie jetzt, wenn sie fast allein auf der Straße ist. Sie findet ihren Rhythmus und freut sich auf eine schöne Strecke, um all die Stunden wettzumachen, die sie in der Bibliothek gesessen hat.

Am Ende läuft sie 17 km und kommt erst bei Dunkelheit nach Hause. Sie sieht es sofort, etwas auf der Schwelle, in Papier verpackte Blumen. Ihr Herz macht gleichzeitig einen Freudensprung und zuckt erschrocken zusammen.

Schwer atmend, weil sie die letzten Meter gesprintet ist, bückt sie sich und hebt den Strauß auf. Oben ragt eine Karte heraus. Darauf steht in schwarzer Tinte ihr Name, in jenen Druckbuchstaben, die ihr so vertraut sind. Drei Jahre lang Geburtstagskarten, Weihnachtskarten, Karten zum Valentinstag. Ihre allerersten Liebesbriefe. Jetzt: Entschuldigungen. Bitten um Verzeihung, Verzeihung, die zuzugestehen sie sich weigert.

Sie blickt sich um, überlegt, ob sie den Strauß gleich in den Müll werfen soll, aber die Blumen sind zu schön, eine Frühlingsmischung mit Gelb- und Rosatönen. Sie zieht die Karte heraus, geht zur Nachbarwohnung und klopft an die Tür.

Lucy hört von drinnen die vertrauten Geräusche und lauscht. Das Radio wird leiser gedreht, als hätte die Lautstärke Einfluss auf das, was an der Tür geschieht. Lucy weiß, dass auch der Fernseher läuft, wenn auch ohne Ton. Ihre Nachbarin hat ihr erzählt, dass sie gern das Gefühl hat, die Menschen auf dem Bildschirm hätten ein Auge auf sie, würden sie besuchen, wobei es ihr egal ist, was sie reden. »Zu viel schlechte Ausdrucksweise heutzutage.«

Die Tür öffnet sich.

»Lucy!«

»Hallo, Mrs Morgan«, sagt Lucy.

»Komm rein, komm rein. Du siehst verschwitzt aus. Möchtest du ein Glas Wasser?«

»Danke, ich brauche nichts. Ich wollte Ihnen bloß diese Blumen bringen«, sagt sie und zeigt sie der älteren Frau. »Soll ich sie in eine Vase stellen?«

»Du weißt ja, wo alles ist«, sagt sie.

Lucy geht in die Küche und öffnet einen Schrank, holt die einfache Glasvase heraus, die sie immer benutzt, und füllt sie mit Wasser. Mrs Morgan steht hinter ihr und sieht zu.

»Dein Freund hat dir wieder Blumen geschickt, nicht wahr?«

Lucy dreht sich um und sieht sie an.

»Dir entgeht selten etwas, nicht wahr, Abigail?« Mrs Morgan hatte Lucy vor Jahren angeboten, sie Abigail zu nennen, aber Lucy wechselt zwischen beiden Anreden und zwischen du und Sie. Sie will nicht zu vertraulich werden, aber ihre Nachbarin soll sich auch nicht alt vorkommen. Lucy weiß, dass sie die Einzige im Haus ist, die sich ein wenig um die alte Dame kümmert, deren Sohn in Seattle wohnt. Lucy ist gleichzeitig ihre Freundin und ihre Betreuerin. Da sie nicht weiß, wie man einen Menschen anspricht, der diese Kriterien erfüllt, wechselt sie immer wieder die Anrede.

»Schenk uns doch einen Sherry ein, dann plaudern wir ein wenig«, sagt Abigail.

Lucy hat das Bedürfnis zu duschen, tut aber trotzdem, wie ihr geheißen, denn sie will nicht zurück in ihre leere Wohnung.

Abigail macht es sich in ihrem Stuhl bequem, während Lucy die Sherryflasche und zwei Gläser holt.

»Was steht denn auf der Karte?«

Lucy hatte, nachdem Hal ihr keine Ruhe gelassen und eine Frau, die einst ihre beste Freundin gewesen war, am Telefon erklärt hatte, sie habe das gar nicht gewollt, mit verweinten Augen vor Abigails Tür gestanden. Der Gedanke, dass die beiden zusammen gewesen waren, während sie ihren Großvater zu Grabe getragen hatte, ließ sie nicht mehr los. Sie hatte sich gefühlt, als wäre das Haus über ihr eingestürzt, als sie bei der Nachbarin anklopfte.

»Ich habe sie nicht gelesen.«

»Na, dann lies sie jetzt.«

»Ich bin sicher, es steht das Gleiche drauf wie immer. Es tut ihm leid, dass er mich verletzt hat. Bla bla bla.«

»Will er dich zurück?«

»Er will, dass ich ihm verzeihe. Ist das das Gleiche?«

»Verzeihen solltest du ihm um deinetwillen, nicht ihm zuliebe.« Sie nippt an ihrem Sherry. »Aber lass es dir von jemandem gesagt sein, der schon viel länger auf der Welt ist als du – er taugt nichts. Sei froh, dass dir das vor der Hochzeit klar geworden ist. Und diese Freundin? Ein Miststück.«

Lucy zuckt bei dieser Bemerkung zusammen. Sie hat Hal geliebt, auch wenn sie wusste, dass ihr Großvater ihn nicht mochte. Abigail hatte sie ebenfalls gewarnt, aber Molly hatte gesagt, sie sei ein Glückspilz und Hal ein toller Typ. Lucy fragt sich, ob sie überhaupt in der Lage ist, jemanden einzuschätzen, also Spreu von Weizen zu unterscheiden, wie ihr Großvater zu sagen pflegte.

»Ich will nicht an ihn denken, aber irgendwie kann ich nicht anders.«

»Es braucht Zeit, aber du wirst ihn bestimmt vergessen.«

»Und wurde dir schon irgendwann einmal das Herz gebrochen?«

»Schon oft. Von Männern, die ich vor meinem Ehemann kannte, auch oft von meinem Ehemann, von Freunden. Das Leben, Lucy, ist ein einziges großes Herzeleid.«

»Dann geht es für mich also gerade erst los, was?«, scherzt Lucy. Auch ihr Großvater hatte ihr oft erklärt, dass man lernen müsse, durch die Fährnisse des Lebens zu navigieren. Sie wünscht, sie könnte sich an seine genauen Worte erinnern. Warum hat sie nicht besser zugehört?

»Etwas in der Art hat Großvater auch zu mir gesagt«, erzählt Lucy. »Kurz bevor er starb.«

»Dein Großvater war ein weiser Mann mit einem großen Herzen. Das ist wichtig. Er hat dir vorgelebt, was ein guter Mensch ist.«

Lucy blinzelt die Tränen weg.

»Er war ein guter Mensch. Ich vermisse ihn schrecklich«, sagt sie.

»Der Schmerz wird schwächer, die Erinnerungen stärker«, sagt Mrs Morgan. »So ist das Leben.« Sie leert ihr Glas. »Wann verlieren wir dich?«

»Übermorgen muss ich hier raus.«

»Wo ziehst du hin?«

»In das Haus in Florida.«

»Dass du dort allein sein wirst, gefällt mir nicht.«

»Ich habe das Meer zur Gesellschaft«, sagt Lucy.

»Du solltest eine Reise machen. Etwas tun, was dir Spaß macht. Warst du schon mal in Las Vegas?«

Lucy lacht. »Ja, war ich. Einmal reicht mir«, sagt sie. Sie war mit Hal dort gewesen, aber dessen Namen will sie nicht laut aussprechen. Sie hatten im Paris Hotel übernachtet, weil beide zu sehr mit dem Studium beschäftigt waren, um nach Europa zu reisen. Plötzlich hat sie eine Idee.

»Granddad wollte immer mit mir nach Frankreich, um mir zu zeigen, wo er gekämpft hat. Wo meine Großmutter herkam. Als er es zum ersten Mal vorschlug, hatte ich einen Sommerkurs gebucht und arbeitete in einer Bar. Beim zweiten Mal wollte ich den Sommer mit Hal verbringen.« Sie hält inne. »Das ist eines der Dinge, für die ich Hal jetzt besonders hasse.«

»Meine Liebe, hüte dich vor Hass. Der macht dich bloß krank.«

»Ich wünschte, ich wäre mit ihm hingefahren«, sagt sie. Bedauern quält sie, macht ihr das Herz schwer.

»Dann fahr doch jetzt. Was hält dich ab?«

Ein Fünkchen Leben regt sich in ihr.

»Nach Frankreich?«

»Warum nicht? Flüge gibt es jeden Tag und Geld hast du auch genug.«

Lucy weiß zwar nicht, woher Mrs Morgan das weiß, aber sie hat recht. Ihr Großvater hat ihr ein stattliches Erbe hinterlassen, um seinen Anwalt zu zitieren.

»Sieh dir an, wo er gekämpft hat. Sieh dir an, wo deine Großmutter aufgewachsen ist.«

»Vielleicht ist das eine Möglichkeit der Wiedergutmachung«, sagt Lucy.

»So schuldig, wie du dich fühlst, kann ich kaum glauben, dass du nicht katholisch bist.« Abigail schüttelt den Kopf. »Ein Tapetenwechsel wird dir einen neuen Blick auf die Dinge eröffnen. Weißt du, wo deine Großmutter geboren wurde?«

»Ja, ich weiß, wie die Stadt heißt. Sonst nicht viel. Ich kenne nicht einmal ihren Nachnamen. Aber ich weiß, dass der beste Freund meines Großvaters in Omaha Beach begraben wurde. Er wollte da immer hin.«

»Also dann fahr und schau dir alles an. Und der Geist deines Großvaters wird dich begleiten. Dann kommst du zurück, beendest dein Studium und lernst einen guten Mann kennen. Bald wird dir all das hier vorkommen wie ein böser Traum.« Ihre Worte klingen so bestimmt, dass Lucy in Erwägung zieht, es wirklich zu tun.

»Du wirst feststellen, Lucy, dass es im Leben unentwegt Entscheidungen zu treffen gilt. Du wirst richtige treffen und auch ein paar falsche. Lerne daraus und schreite voran«, sagt sie.

Lucy weiß nicht recht, was sie damit anfangen soll. Was soll sie daraus lernen, dass Hal ihr das Herz gebrochen hat? Aus allem, was sie verloren hat? Wenn es da eine Lektion zu lernen gibt, wüsste sie gern, welche.

»Schenk mir doch bitte nochmal ein, meine Liebe. Es ist ja das letzte Mal, dass wir so zusammensitzen.«

Lucy tut, worum sie bittet.

***

Mrs Morgan schläft nach ihrem zweiten Glas Sherry ein. Lucy breitet eine Decke über sie, dreht das Radio leise und schlüpft hinaus wie Tausende Male zuvor. Ein anderes Gefühl von Traurigkeit nagt jetzt an ihr, denn sie weiß, dass es das letzte Mal sein wird. Sie nimmt sich vor, Mrs Morgan vor ihrer Abreise noch eine Flasche Sherry vorbeizubringen.

Ihre leere Wohnung kommt ihr unheimlich vor. So, als wäre es nicht mehr ihre, so, als wäre sie schon fort. Sie schaltet den Computer ein und sucht nach Flügen nach Paris, Frankreich. Am übernächsten Tag gibt es einen, der nicht unmäßig teuer ist. Sie interpretiert das als Zeichen und bucht. Dann reserviert sie ein Zimmer in einem günstigen Hotel in der Nähe der Gare du Nord. Als sie ins Bad geht, um zu duschen, mischt sich ein Gefühl der Vorfreude, wie sie es lange nicht empfunden hat, in die Trauer und den Schmerz. In ein Handtuch gewickelt, geht sie in die Küche und trinkt noch etwas Wasser aus dem Messbecher, spült ihn ab und lässt ihn für den nächsten Bewohner auf der Arbeitsplatte stehen.

Sie sieht Hals Karte und denkt nach. Ihr Handy in der Hand, überlegt sie, ihm eine Nachricht zu schreiben. Aber nein, sie schafft es nicht. Sie mag nicht. Sie legt das Handy weg und wirft die Karte in den Müll.

»Danke für die Blumen, Hal«, sagt sie zu den Bäumen. Ohne den Strauß wäre sie nie auf den Gedanken gekommen, nach Frankreich zu fahren.

3

Esperance, Frankreich. 1937

Der Kuchen ist aufgegessen. Philippe hat das letzte Stück verspeist. Jetzt schläft er laut schnarchend in einem Sessel.

Maman hat sich unter dem Vorwand, sie habe Kopfschmerzen, zurückgezogen, aber Elise ahnt, dass sie erschöpft ist, weil sie für Philippes Freund so getan hat, als sei alles in Ordnung.

Nun ist sie mit William allein. Er blickt aus dem Fenster und Elise beobachtet ihn, seine hochgewachsene, schlanke Gestalt, die im weichen Abendlicht beinahe ätherisch wirkt.

»Möchten Sie vielleicht einen Spaziergang machen und sich Esperance ansehen?«, fragt sie und versucht vergeblich, es beiläufig klingen zu lassen.

Er wendet sich vom Fenster ab und wird greifbarer, während er sich auf sie zubewegt. »Das wäre schön«, sagt er und geht an dem hingestreckten Philippe vorbei, als wäre er gar nicht da.

Elise zieht einen Pullover über und William hält ihr die Tür auf. Er bleibt hinter ihr bis zur Straße. Dann passt er sich ihrem Tempo an, sein Arm streift den ihren. Sie gehen schweigend dahin und Elise überlegt, was sie sagen könnte. Als sie sich dem Stadtzentrum nähern, sagt William: »Es gibt hier eine Kirche, die ich gern sehen würde. Ich habe in einem Reiseführer etwas darüber gelesen.«

»Oh«, ist alles, was sie zurückgibt. Sie kennt die Kirche

von außen – sie ist unübersehbar und dominiert das Stadtbild. Erbaut wurde sie, als die Textilfabrik noch produzierte und die Stadt ein lebhaftes Handelszentrum war. Inzwischen ist es eher ein Dorf als eine Stadt, und Industrie gibt es schon lange nicht mehr. Eigentlich ist die Kirche, zu groß und zu prachtvoll für ihre Umgebung, jetzt das einzig Bemerkenswerte im Ort.

Während sie im goldenen Abendlicht dahinschlendern, erzählt Elise William, dass sie die Kirche noch nie von innen gesehen hat. »Maman ist nicht mehr in die Kirche gegangen, seitdem ihre beiden Brüder im Krieg umgekommen sind, und Papa las am Sonntagmorgen lieber.« Elise weiß, dass das für Esperance außergewöhnlich ist: nicht in die Kirche zu gehen. Sie hofft, dass sie William nicht schockiert hat, und beschließt das Thema zu wechseln, indem sie fragt, aus welchem Teil Amerikas er kommt.

»Massachusetts, haben Sie davon gehört?«, fragt er, und Elise lacht entzückt auf. »Wie meine Lieblingsdichterin, Emily Dickinson.« Während sie spricht, zeigt sich der erste Stern des Abends, und sie wünscht sich etwas.

»Sie mögen Emily Dickinson?« Sie hört die freudige Überraschung in seinen Worten.

»Papa hat uns Englisch beigebracht, indem er uns Gedichte lesen ließ.«

Sie biegen um eine Ecke und gelangen zur Kirche. Der Sandstein leuchtet im Licht des langsam emporsteigenden Mondes. Es ist ein himmlischer, geisterhafter Anblick. Ätherisch, beschließt sie, denn das englische Wort »*ethereal*« hat ihr immer gefallen. Es hat ewig gedauert, bis sie gelernt hatte, es auszusprechen.

»Die Kirche lässt mich immer an Quasimodo denken, auch wenn sie nicht so prachtvoll ist wie Notre-Dame.«

»Hugo mögen Sie auch?« William wendet den Blick von der Kirche ab und ihr zu, und ihr wird unter seinem Blick ganz warm.

»Ich lese gern«, sagt sie achselzuckend und versucht es beiläufig klingen zu lassen. Einen Augenblick lang überlegt sie, ihm von all der Zeit zu erzählen, die sie allein mit Papas Büchern zubringt. Würde er sie dann seltsam finden? Besser schweigen, entscheidet sie.

»Philippe ist ganz anders als bei unserer letzten Begegnung«, sagt William.

»Papas Tod hat ihn verändert.« So versucht sie es zu erklären – und ihn zu verteidigen. Als sie die Straße überqueren, nähert sich ein Radfahrer, der nicht aufpasst, weil er nur Augen für seine Ladung hat, einen Korb voller Brot. William legt die Hand auf Elises Arm, damit sie ihm nicht in den Weg läuft. Die Berührung ist kurz, aber sie spürt sie noch, nachdem er seine Hand weggezogen hat, wie eine wunderbare Energie, die sie durchflutet.

»Der Eingang ist hier um die Ecke«, sagt sie und geht voraus. Die Türme ragen so hoch in den purpurnen Abendhimmel, dass die Spitzen mit ihm verschmelzen. Jemand hat ein Feuer entfacht, und der rauchige Geruch zieht durch das Dorf. Es ist eine schöne Nacht, Frieden und Verheißung liegen in der Luft.

William stößt die schwere Tür auf und lässt Elise eintreten. Als sie sich an ihm vorbeischiebt, nimmt sie wieder seinen Geruch wahr, der sie an einen Wald nach dem Regen erinnert. Langsam gehen sie nebeneinanderher. Elise staunt angesichts des Raums. Die Kirche thront groß und achtunggebietend über dem Ort, aber innen wirkt sie noch größer, erhabener. Da würde ganz Frankreich reinpassen, denkt sie. Und die Fenster! Sie scheinen eine Geschichte zu erzählen, und die Farben erinnern sie an die Bonbongläser in der Dorfapotheke.

Sie beobachtet, wie William sich durch die Kirche bewegt, die Arme locker an den Seiten, die Hose immer noch faltenlos trotz seiner langen Reise. Er neigt den Kopf zurück und leicht zur Seite, während er etwas genau betrachtet. Als er merkt, dass sie zu ihm hinsieht, winkt er sie herüber.

»Das ist ein schönes Beispiel für normannischen Stil«, sagt er. »Wir haben in Amerika nichts dergleichen, jedenfalls nicht original. Dieses Bauwerk steht hier seit Tausenden von Jahren!« Im Flüsterton weist er darauf hin, dass der Altar neoklassizistisch ist, und Elise merkt sich das Wort, um es zuhause in der Enzyklopädie nachzuschlagen. Momentan interessiert sie sich mehr für den Klang seiner Stimme, die Art, wie er die Vokale in die Länge zieht, die Art, wie sein Atem warm über ihre Wange streicht und ihr Herz schneller schlagen lässt als je in ihrem Leben. Die Kirche ist schön, mit ihrer blau-goldenen Decke, die im flackernden Kerzenlicht sanft zu glühen scheint. Aber nur die Tatsache, wie glücklich das William macht, lässt sie Stolz darüber empfinden, dass dieser Ort ihre Heimat ist.

»Die Kirche wurde erbaut, als der Ort ein bedeutendes Handelszentrum war. Inzwischen ist sie viel zu groß für das Dorf«, sagt sie. Das hat ihr Vater einmal gesagt, und sie wiederholt es nun, als wisse sie etwas über die Lokalgeschichte.

Elise hört, wie sich die große Kirchentür öffnet. Clotilde und Brigitte France kommen herein. Sie sieht die beiden Schwestern das Seitenschiff entlanghumpeln und sich dann so langsam hinknien, als wären sie Hunderte von Jahren alt. Der Abend ist kühl, aber sie sind für weit kälteres Wetter angezogen, tragen Schichten kratziger Wolle und alter Kleidung. Sie seufzt leise. Die Schwestern sind im Dorf legendär. Sie waren mit zwei Brüdern verlobt, die beide im Krieg fielen. Elise weiß, dass sie die Kirche seitdem täglich besuchen. Sie wendet den Kopf, um nicht Zeugin ihrer Trauer und Einsamkeit zu werden. Dumme Frauen. Sie müssten nach vorn blicken.

Während William sich in der Kirche umsieht, betrachtet Elise William. Wie lebt er wohl in Amerika? Was studiert er? Wie sind seine Eltern? Furcht überkommt sie, als würde giftiges Gas in den Raum dringen: Hat er eine Freundin? Irgendwie muss sie das herausfinden.

Elise setzt sich in eine der Kirchenbänke, wartet auf William, der etwas auf einen kleinen Notizblock zeichnet, wünscht und hofft, dass er keine Freundin hat, bis er schließlich zu ihr kommt und sagt, er würde gern die Krypta sehen.

»Ich wusste nicht, dass es eine gibt. Die muss wohl darunter sein?«

Ein Lächeln umspielt seine Lippen, während er ihr bedeutet vorauszugehen, und sie die Stufen finden, die hinunterführen ins Dunkel. Sie mag schon das Wort nicht, Krypta, und ist nervös, bis sich ein riesengroßer Raum mit Gemälden an den Wänden vor ihnen öffnet. Die Farben überraschen sie, die Rottöne sind noch voll und die Blaus kräftig.

Der Raum wirkt dadurch heller. Seltsam, sie wohnt ganz in der Nähe und wusste nichts davon: eine Art Kunstmuseum unter der Kirche.

»Ich habe nichts davon geahnt«, sagt sie, während sie herumlaufen und sich eingehend umsehen. »Das ist außergewöhnlich«, flüstert sie.

»Ja«, stimmt er zu. »Ist es. So viel tausendjährige Schönheit und Kunstfertigkeit.«

Es gibt raffinierte Säulen mit vielen Details an den Kapitellen. William, der hinter ihr steht, weist sie darauf hin, dass man diesen Stil korinthisch nennt. Elise hört aufmerksam zu, während sie die gemalten Engel betrachtet. Männliche Engel, ohne Hemd, sehr muskulös und mit riesigen Flügeln.

»Ich stelle mir Engel immer plump vor, nicht wie Boxer.«

William lacht leise. Dann macht er sie darauf aufmerksam, wie die Heiligenscheine dargestellt wurden: als Halbkreis um den Kopf.

Elise bemerkt einen Engel, der besonders kräftig aussieht. So stark, als bräuchte er sich bloß gegen die Kirche zu lehnen, um sie von ihren Grundmauern zu stoßen. Er hat etwas Besonderes, und sie weiß, dass sie ihn wieder besuchen kommen wird.

»Wunderschön. Einfach wunderschön«, sagt William, während er Elise die Treppe hinauf folgt, durch die Kirche und hinaus in den Abend. Elise sieht ihren Heimatort in neuem Licht und ist überglücklich darüber, wie beeindruckt dieser gutaussehende Amerikaner davon ist.

Auf der Treppe blickt sie hinauf in den Himmel und sucht den Stern, bei dessen Auftauchen sie ihren Wunsch getan hat, kann ihn aber nicht mehr finden, weil jetzt Tausende leuchten. Also schickt sie einen zweiten Wunsch gen Himmel: *Bitte mach, dass William keine Freundin hat.* Sie hält einen Augenblick inne und fügt dann hinzu, *und wenn, dann mich.*

»Möchten Sie sich noch ein bisschen umsehen?«, fragt sie.

»Würde ich gerne, aber Sie sehen aus, als wäre Ihnen kalt. Wie wäre es zuerst mit einem warmen Getränk?«

»Es gibt ein nettes Lokal beim Wasserrad, und das haben Sie auch noch nicht gesehen.«

»Führen Sie mich«, sagt er mit seinem wunderbaren Akzent.

Es ist jetzt ganz dunkel geworden, aber Elise hat das Gefühl, als leuchteten ihr die Sterne den Weg.

4

Esperance, Frankreich. Sommer 1937

Neun Wochen und vier Tage nach Williams Abreise findet Elise im Postamt ein Päckchen vor, das an sie adressiert ist. Ein Päckchen! Sie bekommt niemals Päckchen. Da sie die Schrift nicht kennt, sucht sie nach dem Absender, und beim Anblick des Namens schnappt sie nach Luft. »William Hardwick.« Instinktiv drückt sie das verknitterte braune Papier an die Brust. Was kann er ihr bloß geschickt haben? Zitternd vor Aufregung hört Elise nicht einmal, wie Amelie, die Frau, die die Poststelle betreibt, ihr hinterherruft, weil sie die übrige Post vergessen hat.

Sie fliegt die Straße entlang und ist schon halb zuhause, als sie unvermittelt stehen bleibt. Wird Maman wissen wollen, wer ihr ein Päckchen geschickt hat? Einen Augenblick lang überlegt sie, zur Bäckerei zu gehen. Aber wie sollte sie erklären, dass sie beim Öffnen allein sein will? Wenn sie doch bloß eine Tasche hätte, um es zu verstecken. Papas Umhängetasche, die an einem Haken an der Hintertür hängt, fällt ihr ein. Wenn sie noch da ist, wird sie sie künftig benutzen. Jetzt kann sie das Päckchen nur unter ihrem dünnen Pullover verstecken und hoffen, dass Maman oben in ihrem Zimmer ist, wenn sie daheim ankommt. Wieder beginnt sie zu laufen, vor lauter Aufregung schneller als zuvor.

Elise stößt die Vordertür auf und rennt die Treppe hinauf. Aus der Küche hört sie Maman rufen, aber zum ersten Mal in ihrem Leben reagiert sie nicht darauf. Sie schließt ihre Zimmertür und rückt vorsichtshalber einen Stuhl unter die Klinke. Immer noch zitternd, setzt sie sich auf ihr Bett und stellt das Päckchen behutsam vor sich hin. Einen Augenblick lang starrt sie es bloß an, nimmt den Zauber tief in sich auf. Ein Päckchen für sie, ein Geschenk, das seine Finger berührt haben! Sanft fährt sie mit der Fingerspitze über den Namen und die Adresse. William Hardwick. Seit ihrer Begegnung hat sie an nichts Anderes denken können. Wenn sie in der Bäckerei arbeitet oder in der Schule sitzt, ist die Erinnerung an die gemeinsame Zeit ihr ständiger Begleiter. Sie studiert die Art, wie er ihren Namen geschrieben hat: *Mademoiselle Elise LaCroix.* Mit einem Seufzer köstlicher Vorfreude nimmt sie das Päckchen zur Hand und zieht an der Schnur. Nichts geschieht. Sie versucht es nochmal. Nichts. Sie wird es wohl aufschneiden müssen. Ungeduldig blickt sie im Zimmer umher, bis ihr Blick auf die Nagelschere fällt, die sie von ihrem ersten Lohn gekauft hat. Sie springt auf und holt sie aus dem Schälchen auf ihrem Frisiertisch. Die Schere ist so klein, dass die Schnur sich damit nicht durchtrennen lässt, und sie muss sie durchsägen – sie kann es kaum erwarten, den Inhalt zu sehen. Schließlich gibt die Schnur nach, sie öffnet das Päckchen und zieht etwas Festes, Schweres hervor, das allerdings in zartes Seidenpapier gewickelt ist. Gerade hat sie die erste Ecke hochgeklappt, als von unten ein gewaltiger Knall ertönt. Elise zögert. Eine Sekunde vergeht, eine Minute. Soll sie nachsehen? Sie wartet, lauscht angespannt. Ein paar Sekunden vergehen, und noch ein paar. Nichts. Dann verrät das gewohnte schlurfende Geräusch, mit dem Maman sich durchs Haus bewegt, dass alles in Ordnung ist. Vorsichtig schlägt sie das Papier auseinander, und ein Umschlag und ein Buch kommen zutage.

Gedichte, von Lord Byron. Elise starrt auf den dunklen Ledereinband, die in goldenen Lettern geprägte Schrift und drückt es dann an die Brust. Es ist das Schönste, was sie je gesehen hat. Dann nimmt sie den Umschlag zur Hand. Das Papier fühlt sich in ihrer Hand dick und weich an. Er ist nicht versiegelt, also holt sie den Brief heraus und entfaltet ihn so behutsam, als wäre er zerbrechlich.

Liebe Elise,

ich möchte Dir zu Deinem sechzehnten Geburtstag ein Buch schicken, auch zum Dank dafür, dass Du mir die Stadt gezeigt hast. Es war nett, dass Du Dir die Zeit genommen hast.

Ich hoffe, Du magst Byron genauso gern wie ich.

Alles Gute,

William Hardwick

Er hat ihr ein Geburtstagsgeschenk besorgt! Sie kann es gar nicht glauben.

Die Erinnerung an jenen Abend mit William erfüllt sie, während sie sein unerwartetes Geschenk betrachtet. Das Buch auf dem Schoß, drückt sie das Papier, das es geschützt hat, ganz fest an die Brust, während eine weitere Erinnerung – die schönste – sich in ihr ausbreitet. Als William am Tag darauf abreiste, hatte er ihre Hand in die seine genommen, sich tief verbeugt und sie dann sanft auf beide Wangen geküsst, was in Amerika, wie er sagte, leider nicht üblich sei. Ihr erster Kuss. Zwar nicht auf den Mund, aber er zählt trotzdem! Die Erinnerung ist so stark, dass sie jetzt fast seine Lippen auf ihrer Wange spüren kann, während sie die einfachen Zeilen wieder und wieder liest, staunt, wie akkurat er ihren Namen geschrieben hat, und das helle Blau der Tinte bewundert. Mit einem tiefen Atemzug faltet sie den Brief zusammen und steckt ihn zurück in den Umschlag, den sie vorsichtig unter ihrem Kissen platziert, als wäre er so empfindlich wie ein Spinnennetz und so wertvoll wie Diamanten. Dann greift sie wieder nach dem Buch. Es sieht in ihren Augen … teuer aus. Das Papier wirkt wie gewebt und die Schnittkanten sind vergoldet. Auf dem schwarzen Ledereinband steht einfach nur *Lord Byrons Gesammelte Werke.* Mit zittrigen Fingern schlägt sie das Buch auf und beginnt zu lesen. Die Worte überfluten sie, während sie sich vorstellt, wie William dieses Buch für sie ausgewählt hat. Sie verliert sich in traumähnlichen Gedanken, ihr Herz rast, als sie draußen vor ihrem Zimmer Schritte hört. Schnell versteckt sie das Buch unter ihrer Bettdecke.

»Elise, was machst du da drin? Es ist schon spät.« Maman rüttelt an der Türklinke. Noch nie zuvor ist Elise einfach in ihrem Zimmer verschwunden, und Maman kann es nicht leiden, wenn gewohnte Abläufe durcheinandergeraten. Aber Elise will das Geschenk und William für sich behalten. Es ist zu kostbar, um es zu teilen.

Energisch öffnet sie die Zimmertür und sieht ihre Maman davorstehen. Anstatt eine Erklärung abzugeben, geht sie an ihr vorbei in die Küche und denkt bereits an den Brief, den sie William schreiben wird, während sie die Linsensuppe aufwärmt, die sie am Vortag gekocht hat, und Brot und Butter auf den Tisch stellt. Maman wird nicht viel essen, nur darin herumstochern. Vielleicht rauchen. Das

Rauchen stört Elise am meisten, aber heute Abend könnte das ganze Haus niederbrennen und es wäre ihr egal, solange ihr Buch – und ihr Brief – in Sicherheit sind. Sie isst schnell, macht eine Kanne Tee, schüttet in Mamans Tasse zusätzlich etwas Calvados.

Als diese schließlich mit ihrem Getränk vor dem Feuer sitzt, wartet Elise nur darauf, dass sie einschläft. Sie kennt die Anzeichen – der Griff um die Tasse lockert sich, der Kopf sinkt zur Seite und wird, so scheint es ihr, nur durch eine unsichtbare Kraft daran gehindert, von ihrem knochigen Hals zu brechen. Als Mamans Mund sich öffnet, nimmt Elise ihr vorsichtig die Tasse ab, steht auf und geht leise in ihr Zimmer. Eine Stufe knarrt, nicht lauter als das Schnurren eine Katze, aber Elise kommt es vor, als hätte jemand ein Klavier fallen lassen. »Bitte lass sie weiterschlafen.« Eine Sekunde vergeht, dann zwei. Nichts. Sie geht noch behutsamer, versucht schwerelos zu sein, öffnet ihre Zimmertür zentimeterweise. Als sie endlich in Sicherheit auf ihrem Bett sitzt, holt sie das schöne blaue Briefpapier hervor, das Papa ihr vor vielen Jahren zum Geburtstag geschenkt hat. Was soll sie schreiben? Ihr liebevoller Blick fällt auf das Buch, als würde es die Antwort enthalten. Sie nimmt es zur Hand, blättert behutsam und liest, bis sie ein kurzes Gedicht findet, das mit der Zeile beginnt »In ihrer Schönheit wandelt sie«. Beim zweiten Lesen fragt sie sich, wie es sich wohl anfühlt, wenn jemand solche Gefühle für einen hegt. Für sie. Sie liest es wieder und wieder, bis sie es auswendig kann. Dann schreibt sie: »Lieber William«.

danke für das Buch. Als das Päckchen ankam, ahnte ich nicht, was sich darin befand, und konnte es kaum erwarten es auszupacken. Ich habe schon einige Gedichte gelesen und am besten gefällt mir bisher »In ihrer Schönheit wandelt sie«.

Elise kaut auf dem Ende ihres Stifts, während das, was sie William sagen will, in ihrem Geist Gestalt annimmt. Seit ihrer Begegnung hat sie endlose Stunden damit zugebracht, darüber nachzudenken, was er wohl gerade tut, und sich an ihren gemeinsamen Abend zu erinnern. Nein, davon wird sie ihm nichts erzählen. Ihr fällt der Spaziergang zur Kirche ein, bei dem sie ihm fast anvertraut hätte, wie viel Zeit sie im Wald verbringt. Jetzt wird sie es ihm schreiben. Schriftlich ist es leichter, mutig zu sein.

Ich war im Wald spazieren, in der Nähe des Bahnhofs. Es ist nicht in der Nähe der Kirche und du hast den Wald bei deinem Besuch nicht gesehen, was schade ist. Es ist eine ganz eigene kleine Welt, und obwohl ich die Dächer der nahe gelegenen Häuser sehen kann, tue ich, als wäre ich allein an einem magischen Ort. Es gibt keinen richtigen Weg, aber ich gehe immer die gleiche Route, über Kiefernnadeln und Farnkraut, und jedes Mal sehe ich einen Pfad entstehen. Ich weiß, dass ich ihn erschaffe, und das macht mir Freude.

Neulich ging ich dort kurz nach einem Regen spazieren und entdeckte eine kleine Ansammlung von Blauglöckchen. Die Blütenblätter waren nass und glänzten, und einen Augenblick lang dachte ich daran, sie zu pflücken. Ich fand es irgendwie traurig, dass sie an einem Ort versteckt waren, wo niemand außer mir sie sehen konnte. Aber die Tatsache, dass sie dort blühten, war genug. Außerdem schienen sie dort glücklich zu sein und wären schnell verwelkt, wenn ich sie gepflückt hätte. Sie gehörten dorthin.

Sag, wie sehen die Blumen in Massachusetts aus? Was an deinem Land hat so viele große Dichter inspiriert?

Verträumt liest Elise, was sie geschrieben hat, und denkt dabei sowohl an William als auch an die Blumen. Es käme ihr nie in den Sinn, jemand anderem davon zu erzählen. Ihre Schulfreundinnen würden sie für verrückt halten, aber bei ihm fühlt es sich richtig an. Wenn sie daran denkt, wie eingehend er das Dach der Kirche studiert hat, weiß sie, dass er sie verstehen wird. Sie schreibt noch ein paar Worte und nimmt dann wieder das Buch zur Hand und liest. Während sie die Seiten umblättert, vergisst sie die Zeit, bis die Schläge der Uhr unten sie aufschrecken. Nachdem sie das Buch versteckt hat, geht sie die Treppe hinunter zu Maman, die immer noch in ihrem Sessel schläft. Jeden Abend weckt Elise sie und bringt sie ins Bett, aber dieses Mal lässt sie sie schlafen. Sie deckt sie zu, kontrolliert das Feuer, vergewissert sich, dass das Kamingitter an seinem Platz ist, und geht dann zurück in ihr Zimmer, um weiterzulesen. Und darüber nachzudenken, was sie William sonst noch schreiben will.

Sie seufzt. Was für ein wundervoller Tag!

5

Nordfrankreich, Sommer 2009

Der Wind erfasst Lucy, als sie in der Normandie aus dem Zug steigt. Es ist kalt trotz klarem Himmel und strahlendem Sonnenschein, und irgendwie hat man das Gefühl, zwei Tage gleichzeitig zu erleben. Sie hievt den Rucksack auf ihre Schultern und geht die Rampe zum Parkplatz hinunter. Sofort springt ihr eine Werbetafel für Touren zu den Landungsstränden ins Auge. Sie bleibt kurz davor stehen. Links davon bewegen sich ein paar hohe Bäume im Wind, als winkten sie ihr zum Willkommen zu. In der Ferne erheben sich Kirchtürme hoch über der Stadt. Sie ist erst fünf Minuten hier und liebt die Normandie jetzt schon genau so, wie sie Paris geliebt hat. Sie geht weiter.

Vor ihr gabelt sich die Straße. Ohne nachzudenken, biegt sie rechts ab. Es ist ihr egal, ob sie sich verläuft, aber sie spürt intuitiv, dass sie in die richtige Richtung geht. Sie kommt an Häusern mit offenen Fensterläden und Blumenkästen voller roter Blüten vorbei. So schön. Genau, wie sie es sich vorgestellt hat, denkt sie, ein typisches französisches Dorf, eine französische Stadt. Ein bisschen wie der Ort aus *Die Schöne und das Biest*, oder zumindest wie auf den Bildern in ihren Märchenbüchern.

Der Duft frisch gebackenen Brotes weht zu ihr herüber, als sie die Straße überquert. Sie spürt die unebenen grauen Pflastersteine durch ihre Turnschuhe. Eine Bäckerei taucht auf, und dann noch eine, und eine weitere. Sie scheinen überall zu sein, genau wie in Paris. Eine Woche hatte sie dort verbracht und sich jeden Tag neuer und besser gefühlt, als sie entdeckte, dass es noch anderes gab als die Universität und ein gebrochenes Herz. Es gab riesige alte Kathedralen mit Wasserspeiern, Eckbistros, in denen sich berühmte Schriftsteller trafen, gewundene Straßen, wo sich Boutique an Boutique reihte, Hotelzimmer mit Blick auf einen Fluss, der sich den Weg durch die schönste Stadt der Welt gebahnt hatte. Paris raubte ihr den Atem und erfüllte sie mit einer Freude, wie sie sie nie zuvor erlebt hatte.

Hal hatte geschrieben, aber nach ein paar Tagen las sie die Nachrichten nicht einmal mehr, sondern löschte sie gleich. Entschuldigungen waren sinnlos. Und sie würde nie verstehen, wie er behaupten konnte, sie zu lieben, und trotzdem tun, was er getan hatte. Paris lenkte sie ab, und sie war dankbar dafür.

Der Abschied von dort fiel ihr schwer, aber sie hatte ein Versprechen einzuhalten – sich selbst ebenso wie ihrem Großvater gegenüber. Und das kann nur hier geschehen, wo sich der D-Day abgespielt hatte.

An einer Ecke entdeckt sie das Schild ihres Hotels und einen Pfeil. Sie folgt ihm und findet das Gebäude, klein und weiß, unweit der Hauptstraße. Im Internet hat es viel größer ausgesehen. Im Erdgeschoss befindet sich eine Bäckerei, deren blau-gelbe Markise im Wind flattert. Lucy begutachtet einen Moment lang die Croissants und Törtchen im großen Schaufenster. Sie überlegt, sich etwas zu essen mitzunehmen, beschließt aber, zuerst einzuchecken. Gerade hat sie zu viel zu schleppen.

Drinnen kramt sie, dankbar, dem pfeifenden Wind entkommen zu sein, ihre Reservierung hervor und reicht sie dem Mädchen hinter dem Tresen. Ihr glänzendes schwarzes Haar ist zu einem Bob geschnitten, die Lippen perfekt rot geschminkt, und sie trägt eine schwarze Brille mit dickem Rahmen. Sie sieht aus wie jemand in einer Zeitschrift. Als sie Lucy erblickt – in einem Pullover von ihrem Vater und mit dem alten Rucksack ihres Großvaters wie aus der Zeit gefallen –, werden ihre Augen schmal. Außerdem sind Lucys Lippen etwas aufgesprungen. Sie muss sich einen Lippenstift kaufen. Ein rascher Blick in den Spiegel hinter dem Tresen zeigt ihr, dass der Wind ihre Haare wild zerzaust hat.

»*Bonjour*«, sagt Lucy. In Paris war sie überrascht gewesen, wie viel Französisch sie verstand. Zwar hatte sie in der Schule Französisch als Wahlfach belegt, aber kaum jemals Gelegenheit gehabt, es zu sprechen. Die Pariser schienen unbeeindruckt von ihren Bemühungen, aber Lucy hatte sich in der Sprache seltsam zuhause gefühlt und fragt sich jetzt, ob das an ihren französischen Genen liegt.

Die Angestellte – ein kleines weißes Namensschild weist sie als Helene aus – erklärt ihr in langsamem, präzisem Französisch, wo die Treppe ist, die zu ihrem Zimmer hinaufführt. Lucy ist überrascht, wie mühelos sie alles versteht. Helene reicht ihr einen Schlüssel, einen richtigen, schweren, alten Schlüssel, mit einer roten Quaste daran. Er passt überhaupt nicht zu der in sterilem Weiß gehaltenen modernen Lobby. Lucy steckt ihn in die Tasche und macht sich auf den Weg zur Treppe, die mit einem hässlichen rot-schwarz gemusterten Teppich belegt ist. Da wäre eine Renovierung fällig, denkt Lucy. Vielleicht war es deshalb die günstigste Unterkunft, die sie im Stadtzentrum hat finden können.

Im zweiten Obergeschoss dreht sie sich auf dem Treppenabsatz um und blickt den Flur auf und ab, bis sie einen Torbogen sieht, der zu einer gewundenen Treppe führt. Das muss der Zugang zu ihrem Zimmer im vierten Stock sein, von dem die Angestellte gesprochen hat. Die Treppe ist schmal, der Flur beengend, wie ein Zugang zum Dachboden, und Lucy kämpft mit ihrem Gepäck, das zweimal gegen die Wand schlägt. Ganz oben ist ihr Zimmer, als einziges. Lucy öffnet die Tür zu einem trostlosen, dunklen Raum, der als Kulisse für einen alten Krimi dienen könnte. Gegen die Düsternis hier kann keine noch so große Zahl von Lampen ankommen. Das einzige Fenster auf der gegenüberliegenden Raumseite sieht aus wie eine Briefmarke auf einem großen Umschlag. Es ist nicht groß genug, um die Atmosphäre zu verbessern.

Sie schaltet das Licht ein, und ein deprimierender Schein erfüllt den Raum. Nun sieht sie den hässlichen waldgrünen Teppichboden und die Bettdecke in einem Orangeton, der sie an die grässliche Marmelade mit den zähen Fasern erinnert, die Großvater sich jeden Morgen auf den Toast zu schmieren pflegte. Ein leichter Schimmelgeruch hängt in der Luft. Sie geht hinüber zu dem winzigen Fenster, schafft es nach mehreren Anläufen, es zu öffnen, und blickt hinunter auf den kleinen Parkplatz. In der Ferne, in Richtung Bahnhof, erkennt sie Bäume und Häuser, eine lange Reihe verbundener Dächer, die einen Bogen bilden. Wie ein Schild.

Lucy wirft ihre Tasche aufs Bett, öffnet den Reißverschluss und wühlt darin herum, bis sie ihre Zahnbürste gefunden hat. Dann geht sie ins Bad. Im Gegensatz zu dem altmodischen Schlafzimmer ist es hell, von Sonnenlicht erfüllt. Die Wände und der Boden sind weiß gekachelt. Es gibt eine große weiße Badewanne mit Füßen sowie in der Ecke eine Duschkabine. Der Raum macht auf sie den Eindruck, als hätte man zu renovieren begonnen, dann aber aufgegeben.

Wieder auf der Straße, nicht weit von ihrem Hotel, entdeckt sie eine Werbetafel für Touren zu den Landungsstränden und betritt das Büro. Eine altmodische Klingel oben am Türrahmen läutet, als Lucys Rucksack an der Tür hängenbleibt und sie plötzlich bremst. Sie muss sich freikämpfen. Als sie aufblickt, sieht sie einen Mann auf sich zukommen. Er ist etwa in ihrem Alter und hat große, graue Augen, wie sie sie noch nie gesehen hat – die Farbe des Meeres an einem bedeckten Tag. Dazwischen steht eine kleine Falte wie eine Papierschnittwunde. Er legt den Kopf schief und sieht aus, aus würde er gleich anfangen zu lachen, und Lucy, die immer noch den Rucksackriemen von der Türklinke zu lösen versucht, spürt den Effekt in ihrem ganzen Körper.

»Kann ich behilflich sein?« Sein amerikanischer Akzent überrascht sie. Lucy blickt auf, denn nun hat sie sich endlich befreit.

»Ich möchte gern eine Tour buchen, bitte.« Sie wird einfach tun, als wäre nichts geschehen.

Er nickt, als sei er über ihre Pläne informiert, dreht sich um und geht zum Tresen. Lucy erwischt sich dabei, wie sie seinen Rücken anstarrt. Sie ist einen Meter siebzig groß, und ihrer Einschätzung nach muss er mindestens eins fünfundneunzig sein. Schlank wie ein Läufer. Größer als Hal. Auch attraktiver. Der Gedanke überrascht sie.

»Wir bieten zu jedem der Strände Vormittags- und Nachmittagstouren an, aber viele sind schon ausgebucht. Wollen Sie einen speziellen Strand sehen?« Er holt einen Prospekt hervor, in dem alle Touren aufgelistet sind, und legt ihn vor sie hin. Sie entdeckt Omaha Beach und deutet darauf.

»Den hier.« Sie drückt die Fingerspitze auf die Stelle auf der Karte. Dort ist der Freund ihres Großvaters begraben. Granddad ist am D-Day dort gelandet. Viel mehr weiß sie nicht, hofft aber, dass der Ort ihrem Gedächtnis nachhelfen und ein paar vergessene Erinnerungen wecken wird.

»Wir haben einen freien Platz bei der Vormittagstour morgen. Passt Ihnen das?«

Lucy nickt, öffnet den Rucksack ihres Großvaters und holt einen Teil der Euros heraus, die sie für die Reise gewechselt hat.

»Sie allein?«

»Ich allein«, erklärt sie und nennt ihm ihren Namen.

»Wir holen Sie im Hotel ab. Wo wohnen Sie?«

Sie nennt die Adresse und blickt wieder in seine Augen. Es lag nicht nur am Licht. Sie kann wirklich nicht feststellen, welche Farbe sie haben. Doch dann wendet sie den Blick ab. Das Erste, was ihr an Hal aufgefallen ist, waren seine Augen. Diesen Fehler wird sie nicht noch einmal machen.

»Danke für Ihre Hilfe«, sagt sie und wendet sich zum Gehen.

»Vorsicht mit der Tür«, erwidert er.

»Ha, ha«, gibt Lucy über die Schulter zurück.

Beim Hinausgehen spielt sie Theater, drückt den Rucksack an die Brust, tritt aus der Tür und grinst ihn an. Sie freut sich, als er lacht.

Das Stadtzentrum ist ausgesprochen malerisch. Sie streift umher, blickt in Schaufenster, überlegt, was sie als Nächstes tun soll. An einer Ecke bleibt sie vor einem Ledergeschäft stehen. Ein ledergebundenes Tagebuch in der Farbe perfekt gegrillter Marshmallows zieht ihren Blick auf sich, und Lucy geht hinein. Der Boden des Ladens besteht aus rohem Holz, und ein Mann in einer Schürze sitzt an einer Nähmaschine. Er blickt auf, und sie fragt ihn – mit einer Geste in Richtung Fenster – nach dem Tagebuch. Er nickt, legt den Gürtel, an dem er arbeitet, beiseite, und holt es heraus. Bevor er es Lucy reicht, wischt er mit einem Tuch darüber, das er aus seiner Schürzentasche holt. Er erzählt Lucy, dass es schon eine Weile im Fenster liegt und von der Sonne ausgeblichen ist. Er bietet ihr einen Rabatt an und Lucy lacht, denn gerade die uneinheitliche Farbe des Einbands hat ihre Aufmerksamkeit erregt.

»Ich nehme es«, sagt sie und kramt weitere Euros hervor. Er wickelt das Tagebuch in Seidenpapier und steckt es dann in eine braune Tasche mit Schnurgriff. Taschen dieser Art erinnern sie immer an lang vergangene Weihnachtsfeste. An Dickens. Sie nimmt die Tasche, vergisst fast ihr Wechselgeld und geht dann hinaus in das schwindende Licht. Sie betrachtet die Auslagen des Juweliers nebenan und einer Boutique, die Schals und Handtaschen verkauft, um schließlich bei einer Bäckerei Halt zu machen und ein Baguette mit Käse zu kaufen. Damit setzt sie sich in den Park gegenüber dem Hotel. In ihrer von drei großen Bäumen geschützten Ecke nimmt sie das Tagebuch zur Hand, um zu planen, was sie jetzt alles tun will, hier in diesem kleinen Ort in der Normandie, wo Granddad seine Frau kennengelernt hat.

***

Am Morgen geht Lucy früh hinunter, in der Hoffnung, sich noch einen Kaffee holen zu können, bevor sie zu der Tour abgeholt wird, doch als sie den unteren Treppenabsatz erreicht, sieht sie ihn schon. Er spricht mit Helene, die zu ihrer Hoteluniform ein, wie Lucy findet, verführerisches Lächeln aufgesetzt hat. Wie eine dieser Frauen in den Liebesromanen, die sie heimlich gelesen hatte, weil sie wusste, dass ihr Großvater damit nicht einverstanden gewesen wäre.

Die Neigung seiner Schultern, die Art, wie sein schwarzes Haar das Licht einfängt. Er hätte gut der Held in einem dieser Romane sein können. Als sie ihn anstarrt, dreht er sich um und ihre Blicke begegnen sich.

»Hallo!«, sagt er und kommt durch die Halle auf sie zu. »Sind Sie fertig?«

Lucy nickt und hofft dabei, dass er ihren Blick nicht bemerkt hat. Er hält ihr die Tür auf und sie drückt sich an ihm vorbei. Dabei fällt ihr sein Geruch auf – sauber und seifig und noch etwas Anderes. Etwas wie Minze.

»Wir fahren mit dem Kleinbus.« Er tritt vor sie und öffnet die Beifahrertür. »Es fahren noch drei Paare mit, Sie müssen also vorne neben mir sitzen.«

»In Ordnung«, sagt sie, während er die Tür hinter ihr schließt.

Lucy spürt die Unebenheiten des Kopfsteinpflasters. Dieselbe Straße ist sie gestern entlanggegangen. Auf derselben Straße war vielleicht vor vielen Jahren ihre Großmutter unterwegs. Und möglicherweise auch ihr Großvater. Wenn sie das bloß wüsste.

***

»Unser erster Halt ist Pointe du Hoc, wo die Amerikaner am D-Day an Land gegangen sind«, beginnt Rob – er hat sich inzwischen vorgestellt – zu erzählen, als die ganze Gruppe an Bord des Kleinbusses ist. Lucy lauscht seiner Erzählung über die amerikanischen Soldaten, von denen so viele beim Versuch, die Klippen zu überwinden, zu Tode gekommen sind. Sie ruft sich die Anfangsszene von *Der Soldat James Ryan* ins Gedächtnis. Hätte sie sich den Film doch bloß mit ihrem Großvater angeschaut. Stattdessen hatte sie ihn sich mit Hal ausgeliehen.

Die Sonne scheint von einem wolkenlosen Himmel. Sie blickt aus dem Autofenster auf die ländliche französische Gegend mit Bauernhöfen, Scheunen, Kühen. Man kann sich schwer vorstellen, dass hier Krieg geführt wurde. Alles wirkt so friedlich, so ordentlich. Im Amerika würde an Plakatwänden für Esslokale geworben und Schilder würden die Entfernung nach Pointe Du Hoc anzeigen. Hier gibt es nichts dergleichen. Anders als in der Stadt, wo alles gedrängt ist, herrscht hier Weite.

Dann biegt Rob ab, fährt auf einen leeren Parkplatz und hält an. Wortlos steigen sie alle aus. Die strahlende Sonne hat sie in der Illusion gewiegt, es sei warm draußen, doch es ist kalt in Pointe du Hoc. Vom Kanal her weht ein Wind, den ihr Großvater als rau bezeichnet hätte. Während sie hinter Rob aufs Wasser, auf die Klippen zugeht, wünscht sich Lucy, sie hätte eine wärmere Jacke mitgenommen. Ganz nah an den Klippen dreht Rob sich um und beginnt über die Invasion und die vielen daran beteiligten Männer zu sprechen, über die Ereignisse am D-Day, die sich genau dort abgespielt haben, wo sie jetzt stehen.

Lucy weiß, dass ihr Großvater einer von ihnen war. Sie würde das gern der Gruppe erzählen, denn es erfüllt sie mit Stolz, doch sie schweigt und betrachtet die Landschaft. Zur Linken setzen sich die Klippen fort und ragen hoch über den stürmischen Kanalwellen auf. Wie hoch sie sind und wie steil sie zum Meer hin abfallen! Hier sind die Soldaten hochgeklettert, während Kugeln und Granaten auf sie abgefeuert wurden. Es ist ein Wunder, dass überhaupt jemand überlebte.

Sie hört die Wellen an die Felsen branden, und obwohl sie anderthalb Meter von Rand entfernt steht, ist Lucy nervös. Es kommt ihr vor, als stünde sie im kriegsgeschundenen Frankreich, als sei die Luft ein einziger Schlachtruf und das Donnern der Wellen Geschützfeuer um sie her. Der Wind nimmt zu und heult immer lauter um die auf der Klippe zusammengedrängte Gruppe, lässt Jacken wie Segel flattern. Er weht Lucy Sand in die Augen und sie beginnen zu tränen, während sie ihre Arme um den Oberkörper schlingt, um sich warm zu halten und einen Schutzwall gegen das zu schaffen, was sie angreift.

Rob hat aufgehört zu reden, und als sie hochblickt, sieht sie ihn auf sich zukommen. Ein, zwei Schritte vor ihr bleibt er stehen und öffnet den Reißverschluss seiner Fleecejacke.

Mit einer geschmeidigen Bewegung streift er sie ab, und ein grauer Pullover mit V-Ausschnitt über einem weißen T-Shirt kommt zum Vorschein. Er streckt die Arme aus und legt ihr die Jacke über die Schultern. Seine Körperwärme hüllt Lucy ein, sein Geruch erfüllt ihre Sinne, sauber und tröstlich. Sie atmet ihn ein und schiebt die Arme in die Ärmel. Sie sind viel zu lang und hängen über ihre Hände, doch das ist ihr egal, denn sie empfindet angesichts dieser Geste mehr als nur Wärme.

Er spricht weiter über Hitlers Pläne, den Atlantikwall, das Wetter an der Küste.

»Wenn Sie so weit sind, fahren wir zu unserer nächsten Station«, sagt er laut, um den Wind zu übertönen. Alle machen sich auf den Rückweg zum Auto, Rob geht voraus. Er öffnet die Tür, holt wieder einen kleinen Hocker hervor, um den Frauen das Einsteigen zu erleichtern, und bietet auch jeder seine Hand an.

»Was für ein Gentleman«, sagt eine Frau und klammert sich ganz fest an seine Hand.

Lucy sieht, wie Rob errötet. Ihre Blicke begegnen sich und sie lächeln einander kurz zu, bevor sie einsteigen, um ihre Fahrt fortzusetzen.

***

Pointe du Hoc liegt knapp sieben Kilometer von Omaha Beach entfernt. Der Wind prallt regelrecht gegen den Kleinbus, so laut, so aggressiv, dass niemand ein Fenster öffnet. Zunächst spricht auch keiner, bis schließlich einer der Männer Rob bittet, ihnen eine Hecke zu zeigen.

»Neben uns, überall.« Er deutet nach draußen und Lucy betrachtet das dichte grüne Gewirr der Büsche, die mächtig und respekteinflößend den Straßenrand säumen.

»Haben sie eine spezielle Bedeutung?«, fragt eine Frau.

Die Invasion wurde durch die Dichte der Hecken entlang der Straßen gebremst. Dahinter konnten sich die deutschen Panzer verstecken, und so kamen die Alliierten nur langsam voran. Rob hebt den Arm und deutet auf einen Bauernhof. »Sehen Sie den Zaun. Woraus besteht er?«

Es kommt Bewegung in die Fahrgäste, weil jeder sehen will, wo er hindeutet.

»Die alliierten Flugzeuge landeten auf den Feldern auf Draht, den man zu einer Art Landebahn ausgerollt hatte.« Er deutet auf einen Zaun, der aussieht, als sei er aus einer Art Stacheldraht gefertigt. »Der Zaun ist aus dem gleichen Material, das für die Landebahnen verwendet wurde.«

Von hinten sagt eine weibliche Stimme: »So lange hat das gehalten.«

Der Kleinbus fährt weiter, der Zaun bleibt hinter ihnen zurück, und die Sonne verschwindet immer wieder hinter den Hecken, die Schatten auf die Straße werfen. Lucy fragt sich, was Granddad wohl denken würde, wenn er diesen Ort jetzt sähe, wie anders er ihm erscheinen würde.

Und wieder ein Parkplatz, diesmal sehr groß, auf dem reihenweise Ausflugsbusse stehen. Lucy braucht einen Moment, bis ihr klarwird, dass sie jetzt in Omaha sind. Der amerikanische Friedhof. Der Strand, an dem Granddad gekämpft hat. Der Friedhof, auf dem sein Freund begraben liegt, den er vor so vielen Jahren besuchen wollte. Der Grund, der sie zu dieser Reise veranlasst hat. Wenn ihr Granddad ihr von dort, wo er jetzt ist, auf irgendeine Weise ein Zeichen schicken kann, dann wird er es hoffentlich tun. Sie hofft, dass er sie zu dem Grabstein führt, den sie besuchen will.

Rob parkt und sie steigen aus, auf den festen Boden des Parkplatzes. Der Wind hat nachgelassen und Lucy spürt die Sonne in ihrem Gesicht.

Es ist nicht, wie sie es sich vorgestellt hat. Aber sie hatte Capas Fotos vom D-Day im Kopf gehabt, so als spielte sich die Geschichte weiterhin ab, als würde jener *eine* Tag sich immer und immer wieder wiederholen.

Es ist ein sonniger Augusttag, und doch fühlt es sich dunkel an. Und ruhelos. So wirkt sich vielleicht Gewalt auf eine Landschaft aus.

***

Rob versammelt die kleine Gruppe um sich. »Hier lasse ich meine Gäste normalerweise allein herumstreifen. Vielleicht möchten Sie eine bestimmte Gedenkstätte besuchen oder Zeit in der Kapelle verbringen oder auch den Strand entlanggehen. Es gibt einen Pfad, der dort hinführt. Es ist ein großes Gebiet, und Sie haben jetzt zwei Stunden Zeit. Bitte seien Sie pünktlich wieder hier am Auto. Ich werde Sie nun hineinbegleiten.« Und dann sind sie Teil der Menge, die schweigend, einige jetzt mit gesenktem Kopf, das Territorium betreten, das Frankreich an die USA abgetreten hat.

Der Friedhof Colleville-sur-Mer, auf dem Zehntausende Soldaten begraben liegen. Etliche in Lucys Alter oder kaum älter. Einige jünger. Lucy denkt an den Tag, den sie in Paris auf dem Père-Lachaise verbracht hat, zwischen den kunstvoll gestalteten Gräbern der Künstler und Schriftsteller. Die dort Beerdigten hatten ihr Leben gelebt, waren Sänger, Künstler, Schriftsteller gewesen. Hier hatten die Toten nur eine Geschichte zu erzählen: die ihres Todes. Ihre Lebensgeschichte zu schreiben hatten sie keine Gelegenheit mehr gehabt.

Sie ist nicht darauf vorbereitet gewesen, dass das Areal so riesig ist. Kreuze über Kreuze reihen sich in schier endloser Folge aneinander und glänzen in der Sonne. Rob ist vor ihr, steuert zielbewusst auf ein bestimmtes Kreuz zu. Obwohl es ihr aufdringlich vorkommt, beobachtet sie, wie er davor stehenbleibt und seine Hand darauflegt. Sie meint zu sehen, dass er die Lippen bewegt wie im Gebet. Er senkt den Kopf.

Sie streckt die Hand aus und berührt das Kreuz neben sich. Es fühlt sich trotz der Sonne kühl an, was sie überrascht. Während sie sich langsam weiterbewegt, flüstert sie die Namen, die sie liest. Sie weiß nicht, nach welchem System die Kreuze angeordnet sind. Da wird sie Rob fragen müssen.

Dann entdeckt sie einen Farrell aus Rhode Island und bleibt stehen. Sie ist in Rhode Island geboren. Wäre Großvater hier umgekommen, stünde auf einem der Kreuze: Corrigan, Rhode Island. Wäre Großvater hier gestorben, hätte er nicht geheiratet und ihren Vater bekommen. Dann wäre Lucy jetzt nicht da. Es fühlt sich alles so zufällig an, so willkürlich. So beliebig. Wieder wünscht sie sich, sie wüsste den Namen von Granddads Freund, um ihre Hand auf sein Kreuz legen zu können. Ihm ihre Hochachtung zu erweisen.

Irgendwie hofft sie, dass ihr Granddad weiß, dass sie hier ist und an ihn denkt. Sie könnte ein Gebet sprechen, hat aber keine Ahnung, wie. Sie wartet ein paar Sekunden, wendet sich dann von dem Meer von Kreuzen ab und dem Lied der Wellen zu. Der Ärmelkanal, der England von Frankreich trennt. Teil des Atlantischen Ozeans, des gleichen Ozeans, an dem sie selbst Tausende von Kilometern entfernt lebt. Hier klingt das Meer anders, lauter, doch sie überlegt nicht lange, warum. Sie folgt einfach dem Sirenengesang der Wellen.

***

Ein Pfad führt vom Friedhof zum Meer. Er ist erst mit großen, glatten Steinen gepflastert und wird dann zum Bohlenweg, wie man sie an den Stränden Floridas findet. Unmittelbar vor dem Ende des Bohlenwegs, wo der Strand beginnt, entdeckt Lucy ein Schild auf Französisch, das den Bereich als Schutzgebiet ausweist. Die Luft ist von Salz erfüllt, am Ufer brechen sich sanft die Wellen, und Lucy sieht den Ärmelkanal vor sich. Sie bewegt sich darauf zu, der Boden unter ihren Füßen ist gleichzeitig fest und uneben in seiner Mischung aus Sand und Meer. Frieden und Krieg. Vergangenheit und Gegenwart.

Sie blickt sich um, versucht herauszufinden, wo von hier aus gesehen Pointe du Hoc liegt. Wo endet Omaha und wo beginnen die vier anderen Strände? Die Amerikaner haben hier gekämpft und am Utah. Die Kanadier am Juno und die Franzosen und Briten am Sword und am Gold Beach. Sie dreht sich im Kreis, versucht die vier Himmelsrichtungen auszumachen. Blickt sie landeinwärts, liegt der Utah links vom Omaha. Wenn sie doch bloß so einfach herausfinden könnte, welchen Weg ihr Großvater genommen hat.

Lucy geht zum Wasser, und da niemand in der Nähe ist, zieht sie Schuhe und Socken aus. Der Sand fühlt sich unter ihren Füßen kalt an, und das Wasser, das ihre Zehen umspült, verschlägt ihr fast den Atem. Sie starrt hinunter, als könnte sie Blut entdecken. Wie mag es für diese jungen Soldaten gewesen sein, vom Landungsboot zu springen, durch das eisige Wasser zu waten und dabei das Artilleriefeuer zu hören, das Geräusch der Kugeln, die von dem Boot abprallten? Die Kälte war wahrscheinlich ihr geringstes Problem. Während ihre Füße vom Wasser langsam taub werden, versucht sie sich auszumalen, was an diesem Ort vor all den Jahren geschehen ist, wie die jungen Männer sich gefühlt haben mögen, die in den Kugelhagel hineinliefen. Aber manches übersteigt einfach ihre Vorstellungskraft.

6

Esperance, Frankreich. 1937

Als Elise vom Geräusch des Regens erwacht, durchzuckt sie freudige Dankbarkeit. Der Wald ist strohtrocken, der Wasserspeicher leer. Da kann nur ein richtiger Regen helfen, doch das ist nicht der Grund für ihre Freude. Wenn sie in den Regen hinausblickt, der auf den Straßen tanzt, empfindet sie Hoffnung. Vielleicht werden die schlechten Zeiten jetzt weggespült und neue, bessere Zeiten kommen. Sie schlüpft aus dem Bett und nimmt ein Bad, dann schlingt sie rasch ihre Haare zu einem Knoten, zieht ein Kleid und Strümpfe an und streift Papas Regenmantel darüber. Er ist ihr viel zu groß und sie muss die Ärmel hochkrempeln, aber er hält sie warm und trocken. Eigentlich hatte sie mit dem in der Bäckerei verdienten Geld einen neuen Mantel kaufen wollen, dann aber entdeckt, dass sie diesen hier gerne trägt. Er hat seinen Geruch. Sie fühlt sich darin sicher, als würde er sie umarmen. Und er ist warm. Sie darf sich keine Erkältung holen. Sie hat einfach keine Zeit zum Kranksein.

Dann sieht sie nach Maman, die noch schläft. Die Falten, die sich in ihr Gesicht gegraben haben, wirken im Schlaf weicher, und Elise hofft, dass sie sich beim Erwachen besser fühlen wird. Sie schnappt sich einen Regenschirm, verlässt das Haus und macht sich auf den Weg zur Bäckerei.

»*Bonjour*, Monsieur Allard. *Bonjour*, Marianne.« Wie üblich kündigt die Ladenglocke ihr Eintreffen an. Sie hält inne und genießt den Geruch nach frischem Brot. Sie liebt die Düfte in der Bäckerei und scherzt oft mit dem fröhlichen, beleibten Bäcker, sie könne sogar Zuckerguss riechen.

»*Bonjour, chérie*«, schallt seine Stimme durch den Raum. Man wusste immer, wo er steckte. Das war eines der Dinge, die sie an ihm liebte.

Auf dem Weg in die Küche schnappt sie sich eine Schürze und fragt, was zu tun ist. Während er wild gestikuliert, ertappt sie sich dabei, wie sie schon an ihre Mittagspause denkt, wenn sie durch den Park zur Post laufen kann. Irgendwie weiß sie, dass heute der Tag ist und dass ein Brief kommen wird. Sie füllt die Körbe mit Brot, glasiert einen Kuchen. Michel kommt und sie setzt sich ein paar Minuten mit ihm hin und füttert ihn mit einem Törtchen, das zerbrochen ist, als sie es aus der Form nahm. Dann spült sie Teigschüsseln und Backbleche – normalerweise die Arbeit, die sie am wenigsten mag, aber heute macht es ihr nichts aus. Während sie spült und von den Seifenflocken mehrmals niesen muss, stellt sie sich vor, wie Amelie, deren rote Haarmähne heute vom Regen kraus sein wird, ihr im Postamt auf ihre neckische Art Williams Brief überreichen wird. Schließlich, als die Zeiger der großen Uhr über dem Tresen zwei Uhr anzeigen, fragt Elise, ob sie kurz verschwinden darf.

Monsieur Allard runzelt die Stirn. »Ist daheim was nicht in Ordnung?«, erkundigt er sich und blickt in den Regen hinaus.

»Nein, ich würde nur gern nach der Post sehen. Habe ich ein paar Tage nicht gemacht.«

»Aber natürlich. Nichts wie los.« Mit einer ausladenden Handbewegung schickt er sie auf den Weg und bringt sie damit zum Lachen. Monsieur Allard ist so voller Energie und Leben.

Elise läuft zur Post, der Regen tanzt weiter um sie herum, der alte Regenmantel hält sie trocken. Als sie drinnen ist, bemerkt sie die Stille. Für einen Augenblick gerät ihr Glücksgefühl ins Wanken und sie tritt mit einem unsicheren Lächeln auf Amelie zu. Elise fällt auf, dass sie ein Haarband trägt, um die verrückten roten Locken zu bändigen – ein gescheiterter Versuch. Was, wenn er nicht geschrieben hatte? Was, wenn er nie wieder schrieb? Der Gedanke behagt ihr ganz und gar nicht. Sie hat nur ein paar Stunden mit ihm verbracht, aber irgendwie kommt es ihr vor, als seien diese Stunden die wichtigsten ihres Lebens gewesen.

Ein paar Männer beugen sich über eine Zeitung und sprechen über Mussolini und Hitler. Sie scheinen Angst vor Deutschlands Führer zu haben, Angst vor dem Faschismus. Elise weiß nicht einmal genau, was das ist, sie hat keinerlei Interesse an Politik, Deutschland oder Italien. Das Leben in ihrer kleinen Enklave in Frankreich ist herausfordernd genug, auch ohne sich wegen Angelegenheiten zu sorgen, auf die sie keinerlei Einfluss hat.

»Jede Menge Post heute«, grinst Amelie, während sie ihr ein hübsches Päckchen mit Schnur zusammengebundener Briefe überreicht. Ganz oben liegt der blaue Luftpostumschlag. Sie kennt das Papier. Sie kennt die Schrift. Aufregung durchflutet sie.

»Danke.« Elise errötet, schnappt sich den ganzen Stapel, hat aber nur Augen für einen einzigen Umschlag.

»Und wie geht's deiner Mutter?«

»Gut, danke.« Sie muss zurück in die Bäckerei. Und sie wird Williams Brief erst später am Abend lesen können. Doch allein schon die Gewissheit, dass der Brief in ihrer Tasche steckt, trägt sie heiter durch den Rest des Tages. Während sie zusieht, wie die Minuten vergehen, hört der Regen auf und macht einem Regenbogen Platz. Sie lächelt.

***

Daheim geht Elise geradewegs in ihr Zimmer und setzt sich aufs Bett. Eine kleine Weile lang betrachtet sie den Umschlag, ehe sie ihn vorsichtig öffnet.

Williams Brief ist zwei Seiten lang, auf dünnem blauen Papier, das zum Umschlag passt. Wieder staunt sie über seine gestochen scharfe, klare Schrift.

Liebe Elise,

danke für Deinen schönen Brief. Ich freue mich, dass mein Buch angekommen ist und dass Du die Lektüre genossen hast. Es war das Mindeste, was ich nach meinem Besuch tun konnte. Danke nochmal, dass Du mich herumgeführt hast.

Deine Lesestunden im Wald stelle ich mir sehr angenehm vor. Im Sommer sitze ich gern mit einem Stapel Bücher am Strand in der Nähe meines Elternhauses. Wenn es kühler wird, lese ich gern in der Bibliothek. Ich habe einen Lieblingsplatz an einem Fenster, von wo aus ich die Bäume sehen kann. Hier sitze ich auch jetzt und schreibe, nehme mir eine Auszeit von den Anstrengungen des Studiums.

Du hast mich nach Dichtern gefragt, die von dem Teil der

Welt inspiriert wurden, in dem ich lebe. Das ist eine schwierig zu beantwortende Frage, da ich selbst überhaupt nicht kreativ bin. Aber ich glaube, die Menschen verbinden sich in unterschiedlicher Weise mit dem Land. Meine Mutter kann stundenlang den Kolibris am Futterhäuschen zusehen, während mein Vater noch nicht mal weiß, dass Kolibris überhaupt existieren – oder Vögel überhaupt. Aber wenn es ihr selten genug einmal gelingt, ihn zu einem Spaziergang zu animieren, hat er immer einen Stein in der Tasche, wenn er zurückkommt. Manchmal weiß er, was für ein Stein es ist, und sonst schlägt er in einem großen Buch nach. In einer anderen Zeit wäre er wahrscheinlich Archäologe geworden. Die Menschen sind so unterschiedlich, jedenfalls in ihren Interessen, und wer weiß, was Whitman, Dickinson oder gar Hugo angesprochen hat. Ich würde sagen, jeder Ort hat seine spezielle Schönheit, aber einen schöneren Ort als Neuengland im Herbst, wenn sich die Blätter färben, kann man sich schwerlich vorstellen.

Gerade lese ich ein Buch von Pearl S. Buck mit dem Titel Die gute Erde. *Hast Du davon gehört? Es hat den Pulitzerpreis gewonnen und ich verstehe auch, warum, obwohl die Geschichte traurig ist. Manche Menschen stehen in ihrem Leben vor unglaublichen Herausforderungen. Wenn Du es gelesen hast, lass es mich wissen.*

Alles Gute,
William Hardwick

Elise liest den Brief dreimal von Anfang bis Ende, bleibt aber an dem Absatz hängen, in dem er sie bittet, ihm ihre Gedanken zu *Die gute Erde* mitzuteilen. Das ist doch eine Einladung zum Zurückschreiben und macht das »Alles Gute« schon fast wett. Sie drückt die Seiten an ihr Herz, blickt aus dem Fenster und träumt. Davon, ihn wiederzusehen. Seine Hand zu halten. Sich zu verlieben ... Nachdem sie den Brief sorgfältig gefaltet hat, steckt sie ihn zurück in den Umschlag und dann in den alten Überseekoffer ihres Vaters, den sie aus dem Verschlag unter der Treppe geholt hat. Das ging nicht geräuschlos ab, und Maman rief nach ihr, aber sie will alles, was William ihr schickt, in Sicherheit wissen. Sie legt den neuen Brief hinein und schließt dann sanft den Deckel.

Morgen wird sie in die Bibliothek gehen und sich *Die gute Erde* ausleihen.

7

Omaha Beach. 2009

Lucy beugt sich hinunter und steckt die Hände ins Wasser, das auf ihrer Haut sticht. Wieder denkt sie an die Soldaten, die vom Landungsboot in das eisige Wasser sprangen, nur um in den Kugelhagel hineinzulaufen. *Granddad war einer von ihnen.* Wie geht das, erst Schule oder Universität, und dann in einem Krieg kämpfen? Und dann denkt sie darüber nach, wo sie steht. Wie fühlt man sich, wenn Truppen ins eigene Land einmarschieren? Ein kaltes Grauen befällt sie, das nichts mit dem Wasser zu tun hat. Sie erschauert, während sie sich von den Wellen entfernt, und überlegt. Was, wenn sie eines Morgens aufstehen und die hintere Tür öffnen würde, um, wie Granddad zu sagen pflegte, *die Sonne hereinzulassen,* und es käme ein Trupp Soldaten durch den Sand auf das Haus zumarschiert? Wo versteckt man sich? Wie überlebt man? Und wie macht man weiter, wenn es vorbei ist?

Sie reibt die Hände aneinander, um sie warm zu bekommen, und blickt dabei den Strand hinunter. Jemand kommt auf sie zu.

Rob.

»Hallo«, sagt er leise, gerade laut genug, dass sie ihn über die Wellen hinweg hören kann.

»Hallo«, antwortet sie. Seine Gegenwart reißt sie aus ihren Tagträumen. »Bin ich zu spät? Habt ihr auf mich gewartet?«

»Nein, wir haben noch Zeit. Ich sah Sie bloß allein da am Strand und wollte mal nach Ihnen sehen.«

»Oh«, ist alles, was sie herausbringt, überrascht über seine Freundlichkeit. Als sie die Socken über ihre sandigen Füße zieht, kommt sie sich dumm vor.

»Das ist nett von Ihnen, danke. Mir geht es gut.« Sie schwankt leicht, als sie aufsteht, und er bietet ihr seine Hand an. Sie nimmt sie und spürt seine Wärme. Ihre Hände sind sehr kalt.

»Sind Sie allein unterwegs?«

»Ja, bin ich.«

Er nickt, das kann sie daran sehen, wie sich der Kopf seines Schattens auf dem Strand bewegt, während sie sich aufrichtet. Gemeinsam machen sie sich auf den Weg.

»Aus welchem Teil der Staaten kommen Sie?«, fragt sie.

»Massachusetts. Und Sie?«

»Ich wohne in Florida, wurde aber in Rhode Island geboren.«

»Dann waren wir also Nachbarn.«

»Ich war noch sehr klein, als ich wegzog«, sagt sie. »Wohnen Sie hier?«

»Momentan ja. Wann sind Sie hier angekommen?«

»Gestern.« Sie hält inne. »Kommt mir aber länger vor.«

»Was machen Sie ganz allein in dieser Gegend?«

»Mein Großvater hat hier gekämpft.« Das ist nicht die ganze Geschichte, aber es ist wahr.

Er wartet, als wüsste er, dass da mehr ist.

»Und lernte hier seine Frau kennen.«

»In der Normandie?«

Sie nickt. »Hat aus Ihrer Familie auch jemand hier gekämpft?«, fragt sie, als ihr einfällt, wie er auf dem Friedhof die Hand auf eines der Kreuze gelegt hat.

»Mein Großvater hat hier seinen älteren Bruder verloren. Er erzählt mir ständig, wie ähnlich ich ihm sehe.«

Sie gehen vom Strand zum Weg, das Geräusch der Wellen mischt sich mit dem Rauschen der schwankenden Bäume, ihren Schritten auf den Holzplanken. Da ist wieder der Friedhof, genauso überwältigend wie beim ersten Anblick. Einer der Männer aus der Gruppe gesellt sich am Reflexionsbecken zu ihnen und stellt Rob Fragen, Lucy ist also ihren eigenen Gedanken überlassen.

Sie geht zum schimmernden Wasser des Beckens, das in der kräftigen Morgensonne leuchtet, und wendet sich dann dem Meer aus Kreuzen zu. Ihr wunderbarer, lieber, lustiger Großvater, den sie mehr geliebt hat als irgendjemanden sonst auf der Welt, hat überlebt. Und sie ist so dankbar dafür.

8

Esperance, Frankreich. 1937

Elise braucht nicht lange, um *Die gute Erde* zu lesen. Nicht, weil es ihr so gut gefällt – sie findet es vielmehr ziemlich traurig –, sondern weil sie weiß, dass sie William, wenn sie fertig ist, wieder schreiben und ihm ihre Gedanken mitteilen kann. Maman erzählt sie nichts davon, und Marianne ist immer zu beschäftigt. Es gibt ein neues Mädchen im Ort, sie kommt aus Brüssel und wohnt in der Nähe der Bücherei bei ihrer Tante und ihrem Onkel. Ihr Name ist Geneviève, und Elise findet sie gleichzeitig faszinierend und furchteinflößend. Sie hat schwarzes Haar und grüne Augen und ist sehr schön. Die beiden haben miteinander gesprochen, als sie sich in der Bücherei begegneten. Geneviève ist eine eifrige, begeisterte Leserin, und Elise beobachtet, wie sie über Atlanten brütet, um irgendetwas zu planen. Eine Reise, ja, aber mehr als das. Eine Flucht. Elise weiß das, weil sie ähnlich empfindet. Geneviève ist nicht wie die anderen Mädchen in der Stadt. Aber Elise ja auch nicht. Vielleicht ist es das, was sie beide in die Bücherei zieht.

Im Dämmerlicht ihres Zimmers sieht der Himmel draußen nun, wo die Tage kälter werden, weißlich aus. Elise sitzt an ihrem Schreibtisch und schreibt an William. Seinen letzten Brief kennt sie auswendig, holt ihn aber trotzdem aus dem Koffer und legt ihn neben sich, ebenso wie ihr Exemplar von *Die gute Erde*.

Lieber William,

ich hoffe, diese Zeilen erreichen Dich bei guter Gesundheit.

Gerade habe ich Die gute Erde *zu Ende gelesen. Nichts für schwache Nerven, stimmt's? Ich wusste über den Boxeraufstand nicht so Bescheid, darum habe ich in der Bücherei darüber nachgeforscht. Habe ich Dir erzählt, dass ich jetzt auch dort arbeite, zusätzlich zur Bäckerei? Nur ein paar Mal die Woche, und es gefällt mir wirklich gut, besonders, wenn wir neue Bücher hereinbekommen. Manchmal denke ich, es wäre schön, in einer Bücherei zu wohnen und alles, was man wissen will, immer gleich nachschlagen zu können. Aber wir müssen dankbar sein für das, was wir haben, besonders im Vergleich zu dem armen Wang-Lung und seiner Frau. Als O-Lan ihr Baby nach der Geburt tötet, um ihm ein Leben in Armut und Leid zu ersparen, musste ich das Buch für ein paar Stunden beiseitelegen und wurde den Gedanken nicht mehr los, wie schwer es manche Menschen haben. Was ich über den Boxeraufstand las, hat mich erschüttert. Stell dir vor, Schmuck und schöne Sachen zu besitzen, während andere um dich herum verhungern. Schrecklich.*

Hm, dieser Brief ist ja bisher ausgesprochen fröhlich geraten!

Wie ist es jetzt in Massachusetts? Liest Du immer noch am Strand oder bist Du drinnen, hast es warm und gemütlich? Habt Ihr Schnee? Bei uns ist es manchmal, wie ich es nenne, leicht überzuckert, was sehr schön aussieht, aber ich würde gern einen richtigen Schneesturm erleben, mit Verwehungen und schneebedeckten Dächern und funkelndem Licht, das von der silbrigweißen Fläche zurückgeworfen wird. Wie mag ein richtiger Schneesturm mit hohen Schneewehen sein?

Sie trinkt einen Schluck. Es ist Zeit, das Thema zu wechseln, damit der Brief nicht wie ein Wetterbericht klingt.

Sicher studierst Du jetzt. Das ist bestimmt anstrengend, aber auch befriedigend, denn Du lernst Neues und beweist anderen, dass Du es weißt.

Elise würde gern eine Lehre zur Konditorin machen, aber in der Nähe gibt es keine Ausbildungsstelle, und sie kann Maman nicht alleinlassen, doch das erzählt sie ihm nicht. Früher hat sie davon geträumt, nach Paris zu ziehen, jetzt träumt sie von Boston – da könnte sie gleich vom Mond träumen.

Was gefällt Dir am Studieren am besten? Das würde mich interessieren.

Am Ende faltet sie den Brief zusammen und steckt ihn in einen Umschlag. Sie wird ihn morgen abschicken, bevor sie zur Arbeit in die Bäckerei geht.

***

Als die Tage kürzer werden, spielt Elise mit dem Gedanken, William ein Weihnachtsgeschenk zu schicken. Eines Tages, als die Luft so kalt war, dass Elise sich fest in ihren Schal wickeln musste, als sie aus dem Haus ging, kam sie an einem Laden vorbei und sah ein ledergebundenes Tagebuch im Fenster liegen. Die matte Farbe erinnerte sie an die Heuballen auf den nahe gelegenen Feldern der Bauern. Irgendwie konnte sie William vor sich sehen, in einem Sessel am Fenster, wie er etwas hineinschreibt.

Sie sparte noch darauf, als Marianne eines Samstags, als in der Bäckerei wenig los war und sie sich einen heißen Tee gönnten, meinte, es sei wichtig, dass die Männer sich anstrengten, um eine Frau zu gewinnen. Elise hatte Marianne nie von William erzählt, wusste aber intuitiv, warum ihr dieser Rat erteilt wurde. Sie sparte also weiter und ging nicht mehr an dem Laden mit den Tagebüchern vorbei, um nicht schwach zu werden. Sie kaufte eine schöne Weihnachtskarte für ihn und schrieb in ihrer schönsten, fließenden Handschrift eine fröhliche Botschaft hinein. Dann wartete sie. Und wartete. Auf dem Weg zur Bäckerei, bei der Arbeit in der Bücherei, oder wenn sie das Haus putzte und Maman versorgte, immer wartete sie.

Nichts. Vielleicht war alles vorbei. Vielleicht stimmte er ihren Gedanken zu *Die gute Erde* nicht zu. Aber nein, das wäre lächerlich. Vielleicht beanspruchte eine neue Freundin all seine Zeit. Bei dem Gedanken wurde ihr innerlich ganz kalt.

Und dann, zwei Tage vor Weihnachten, als es stürmte und große Schneeflocken fielen, ging Elise zum Postamt. An dem breiten Lächeln auf Amelies Gesicht sah sie schon, dass etwas für sie gekommen war. Sie hatte Amelie nie von William erzählt, aber irgendwie weiß in ihrer Stadt jeder alles.

»*Bonjour*, Elise. Happy Christmas!«, flötet Amelie und reicht ihr ein in braunes Papier gewickeltes Päckchen mit der inzwischen vertrauten Handschrift. Freude durchflutet Elise, und mit zittrigen Händen schiebt sie das Päckchen und die übrige Post in Papas Umhängetasche. Das abgenutzte Leder und der Geruch, tief und schwer und erdig, erinnern sie so sehr an ihn. Mit einem breiten Lächeln, das

Amelie gilt, schließt sie die Tasche; dann zwingt sie sich, stehen zu bleiben und ein paar Minuten zu plaudern, bemüht, ihre Aufregung zu zügeln und höflich zu sein. Das Postamt ist um diese Jahreszeit ein heiterer Ort, alle sind guter Laune. Seltsamerweise wirkt Amelies Haar während der Weihnachtszeit noch röter.

»Kommt Philippe über Weihnachten?«, erkundigt sich Amelie, während sie braunes Papier für ein Päckchen zuschneidet. Elise nickt, obwohl Philippe, den sie bereits am Vortag erwartet hatten, bisher nicht aufgetaucht ist. Maman ist vollkommen verzweifelt, an Feiertagen geht es ihr immer besonders schlecht. Elise hat ihr Bestes gegeben und einen kleinen Baum sowie einen Rumkuchen besorgt, eine Seife als Geschenk für Maman und Socken für Philippe, weiß aber, dass sie selbst nichts bekommen wird. Philippe wird sich, sofern er überhaupt auftaucht, nicht die Mühe machen, und Maman verlässt gar nicht das Haus. Das Postamt füllt sich, also winkt Elise Amelie zum Abschied fröhlich zu und macht sich auf den Weg zur Bäckerei. Nach dem Gewicht des Päckchens und seiner Größe hat sie bereits eine Ahnung, und ihre Spannung steigt. Wie sie es schaffen soll, zuhause nicht sofort das Papier herunterzureißen, weiß sie nicht. Aber dieses erste Weihnachten nach der Begegnung mit William soll wirklich besonders für sie werden, und darum will sie mit dem Öffnen warten. Sie wird durchhalten.

Die Türglocke klingelt besonders fröhlich und festlich, als Elise den Laden betritt. Ein Windstoß, der Schnee hereintreibt, lässt ihren Auftritt dramatisch wirken. Der Duft von Gebäck und Kuchen erfüllt die Luft, und der Laden ist voller Kunden. Schnell geht sie in den hinteren Raum und zieht ihre Schürze an. Marianne ist nirgendwo zu sehen, was seltsam ist.

»*Alors bon,* du bist da«, sagt Monsieur Allard. »Du bedienst die Kunden und ich fülle die Vitrine auf.«

»Ja, natürlich.« Elise löst ihn rasch ab, wickelt Baguettes in Papier und verpackt Weihnachtskuchen. Die Früchte haben wochenlang in Alkohol gelegen, und der Anblick des fertigen Produkts macht sie noch glücklicher. Die Türglocke läutet unentwegt und Elise gönnt sich keinen Moment Pause, selbst wenn sie an William und ihr Paket denkt. Sie arbeiten bis weit nach Ladenschluss und sperren die Ladentür erst zu, als es nichts mehr zu verkaufen gibt. Monsieur Allard strahlt.

»*Alors, bon!*«, verkündet er, während er die Tür so heftig schließt, dass die Glocken klimpern und zu tanzen scheinen. Er kommt zu Elise hinüber und zieht sie in seine Arme, als würden auch sie beide zu tanzen beginnen.

»*Frohe Weihnachten, schöne Elise!*«, ruft er aus. Elise spürt seinen vom Ofen und der schweren Arbeit erhitzten Körper. Sie ringt in seinen Armen nach Luft, als Marianne mit Michel neben ihr auftaucht und sagt: »Lass sie runter, bevor du das arme Mädchen erstickst!« Aber auch sie muss lachen. Im Gänsemarsch gehen sie die gewundene Treppe in die Wohnung über dem Laden hinauf. Bei dem Anblick, der sich ihr dort bietet, verschlägt es ihr fast den Atem. Zwar hat sie etwas geahnt, da sie weiß, dass Monsieur Allard gerne feiert, doch nun schwelgt sie im Duft feiner Speisen. Marianne hat für sie alle gedeckt, mit Brot und Käse und Rindergulasch, der Lieblingsspeise ihres Mannes. Die

Wohlgerüche, das Gefühl von Befriedigung nach harter Arbeit, die Vorfreude auf den Inhalt des Päckchens, all das lässt Elise fast schwindeln vor Freude.

»Wir machen eine kleine Weihnachtsfeier, ganz unter uns«, sagt er strahlend.

»Nach dir.« Monsieur Allard deutet auf einen Stuhl und zieht ihn für sie heraus. Elise sieht auf der Sitzfläche ein Paket in buntem Glanzpapier und weiß, dass es für sie ist. Sie hat natürlich eine Kleinigkeit für Michel, aber nichts für Marianne und Bertrand. Leise Schuldgefühle trüben ihre Stimmung.

»Eine Kleinigkeit von Michel, weil du ihn immer so ausgiebig kitzelst«, meldet sich Marianne zu Wort. »Mach es doch einfach gleich auf.« Marianne weiß immer, was zu tun ist, in jeder Situation. Eine Gabe, die Elise auch gern hätte.

»Das Papier ist so schön.« Elise bemüht sich sorgfältig, es nicht zu zerreißen, während sie langsam den Klebestreifen abzieht. Es raschelt, als sie es auseinanderfaltet und etwas Weiches, Rosafarbenes vorfindet. Es ist ein langer Schal, eine Stola. Als sie sie hochhält, sieht sie ein wunderbares Muster mit Schmetterlingen und Wildblumen, das aus zarten burgunderfarbenen und goldenen Fäden hineingewebt ist.

»Oh, ist das schön!«, haucht Elise und berührt vorsichtig das seidige Material.

»Das hat Bertrand in Paris gekauft. Bestimmt besitzt kein Mädchen hier in der Gegend so etwas. Du wirst einzigartig sein.«

»Das ist sie schon!« Monsieur Allard strahlt sie über die Schulter an, während er die Teller mit Gulasch füllt. »Vielen lieben Dank!« Sie verneigt sich und küsst zuerst Marianne und dann Monsieur Allard. Als sie dann Platz nimmt und isst, fühlt sie sich sicher und glücklich, während es draußen weiter schneit.

Als es für Elise Zeit ist, aufzubrechen, schneit es so stark, dass Monsieur Allard erklärt, er werde sie begleiten. Er holt seinen schweren Übermantel, doch Elise hält ihn zurück, indem sie ihre kleine Hand fest auf seinen Arm legt.

»Sei nicht albern, bleib mit deiner Familie hier im Warmen. Ich komme schon zurecht.«

»Nimm wenigstens meinen Hut und meinen Schal.« Er wickelt seinen langen, gestrickten Wollschal, der breiter und dicker ist als ihr eigener, um ihren Hals. Der Wind erfasst die Tür, und sie ist froh, als er sie zurückzieht. Der Schnee fühlt sich an wie Eis, sticht in ihren Augen und auf den Wangen. Sie kann sich nicht erinnern, jemals solche Kälte oder so starken Schneefall erlebt zu haben. Für den Weg braucht sie doppelt so lange wie sonst, weil sie gegen einen Wind ankämpfen muss, der sie gleichzeitig zu schieben und zu bremsen scheint. Sie drängt weiter vorwärts und versucht nicht daran zu denken, wie weit es noch ist. Als sie zuhause ankommt, wird ihr bang ums Herz. Es sieht so dunkel und unheimlich aus. Kein Stechpalmenkranz an der Tür, kein Licht, das sie willkommen heißt, nicht einmal ein Lichtschein aus einem der Fenster. Das Haus kommt ihr vor wie ein Mausoleum. Niedergeschlagen öffnet sie die Tür. Sie weiß, dass Philippe nicht gekommen ist. Maman sitzt allein im Dunklen, eine Flasche Calvados neben sich. Elise beißt die Zähne zusammen und entzündet schweigend ein Feuer.

»Bei dem Wetter schafft es Philippe bestimmt nicht hierher«, sagt Elise und blickt aus dem Fenster. Obwohl es draußen schon dunkel ist, wirkt der Himmel wegen des Schnees und der Wolken hell, eine geisterhafte graue Farbe. Sie schließt die Augen und ruft sich in Erinnerung, dass hinter all dem Schnee und den Wolken der Mond steht und über sie wacht, wie Papa ihr immer erzählt hat, wenn sie als Kind manchmal schlecht träumte. Sie dreht sich um, um den Tisch zu decken, und sieht, dass Maman in ihrem Sessel eingeschlafen ist. Ihr Kopf ist auf die Brust gesunken, ihre Beine in einem seltsamen Winkel gespreizt. Plötzlich ist Elise alles zu viel, die nicht enden wollende Traurigkeit, das dunkle, leere Haus, die Lügen ihres Bruders. Ein Scheit im Ofen knistert und bricht, und Maman zuckt kurz zusammen, wacht aber nicht auf. Elise sieht, dass ihr der Speichel aus dem Mund rinnt. Ihr Magen zieht sich vor Ekel zusammen, aber sie schluckt die Übelkeit herunter und denkt daran, wie diese Frau einmal gewesen ist – nicht mütterlich, aber so lebendig –, und an die guten Zeiten vor Papas Tod. Es muss schrecklich sein, den Ehemann zu verlieren, den man so innig liebt. Und davor hatte sie im Krieg schon beide Brüder verloren.

Doch immerhin hat sie noch Elise und Philippe. Sie sind doch auch wichtig! Elise schließt die Augen und stellt sich vor, wie William in genau diesem Zimmer steht, so wie sie ihn zum ersten Mal gesehen hat. Wie verbringt er wohl den Heiligabend? Sicher ist das Haus voller Menschen und es herrscht freudige Aufregung. Sein jüngerer Bruder Aaron ist erst acht Jahre alt, ein tolles Alter für Weihnachten. Elise stellt sich einen großen Baum vor, der mit Lichtern und bunten Kugeln geschmückt ist. Kerzenschein, knisterndes Feuer. Freunde, die mit Geschenken vorbeikommen. Der Duft des Weihnachtsessens und Freude in der Luft. Sie stellt den Feuerschirm vor den Kamin, schließt die Tür und kriecht ins Bett. Schlaf übermannt sie, sobald ihr Kopf das Kissen berührt. Es ist ein langer Tag gewesen und sie ist schrecklich müde, aber die Aussicht auf Williams Geschenk hat sie durchhalten lassen.

***

Eine in weißen Schnee getauchte Welt und eine Vorahnung von Sonne begrüßen Elise, als sie aufwacht. Das Päckchen! Im Handumdrehen ist sie aus dem Bett gesprungen und zieht es aus der Kommodenschublade, in die sie es am Vorabend gesteckt hat. Wie bei seinen Briefen fährt sie zunächst mit dem Finger über seine Handschrift, bevor sie es öffnet. Sie spürt kaum, wie kalt es im Zimmer ist. Im Bett sitzend, schneidet sie die Schnur durch und zerreißt das braune Papier. Sie kann einfach nicht anders. Darin findet sie ein weiteres Päckchen, in dunkelrotes Papier gewickelt und mit einer eleganten Goldschleife verschnürt. Es ist so schön! Sie knotet die Schleife vorsichtig auf und wickelt das Geschenk aus, ohne das Papier zu beschädigen. Es ist ein Buch mit dem gleichen Einband wie die Werke Byrons, die er ihr geschickt hat, bloß ist es dieses Mal Wordsworth. Jetzt hat sie schon zwei davon!

Sie zittert vor Freude, als sie den cremefarbenen Umschlag zur Hand nimmt. Darin steckt eine Weihnachtskarte, auf der ein Reh durch den Schnee läuft. Über die gedruckte Botschaft auf der Karte hat er in seiner sorgfältigen Schrift bloß geschrieben: »Liebe Elise«, und darunter »Herzliche Grüße, William.« Ein Brief ist nicht dabei, und sie merkt, wie sehr sie sich auf Neuigkeiten von ihm gefreut hat. Und die Karte, na ja, die Karte zeigt ihr, dass sie für ihn einfach nur die kleine Schwester seines Freundes ist. Sie fühlt sich gedemütigt. Er hat Mitleid mit ihr. Er hat Maman gesehen und weiß, wie Philippe ist. Die Erkenntnis trifft sie wie der Teppichklopfer einen Teppich, der vom Staub befreit wird.

Sie sieht aus dem Fenster. Die helle Morgensonne ist jetzt wolkenverhangen, und der Himmel hat eine graue Schwere angenommen. Wie schnell sich alles verändert. Sie denkt einen Moment lang nach. Sie wird dafür sorgen müssen, dass William seine Meinung ändert. Ihn wissen lassen, dass sie kein kleines Mädchen ist. Im tiefsten Inneren wünscht sie sich, jemanden zu haben, mit dem sie solche Dinge besprechen könnte. Geneviève vielleicht. Ja, sie wird wissen, was zu tun ist. Elise ist sich nicht sicher, dass sie wirklich mit ihr über William reden will, aber nun müssen Opfer gebracht werden.

Sie packt ihre Schätze in den Koffer und geht die Treppe hinunter, um Feuer zu machen.

9

Nordfrankreich, Sommer 2009

Lucy macht sich gerade fertig, um in die Bücherei zu gehen, als das Zimmertelefon klingelt. Überrascht, hier angerufen zu werden, beeilt sie sich an den Apparat zu kommen.

»Hallo?«

»Lucy, hier ist Rob, der Führer von Ihrer Tour gestern.«

»Hi«, sagt sie und überlegt, ob sie etwas in dem Kleinbus hat liegenlassen.

»Ich rufe Sie an, weil bei der Morgentour nach Juno Beach ein Platz freigeworden ist. Vielleicht möchten Sie mitkommen?«

Lucy überlegt einen Moment. Gestern hatte Rob erzählt, in Juno seien die Kanadier an Land gegangen. Sie wollte eigentlich in die Bücherei und ein bisschen über den Ort recherchieren, aber in Omaha gestern waren so viele Gefühle hochgekommen, Gefühle, mit denen sie nie gerechnet hätte. Sie will auch diesen Teil des D-Day sehen.

»Na klar! Bin schon unterwegs.«

»Bis gleich«, sagt er.

In Erinnerung an den Wind am Strand wünscht sie sich, einen Mantel eingepackt zu haben, und kleidet sich im Zwiebelprinzip. Hoffentlich hilft das. Dazu nimmt sie noch Robs Fleecejacke mit. Wenn sie sich doch bloß noch einen Kaffee besorgen könnte.

Als sie im Büro eintrifft, hat Rob einen für sie bereit. Seine Freundlichkeit berührt sie.

»Danke.« Sie nimmt den Becher entgegen. »Und hierfür auch«, sagt sie und reicht ihm seine Jacke.

»Glauben Sie nicht, Sie könnten sie vielleicht noch brauchen?« Er deutet auf die Jacke, während er die Zuckertütchen zu ihr herüberschiebt. Den Zucker lehnt sie mit einem Kopfschütteln ab.

»Ich werde mir irgendwo eine Jacke kaufen.«

»Behalten Sie sie, bis es so weit ist.«

»Sind Sie sicher?«

Er nickt. »Ich habe mehrere. Meine Mom schenkt mir jedes Jahr zu Weihnachten eine neue«, beruhigt er sie.

Lucy zieht die Jacke an und sie gehen zusammen zum Auto. »Danke, dass Sie mich angerufen haben«, sagt Lucy.

Sie klettert in den Kleinbus. Es ist der gleiche wie am Tag zuvor. Während die Reifen über das holprige Pflaster gleiten, betrachtet sie im Vorbeifahren die Geschäfte. Später wird sie einen Einkaufsbummel machen, sich eine Jacke besorgen. Ein bisschen was dafür tun, eine schicke Französin zu werden. Immerhin steckt das in ihren Genen.

***

Die Tour beginnt am kanadischen Friedhof unweit der Dörfer Bény-sur-Mer und Reviers. Rob erzählt ihnen, dass hier die 3. kanadische Infanteriedivision landete und dass auf dem nahe gelegenen Friedhof kanadische, französische und britische Soldaten begraben liegen.

Die Sonne scheint so hell und blendet, sodass ihre Sonnenbrille nicht viel nützt. Rob ist nur als zarter Schatten vor ihr auszumachen. Sie blickt sich um, hört das sanfte Rauschen des Meeres. Das Geschrei der Seemöwen. Autos in der Ferne, man fährt zur Arbeit oder nach Hause, macht Besorgungen. Lucy fragt sich, wie es sein mag, jeden Tag an den Relikten eines Weltkriegs vorbeizukommen.

Auf den Klippen oberhalb stehen große, rechteckige Gebäude, in denen vor dem Krieg Familien gewohnt haben mögen. Sommerhäuser vielleicht, in die die Menschen vor der Hitze in Paris flohen. Mit dem Rücken zum Wasser stehend, betrachtet sie nun diese Gebäude und denkt an die Familie ihrer Großmutter. Möglicherweise haben sie genau diese Stelle besucht. Vielleicht haben sie da, wo sie jetzt steht, Eis gegessen. Fotos aus Geschichtsbüchern kommen ihr in den Sinn, und sie sieht die gleichen Häuser nach einem Bombenangriff, Trümmer, Ziegelhaufen und qualmende Balken, die in nichts an die soliden Steinbauten erinnern, die jetzt hier stehen. Wie wird ein beschauliches Küstenstädtchen zum Schauplatz einer der größten Schlachten aller Zeiten?

Rob versammelt die kleine Gruppe um sich und erzählt ihnen von den Soldaten, die genau hier an Land gekommen sind, von den Royal Winnipeg Rifles und den Queen's Own Rifles of Canada.

»Die Hälfte der Soldaten hat es nicht bis an den Strand geschafft«, fährt Rob fort und erklärt, dass die Wetterbedingungen die Landung problematisch machten. Er deutet mit dem Finger hinaus und berichtet von den fünf verschiedenen Landeköpfen und wie man sie am D-Day zu verbinden geplant hatte. Lucy erinnert sich an seine Ausführungen bei der letzten Tour, über die Wetterbedingungen und das Ausmaß der Operation. Über die Tatsache, dass die Deutschen mit einer Invasion von der Normandie aus nicht gerechnet hatten. Anderes Wetter, andere militärische Entscheidungen, ein ganz anderes Ergebnis. Hitler als Weltführer. Allein der Gedanke ist beängstigend.

Die Leute haben viele Fragen. Jemand hat in einem Buch gelesen, dass man vor dem D-Day den Boden geprüft hat, um zu testen, ob die Panzer im Sand versinken würden. Ob er darüber etwas wisse? Bestimmt hört er bei jeder Tour die gleichen Fragen, aber er antwortet so, als würden sie ihm zum ersten Mal gestellt.

Vom Strand aus geht Rob mit ihnen zum Juno Beach Centre, einem großen, silbernen Gebäude, das in der Sonne glänzt.

»Sie haben vierzig Minuten Zeit, um sich umzusehen, dann fahren wir weiter.«

Lucy nickt und folgt der Gruppe in das Gebäude hinein. Sie ist noch nie in Kanada gewesen, hat aber viele Kanadier kennengelernt, die im Winter nach Florida reisen. Snowbirds, Schneevögel, werden sie genannt. Kanadier waren für sie immer fünfundsechzig oder älter. Als sie sich nun über Kanadas Geschichte informiert, überrascht sie die Tatsache, dass das Land noch keine 150 Jahre alt ist. Und dass es im Ersten Weltkrieg eine große Rolle gespielt und eine ganze Generation von Männern verloren hat. So viel Leid und so viel, was sie über das große Land im Norden nicht weiß.

Lucy liest gerade über die Royal Canadian Air Force, als Rob sich nähert und ihr sagt, dass es nun weitergeht. Er spricht leise, als befänden sie sich in einer Bibliothek.

»Ich habe hier mehr über Kanada gelernt als in meinem ganzen Leben zuvor – und dabei ist es ein Nachbarland!«, flüstert sie ihm zu.

»Ich weiß. Mir ist es genauso gegangen«, sagt er.

Sie gehen zusammen nach draußen, und Rob hält ihr die Tür auf.

»Vorsichtig!«, sagt er neckend.

»Inzwischen kenne ich mich aus mit französischen Türen, danke.«

Er schmunzelt ein wenig, und wieder fallen ihr seine Augen auf. Heute haben sie fast die rauchblaue Farbe von Wedgewood-Porzellan. Mit seinem schwarzen Haar und der hellen Haut ist er wirklich schön, denkt sie. Und er macht einen sehr netten Eindruck. Aber das hat sie bei Hal auch gedacht. Außerdem ist sie nicht wegen eines Urlaubsflirts hier. Sie ist hier, um ihre Vergangenheit zu erkunden. Wie sie das anstellen soll, ist ihr allerdings noch nicht ganz klar.

»Unser nächster Halt ist die Abbay d'Ardenne«, sagt er. »Sie ist achthundert Jahre alt und hat viel erlebt.«

Lucy findet es schön, dass er die Kirche vermenschlicht. Anthropomorphisieren lautet das Fachwort. Menschliche Eigenschaften auf Nichtmenschliches übertragen.

»Im zwölften Jahrhundert erschien einem Paar aus dem nahen Caen die Jungfrau Maria«, beginnt er. Jemand macht einen Scherz, den sie nicht versteht, aber keiner außer dem Witzbold lacht. »Sie erbauten eine Abtei, also eigentlich ein Kloster. Das Gebäude stürzte ein und begrub sechsundzwanzig Mönche unter sich, wurde aber wieder aufgebaut. In der Umgebung wurden Kriege geführt und irgendwann stand das Gebäude dann leer. Während der Französischen Revolution kaufte es ein Engländer, um es zu bewohnen. Im Jahre 1918 wurde es unter Denkmalschutz gestellt.«

Er hält inne und schaltet herunter, weil ein alter Traktor vor ihm fährt. Dann beschleunigt er und überholt. »Inzwischen ist dieser Ort hauptsächlich als Schauplatz eines Kriegsverbrechens bekannt.« Rob hört auf zu reden, biegt ab und hält auf einem kleinen, staubigen Parkplatz. Wieder steigen alle aus.

Es liegt ein merkwürdiges Gefühl in der Luft, wie Lucy es noch nie empfunden hat. Eine tiefe, allumfassende Stille. Kein Vogelgezwitscher, kein Verkehrsgeräusch, kein Laut, der auf Leben hindeutet. Kein Wellenrauschen. Es ist unnatürlich still, wie im Haus, nachdem Granddad gestorben war. Das Sonnenlicht wird von den Gebäuden reflektiert, auf die sie jetzt zugehen. Der Sandstein, aus dem sie erbaut sind, wirkt beinahe weiß. Rob dreht sich zur Gruppe um und zeigt auf die Abtei. »Während des Zweiten Weltkriegs gehörte das Gebäude einem Mitglied der Résistance, die hier Waffen lagerte. Später wurde es von deutschen Soldaten besetzt, die es als Beobachtungspunkt nutzten. Von ganz oben«, er deutet auf ein Fenster in einem Turm, »konnten sie meilenweit sehen. Sie verfolgten, wie sich eine Gruppe kanadischer Soldaten vom Strand her näherte.« Er hält inne und lässt den Blick in die Ferne schweifen.

»Es war am 7. Juni 1944, dem Tag nach dem D-Day. Die Abtei diente Kurt Meyer, dem Befehlshaber des SS-Panzergrenadier-Regiments 25, als Hauptquartier. Die jungen kanadischen Soldaten, die diese Straße heraufkamen, wurden gefangengenommen. In den darauffolgenden Tagen führte man die Männer einen nach dem anderen hinaus und schoss sie von hinten in den Kopf. Siebenundzwanzig Männer insgesamt.« Er schweigt einen Moment. »Es heißt, dass ihnen klar war, was sie erwartete, und dass sie ihren Mitsoldaten die Hand schüttelten, wenn ihre Namen aufgerufen wurden.« Übelkeit erfasst Lucy bei seinen Worten.

»Die Leichen wurden entdeckt, als ein Einheimischer bemerkte, dass ein Blumenbeet aufgewühlt worden war und man daraufhin dort suchte. Schließlich kam Meyer wegen Kriegsverbrechen vor Gericht und verbrachte neun Jahre in einem kanadischen Gefängnis.«

»Neun Jahre, also sechs Monate pro totem Soldaten. Das ist ja gar nichts«, dringt die Stimme eines Mannes zu Lucy, bevor seine Frau ihn zum Schweigen bringt.

»Drinnen gibt es eine Gedenkstätte für die Gefallenen«, sagt Rob, bewegt sich aber nicht durch den Torbogen hinein. Er sieht in die Ferne und Lucys Blick folgt dem seinen. Was starrt er bloß an? Sie sieht bloß ein freies Feld mit blauen und gelben Blumen, die sich leise im Wind wiegen wie in einem sanften Tanz, einer Art Walzer. Eine Decke aus Schönheit, über den Schauplatz eines grausamen Verbrechens gebreitet. Lucy versteht jetzt die Stille, die Traurigkeit. Es ist, als würde das Land sich erinnern. Es wird nie mehr sein wie davor.

»Ich warte hier, während Sie die Gedenkstätte besuchen.«

Die Gruppe schiebt sich an Rob vorbei, schweigend und düster.

Sie geht zu Rob. »Gehen Sie nicht mit?« Sie deutet mit einer Kopfbewegung auf den Torbogen.

»Ich war schon oft dort drin.«

»Und Sie sagten, dort sind Fotos und die Namen zu sehen?«

»Ja«, sagt er. »Gehen Sie ruhig hinein. Es ist ergreifend, aber auch wirklich schwer erträglich, und ich möchte es nicht so oft sehen, dass ich für das Geschehene abstumpfe.«

Er drückt aufmunternd ihren Arm. Lucy spürt die Empathie in seiner Berührung und ist überrascht, dass sie ein kleines Glücksgefühl in ihr auslöst.

Sie wendet sich von ihm ab und nähert sich dem Mahnmal.

Das Erste, was ihr ins Auge fällt, sind Dutzende kleiner kanadischer Flaggen, die dort, wo die Männer zu Tode kamen, im Erdboden stecken. Die runde Blumenrabatte, in der ihre Leichen gefunden wurden. Jetzt ist sie von einem schmalen Rand weißer Blumen gesäumt. Sie sieht die aufgelisteten Namen. Die Fotos an einer Außenwand des Klosters. Diejenigen, die ein ernstes Gesicht machen, sehen älter aus, weniger verletzlich. Am schlimmsten ist der Anblick der lachenden Gesichter.

Dann denkt sie an den Einheimischen, der bemerkt hatte, dass die Blumenrabatte durcheinander war. Wie war ihm etwas so Unspektakuläres überhaupt aufgefallen, wo doch die gesamte Umgebung vom Krieg zerstört war?

Mit einem letzten Blick auf die lang verstorbenen jungen Männer, derer hier gedacht wurde, dreht sie sich um und geht zurück zum Parkplatz und zu Rob. Während sich ihre Füße über den staubigen Boden bewegen, denkt sie an all die Eindrücke, die sie gesammelt hat. Daran, wie viel es auf dieser Welt zu entdecken gibt. Und daran, dass vielleicht alles, was man sieht, einen verändert. Vielleicht hat ihre Großmutter Ähnliches gesehen. Es muss schwer gewesen sein, damit zu leben, denkt Lucy. Vielleicht sogar unmöglich.

10

Esperance, Frankreich. 1938

Dass Elise mit dem Amerikaner korrespondiert, ist inzwischen Stadtgespräch. Elise hegt den Verdacht, dass Amelie auf der Post die Nachrichten zählt; wann immer Elise schüchtern einen Brief an William aufgibt, bedenkt sie sie mit einem vielsagenden Blick. Meist geht es in ihren Briefen um Bücher. Elise ist überrascht, dass er sogar *Vom Winde verweht* liest. Sie haben darüber debattiert, ob es eher ein Liebesroman ist oder ein historischer Roman. Beim Lesen denkt Elise, wie grausam der Krieg gewesen ist – und das Schicksal auch. In einem Moment lacht Scarlett und hat Spaß, und gleich darauf hungert sie, wandert durch die vom Krieg verwüstete, von ihr so geliebte Stadt und versucht ihr Leben zu retten und dazu noch das von Melanie und ihrem Baby. Ein Baby, dessen Vater der Mann ist, den Scarlett liebt. Elise muss sich beim Lesen immer wieder bewusstmachen, dass es nur Fiktion ist. Wie viel kann ein Mensch ertragen?

Elise erzählt William nicht, dass sie in Scarlett viel von sich selbst wiederfindet. Dass sie in Mr O'Hara ihre Mutter sieht. Dass es schön wäre, Schwestern zu haben, auch wenn diese ihre Schwächen hätten. Zumindest könnten sie ihr mit Maman helfen, und Elise hätte mehr Freiheit, ihr Leben zu gestalten – besonders, wenn eine von ihnen einem im Krieg gefallenen Soldaten nachtrauern würde wie Scarletts

Schwester und dessen Grab nicht verlassen wollte. Die Geschichte klingt nach, ergreift Besitz von ihr, und sie muss sich ins Gedächtnis rufen, dass Kriege der Vergangenheit angehören.

Doch dann kommt ihr plötzlich ein Gedanke, der sie mitten auf der Straße stehen bleiben lässt. Wenn Papa noch lebte, wäre Philippe nicht so, wie er ist, zumindest geht Elise davon aus. Philippe würde studieren, hätte Spaß und würde nicht so viel trinken. Abgesehen davon, dass ihr Vater das nicht geduldet hätte, hatte Philippe sich auch erst nach seinem Tod so verändert. Es ist, als hätte er sich entschieden, sein Leben wegzuwerfen. Davor war ihr Bruder klüger gewesen und hatte sich angestrengt.

Und ihr fällt noch etwas Anderes ein. Vielleicht wäre Elise, wenn in diesem anderen Leben Philippe William mitgebracht hätte, gar nicht da gewesen, weil sie ihren Geburtstag mit ihren Freunden im Dorf gefeiert hätte. Sicher hätte auch zuhause eine Feier stattgefunden, aber hätte sie William den Ort gezeigt? Sie bezweifelt es. Er und Philippe wären in die Stadt gegangen, um etwas zu trinken und seine Freunde zu treffen. Er hatte mal welche, früher. Elise selbst wäre vielleicht schon mit einem der Jungs zusammen, mit denen sie aufgewachsen war, wie so viele ihrer Klassenkameradinnen. Erst jetzt, auf dieser Straße, die sie und Papa so oft zusammen gegangen sind – Elise an seiner Hand auf dem Weg zur Bäckerei, zur Bücherei oder in den Wald, um den Bäumen zu lauschen –, wird ihr bewusst, wie sehr der Verlust ihrer aller Leben verändert hat. Papa war kein berühmter Wissenschaftler gewesen, der ein Mittel gegen Krebs fand, und auch kein Philanthrop, der durch seine

Wohltätigkeit das Leben von Millionen Menschen verändert hätte. Er war ein hart arbeitender Mann mit einer Frau, die ihn anbetete, aber auch auf ihn angewiesen war, sowie einer Tochter und einem Sohn, die ihn liebten. Mit Freunden, die noch Monate nach seinem Tod immer wieder vorbeikamen und zu helfen versuchten, nur um von Maman zurückgewiesen zu werden. Elise zuckt bei der Erinnerung zusammen. Irgendwie hatte Maman nach dem Tod von Papa die Orientierung verloren und wusste nicht mehr, wie sie handeln, sich benehmen, ja überhaupt leben sollte.

Ihrer aller Leben wäre so anders, wenn Papa noch lebte. Und trotz allem müssen sie, muss sie weitermachen.

Elises Geburtstag naht, und damit jährt sich ihre Begegnung mit William zum ersten Mal. Sie fragt sich, ob er sich wohl erinnert, hofft und betet. Jeden Tag findet sie einen anderen Grund, das Postamt aufzusuchen, egal, wie sehr Maman sie einspannt. Fast jeden Tag ist sie in der Stadt, um in der Bücherei oder der Bäckerei zu arbeiten, und jemand springt für sie ein, damit sie schnell hinlaufen kann. Geneviève bedeutet ihr immer, wenn sie da ist und liest, dass sie gehen kann – sie arbeitet zwar nicht in der Bücherei, kann aber trotzdem jedem weiterhelfen. Daran hat Elise keinen Zweifel. Ihre Freundin ist sehr kompetent. Nichts bringt sie aus der Ruhe. Elise weiß nicht recht, ob das gut oder schlecht ist, und fragt sich jeden Tag, warum sie eine pulsierende Stadt wie Brüssel für diesen kleinen Ort verlassen hat, der kaum ein Punkt auf der Landkarte ist.

Tag um Tag vergeht ohne ein Lebenszeichen von William. Es ist schwül geworden, und auf dem Weg zur Bäckerei wünscht sich Elise, es möge regnen. Sie mag das Geräusch der Tropfen auf der Straße oder am Fenster. Elise weiß noch, wie sie mit ihrem Papa draußen gesessen und Unwetter beobachtet hat. Wie er ihre Hand hielt, wenn in der Nähe ein Donner krachte. Sie tat dann, als hätte sie Angst, aber insgeheim liebte sie diesen Lärm, der sich anhörte, als würde die ganze Welt zur Aufmerksamkeit gerufen. Als sie in der Bäckerei ankommt und merkt, dass sie noch ein bisschen Zeit hat, beschließt sie, noch einmal nach der Post zu sehen.

An Amelies strahlender Miene erkennt sie, dass etwas aus Amerika gekommen ist.

»Es ist schwer!«, verkündet Amelie, tut, als müsste sie sich anstrengen, das Paket zu heben, und lacht. Elises Herz schlägt so schnell, dass ihr fast schwindelig wird. Andere, die Schlange stehen, flüstern und grinsen. »Ein Geschenk aus Amerika! Du Glückliche!« Amelie überreicht ihr das Päckchen, und sie ahnt schon anhand des Formats, dass er ihr wieder ein Buch geschickt hat. Sie steckt es in ihre Umhängetasche und eilt in die Bäckerei, das Päckchen an die Brust gedrückt. Sie weiß, dass es Kuchen und eine Feier geben wird. Sie freut sich darauf, aber gleichzeitig wünscht sie sich so sehnlichst, das Paket zu öffnen, dass es fast weh tut. Verzweifelt hofft sie, dass diesmal ein längerer Brief dabei ist, vielleicht ein Kuss neben seinem Namen. Oh, aber das wäre zu viel verlangt! Sie ist jetzt siebzehn und muss realistisch sein.

Beim Betreten der Bäckerei genießt sie die warme, süße Luft und die freudige Stimmung im Laden. Sie bindet sich die Schürze um und beginnt die Kunden zu bedienen. Monsieur Allard pfeift vor sich hin, während sie Seite an Seite arbeiten. Bald ist der Laden fast leergekauft und er verschließt die Tür.

»Na dann! Zeit für eine kleine Party!« Monsieur Allard schnappt sich Marianne und tanzt mit ihr durch den engen Raum, während Elise Michel auf dem Arm hat und zum Lachen bringt, indem sie ihn herumwirbelt, als würden auch sie beide tanzen. Es ist genauso albern wie wunderschön, einer dieser kleinen Momente, die den Zauber des Lebens ausmachen.

»Komm, komm«, sagt Monsieur Allard und geleitet sie die Treppe in ihren Wohnbereich hinauf.

Obwohl Elise weiß, dass sie auf irgendeine Art ihren Geburtstag feiern werden, schießen ihr doch die Tränen in die Augen, als sie, Michel neben sich, am Tisch Platz nimmt. Es gibt überbackene Käsebrötchen, Elises Leibspeise, und dazu einen kleinen Tomatensalat. Perfekt.

»Das ist so lieb von euch!«, sagt Elise, die ihr Päckchen zwar nicht vergessen hat, hier alles aber trotzdem sehr genießt.

Nach dem Essen räumt Marianne den Tisch ab, um dann den Kuchen in die Mitte zu stellen. Michel klatscht in seine kleinen Hände, als er den Butterkuchen mit dem dicken Zuckerguss sieht. Marianne schneidet für jeden ein großes Stück ab und schenkt Tee und Calvados aus. Monsieur Allard setzt sich und stimmt ein lautes, wenn auch nicht ganz stimmreines »*Joyeux Anniversaire*« an, in das die anderen einfallen. Dann greift er in seine Schürzentasche und zieht eine kleine Schachtel hervor. Mit einer seiner typischen überschwänglichen Gesten stellt er sie vor Elise hin.

»Das hätte es nicht gebraucht. Wirklich. Das ist zu viel.«

In Elises Augenwinkel stiehlt sich eine Träne, die sie wegblinzelt. Langsam öffnet sie die Schachtel. Darin liegt, gebettet auf cremefarbenes Seidenpapier, ein schönes Silberarmband mit glitzernden blauen Steinen. Als sie es hochhält, reflektieren sie das Licht, das durch das kleine Fenster fällt. Marianne steht auf und kommt zu ihr herüber. »Lass mich mal«, sagt sie, nimmt Elise das Armband aus der Hand, zieht es über ihr Handgelenk und lässt den Verschluss einrasten.

»Es ist wirklich wunderschön.« Elise hält ihr Handgelenk in die Höhe und schüttelt den Kopf. Rührung übermannt sie. »Ihr seid zu lieb zu mir.«

»Ich weiß, dass dies ein gutes Jahr für dich wird«, sagt Marianne und nickt. »Ich weiß es einfach.« Sie küsst sie auf beide Wangen, während Michel zwischen ihnen klemmt.

Dann überreicht ihr Marianne noch etwas Anderes. »Das ist von deiner Freundin Geneviève. Wir hatten sie auch eingeladen, aber sie hat Schicht im Bistro.«

»Sie arbeitet ganz schön viel«, sagt Elise und nimmt das kleine Päckchen entgegen. Darin steckt eine Haarspange, silberfarben mit goldenem Muster, eine Art Welle. Sie kennt den Laden, aus dem sie stammt. Ein wunderschönes Geschenk.

»Wie schön!«, sagt Marianne.

»Sehr hübsch«, stimmt Elise zu. »Heute werde ich richtig verwöhnt!«

»Warum öffnest du nicht gleich noch das Päckchen von deinem jungen Mann?«, schlägt Monsieur Allard schelmisch vor.

»Woher weißt du davon?«, ruft sie so laut, dass Michel erschrocken von dem Kuchen hochblickt, den er gerade isst.

»Ich habe gesehen, dass du heute beim Hereinkommen etwas ganz behutsam an dich gedrückt hast, so wie du es manchmal mit Michel getan hast, als er noch ein Baby war«, lacht Marianne.

Elise ist entzückt darüber, dass sie William für »ihren jungen Mann halten«, und errötet, als sie das Päckchen zutage fördert. Vorsichtig schneidet sie mit dem Kuchenmesser die Schnur durch und schlägt das braune Papier auf. Darin liegt wieder ein Gedichtband, diesmal Shelley. Sie hebt ihn hoch und fährt mit den Fingern über den Goldschnitt, findet das seidige Lesebändchen und lässt es zwischen Daumen und Zeigefinger gleiten. William hat dieses Buch berührt. Der Gedanke verzaubert sie. Als Elise das Packpapier zusammenfaltet, fällt eine kleine Schachtel auf den Tisch. Sie schnappt nach Luft. Zwei Geschenke!

»Mach es auf!«, sagt Marianne, genauso aufgeregt wie Elise.

Elise hebt den Deckel von der kleinen weißen Schachtel und sieht darin Ohrringe liegen. Aus Gold, mit kleinen Büscheln milchig weißer Perlen, die sie an Anemonen erinnern.

»Meine Güte«, sagt Marianne. »Die sind ja zauberhaft«, flüstert sie, während Elise die Ohrringe herausnimmt.

»Die Rückseite ist anders.« Mariannes Augen werden schmal, während sie Elises Geschenk genau begutachtet. »Es gibt keine Stecker für die Ohrlöcher.«

Elise nimmt den Brief zur Hand und überfliegt die vertraute und geliebte, gerade Handschrift. Jedes Wort erscheint ihr als Geschenk.

Liebe Elise,

herzlichste Glückwünsche zum Geburtstag! Nun ist es schon ein Jahr her, dass ich eine schöne junge Dame kennenlernte, die sich die Zeit nahm, dem Freund ihres Bruders die Stadt zu zeigen, obwohl sie hätte ausgehen und feiern können. Das war so nett von Dir.

Ich schicke Dir aus ganz egoistischen Gründen wieder einen Gedichtband – ich genieße es, von Dir zu hören, welche Gedichte Dir am besten gefallen und warum sie Dich ansprechen. Lyrik kann eine so persönliche, emotionale Sache sein. Hast Du je E. E. Cummings gelesen? Er hat in Harvard studiert und macht seine Sache sehr gut. Seine Werke sind sehr modern und innovativ, doch romantische Balladen bekommt er auch hin. Lass mich wissen, ob er Dir ein Begriff ist.

Außerdem lege ich ein paar Ohrringe bei. Diese neuen Ohrclips sind hier der letzte Schrei, und ich dachte mir, vielleicht freust Du Dich über ein amerikanisches Schmuckstück.

Ich hoffe, die Engel in der Kirche sind noch wohlauf, und wünsche Dir einen wunderschönen Geburtstag.

William.

Sie legt den Brief beiseite. Bald, das weiß sie, wird sie ihn auswendig können, aber momentan möchte sie noch mit ihren Freunden feiern. Das bedeutet ihr viel.

»Das sind sogenannte Ohrclips. Offenbar werden die in Amerika von allen Frauen getragen.« Sie nimmt einen in die Hand, klappt ihn auf und steckt ihn an. Es drückt kurz und ihr fällt ein, wie Maman einmal gesagt hat: »Wer schön sein will, muss leiden«, als sie Elise mit der Bürste durchs

Haar fuhr. Das ist lange her, als es ihr noch gut ging. Während Elise den zweiten Ohrring befestigt, zieht Marianne aus einer Schublade einen Spiegel. »Sie stehen dir wirklich gut, *chérie*. Schau mal!«

Elise blickt in den Spiegel und sieht begeistert, wie sich das Licht in den Ohrringen fängt. Sie stellt sich William im Laden vor, wie er sie kaufte und an sie dachte. Vielleicht hat er auch seine Mutter oder eine Freundin gebeten, welche auszusuchen. Elise gefällt der Gedanke nicht, dass er Zeit mit anderen Frauen verbringt. Sie bekommt davon Bauchschmerzen.

»Dein junger Mann ist wirklich was Besonders. Sag mal, spricht er in irgendeinem dieser Briefe auch davon, wieder einmal zu Besuch zu kommen?«

Elise gibt einen Seufzer von sich, und Marianne bereut sofort, etwas so Unmögliches angesprochen zu haben.

»Bisher nicht.« Bisher nicht. In diesen zwei einfachen Worten steckt eine große Bandbreite von Emotionen, die Marianne nicht vollständig erfassen kann, aber eine erkennt sie sehr wohl: Hoffnung.

***

Eine Woche nach ihrem Geburtstag macht sich Elise auf den Weg in den Wald. Es ist kurz vor zwei Uhr und die strahlende Sonne steht ganz hoch. Die Luft um sie herum flirrt. In ihrer Umhängetasche stecken eine Flasche Wasser, ein Baguette und etwas Käse, eine winzige Menge Wein, Papier, ein Umschlag und ein Stift sowie Williams letzter Brief. Unter dem Arm trägt sie eine Decke. Beim Gehen schlägt die Tasche rhythmisch gegen ihre Hüfte. Die Lippen hat sie entschlossen zusammengepresst, doch in ihr herrscht Durcheinander. Wie sagt man jemandem, dass man ihn gern hat, *wirklich gern hat,* ohne es direkt auszusprechen?

Sie biegt um die Ecke und geht weiter, sieht nun Häuser. Bei jedem einzelnen weiß sie, wer dort wohnt. Wie muss es sein, irgendwo zu leben, wo man neue Menschen kennenlernt? An einem Ort, wo man Geheimnisse haben kann? Dabei fällt ihr Geneviève ein. Sie ist ein Mädchen mit Geheimnissen, aber sie ist auch eine Außenseiterin. Außenseiter können Geheimnisse haben. Elise ist fasziniert von ihrem Selbstvertrauen. Davon, dass ihr die Meinung anderer Leute egal zu sein scheint.

Im Wald herrscht eine Kühle, die Elise genießt. Sie begrüßt und tröstet sie wie eine alte Freundin. Die Erde ist noch feucht von der Erinnerung an Schnee und Regen, und es ist zu nass zum Hinsetzen, aber das ist ihr egal. Unter ihrem Lieblingsbaum breitet sie ihre Decke aus und verscheucht mit der Bewegung die Vögel.

»Entschuldigt die Störung«, lacht sie. Ihre Zeit im Wald gehört nur ihr allein, weg von allen Verpflichtungen, weg von der Arbeit und von Maman. Sie lässt sich nieder, öffnet den Wein, holt das Papier und das Buch heraus, das sie als Unterlage benutzen will.

Lieber William,

danke Dir für das Buch und für die wunderschönen Ohrringe. Das war wahnsinnig lieb von Dir. Ich weiß, dass alle Mädchen im Dorf mich beneiden werden, wenn ich sie trage, aber momentan bewahre ich sie noch für eine besondere Gelegenheit auf. Eine Reise nach Paris vielleicht. Oder nach Brüssel. Ich weiß, dass Du schon an vielen Orten gewesen bist. Hast du Lieblingsorte? Wenn Du mir von ihnen erzählst, kann ich durch Dich mit dem Reisen beginnen.

Elise zögert einen Augenblick und zwingt sich dann, mutig zu sein. Ihr Stift zittert ein wenig, sodass das P seltsam aussieht, als sie schreibt:

Planst Du, irgendwann wieder nach Frankreich zu kommen? Ich könnte Dir den Rest meines Dorfes zeigen und vielleicht mit Dir nach Caen fahren, das ist nicht weit weg. Es ist eine schöne Stadt in der Nähe des Meeres, und ich weiß, wie gern Du zuhause an Deinem Strand entlanggehst. Erzähl mir mehr von Deinem Strand. Ist der Sand weiß und zuckrig? Ich habe gehört, dass Ihr in Amerika solche Strände habt. Wir haben hübsche Küstenorte, das Wasser ist allerdings sehr kalt. Manche Leute schwimmen darin, aber ich bin nicht so tapfer. Ich mag Kälte nicht. Ein warmer Strand muss wunderbar sein.

Gerade hat der Wind aufgefrischt und scheint mir diesen Brief an Dich entreißen zu wollen. Die Blätter, durch die der Wind pfeift, singen ihr magisches Lied. Wenn ich die Ohren spitze, kann ich Kinder auf der Straße spielen hören, Kinder, die ich schon ihr Leben lang kenne. Kennst Du auch jeden in Deiner Stadt? Irgendwie bezweifle ich das, denn in meiner Vorstellung ist in Amerika alles sehr groß und weit auseinander.

Jetzt sage ich erst einmal adieu. *Ich habe Brot und Käse da-*

bei und will noch ein bisschen spazieren gehen. Wenn ich ganz leise bin, begegne ich vielleicht den Feen, die in diesen Wäldern leben. Ob sie mich wohl zum Tee einladen?

Es wäre wirklich schön, Dich wiederzusehen.

Sie hält inne und überlegt, nur einen Moment lang, holt dann tief Luft und schreibt:

Alles Liebe,
Elise

11

Nordfrankreich, Sommer 2009

»Haben Sie heute noch irgendwas vor?«, fragt Rob, als er sie bei ihrem Hotel absetzt.

»Ich wollte eigentlich in die Bibliothek, aber jetzt bin ich mir nicht mehr sicher. Ich fühle mich irgendwie …« Sie blickt aus dem Fenster des Kleinbusses auf die weißen Wände ihres Hotels, als würde dort das richtige Wort erscheinen. Leer? Hohl? Verzweifelt?

»Ich gönne mir zum Runterkommen nach den anstrengenden Touren manchmal ein kaltes Bier und ein kurzes Nickerchen. Das würde ich Ihnen auch empfehlen.« In seiner Stimme mischen sich Ernsthaftigkeit und Leichtigkeit, und sie fühlt sich bei seinen Worten schon besser.

»Ich mache mir nichts aus Bier«, sagt sie, aber sein Kommentar und sein beschwingter Tonfall verscheuchen etwas von ihrer dunklen Stimmung.

»Es gibt hier in der Nähe eine richtig gute Kneipe, wo keine Touristen hinkommen. Ich glaube, die würde Ihnen gefallen.«

»Ich bin aber eine Touristin«, sagt sie.

»Nicht, wenn Sie mit mir hingehen«, erwidert er.

»Okay«, lacht sie.

»Ich hole Sie nach der Arbeit ab, wollen Sie mitkommen?« Der Gedanke, den ganzen Abend allein in ihrem Hotelzimmer herumzusitzen, reizt sie nicht mehr.

»Ja, ich glaube schon.« Lucy merkt, wie matt ihre Stimme klingt. Sie wird sich nicht in einen zweiten Hal vergucken. Aber Rob ist so nett gewesen. Kein Gerede über ein elterliches Anwesen, wie Hal das Zuhause seiner Eltern in Newport nannte. Rob hat einen Charme, der Hal fehlte. Warum merkt sie das erst jetzt?

»Also dann gegen sechs.«

»Danke«, sagt sie.

Sie steigt aus dem Bus und geht durch die Lobby. In ihrem Zimmer ist ihr plötzlich kalt, sie kriecht ins Bett, zieht die Decke über sich und rollt sich zu einem Ball zusammen, um warm zu werden. Es ist still im Zimmer, kein Geräusch dringt von außen herein. Es geht ihr so vieles durch den Kopf. Lucy denkt an die Gegend, an all das, was sie gesehen hat. All das, was *die Gegend* gesehen hat. Und an ihre Großmutter, die so viel durchgemacht haben muss. Sie wird immer neugieriger auf diese Frau. Hat sie für die Résistance gearbeitet? Ist sie in der Abbay d'Ardenne gewesen? Wenn sie noch lebte, hätte sie sich an die Geschichte erinnert, sie Lucys Großvater erzählt? Es fühlt sich so falsch an, dass alles, was sie erlebt hat, verloren ist. Lucy erlaubt einer Erinnerung, die sie verdrängt hatte, in ihr aufzusteigen. Jetzt will sie es wissen.

Sie schließt die Augen und entsinnt sich, wie sie vom Geruch gebratenen Specks aufwachte. Wie sie in die Küche kam und Granddad beim Kochen sah. Er kochte nie. Sie hatten von Spaghetti, Tiefkühlkost und Essen zum Mitnehmen gelebt, bis sie dreizehn war und die Küche übernahm.

Sie hatte ein Sweatshirt über den Schlafanzug gezogen und war in Richtung Küche losgelaufen, dann noch einmal umgekehrt, um sich ein Paar Socken zu holen. Granddad war es lieber, wenn sie etwas an den Füßen hatte. Heute fragt sich Lucy, ob das mit seiner Zeit als Soldat zu tun hat, damit, dass er immer schwere Stiefel tragen musste.

»Was ist los?« Fassungslos trat sie in die raucherfüllte Küche. Er briet den Speck so, als wollte er ihn einäschern. Lucy ging zum Herd, regelte die Hitze unter der Bratpfanne herunter. Er hatte den Tisch gedeckt, das machte ihr Sorgen. Normalerweise aßen sie auf der hinteren Terrasse, nicht am Küchentisch.

»Alles in Ordnung?«

Sie hörte, wie er sich an den Tisch setzte, während sie Eier in eine Schüssel schlug. Er liebte Rühreier mit Zwiebeln und Paprika. Was sagte er gerade? Sie schnappte sich eine Paprika, die schon bessere Tage gesehen hat. Das meiste davon war aber noch verwendbar.

»Also, was hältst du davon?«

»Tut mir leid, ich hatte gerade meinen Kopf im Kühlschrank.«

»Ich dachte mir, vielleicht magst du diesen Sommer mit deinem alten Granddad nach Frankreich fahren? Paris sehen. Ein bisschen was von der Normandie. Es gibt ein paar Orte, die ich dir gern zeigen möchte.«

Sie lässt die Paprika ins Spülbecken fallen.

»Granddad. Das wäre wunderbar. Ich würde schrecklich gerne fahren. Aber ich mache einen Sommerkurs, und Molly hat mir in der Bar, wo sie arbeitet, einen Job besorgt. Eigentlich hatte ich vor, den Sommer in Boston zu verbringen.«

Als sie jetzt in Frankreich sitzt, die Erinnerung so frisch, dass sie die Paprika in ihrer Hand spüren und den verbrannten Speck riechen kann, fällt ihr auf, dass er den Namen seines Freundes nie erwähnt hat. Ebenso wenig wie seine längst verstorbene Ehefrau. All die Fragen, die sie hat, werden unbeantwortet bleiben. Wäre sie in jenem Sommer mit ihm hierhergefahren, würde vielleicht ihr ganzes Leben anders aussehen. Stattdessen hat sie in der Bar gearbeitet und einen Kurs gemacht. Warum hatte er in all den Jahren, die sie zusammen verbrachten, ausgerechnet jenen Sommer gewählt?

Wieder überflutet sie eine Welle des Bedauerns, und sie spürt, wie es von ihrem Körper Besitz ergreift. Sich dort ausbreitet. Traurigkeit höhlt einen aus. Sie drückt einen nieder und bricht einen mit der Zeit. Sie saugt einem das Mark aus den Knochen und zurück bleibt Leere, wenn auch von einem scharfen Schmerz erfüllt. Bedauern ist anders. Es füllt die Leerräume mit Gift, bis man sein Innerstes sich zersetzen spürt.

Sie steht auf und blickt aus dem winzigen Fenster ihres Zimmers, bis es Zeit ist, Rob zum Abendessen zu treffen.

***

Der Himmel ist klar, von einem hellen, bläulichen Grau, die Luft frisch. Ein Abend, wie ihn Lucy besonders mag, und sie kann fast den Rauch der Holzfeuer riechen, der sie an die Halloween-Feste ihrer Kindheit in Providence erinnert, damals, bevor alles anders wurde. Es ist tröstlich nach dem aufwühlenden Tag.

»Ich hätte nicht gedacht, dass es hier im Sommer so kühl ist«, sagt sie zu Rob.

»Das liegt an der Nähe zum Kanal, glaube ich.« Sie gehen so dicht nebeneinander, dass ihre Hände sich berühren. Etwas an diesem kurzen Kontakt weckt in Lucy ein angenehmes Gefühl der Verbundenheit, das nach der Einsamkeit der vergangenen Stunden guttut.

»Ich bin gar nicht entsprechend ausgerüstet. Ich habe mich nicht einmal über das Wetter hier informiert.«

In der Hauptstraße reiht sich Restaurant an Restaurant, Leute sitzen unter Heizstrahlern draußen, essen, trinken und lachen. Ein volles, wohlwollendes Lachen hüllt Lucy ein, woraufhin sie sehnsüchtig um sich blickt, wo es wohl herkommt. Jemanden mit so einem Lachen würde sie gerne kennen.

»Oh, wow!« Sie bleibt stehen.

Rob wendet den Kopf in ihre Richtung, denn sie hat aufgehört zu reden und ist stehen geblieben. Sie starrt in die Ferne. Sein Blick folgt dem ihren, in Richtung der Kirche.

»Eindrucksvoll, nicht wahr?«, sagt er.

»Unglaublich. Die schiere Größe, und diese wunderschönen Fenster.«

»Sie stammt ursprünglich aus der romanischen Epoche, wurde aber umgebaut.«

»Gut, dass sie im Krieg nicht zerstört wurde.«

»Ja, diese Gegend hier blieb weitgehend verschont. Wir sind zu weit im Landesinneren, und es gab keine Industrie. Eine alte Textilstadt, deren beste Zeiten schon vorbei waren«, sagt er. »Die Kirche ist ein Touristenmagnet, weil sie so alt ist und wegen der künstlerischen Gestaltung. Außerdem ist dort auch ein Tempelritter begraben.«

Lucy kann den Blick nicht von der Kirche wenden.

»Jetzt ist sie geschlossen, aber innen ist sie ziemlich außergewöhnlich. Sie hat die höchste Decke, die ich je gesehen habe. Ich bin nicht religiös, aber ich sitze gern da drinnen in der Stille und denke nach.« Er zuckt verlegen mit den Schultern, was Lucy bezaubernd findet.

»Wir müssen später noch einmal vorbeigehen, wenn die Lichter draußen an sind. Dann scheint die Kirche zu glühen. Sehr eindrucksvoll.«

»Ich kann es kaum erwarten.«

Sie gehen weiter, an der Kirche vorbei, und dann führt Rob Lucy in eine Seitenstraße. Sie ist schmal und wirkt, obwohl nur ein paar Schritte von der Hauptstraße entfernt, abgelegen. Lucy sieht ein Licht über einer Tür, wohl Reklame für irgendeine Biermarke.

»Na ja, sieht nicht nach viel aus ...«

»Der erste Eindruck kann täuschen«, sagt Lucy und geht an ihm vorbei in einen dunklen Raum, der mit alten runden Tischen und zusammengewürfelten Stühlen möbliert ist. Die Beleuchtung ist schwach, und die Kerzen auf den Tischen betonen die Unvollkommenheit. Es ist dunkel, aber gemütlich, und sie fühlt sich auf Anhieb wohl.

Rob geleitet sie zu einem Tisch mitten im Raum in der Nähe der Bar.

»Ja, das Ambiente ist sehr einfach, aber das Essen ist großartig und billiger als in den Touristenlokalen.«

Ein Mann um die vierzig, gepflegt in Jeans und einem blauen Oxfordhemd, kommt herüber und streckt Rob die Hand hin, um ihn zu begrüßen wie einen alten Freund. Dann reicht er ihnen die Speisekarten. »Das ist Lucy, sie ist aus Amerika zu Besuch.«

Der Mann beugt sich herunter und küsst sie zu ihrer Überraschung auf beide Wangen.

»*Bonjour*«, grüßt Lucy ihn. Er fragt, was sie trinken wollen, und Rob bestellt zwei *pressions.* »Ist ein Bier vom Fass in Ordnung?«, fragt er Lucy, die nickt. Als der Mann sich entfernt, beugt sie sich zu Rob hinüber. »Wenn ein Kellner das in den USA täte, hätte er gleich eine Klage am Hals«, lacht sie und schlägt ihre Karte auf.

»Man gewöhnt sich an ihre Art. Ich finde das schön.«

»Ist es auch, aber ganz anders.«

Rob deutet auf die Speisekarte.

»Sie machen ein großartiges Croque Monsieur.«

»So eins habe ich in Paris gegessen. Gegrillter Käse zwischen zwei Scheiben Toastbrot, aber es hat gut geschmeckt.«

Rob lacht. »Klingt ungefähr richtig.«

Der Kellner kommt mit ihrem Bier und einem kleinen Gläschen, das er augenzwinkernd vor Lucy hinstellt. »Ein kleiner Aperitif zur Begrüßung in Frankreich.« Dann nimmt er ihre Bestellung auf.

Lucy beäugt die gelbe Flüssigkeit in dem kleinen, dicken Glas misstrauisch.

»Calvados«, erklärt Rob, als könnte er ihre Gedanken lesen. »Ein Apfel-Branntwein, für den die Normandie berühmt ist.«

Lucy ist skeptisch, greift aber nach dem Glas und probiert einen kleinen Schluck.

Rob lacht, als sie eine Grimasse zieht und den Mund mit der Hand bedeckt. Nach dem Brennen ist der Geschmack okay. Sie nippt noch einmal.

»Langsam«, sagt er. »Der ist sehr stark.«

Sie nickt. Es schmeckt irgendwie vertraut. Wie die Karamellbonbons, die zu Halloween verteilt werden. Komisch, denkt sie, schon wieder Halloween.

Sie nippt nochmal an ihrem Glas. Rob sagt nichts, rückt aber seinen Stuhl näher an sie heran, während er sich im Raum umsieht.

»Haben Sie vor, noch mehr Touren mitzumachen?«, fragt er.

Lucy nickt. »Ja. Aber nach der heutigen ... mache ich wohl erst einmal Pause.«

»Ja. Was diese kanadischen Soldaten durchgemacht haben, nimmt mich jedes Mal wieder mit.«

»Ich verstehe einfach nicht, wie so etwas passieren konnte«, sagt Lucy. »Dieses Geplante. Wie bringt man es fertig, einem Menschen, der auf einen zukommt, zu sagen: ›Dreh dich um, damit ich dich erschießen kann‹?« Sie erschaudert.

»Ich glaube, es ist ein Prozess. Ein Mensch, der viel Gewalt erlebt, stumpft ab. Wenn man dauernd zu hören bekommt, der Feind sei ein Untermensch, glaubt man es irgendwann selbst. Vielleicht beginnt man sich auch für etwas Besseres zu halten. Menschen sind manipulierbar.«

»Es ist kaum vorstellbar, dass man sich so stark verändern kann.«

»Überlegen Sie mal, wie jung die Kinder noch waren, wenn sie in die Hitlerjugend kamen«, sagt Rob. »Denken Sie daran, wie er mit den Ängsten der Menschen gespielt hat. Einzeln könnte man keinen von seiner Ideologie überzeugen. Aber die Gruppenmentalität ist etwas vollkommen Anderes.«

»Ich bezweifle, dass so etwas heute passieren könnte.«

»Sie wären überrascht«, entgegnet er.

Lucy will gerade fragen, was er damit meint, als ihr Essen kommt – kleinere Portionen als in den USA und auf unterschiedlichen Tellern, aber es sieht köstlich aus. Der Kellner stellt vor Rob ein Steak mit einem Berg Pommes Frites hin. Lucy hat eine Schwäche für Pommes Frites.

»Die Pommes sehen gut aus«, sagt sie, und er schiebt sie zu ihr herüber. Lucy steckt sich eine in den Mund. Es ist heiß und sie wedelt ein bisschen mit der Hand vor ihrem Mund herum, als könnte das helfen. Rob lacht.

»Haben Sie viel von Frankreich gesehen?«, fragt sie, als sie wieder sprechen kann.

»Nicht so viel, wie ich gern möchte, aber schon ein bisschen.«

»Mir hat Paris sehr gut gefallen.«

»Paris ist speziell. Es scheint zu sagen: *Ob ich dir gefalle oder nicht, bleibt dir überlassen, ich weiß sowieso, dass ich etwas Besonderes bin.* Ich mag dieses Selbstbewusstsein.«

Lucy nickt. Sie kann das nachvollziehen. »Paris wirkt so, als würde die Stadt dieses Spiel, das sich Leben nennt, schon so lange kennen, dass sie weiß, wie man sich zu verhalten hat. Mir gefällt das. Vielleicht kaufe ich mir demnächst ein Barett. Immerhin habe ich hier Wurzeln.«

»Wirklich?«

»Ja, meine Großmutter wurde hier geboren. Ich habe sie nie kennengelernt und weiß nicht einmal ihren Nachnamen. Eine seltsame Vorstellung, dass ich vielleicht an jemandem vorbeigehe, der – wenn auch entfernt – mit mir verwandt ist, ohne eine Ahnung davon zu haben.«

»Können Sie zuhause jemanden fragen?« Er schneidet sein Steak an.

Lucy schüttelt den Kopf. »Meine Eltern starben, als ich noch ein Kind war, mein Großvater hat mich aufgezogen. Ich bin allein.« Es ist ihr peinlich, das auszusprechen, als hätte sie irgendetwas mit den Todesfällen zu tun gehabt, die ihre kleine Familie dezimiert haben.

Rob legt Messer und Gabel ab. Zwischen seinen Augen bildet sich die schmale Falte, die ihr zeigt, dass er nachdenkt. Sie hofft, er wird nicht nach ihren Eltern fragen.

»Das ist hart, Lucy. Es tut mir leid.«

Einen Augenblick herrscht Schweigen. Lucy hofft, dass er sich jetzt nicht unwohl fühlt.

»Und Ihre Familie? Erzählen Sie mir von Ihrem Großvater«, ermuntert sie ihn.

»Meine Eltern. Mein kleiner Bruder Alex. Das ist alles.«

»Wie alt ist Alex?«

»Zwölf.«

»Stehen Sie in Kontakt?«

»Wir mailen uns, meist geht es um Basketball. Ich vermisse die NBA-Spiele. Als ich meinen Abschluss an der Uni machte, lud mich Alex zu einem Spiel ein. Meine Eltern bezahlten das Ticket, aber es war seine Idee.« Er schiebt einen Bissen Steak in den Mund, kaut. »Was haben Sie zu Ihrem Abschluss unternommen?«

»Nichts«, sagt sie. »Ich bin nicht einmal zu der Feier gegangen.«

»Wie bitte? Sie waren nicht bei der Abschlussfeier?«

»Es gab niemanden, der mich begleitet hätte«, sagt sie schulterzuckend und hofft, dass sich das nicht so erbärmlich anhört, wie es sich anfühlt. Sie erzählt ihm nicht von ihrer Trennung von Hal, von Mollys Eltern, die ihr Blumen geschickt haben, von der Karte, in der ihre Tochter mit keinem Wort erwähnt wurde. Von ihrer Nachbarin Abigail Morgan, die sie so gern bei der Feier gesehen hätte.

»Sie müssen feiern.«

»Meine Europareise ist eine Art Feier.«

»Kein Bedürfnis, ein so bedeutsames Ereignis zu zelebrieren?«

»Ich habe meinen Abschluss ohne Studienkredit gemacht. Das ist bedeutsam genug, denke ich. Außerdem liegen noch Jahre der Ausbildung vor mir.«

»Ach so?«

»Ja, ab September studiere ich Medizin«, sagt sie. Aber ihre Stimme ist leise, und sie sieht ihn nicht an.

»Sie wirken nicht überzeugt«, sagt er.

»Bin ich auch nicht. Ich weiß selbst nicht, wieso. Seit meinem achten Lebensjahr will ich Ärztin werden.« Sie zuckt wieder mit den Schultern. »Jetzt bin ich unsicher. Vielleicht auch nur müde.«

Rob trinkt sein Bier aus und Lucy isst noch ein paar Pommes.

»Ich glaube, ich weiß, wie Sie sich fühlen. Ich müsste eigentlich Architektur studieren, um das Familienunternehmen weiterzuführen.« Er spießt ein paar Fritten auf und lässt sie wieder fallen.

»Und …«, sagt sie auffordernd.

»Eigentlich möchte ich Geschichte studieren.«

Lucy neigt den Kopf leicht zur Seite und hört zu.

»Ich habe es meinem Vater gesagt, und er hat erklärt:

›Weißt du, was man als Lehrer verdient?‹ Also haben wir uns darauf geeinigt, dass ich mir ein Jahr Auszeit nehme, darum bin ich hier. Neun Monate liegen schon hinter mir. Und ich will immer noch nicht Architekt werden.«

Lucy sieht ihn an. »Ich kann Sie mir gut als Professor vorstellen«, sagt sie.

»Wirklich?«

Sie nickt. »Weißes Button-Down-Hemd, graue Strickjacke. Warten Sie nur, bis Sie die ersten grauen Strähnen haben.« Sie lacht und nippt nochmal an ihrem Glas. »Auf was würden Sie sich spezialisieren?«

»Militärgeschichte des zwanzigsten Jahrhunderts.«

»Da sind Sie ja hier am richtigen Ort«, sagt sie.

»Sagen Sie das mal meinem Vater.«

»Vielleicht hat er während Ihrer Abwesenheit angefangen, seinen Frieden damit zu machen. Vielleicht erleben Sie eine Überraschung.«

»Vielleicht«, sagt er ohne rechte Überzeugung. »Und Sie? Warum Medizin?«

»Ich wollte immer schon Ärztin werden, mein Vater war Arzt.«

»Was war sein Fachgebiet?«

»Notfallmedizin.«

»Wollen Sie in die gleiche Richtung gehen?«

»Ich hatte zunächst überlegt, Kinderärztin zu werden. In letzter Zeit habe ich mit Onkologie geliebäugelt«, sagt sie.

»Und jetzt?«

»Inzwischen bin ich einfach nicht mehr sicher, ob ich für den Rest meines Lebens andere Menschen leiden sehen will.« Das war Lucy nicht klar gewesen, bis sie es aussprach.

Jetzt, wo es zwischen ihnen in der Luft hängt, weiß sie, dass es wahr ist.

Rob bestellt die nächste Runde und Lucy merkt, dass es bereits dunkel geworden ist.

»Was würden Sie stattdessen machen?«

»Ich weiß nicht recht. Aber eigentlich möchte ich ein bisschen mehr von der Welt sehen.«

Der Kellner erscheint mit ihren Gläsern. Rob hebt das seine und sagt: »Darauf trinke ich. Und wenn Sie einverstanden sind, fände ich es schön, wenn wir uns duzen.«

***

Die Luft ist kühler, als sie zurückgehen, und der Himmel beinahe schwarz. Die Kirche scheint in dem Flutlicht, das die umgebende Dunkelheit bricht, zu leuchten.

»Eindrucksvoll, nicht wahr?«, sagt Rob, während sie davorstehen.

»Wunderschön«, sagt sie. »Sie sieht jetzt noch größer aus.« Sie tritt einen Schritt zurück, bleibt mit dem Fuß an einem herausstehenden Pflasterstein hängen und strauchelt. Rob fängt sie auf, indem er den Arm um ihre Taille legt, und hält sie fest, bis sie ihr Gleichgewicht wiedergefunden hat.

Über ihnen leuchtet plötzlich eine Straßenlaterne auf. Stimmen von Menschen dringen aus der Ferne zu ihnen. Aus den leeren Geschäften fällt fahles Licht auf die Straße und schafft eine geisterhafte Atmosphäre.

»Ich liebe die Farbe des Steins in diesem Licht«, sagt Lucy.

Der Himmel hat nun einen tiefen Purpurton angenommen, als präsentierte er die Verletzungen des Tages. Der Abend ist so schön gewesen, dass sie ihn nicht enden lassen möchte. Schon zu bald sind sie wieder bei ihrem Hotel.

Rob öffnet die Tür zur Eingangshalle und Lucy tritt in das strahlend weiße Foyer.

»Was hast du morgen vor?«, fragt er.

»Auf jeden Fall will ich die Kirche besichtigen. Dann gehe ich in die Bibliothek und suche Stadtpläne von vor dem Krieg.«

»Du hast auch eine historische Ader«, sagt er.

Sie lächelt. »Klingt gut.«

»Ich bin sicher, dass wir uns morgen sehen«, sagt er. Dann beugt er sich vor, ergreift sanft ihren Arm und küsst sie leicht auf beide Wangen.

»Gute Nacht, Lucy.«

Lucy zieht sich in ihr Zimmer zurück. Obwohl es draußen jetzt dunkel ist, fühlt sie sich nun viel leichter.

12

Esperance, Frankreich. 1938

Etwas verändert sich zwischen ihnen, nachdem Elise ihren Dank für die Ohrringe abgeschickt hat. Williams Briefe kommen nun häufiger, werden persönlicher. Er erzählt ihr von seinem Tag, seiner Familie, seiner Lektüre. Wie er im Park spazieren geht. Wie die Jahreszeiten in Neuengland aussehen. Elise findet großen Gefallen an den Details über Cambridge, die Stadt, wo er studiert, und Boston, die Stadt, die er liebt. Elise beginnt ihm Dinge anzuvertrauen, die sie immer für sich behalten hat. Wie anders alles war, als Papa noch lebte. Dass Maman damals gelacht hat und keine Angst vor Leuten hatte, die sie für *überspannt* hielten. Dass sie helle Farben trug und ihnen allen das Tanzen beibrachte. Dass Philippe und Papa Stunden damit zubrachten, über Architektur zu sprechen, denn Papa hatte eigentlich Architekt werden wollen. In Williams Antworten ist sowohl Mitgefühl zu spüren als auch ein heiterer Grundtenor, der sie zum Lächeln bringt.

Manchmal erwähnt er Deutschland, fragt, wie sie sich in Frankreich fühlt, aber sie ignoriert diese Absätze. Wer schert sich um Faschismus und all das Zeug, wenn es Bücher und Gedichte und schöne Briefe gibt? Er beendet seine Briefe nicht mit einem Kuss, aber sie glaubt, dass es eines Tages so sein wird, und für den Augenblick genügen ihr seine Briefe und seine Gedanken. Sie geben ihr die Kraft, zu arbeiten und sich um Maman zu kümmern. Manchmal besteht Geneviève darauf, dass sie zusammen etwas trinken gehen. »Du musst auch an dich denken«, sagt sie, aber Elise fühlt sich schuldig, wenn sie stillsitzt. Wenn sie Geld für sich selber ausgibt. Geneviève nicht.

Eines strahlend sonnigen Oktobertages dann – die Luft ist kühl, trägt aber noch die Erinnerung an den Sommer in sich – erhält Elise einen Brief, der die Antwort auf ein Gebet ist, das gesprochen zu haben sie sich nicht erinnern kann.

William kommt nach Frankreich!

Da steht es, in seiner geraden Handschrift. »Ich komme nach Paris, wo ich für meinen Vater etwas zu erledigen habe.«

Ihr Herz macht einen Freudensprung.

Vielleicht können wir uns treffen? Mit Philippe habe ich keinen Kontakt mehr gehabt, und es wäre schön, auch ihn zu sehen.

Dunkle Gedanken ergreifen von ihr Besitz. Wie kann sie das Haus und ihre Verpflichtungen sich selbst überlassen?

Elise denkt in ihrem Zimmer über seinen Brief nach, am Abend eines Tages, der besonders schwierig war. Maman wollte nicht aufstehen, sich nicht anziehen. Elise hatte darauf bestanden, zumindest der Anschein von Normalität müsse gewahrt bleiben, doch Maman hatte ihr Wasserglas nach Elise geworfen und gebrüllt: »Raus!«, woraufhin Elise bloß auf die Scherben am Boden gestarrt hatte. Jetzt, in der Stille ihres Zimmers, allein an ihrem Schreibtisch, blickt sie aus dem Fenster. Wenn sie zu den Sternen schaut, kann sie immer besser nachdenken. Geneviève wüsste bestimmt, was zu tun ist. Allerdings möchte sie ihr nicht so viel über William erzählen. Es ist zu besonders. Elise wendet sich vom

Fenster ab, greift zur Bürste und fährt sich durchs Haar. Geneviève hatte sie gedrängt, es schneiden zu lassen, wie es jetzt Mode ist, aber Elise will nicht. Sie bindet es gern zurück. Außerdem liefen gerade alle mit dem gleichen Haarschnitt herum. Wozu? Die Tage sind lang und sie freut sich auf den Schlaf. Auf der Bettkante sitzend sammelt sie ihre Gedanken, als ein Geräusch von unten sie aufschreckt. Ein Stuhl fällt um. Elise seufzt. Wie hat ihr entgehen können, dass Maman aufgestanden ist?

Auf dem Weg die Treppe hinunter versucht sie die dunklen Gedanken beiseitezuschieben. Gedanken daran, zu gehen und nicht zurückzukommen, wie Philippe. Aber ihr Pflichtgefühl und ihre Loyalität und Liebe zu Papa halten sie hier fest. Am unteren Treppenabsatz angekommen, sieht sie, wie Maman sich vom Boden aufzurichten versucht. Elise überlegt, zurück in ihr Zimmer zu laufen und die Tür zu schließen. Stattdessen geht sie zu Maman und beschließt dabei innerlich, dass sie es irgendwie schaffen wird, nach Paris zu fahren, um William zu treffen. Sie hat genug. Es ist Zeit, dass Elise sich um sich selbst kümmert. Und glücklich ist. William macht sie glücklich. Sie muss einen Plan schmieden. Jemanden finden, der sich um Maman kümmert. Marianne kann sie nicht fragen, sie hat mit der Bäckerei und Michel genug zu tun. Dann fällt ihr ein, was Geneviève zu ihr gesagt hat – dass sie für sich sorgen muss. Und sie ist der einzige Mensch, den Elise kennt, der stark genug und der Frau, die sie zur Welt gebracht hat, gewachsen wäre. Aber wie soll sie so etwas fragen? Und wie viel wird sie ihr über William erzählen müssen?

***

Als hätte das Schicksal seine Hand im Spiel, schaut Geneviève am nächsten Tag in der Bäckerei vorbei. Elise kann ihre Aufregung beim Anblick der Freundin kaum verbergen, ihre Hände zittern, während sie Kuchen verpackt. Sie bemerkt Genevièves Blick.

»Alles in Ordnung?«, fragt Geneviève.

»Ja, natürlich«, sagt Elise mit übertriebener Fröhlichkeit. Aber das ist ihr Stichwort. »Ich muss dich etwas fragen, können wir uns vielleicht nach der Arbeit treffen?«

Elise spürt, wie sie eingehend gemustert wird. »Treffen wir uns um drei in dem neuen Café gegenüber vom Park«, schlägt Geneviève vor.

»Danke.«

Bis zu ihrer Verabredung überlegt Elise, was sie sagen und wie sie ihre Frage stellen soll. Und dann, um drei, streift sie ihre Jacke über und geht zum Café, wo Geneviève sie bereits erwartet. Elise setzt sich, immer noch unsicher, wie sie um diesen Gefallen bitten soll.

»Was auch immer es ist, spuck's aus, Elise«, sagt Geneviève. Das ist die Aufforderung, die Elise gebraucht hat.

Sie holt tief Luft. »Ich weiß nicht recht, wo ich anfangen soll. Vor einer Weile habe ich durch meinen Bruder Philippe einen Mann kennengelernt.«

»Den Amerikaner, William?«

»Woher weißt du das?«

»Elise, das weiß doch die ganze Stadt.« Geneviève verdreht die Augen.

Diese Information muss Elise erst einmal verdauen.

Geneviève sieht sie unverwandt an.

»William hat mich nach Paris eingeladen.«

Geneviève, die ihr gegenübersitzt, beugt sich vor und ihre Augen werden noch schmaler.

»Und ich brauche ... ich hoffe. Na ja, es ist so ...«, druckst sie herum. Sie und Geneviève sind Freundinnen, aber nicht so, wie es mit Marianne der Fall ist. Geneviève gegenüber ist Elise zurückhaltend. Sie wirkt manchmal einschüchternd, und damit kann Elise schlecht umgehen. Ebenso wie die meisten Menschen. Außerdem – wie soll sie jemandem, der kaum etwas über ihre Maman weiß, das erzählen, was sie die ganze Zeit über geheim gehalten hat? Geneviève ist nicht hier geboren und aufgewachsen. Sie kennt Elises Familiengeschichte nicht.

Geneviève lehnt sich auf ihrem Stuhl zurück. »Du brauchst jemanden, der sich um das Haus kümmert. Schon erledigt.«

Dankbarkeit durchflutet Elise. »Du machst das?«

»Natürlich. Wann brauchst du mich?«

Elise nennt das Datum. »Ich weiß gar nicht, wie ich dir danken soll. Aber es gibt noch ein paar Dinge, die du wissen musst.«

»Dass deine Maman nicht über den Tod deines Vaters hinweggekommen ist, das Haus nie verlässt und komplett auf dich angewiesen ist?«

»Woher weißt du das?« Elises Stimme ist leise, ein bisschen Verlegenheit, Scham sogar, mischt sich in ihre Worte, vor allem aber Betroffenheit.

Geneviève vollführt eine theatralische Armbewegung. »Der gleiche Grund wie bei William. Diese Stadt. Aber das spielt jetzt keine Rolle. Wichtig ist, dass du dich auf dein

Treffen mit William vorbereitest. Hast du schon gepackt? Was nimmst du mit?«

»Darüber habe ich noch nicht nachgedacht.«

»Dann fangen wir damit jetzt gleich einmal an. Und bei der Gelegenheit lerne ich auch deine Maman kennen.« Geneviève steht auf, streicht sich den Rock glatt und winkt Elise, ihr zu folgen. Nach einem letzten Schluck Kaffee steht Elise auf und folgt ihrer Freundin.

»Und ich gebe dir eine Liste von Sachen mit, die du mir in Paris besorgen musst.«

13

Nordfrankreich, Sommer 2009

Die Kirche sieht bei Tageslicht aus wie im Märchen – etwa wenn eine Prinzessin ihren Prinzen heiratet.

Lucy ist noch nie in einer katholischen Kirche gewesen. Muss man da seinen Kopf bedecken? Sie wartet vor der Tür und beobachtet die Leute, bis eine ältere Frau sich nähert. Nicht nur älter, richtig alt. So, als könnte sie jede Sekunde zu Staub zerfallen. Sie ist in einen Mantel gehüllt, trägt dicke Strümpfe und vernünftige, hässliche Schuhe. Lucy tritt auf sie zu, um ihr beim Öffnen der schweren Tür zu helfen, was sowohl durch die Windrichtung als auch wegen der Größe der Tür schwierig ist.

Sie zieht mit beiden Händen, und es klappt. Lucy hält der Frau die Tür auf, die sie im Vorbeigehen ansieht, ansetzt, sich zu bedanken, und dann innehält. Ihr Gesichtsausdruck wechselt von Erkenntlichkeit zu Verwirrung und Schrecken. Sie streckt die Hand aus und legt sie behutsam auf Lucys Arm. Nicht, um sich zu bedanken, sondern eher, um sich zu vergewissern, dass sie echt ist.

Lucy versucht ein beruhigendes Lächeln und blickt zu der kleinen Frau hinunter, die trotz ihres Alters volles, lockiges graues Haar hat, in dem noch ein paar naturrote Strähnen zu sehen sind. »Alles in Ordnung?«, fragt Lucy.

Nach ein paar Sekunden nickt die Frau, und Lucy sieht sie langsam, stockend das Kirchenschiff entlanggehen, bis sie erneut stehen bleibt und zu ihr zurückblickt. Lucy überlegt, ob ihre Jeans und der Kapuzenpullover in der Kirche fehl am Platz sind, aber nein. Es steckt mehr dahinter. Lucy sieht ihr nach, bis sie sich hinsetzt und den Kopf beugt. Es kommt Lucy falsch vor, sie bei so etwas Persönlichem wie einem Gebet zu beobachten.

Die Kirche ist kühl und friedlich, doch kleinste Geräusche, das Flackern einer Flamme, das Positionieren einer Kniebank, hallen laut nach. Ein etwas muffiger Geruch erfüllt die Luft. Der Geruch von Geschichte und Zeit. Einer Million alter Bücher. Sie geht langsam, beeindruckt von der hohen Decke. Der Größe und Farbigkeit der Fenster. Die Farben glitzern und nehmen verschiedene Rot-, Grün- und Blautöne an, wo sie die Sonne trifft.

Die Kirche ist schön, aber am besten gefällt ihr die Stille. Sie setzt sich in eine Kirchenbank und faltet die Hände. Lucy weiß nicht recht, wie man betet. Sie ist nie in die Kirche gegangen. Granddads Familie war zwar katholisch, aber er sagte immer, Religion sei die Ursache zu vieler Kriege, und erklärte ihr, sie solle ein guter Mensch sein, gütig zu anderen und zu sich selbst. »Auch das ist wichtig, Lucy. Zuallererst musst du dich selbst lieben.« Interessant, wie die Dinge, die er gesagt hat, ihr immer wieder in den Sinn kommen. Sie sitzt ganz ruhig da, schließt die Augen und denkt darüber nach, was sie sich wünscht – unmögliche Dinge, wie dass ihre Eltern noch da wären. Und Granddad auch. Beten ist schwieriger, als sie gedacht hat. Wieder versucht sie, ihre Gedanken zu ordnen. Am Ende beschließt sie, einfach auf Nummer sicher zu gehen. Die Augen immer noch geschlossen, flüstert sie ihr Gebet in den großen Raum, der sie umgibt.

Hi, Granddad. Ich bin's, Lucy. Ich bin hier, in der Normandie. Ich wünschte, du wärst bei mir. Ich vermisse dich so sehr. Ich wünschte, ich hätte dir öfter gesagt, wie sehr ich dich liebe. Ich wünschte, ich hätte so viel mehr Fragen gestellt. Ich wünschte, ich wüsste mehr über dich, wo du gekämpft hast. Ob du Angst hattest. Ich wünschte, ich wüsste mehr über meine Großmutter.

Sag Mommy und Daddy, wie lieb ich sie habe. Ich hoffe, du weißt, wie sehr ich dich liebe. Ich hoffe, dein Kaffee ist stark und heiß, und dass du deine Eier mit Paprika und Zwiebeln bekommst, wann immer du willst. Danke für alles, Granddad. Ich hab dich lieb.

Sie hält inne.

Wenn du kannst, gib mir doch ein Zeichen, dass es dir gutgeht. Bitte. Und wenn möglich sag mir, ob ich das Medizinstudium aufnehmen soll. Das wäre ganz prima, danke. Und wenn du mich vielleicht noch ein bisschen mehr über Grandma erfahren lässt, wäre auch das schön.

Sie hofft, das ist genug.

***

Als Lucy hinausgeht, dauert es einen Moment, bis sich ihre Augen an die Helligkeit gewöhnt haben. Die Luft fühlt sich frischer an, voller Leben. Sie bückt sich und hebt eine leere Wasserflasche sowie ein Bonbonpapier auf, die jemand weggeworfen hat. Sie sieht sich nach einem Abfalleimer um, entdeckt aber keinen. Also steckt sie die Sachen in ihre Tasche und macht sich dann auf den Weg zur Bücherei. Die befindet sich in einem kleinen Steingebäude unweit von ihrem Hotel. In ihrem besten Französisch, großzügig durchsetzt mit englischen Worten, erklärt sie, ihre Großmutter habe vor dem Krieg hier gelebt und sie sei neugierig, wie die Stadt damals ausgesehen haben mochte.

Die Bibliothekarin zieht einen Stadtplan von 1939 hervor, und Lucy wird klar, dass solche Anliegen für sie Alltag sind. »Kann ich mir den kopieren?«, fragt sie. Es sind mehrere Versuche auf dem alten Kopiergerät nötig, damit die Kontraste stimmen. Das Resultat ist nicht perfekt, aber immerhin ein Anfang.

Sie geht durch den kleinen Raum, der die Bücherei beherbergt, und überlegt, was sie als Nächstes tun soll. Sie könnte nach der Lokalgeschichte fragen, herausfinden, ob sie Einwohnerdaten von 1939 haben, aber Lucy hat eine andere Idee. Sie dankt der Bibliothekarin für ihre Hilfe und steuert ein kleines Bistro an. Es liegt versteckt und ist fast leer. Sie setzt sich hin, um nachzudenken.

Lucy bestellt ein Glas Sekt, was sie noch nie getan hat. Sie will auf ihre Großmutter anstoßen, bevor sie ihren Pilgerweg beginnt. Die muss eine erstaunliche Frau gewesen sein, schließlich hat sie sich ihren Großvater geangelt.

Während sie an ihrem Getränk nippt, studiert sie den Stadtplan. Die Kirche dient ihr dabei als Referenzpunkt. Sie vergleicht ihn mit dem aktuellen Plan, wieder ausgehend von der Kirche. Lucy nimmt einen Stift und teilt die Umgebung in drei Sektionen auf, wobei sie den modernen Teil vorerst ausklammert, für den Fall, dass die Zeit nicht für alles reicht. Heute will sie den südlichen Teil erkunden, den sie noch nicht gesehen hat und der vom Bahnhof und dem Lokal, in dem sie mit Rob gegessen hat, weiter entfernt ist.

Diesen Teil hebt sie sich für morgen auf. Sie will sich auch das Waldstück in der Nähe anschauen. Rob hat ihr erzählt, dass es einen Spazierweg gibt und dass die Häuser am Bahnhof zu den ältesten gehören, abgesehen vom eigentlichen Stadtkern.

Sie wünscht sich, sie hätte mehr Zeit. Sie würde gern nach Tours fahren, und einige der dortigen Kriegsschauplätze anschauen. Aber Flugzeuge fliegen immer, und sie weiß schon jetzt, dass sie wiederkommen wird. Sie fühlt sich mit diesem Ort verbunden. Ein Heimatgefühl. Allein die Tatsache, dass sie hier gewesen ist, gibt ihr ein viel besseres Gefühl.

Sie bezahlt ihre Rechnung und macht sich auf. Es ist Zeit, ihren Pilgerweg zu beginnen.

14

Paris, April 1939

Am Gare Saint-Lazare wimmelt es von Menschen. Lärm. Energie. Elise fühlt sich auf Anhieb wohl, fürchtet aber, William könnte sie hier nicht finden. Während sie mit ihrem Koffer den Bahnsteig entlanggeht, kann sie gar nicht glauben, dass sie sich im gleichen Land befinden. In der gleichen Stadt! Sogar im gleichen Gebäude! Ihr Lächeln wird noch breiter und lässt ihre ohnehin leuchtenden Augen strahlen. Sie ist schon fast am Ende des Bahnsteigs angekommen, als sie ihn entdeckt. Er ist stehen geblieben, blickt suchend in die Menge, überragt die Leute, die an ihm vorbeigehen.

Und dann stehen sie voreinander.

»William, bist das wirklich du?«, fragt sie und lacht noch mehr. Ach, es ist ein wunderbares Gefühl zu lachen!

»Ja, ich bin's. Und dich würde ich überall erkennen. Du bist genau so schön, wie ich es in Erinnerung hatte.«

Etwas Netteres hätte er nicht sagen können, und Elise spürt die Freude bis in die Zehenspitzen. Er schnappt sich ihr Gepäck, mit dem sie gekämpft hat und das in seiner Hand jetzt federleicht wirkt, und sie verlassen zusammen den Bahnhof. Den von Geneviève geliehenen Koffer übergeben sie dem Portier in seinem Hotel. Elise wird bei Philippe wohnen. Während sie die Rue de Saint-Germain entlangschlendern – sie hat sich bei ihm eingehakt –, erwähnt William, dass er ihn seit seiner Ankunft nur einmal getroffen hat.

»Und ich habe ihn seit vielen Monaten nicht gesehen«, sagt sie.

»Ach, mach dir keine Gedanken um ihn. Ich bin sicher, dass er auftaucht.«

»Was stellen wir jetzt mit dem Rest des Tages an?« Elises Worte klingen fröhlich, ihre Stimme höher als normal. Sie ist einfach nur überwältigt von all der Aufregung.

»Das kannst du bestimmen.« Seine Galanterie steigert ihre Begeisterung noch.

»Dann würde ich gerne den Eiffelturm wiedersehen.«

»Wieder?«, fragt er neckend.

»Papa ist einmal mit mir hier gewesen, an meinem zwölften Geburtstag. Wir hatten so viel Spaß, wir beide ganz allein.« Sie hält inne und lässt die Erinnerung aufsteigen. Es tut weh, aber es ist ein angenehmer Schmerz, von der Art, die einen an bessere Zeiten und Geliebtwerden erinnert. An das Versprechen, dass es wieder solche Zeiten geben wird.

»Ja. Ich will den Eiffelturm sehen. Es ist Zeit, eine neue Erinnerung zu etablieren«, sagt sie.

»Dann tun wir das.«

***

Nachdem sie den Eiffelturm besichtigt haben und durch die Jardins du Trocadéro geschlendert sind, schlägt Elise vor, Philippe zu suchen, da es bereits Abend wird. Doch er ist weder in seiner Wohnung noch in seinem Stammlokal. William ist die Bar noch aus der gemeinsamen Studienzeit in Erinnerung. Sie setzen sich und trinken etwas: William einen Scotch, Elise eine Limonade. Nachdem sie eine Stunde lang gewartet haben, ist klar, dass er nicht auftauchen wird. Elise ist wütend auf ihren unzuverlässigen Bruder, aber noch wütender auf sich selbst, weil sie geglaubt hatte, sich auf ihn verlassen zu können.

»Lass es uns noch einmal bei seiner Wohnung probieren«, sagt William, als er bezahlt hat.

»Okay«, sagt sie und betet im Stillen, ihr Bruder möge nun da sein. Schweigend gehen sie durch die Straßen und kommen schließlich bei Philippes Wohnung an. Als sie an die Tür klopfen, fällt Elise die abgeblätterte Farbe auf, das alte, rissige Holz. Sogar durch die geschlossene Tür kann sie die schale Luft in seiner Wohnung riechen, sie sickert durch den Spalt unter der Tür, ja sogar durch die Wände. Sie rümpft die Nase, während William klopft, wartet und dann eine Nachricht unter der Tür durchschiebt. Schließlich richtet er sich auf, nimmt ihren Arm, und sie gehen zusammen die Treppe hinunter, hinaus auf die Straße. Die Sonne begrüßt sie, entschädigt sie für die Selbstsucht ihres Bruders.

»Ich bin sicher, dass ihm etwas Unerwartetes dazwischenkam. Wir werden ihn bald sehen.« Er drückt ihren Arm, versucht ihre Enttäuschung und Sorge zu dämpfen.

Elise lenkt sich ab, indem sie die Schaufenster der Bäckereien betrachtet, große Bleche mit Gebäck und anderen Köstlichkeiten.

»Hast du Hunger? Möchtest du etwas essen?«

»Danke, ich brauche nichts. Ich sehe mir nur an, was Paris zu bieten hat. In den Bäckereien hier ist viel mehr los als bei uns«, sagt sie, während Menschen aus der Tür einer großen Bäckerei strömen, in den Armen kleine Papiertüten und verschnürte Schachteln, die ihr so vertraut sind.

»Macht dir die Arbeit in der Bäckerei immer noch Spaß? Du hast sie in deinen Briefen nicht oft erwähnt.« Er lenkt sie durch die Tür. Ein süßer, berauschender Duft nach Zucker und Schokolade und warmem Brot empfängt sie.

Elise nickt. »Ja, sehr. Die Bücherei mag ich auch. Den Geruch der Bücher, die Stille, die Wärme.« Sie nickt, als William eine buttrig aussehende Torte wählt, schüttelt aber bei einem großen Quadrat Schokoladentorte den Kopf. »Ich mach mir nichts aus Schokolade, beziehungsweise sie tut mir nicht gut. Ich bekomme davon Kopfschmerzen«, erklärt sie, und er bestellt den Schokoladenkuchen wieder ab.

William bezahlt die Leckereien und sie nehmen ihren Spaziergang wieder auf. Unterwegs brechen sie kleine Stücke von der Süßigkeit und essen sie im Gehen. In diesem Augenblick ist die Welt einfach wundervoll. Elise weiß das, weiß, in was für eine Umgebung sie zurückkehren muss, und strengt sich an, wirklich jedes Detail in ihrer Erinnerung abzuspeichern. Die Art, wie die Frauen ihre Hüte in einem kecken Winkel tragen. Die Bäume, die die Straßen säumen, das Geräusch der Blätter im Wind. Den Duft nach Backwaren, Kaffee, Sonnenschein – denn Sonnenschein, so denkt sie, hat einen ganz eigenen Geruch. Während sie naschend dahinschlendern, gibt es keinen Ort auf der Welt, an dem Elise lieber wäre.

Als sie ihr letztes Stück Butterkuchen verspeisen, kommen sie bei Williams Hotel an. Elise ist beschämt, als er ihr ein Zimmer bucht, das seinem eigenen gegenüberliegt; beschämt, dass ihr Bruder sie vergessen hat und dass sie nicht wird bezahlen können. Sie hat ihre gesamten Ersparnisse in neue Sachen investiert. Sie weiß, dass Philippe ein Trinker ist. Aber ein Rest von Loyalitätsgefühl hindert sie daran, sich das einzugestehen. Also tut sie, als wäre es nicht so. Die Hoffnung, er könnte jemals wieder werden wie früher, ein Irrglaube, den sie jahrelang bewahrt hat, stirbt in diesem Moment. Sie kann spüren, wie sie aus dem Gleichgewicht gerät, als etwas Hartes an Stelle dieser Hoffnung tritt.

Während sie die Treppe hinaufgehen, sagt Elise: »Tut mir wirklich leid, William. Ich dachte, Philippes Zustand hätte sich gebessert.« Sie spürt die Röte in ihre Wangen steigen. William, der sieht, wie aufgeregt sie ist, stellt ihren Koffer ab und nimmt sie in den Arm. »Dafür muss ich jetzt keine Zeit mit dem Hin- und Rückweg verlieren, um dich zu sehen.« Es ist die perfekte Antwort. Elise denkt an die anderen Männer, die sie kennt, ihre Klassenkameraden, die Jungen, mit denen sie aufgewachsen ist. Sie alle erscheinen ihr neben William so unbeholfen. Ist es das Alter oder liegt es daran, dass er Amerikaner ist?

Er schaut nach der Zimmernummer und öffnet ihr dann die Tür, so weit, dass sie sich unter seinem Arm hindurchschieben kann. Seine Nähe, der Duft seines Rasierwassers, lässt sie erbeben. So viel hoffen und träumen und schreiben! Und jetzt ist er da. Es scheint, als würden nun ihre Träume wahr.

Elise betritt das Zimmer. Das Abendlicht erhellt die breite Fensterfront.

»Bist du müde? Es war ein langer Tag«, fragt er fürsorglich.

»Ich bin kein bisschen müde.« Sie geht zum Fenster und blickt über die Stadt, sieht in der Ferne Montmartre, die glänzende Kuppel in der Dämmerung. Ätherisch, denkt sie verzückt.

»Morgen ist ein großer Tag ... immerhin dein Geburtstag, und der zweite Jahrestag unserer Begegnung«, sagt er. Elise dreht sich um und sieht ihn an. »Du weißt es noch.« Ihre Stimme ist sanft, und sie hat das Gefühl, vor Glück zu glühen.

»Die wichtigen Dinge merke ich mir immer.«

»Der Gedichtband, den du geschickt hast. Das war so lieb von dir. Es bedeutete mir sehr viel ...« Sie zögert.

»Aber?«

»Irgendwie weiß ich nicht, wie ich das fragen soll, aber – warum?«

»Warum was?«, fragt er zurück.

»Warum das Geschenk, warum hast du dich gemeldet?«

An der Art, wie er die Stirn runzelt, merkt sie, dass er nach der richtigen Antwort sucht. Elise hat diese Frage nicht stellen wollen, ja nicht einmal gewusst, dass sie sich das gefragt hat. Jetzt ist sie in Sorge, alles kaputtgemacht zu haben.

»Sag es mir einfach.«

»Was du zu Hause erlebst, hat mich traurig gemacht. Wie dein Bruder sich verändert hat. Du schienst mir, du warst, du bist so viel besser als das. Ich wollte dir zunächst einfach nur eine Freude machen ...« Er verstummt. Elise ist entsetzt bei dem Gedanken, er könnte ihr das Buch als eine

Art Almosen geschickt haben, aber sie muss einfach Bescheid wissen. Also lässt sie nicht locker.

»Und?« Wenn er sie bemitleidet, wird sie aufstehen und sofort den Raum verlassen. Sie schwört sich, das zu tun. Elise hält den Atem an. Alles hängt davon ab, wie er diese Frage beantwortet.

»Und dann hast du geantwortet. Dein Bruder hätte das nicht getan, glaub mir. Und was du zu *Die gute Erde* schriebst, fand ich so klug, klüger als einige meiner Mitstudenten ...«

Elise wartet darauf, dass er mit der Wahrheit herausrückt.

»Ich habe es genossen, mit dir zu korrespondieren. Aber ...« Er zögert, spielt mit der Pfeife, die er aus der Jackentasche gezogen hat. »Es gehört sich nicht für einen Mann meines Alters, sich in ein Schulmädchen zu verlieben«, schließt er.

Unbändige Freude durchströmt sie, ein Gefühl, in das sie eintaucht wie in ein warmes Schaumbad. Sie will zu ihm gehen, ihn umarmen. Seine Arme um sich spüren. Sich sicher fühlen.

»Ich bin kein Schulmädchen mehr.« Sie kann ihre Kühnheit selbst nicht fassen, aber Geneviève hat ihr geraten, den Kopf hoch zu tragen und Selbstbewusstsein zu zeigen. Ihre Freundin hatte gesagt: »Männer werden blauäugiger Mädchen, die nur für sie leben und sterben, schnell überdrüssig. Die interessanten jedenfalls.«

Und dann kommt er zu ihr, mit wenigen großen Schritten, nimmt sie sanft in den Arm und sagt: »Elise, darf ich dich küssen?«

Sie nickt, wagt nicht zu sprechen. Und dann senkt er den Kopf und seine Lippen finden ihre. Und für Elise wird schon wieder ein Traum wahr.

***

An ihrem Geburtstagsmorgen weckt Elise ein Klopfen an der Tür. Vielleicht, weil sie nicht auf nächtliche Geräusche horchen musste oder weil das Bett so bequem war, hat sie wie ein Kind geschlafen. Tief und erholsam.

Sie braucht ein paar Sekunden, um zu realisieren, wo das Geräusch herkommt. Als es ihr klarwird, springt sie aus dem Bett, wirft sich etwas über und öffnet die Tür.

Vor ihr steht William mit einem Strauß weißer Rosen in braunem Papier. Er trägt eine hellbraune Hose, ein weißes Hemd und eine blaue Strickjacke. Seine Haare sind noch feucht. Er tritt einen Schritt zurück, als er sie sieht, und Elise wird sich der Tatsache bewusst, dass sie nur halb angezogen ist. Der Umhang bedeckt das leichte Baumwollnachthemd, das schon zu viele Wäschen gesehen hat, nur unzureichend, und ihr langes dunkles Haar hängt offen über ihre Schultern, zerwühlt vom Schlaf. Sie muss ein schreckliches Bild abgeben!

»Guten Morgen. Ich hoffe, ich habe dich nicht geweckt?« Seine Stimme klingt seltsam förmlich. Elise hat keine Ahnung, warum.

»Nein, nein«, lacht sie. »Na ja, doch, ich kann gar nicht glauben, dass ich so lange geschlafen habe!«

Er überreicht ihr den Blumenstrauß.

»Alles Gute zum Geburtstag!«

Sie errötet, als sie die Blumen entgegennimmt, die noch kühl sind vom morgendlichen Tau.

»Ich bin runter, um die Zeitung zu holen, und habe sie an einem Stand gesehen. Da habe ich an dich gedacht.«

»Weiße Rosen mag ich am liebsten«, sagt sie, schließt die Augen und vergräbt ihr Gesicht in dem Duft.

»Das freut mich. Jetzt lasse ich dich allein, damit du dich für den Tag bereitmachen kannst.« Er zögert und hebt dann die Hand an ihr Gesicht, beugt sich herunter und küsst sie auf die Wange. Anschließend entfernt er sich den Flur hinunter. Elise schließt die Tür. Der süße Duft der Blumen erfüllt ihre Sinne.

Nach einem Frühstück mit Croissants und Café au lait spazieren sie zu den Jardins du Luxembourg, wo sie Arm in Arm unter den hohen Bäumen flanieren. Dass er heute dichter neben ihr geht, bildet sich Elise nicht bloß ein, und es freut sie sehr. Dass sie sich am Abend zuvor geküsst und noch mehr, wenn auch nicht alles, miteinander erlebt haben, scheint etwas verändert, ins Lot gebracht zu haben. Sie sind jetzt ein Paar. Bei dem Gedanken drückt sie seinen Arm fester. Er blickt zu ihr herüber und küsst wie zur Bestätigung ihren Scheitel.

In der Luft liegt die Energie des Frühlings, der dieses Jahr früh Einzug gehalten hat.

William deutet auf eine Bank. »Setzen wir uns in die Sonne?«

Sie nickt und er legt sein Taschentuch auf die von der Zeit gezeichnete Sitzfläche, damit sie darauf Platz nehmen kann. Eine einfache Geste, doch angesichts der Aufmerksamkeit durchflutet sie schiere Freude.

»Was hast du sonst noch für Pläne, willst du studieren? Du liest doch so gerne, ich dachte, du möchtest vielleicht Lehrerin werden?«, erlaubt er sich zu fragen.

Sie überlegt einen Augenblick und sagt dann: »Eigentlich wollte ich Konditorin werden, aber es gab keinen Ausbildungsplatz in der Nähe. Mit dem Lehramtsstudium ist es das Gleiche.«

Elise sieht nicht, wie William die Stirn runzelt.

»Konditorin. Ich glaube, dafür braucht man eine Menge Geduld. Ich könnte das nicht«, lacht er.

»Weiß ich nicht. Mir kommst du sehr geduldig vor«, weicht sie aus und macht ihm gleichzeitig ein wenig schöne Augen.

»Leicht fällt es mir jedenfalls nicht, das kannst du mir glauben.«

Sie plaudern entspannt, während die Sonne ihren Zenit am Himmel erreicht, und gehen dann weiter durch den Park und zur Straße. Jetzt sind mehr Menschen unterwegs, Autos fahren vorbei. Das Lächeln auf Elises Gesicht zeigt, dass sie rundum glücklich ist. Ihre Augen leuchten begeistert und voller Erwartung.

»Diese Stadt ist magisch«, sagt sie und saugt Anblicke und Geräusche in sich auf, studiert die vorübergehenden Leute, überlegt sich, wie sie wohl leben. Sie stoßen unerwartet auf einen Markt, und Elise ist fasziniert. »Ich glaube, hier kauft die gesamte Einwohnerschaft meiner Heimatstadt ein«, lacht sie, während sie zwischen den Ständen herumschlendern. »Vielleicht finde ich hier etwas für Maman.«

William lächelt. »Lass dir Zeit.« Elise geht an einem Tisch vorbei, auf dem sich Geschirr türmt, hauptsächlich Teetassen, und zieht dann weiter zu einem anderen Tisch. Sie dreht sich um und lächelt, und er kommt rasch an ihre Seite.

»Hast du etwas gefunden, was dir gefällt?«

Sie hebt ein prächtiges smaragdgrünes Schultertuch in die Höhe – Mamans Lieblingsfarbe, wie sie weiß. Sie denkt daran, wie hübsch es mit einem cremefarbenen Seidenkleid aussehen würde, einem wie dem, das Elise und Geneviève für diese Parisreise genäht haben. Aber andererseits – würde ein neues Schultertuch sie glücklich machen? Traurigkeit senkt sich über Elise herab und sie strafft die Schultern, entschlossen, sie abzuwehren. Nichts soll ihr den Tag mit William verderben. Sie betrachtet das seidige Material in ihrer Hand. Vielleicht wird es als Katalysator dienen. Dafür sorgen, dass sie sich wieder schön fühlt. Vielleicht wird die Farbe sie aufheitern. Elise ist so glücklich, dass sie auch alle anderen glücklich sehen will.

Als sie den Preis hört, erbleicht sie angesichts der Summe, die der Verkäufer verlangt. William will bezahlen, doch Elise weigert sich, ihn noch mehr Geld ausgeben zu lassen. Außerdem ist es dumm von ihr zu glauben, dass ein einfaches Schultertuch Maman glücklich machen könnte. Sie denkt an die Stola, die die Allards ihr geschenkt haben, und wie gern sie sie mag. Aber Elise und ihre Mutter sind zwei ganz unterschiedliche Menschen. Um Maman wieder zum Leben zu erwecken, wird es mehr brauchen als ein Seidentuch. Es wird eine Liebe brauchen, die in ihr Leben zu lassen sie nicht in der Lage ist, wie Elise klarwird.

William bietet erneut an zu zahlen, ein Bündel Francs schon in der Hand, aber Elise bleibt hart.

Sie hakt ihn unter und sagt: »Danke, sehr lieb von dir. Aber jetzt lass uns sehen, was Paris sonst noch zu bieten hat.« Sie spürt seine Wärme, die Kontur seiner Armmuskeln unter Hemd und Pullover, und es erregt sie.

Stundenlang streifen sie durch die Straßen, reden, schauen in Schaufenster, teilen sich auf einer Straße in Montmartre eine Leckerei. Am Spätnachmittag sind sie gerade in Sacré-Cœur, als William auf seine Armbanduhr blickt und zur Eile drängt: »Wir haben eine Reservierung.«

»Wo?«, will Elise wissen.

»Das ist eine Überraschung. Du musst dich gedulden«, neckt er.

»Oh, ja, das schaffe ich«, erwidert sie mit einem Grinsen, doch in ihr brennt ein Feuer.

»Und zieh dein schönstes Kleid an.«

***

Elise kleidet sich an, langsam, sorgfältig. Geneviève hat ihr beim Nähen eines einfachen cremefarbenen Kleides geholfen, und sie sieht jetzt, wie perfekt die obere Naht gelungen ist. Geneviève hat dabei an Elises Küchentisch gesessen und am Rotwein genippt, während Elise betete, dass sie nichts verschüttet. Maman hatte danebengesessen und Geneviève angestarrt, als wäre sie eine exotische Katze. Dann war sie, erschöpft von der ungewohnten Aktivität, früh zu Bett gegangen. Elise möchte Geneviève auf jeden Fall etwas mitbringen. Sie mag große Steine, das ist Elise aufgefallen, aber Schmuck kann sie sich nicht leisten. Vielleicht findet sie ja irgendetwas. Die Anemonen-Ohrringe, die William ihr geschickt hat, liegen wohlverpackt in der Schachtel. Sie hat sie noch nie getragen, sondern für eine besondere Gelegenheit aufbewahrt. Und die ist jetzt gekommen. Sie steckt sie an und spürt das leichte Kneifen, aber sie sehen so hübsch aus, dass es den Schmerz wettmacht.

Sie dreht sich vor dem Spiegel und drapiert die Stola von Marianne und Bertrand über ihre Schultern. Mit dem Ergebnis ist sie zufrieden. In diesem Licht sieht der dunkle Burgunderton auf dem hellen Kleid dramatisch aus, und ihr Haar wirkt noch dunkler.

Um Punkt acht Uhr klopft William an die Tür, als Elise gerade ihren neuen, ebenfalls für diese Reise erstandenen Frühlingsmantel überzieht. Geneviève hatte erklärt, sie könne in Paris unmöglich Papas Mantel tragen. »Die Leute würden dich für verrückt halten.«

Elise erinnert sich an ihren Wunsch, mit jemandem reden und sich Rat holen zu können. Geneviève hat auf jeden Fall den zweiten Punkt erfüllt.

Jetzt steht William vor ihr. Das Haar wie Clark Gable zurückgekämmt, in dunklem Anzug und Krawatte unter einem dunklen Mantel, sieht er umwerfend aus.

»Wie schön du bist«, sagt er.

»Danke«, strahlt Elise. »Gibst du mir einen winzigen Anhaltspunkt, wo wir hingehen?«

»Nein. Du musst dich einfach gedulden.« Er schüttelt den Kopf, während er sie in die Halle führt.

Ein Auto wartet auf sie. Als sie auf der Rückbank Platz genommen haben, kutschiert sie der Fahrer durch die Straßen, die jetzt am Abend noch belebter wirken. Es geht am Arc de Triomphe vorbei, die Champs-Élysées entlang, über die Place de la Concorde. Und dann sind sie in der Rue Royale. Der Wagen hält an und der Fahrer steigt aus, um William und Elise die hinteren Türen zu öffnen. Als sie zusammen auf dem Gehweg stehen, nimmt er ihre kleine Hand in die seine. Elise genießt das Gefühl, wie Williams starke Hand ihre umschließt.

Sie bewegen sich auf ein Restaurant zu und Elise sieht das Schild: *Maxim's Restaurant.* Elise hat davon gehört, weiß, dass hier die Superreichen und Berühmten speisen, hätte aber niemals geglaubt, dass sie es je betreten würde. Was ihr alles passiert, bloß, weil Philippe übers Wochenende einen Freund mitgebracht hat. Jetzt steht sie an einem Samstagabend in Paris im Maxim's. Wie anders ihr Leben zuhause ist! Was täte sie dort gerade? Maman ins Bett bringen, Geschirr spülen. Wahrscheinlich Williams Briefe nochmals lesen. Stattdessen sitzt er ihr gegenüber und auf dem Tisch zwischen ihnen steht eine Flasche Champagner. Elise hat noch nie Champagner getrunken und ist hingerissen von den tanzenden Bläschen und der kalten Süße des Getränks.

William streckt den Arm über den Tisch und nimmt ihre Hand.

»Was denkst du?«, fragt er.

»Ich weiß nicht, was ich denken soll. Hier zu sein, das alles, es fühlt sich an wie ein Traum.«

»Dies ist eines meiner Lieblingslokale in meiner Lieblingsstadt.«

»Ich kann gar nicht glauben, dass ich so nah wohne und erst zum zweiten Mal hier bin!«

»Das müssen wir ändern«, sagt er. Seine Worte rütteln

sie auf und sie sieht ihn an, während sie sich leicht auf die Unterlippe beißt. »Hast du vor, mehr Zeit hier zu verbringen?«, fragt sie.

»Ich werde wohl die Firma meines Vaters übernehmen, weiß also nicht recht, was die Zukunft bringt. Aber ich möchte es sehr, sehr gern.« Elise hat das Gefühl, dass da noch mehr dahintersteckt.

Lebhafte Musik erfüllt den Raum, die Luft scheint zu knistern vor Energie, vor Lebendigkeit. An einem solchen Abend, an einem solchen Ort ist es schwer vorstellbar, dass Menschen Probleme haben können, abstürzen, durch Ereignisse gebrochen werden.

Sie hat den Eindruck, dass nach einer schweren Zeit die Zukunft endlich wirklich hell aussieht.

***

Sie beschließen, zu Fuß nach Hause zu gehen, Arm in Arm, an der Seine entlang. Unterwegs begegnen sie anderen Paaren, die ebenfalls den Abend genießen, und immer grüßt man einander. Elise genießt das Gefühl, Teil dieser wunderbaren Nacht, dieses wunderbaren Lebens in Paris zu sein. Im Schein des Mondes ist es, als wäre die Nacht bereits eine kostbare Erinnerung. Und als sie dann eine Straße überqueren, bleibt Elise mit dem Absatz an einem hervorstehenden Stein hängen und stolpert.

»Vorsicht«, sagt er und fasst sie um die Taille. Sein Arm stützt sie und gibt ihr Halt. Elise könnte ihr Ungeschick peinlich sein, doch stattdessen fühlt sie sich sicher, weil William sie hält. Das Licht der Straßenlaternen, das sanfte

Geräusch des Flusses, die leisen Stimmen – alles hüllt sie ein wie feine Seide.

»Soll ich ein Taxi rufen?«

Elise verneint, denn sie will den Abend so lange wie möglich auskosten.

»Nein, danke, mir geht's gut«, sagt sie, hält sich beim Gehen aber fester an seinem Arm.

Als sie im Hotel ankommen, ist es schon nach zwei. William öffnet die Zimmertür für sie und geleitet sie hinein.

»Ich habe etwas für dich ... bin gleich zurück.«

»William, nein, der Abend war vollkommen. Ich brauche weiter nichts.« Das Hotel, das Abendessen, alles hatte ihre kühnsten Träume übertroffen, und Träume bezüglich dieser Reise hatte sie wahrhaftig genügend gehegt. Als er in seinem Zimmer verschwindet, zieht Elise ihre hochhackigen Schuhe aus, tapst zum Fenster, öffnet es und lässt die Nachtluft herein. Sie ist müde, aber auf eine wohlige Art. Den ganzen Tag durch Paris zu streifen, die Aufregung, mit William zusammen zu sein, sich noch mehr zu verlieben, zu glauben, dass es ihm ebenso geht, zu hoffen und fragen zu wollen, was er denkt – alles ist himmlisch gewesen. Als sie ihn an der Tür hört, dreht sie sich um. William hat ein Päckchen in der Hand, und sie weiß genau, was das ist.

»Wirklich, William, es war alles so schön. Aber das ist jetzt zu viel.« Er wehrt ihre Bedenken mit einer Handbewegung ab und deutet auf das Bett, auf dem sie beide Platz nehmen. Elise schlägt das glänzende blaue Papier auf und zum Vorschein kommt ein weiterer Gedichtband, passend zu den anderen. Dieses Mal ist es Tennyson. Sie fährt mit der Hand über den Einband und wendet sich ihm zu. Ihre

Gesichter sind einander so nah. Sie schließt die Augen, beugt sich vor und flüstert »danke«, während seine Lippen ihre berühren. Wärme durchflutet sie, der Kuss wird inniger. Elise spürt Williams Hand auf ihrem unteren Rücken und schlingt ihren Arm um seinen Nacken, spürt seinen Hemdkragen, ein kleines Stück glatter Haut und die Weichheit seines Haares. Sie hat Angst und ist gleichzeitig erregt und glücklich, als er näher rückt und ihre Lippen mit den seinen verschließt. Sie reagiert sofort. Doch dann hält er inne. Hat sie etwas falsch gemacht?

»Du hast Champagner getrunken.« Er löst seinen Griff, woraufhin Elise ihren verstärkt.

»Ich weiß genau, was ich tue«, sagt sie, beugt sich vor und küsst ihn erneut.

***

Ein sanfter Wind weht an ihrem letzten Tag in Paris. Am Himmel mischt sich Blau mit Grau, und in der Ferne ziehen sich Wolken zusammen. Am Abend wird es wohl regnen.

William trägt auf dem Weg zum Bahnhof ihren Koffer. Elise hat in der einen Hand ihren Rosenstrauß und hält mit der anderen Williams Arm. Sie schweigen; zu viele Fragen, um auch nur zu wissen, wo anfangen. So viel ist zwischen ihnen ungesagt geblieben, aber vielleicht braucht es keine Worte.

»Es waren wunderschöne Tage.« Elise atmet seinen Duft tief ein und denkt dabei, dass »wunderschön« stark untertrieben ist für das, was diese Tage ihr bedeutet haben.

»Wann sehe ich dich wieder?«, fragt sie, und ihr Herz klopft heftig, während sie auf seine Antwort wartet.

Er hält ihre Hand, als sie den Zug besteigt, hält sie so lange, bis die Menge sie trennt.

Über die vielen Menschen hinweg, die nach einem Sitzplatz suchen, sagt William laut, mit Überzeugung: »Wir werden uns bald wiedersehen, irgendwie, das verspreche ich.« Als ihre Hände sich trennen, ruft er: »Selbst wenn sich zwischen uns die Hölle auftut!«

Elise lehnt sich aus einem Fenster, Tränen in den Augen. Sie hat nicht gewusst, dass man so glücklich sein, so viel für einen anderen Menschen empfinden kann. Obwohl sie unzählige Bücher und Gedichte gelesen hat, die die Liebe preisen, ist das hier anders, tiefer. Es gehört ihnen beiden, nur ihnen.

Und dann fährt der Zug los. Er steht auf dem Bahnsteig und winkt. Sie wirft ihm Handküsse zu, bis sie ihn aus dem Blick verliert.

15

Nordfrankreich, Sommer 2009

Lucy kann nicht schlafen. Seit ihrer Trennung von Hal hat es Zeiten gegeben, in denen sie tagelang durchschlief und dann wochenlang keinen Schlaf fand, egal, wie müde sie war. Aber heute Abend ist es anders.

Ihr Verstand rast. Der Spaziergang ist schön gewesen, und sie hat einiges gesehen, aber nichts, was sie unmittelbar angesprochen hätte. Sie weiß nicht recht, was sie sich vorgestellt hat, aber geschehen ist nichts. Absolut nichts. Irgendwie erwartet sie wohl, dass jemand auf der Straße auf sie zukommt und sagt, er sei ihr verschollener Verwandter und habe gewusst, dass sie kommen wird. Aber das ist nicht passiert, und jetzt in der Dunkelheit fragt sie sich, was sie hier überhaupt will. Sie erinnert sich, wie allein sie ist. Die Erinnerung an das, was Hal getan hat, verblasst untertags, zerrt aber nachts an ihr.

Sie wendet den Kopf und starrt aus dem bescheuerten kleinen Fenster, sucht irgendeine Art von Licht am Himmel.

Die Minuten vergehen. Daheim würde sie sich hinausschleichen und eine Runde joggen. Aber das kann sie hier doch nicht machen. Oder?

Um 5.05 Uhr gibt sie den Versuch zu schlafen auf und steigt aus dem Bett. Sie zieht ihre Laufsachen an und überlegt, was für eine Route sie wählen könnte. Sie blickt aus dem Fenster. Noch zeigt sich kaum eine Ahnung von Helligkeit, und sie kommt zu dem Schluss, dass es wohl sicherer ist, in der Stadt zu bleiben. Auf dem Weg durch die Hotelhalle ist die Morgenstille auf eine ganz eigene Art präsent. Helene ist auch jetzt da, eine allgegenwärtige Gestalt. Obwohl sie wahrscheinlich die ganze Nacht gearbeitet hat, sieht sie großartig aus. Lucy winkt ihr zu, als sie aus der Tür tritt, wo der Duft von Kaffee und frischem Brot sie begrüßen wie alte Freunde. Wenn sie zurückkommt, wird sie sich etwas Gutes gönnen. Einen Café au lait und ein Croissant. Beides kann sie jetzt schon schmecken.

Man hat das Gefühl, ganz Frankreich würde noch schlafen, außer Lucy und den Bäckern. Sie läuft zunächst langsam, leise, als könnten ihre Schritte jemanden wecken. Die Sonne steigt am Himmel auf und wirft Schatten über die Straße. Während die Steingebäude in ihrem Licht heller werden, verfällt sie in einen gemütlichen Trab. Sie war elf, als sie anfing zu laufen. Es war beim Sportfest in der Schule. Als der Lehrer, Mr Roberts, die Schüler zum Staffellauf zusammenstellte, sagte er: »Lucy ist die Schnellste, sie muss als Letzte starten, um Zeit gutzumachen, falls nötig.« Bis er es erwähnte, hatte Lucy keine Ahnung gehabt, dass sie eine schnelle Läuferin war. Ihre Mannschaft gewann und bekam einfache Bändchen, nichts Besonderes. Doch Lucy mochte das tiefe Blau, auf dem die Silberschrift glänzte. Sie besaß es immer noch, es steckte in einer Kiste im Haus ihres Großvaters, das jetzt ihr gehörte.

Sie hatte immer geglaubt, jeder könne laufen, man brauchte ja nur die Beine zu bewegen. Doch je mehr sie lief, desto mehr lernte sie über Lauf- und Atemtechnik. Sie liebte das

Gefühl, das sich einstellte, wenn sie die Erschöpfung überwand, das Adrenalin durch ihre Adern schoss und sie das Gefühl hatte, fliegen zu können. Es gab nur sie und die leere Straße vor ihr. Mit vierzehn hatte sie aufhören müssen, weil sie so schnell wuchs und Probleme mit den Knien bekam. Aber die Pause währte nicht lange, dann begann sie, sich aus dem Haus zu stehlen und am Strand zu laufen. Mitten in der Nacht, nur das Wellenrauschen zur Gesellschaft. Ohne dass Granddad davon wusste. Der Gedanke daran lässt sie nun ihr Tempo steigern. Ob sie von hier aus bis zum Meer laufen könnte?

Vor sich sieht sie jemand anderen in den Morgen hineinlaufen. Er hat einen eleganten Stil, ist ein erfahrener Läufer. Sie steigert ihr Tempo, weiß aber, dass sie ihn nicht einholen wird. Er ist größer, läuft schneller und macht größere Schritte.

Während sie ihn von hinten beobachtet, stolpert er kurz, fängt sich aber wieder, ohne zu stürzen. Dann beugt er sich hinunter und bindet seine Schnürsenkel. Lucy ist jetzt nah genug, um die kleine Schweißspur auf seinem Rücken zu erkennen. Es ist Rob, wird ihr plötzlich klar. Eingehend betrachtet sie seine Statur. Sein graues Shirt, das sich über den Schultermuskeln spannt und locker über die Shorts hängt.

Durch ihren Schatten im Dämmerlicht aufmerksam geworden, blickt er in ihre Richtung.

»Schön, dich hier zu treffen«, sagt er grinsend, während er sich aufrichtet und Lucy jetzt neben ihm herläuft.

»Du bist also ein Läufer«, sagt sie, als wäre das nicht offensichtlich. »Schöner Laufstil«, fügt sie hinzu.

»Danke.«

Er neigt den Kopf und Lucy glaubt ihn erröten zu sehen.

»Wo läufst du hin?«, fragt er.

»Keine Ahnung. Wollte einfach laufen, bis ich müde werde, und dann wieder zurück.«

Er lacht.

»Eigentlich würde ich gern probieren, bis zur Küste zu kommen. Wie weit ist das?«, fragt sie.

»Fünfunddreißig Kilometer. Ideales Marathontraining.«

Sie schweigen zunächst, passen ihren Schritt einander an, finden einen gemeinsamen Rhythmus.

Die Sonne steht nun schon höher am Himmel, und Lucy läuft ein bisschen schneller als gewohnt. Sie spürt, wie sie zu schwitzen beginnt. Dieses Gefühl hat sie immer geliebt, so, als würde mit jedem Tropfen alles Ungute aus ihrem Körper geschwemmt. Jeder Kuchen, jeder Keks, jeder schlechte Gedanke, jedes hässliche Quäntchen Traurigkeit. Jetzt hofft sie, dass sie neben Rob nicht unangenehm riecht.

»Wenn du zur Küste laufen willst, solltest du es tun. Ich kann dich abholen, wenn du mir sagst, wo genau du hinläufst.«

»Das ist total nett von dir. Ich überleg's mir. Es gibt noch so viel, was ich machen will.«

»Schon Pläne für heute?«, fragt er.

»Museum und Bibliothek.« Sie wird ihm nicht erzählen, dass sie vorhat, jede einzelne Straße entlangzugehen, weil sie etwas Besonderes zu entdecken hofft. Auf den Spuren ihrer Großmutter zu wandeln. Zu einer Spur ihrer Vergangenheit geführt zu werden.

»Du könntest nach Caen fahren, es ist nicht weit. Es

wurde im Krieg fast vollkommen zerstört, und ich rate jedem, es sich anzusehen.«

»Caen, verstehe.«

»Und es gibt noch andere interessante Orte. Hast du Lust, heute Abend mit mir zu essen? Dann erzähle ich dir davon.«

»Na klar«, sagt sie. »Aber dieses Mal bezahle ich.«

»In Ordnung«, stimmt er lachend zu.

Sie laufen ein paar Minuten lang schweigend nebeneinanderher.

»Du wirst schneller«, sagt er.

Lucy hat Lust auf einen Sprint, und mit einem Blick über die Schulter sagt sie zu Rob: »Um die Wette bis zu der Kurve da vorn.«

»Wette gilt«, sagt er und beschleunigt sein Tempo, fliegt an ihr vorbei. Doch Lucy ist sehr ehrgeizig und gibt alles, um ihn einzuholen. Hier auf dieser Straße in der Morgenstille, bevor die Welt erwacht, glaubt sie fliegen zu können. Ein paar Sekunden nachdem Rob die Kurve erreicht hat, schießt sie an ihm vorbei und fühlt sich beinahe unbesiegbar, während sie den Weg entlangrennen, den so viele schon gegangen sind, einschließlich jener Soldaten vor langen Jahren. Aber jetzt gibt es nur sie beide, den Wind in den Bäumen und die Erinnerung, die das Land um sie her bewahrt.

16

Esperance, Sommer 1939.

»Elise, meine Liebe, du träumst ja schon wieder«, sagt Monsieur Allard, während er die Ofentür öffnet und einen Laib Brot herausholt.

Rosa Flecken erscheinen auf ihren Wangen. Wieder hat er sie dabei erwischt, als sie an William und die schöne Zeit in Paris denkt.

»Entschuldigung«, flüstert sie und packt dann weiter Croissants in einen Korb.

Er runzelt scherzhaft die Stirn, froh, sie so glücklich zu erleben. Er hofft, dass das anhält.

»Ich denke, wir machen Zitronentörtchen. Es ist gutes Törtchenwetter, die Leute mögen Obstiges, wenn die Sonne scheint. Kannst du bitte schon mal die Füllung vorbereiten? Und konzentrier dich!«, mahnt er und hebt die Augenbrauen.

Elise lacht, während sie den Wasserbadtopf herausholt. Sie füllt das Wasser ein und bringt es zum Kochen, während sie die Zutaten zusammenmischt. Elise verabscheut Zitronentörtchen und stellt sie auch nicht gerne her. Also denkt sie an William, der jetzt wieder in Amerika ist. Er hat ihr erzählt, dass er die Reise falsch geplant hat – er hätte sie gleich zu Anfang sehen sollen, um sie dann bei sich in Paris zu behalten. Das beglückt Elise sehr.

Monsieur Allard sieht nach Marianne, die mit einer Erkältung oben im Bett liegt, als ein Kunde hereinkommt. Monsieur Dupont lässt sich Zeit mit der Auswahl, obwohl er immer das Gleiche kauft. Nachdem Elise sein Gebäck verpackt, seinen Einkauf zusammengerechnet und ein bisschen mit ihm geplaudert hat, fällt ihr die Füllung ein und sie rennt zum Herd. Sie kocht über, der Geruch von verbranntem Zucker erfüllt die Luft. Ohne nachzudenken packt sie den glühend heißen Topfgriff. Ihre Hand bleibt an der dicken Zuckermischung kleben, mit der er bedeckt ist, und eine lange Sekunde lang fühlt es sich an, als würde ihre Hand mit dem Topfgriff verschmelzen. Als sie sich endlich lösen kann, stößt sie dabei den Topf zu Boden. Er scheppert und trudelt, um dann zum Stillstand zu kommen. Die Hitze wird die Holzbohlen versengen, und sie schnappt sich ein Geschirrtuch, um den Topf aufzuheben. Nachdem sie ihn in die Spüle geworfen hat, sieht sie sich das Chaos an, und merkt, dass das Geschirrtuch an ihrer verbrannten Hand klebt. Als sie es abzieht, haftet ein Stück Fleisch an der Baumwolle. Der Schmerz lässt sie aufschreien, sodass Monsieur Allard, der es gehört hat, hereinkommt. Er blickt sich bestürzt um.

»Es tut mir so leid, das Durcheinander hier, und der Boden, und der Topf ...« Sosehr sie sich auch zusammenreißt, Tränen strömen Elise aus den Augen. Die Schmerzen sind unerträglich, schießen wie Feuer durch ihren Arm. Aber Monsieur Allard schüttelt angesichts ihrer Entschuldigung bloß den Kopf und führt sie zum Waschbecken. Er dreht den Hahn auf und schiebt ihre Hand unter den kalten Strahl.

Sie zuckt zusammen, als das Wasser auf das zerfetzte

Fleisch trifft, doch Monsieur Allards große Hand hält sie sanft, aber bestimmt an Ort und Stelle.

»Ich habe Lärm gehört. Was ist passiert?« Marianne kommt rasch auf Elise zu. »Lass mich mal sehen«, sagt sie und tritt ans Spülbecken. Beim Anblick der schlimmen Verbrennung wird sie blass.

»Ach, meine Liebe, das wird eine Narbe geben«, um dann wie der Blitz nach oben zu verschwinden und mit einer kleinen Metalldose zurückzukommen.

»Wir müssen es sauber und trocken halten«, sagt sie leise zu Elise und dann: »Hol ein bisschen Branntwein« zu ihrem Mann, der wie ein Zirkusbär in der Nähe wartet.

»Ja«, sagt er und stürmt die Treppe hoch.

»Wie hast du denn das angestellt?«, sagt Marianne, während sie die Verbrennung mit einem Baumwolltuch abtupft.

»Ich … ich weiß nicht genau. Der Topf kochte über, und ich dachte …«

»Still, alles gut. Einfach eine kleine Konzentrationsschwäche«, tröstet Marianne sie. Dann greift sie nach einer Pflanze, bricht ein Blatt ab. »Ein bisschen Aloe Vera wird es schon richten.«

»Du hast gesagt, es wird eine Narbe geben?«

»Vielleicht auch nicht«, beruhigt sie.

Sie wickelt eine Mullbinde um Elises Hand, als Monsieur Allard mit einer Flasche Calvados wiederauftaucht. Er schenkt eine großzügige Portion in eine Teetasse und reicht sie Elise, bevor er die Flasche an den Mund setzt und einen großen Schluck nimmt. Die Türglocke kündigt einen neuen Kunden an, aber er winkt ab. »Wir haben geschlossen«, sagt er, obwohl jetzt am Vormittag ihre Hauptgeschäftszeit ist.

Die Kundin – Madame Theroux – lässt die Szene auf sich wirken und weigert sich zu gehen. »Haben Sie NICHT! Und ich will mein Baguette.«

Vielleicht ist es der Schock über den Vorfall, jedenfalls müssen Elise und Marianne kichern, als Monsieur Allard sich beeilt, sie zu bedienen.

»Trink einen Schluck«, sagt Marianne und schiebt Elise den Calvados hin. »Es hilft gegen die Schmerzen.« Diese Verbrennung ist das Schmerzhafteste, was sie je erlebt hat.

Elise geht nach Hause, arbeitsunfähig, zittrig vom Schock und dem flüssigen Medikament. Maman sitzt auf einem Stuhl und starrt aus dem Fenster. Als Elise nach ihr sieht, bemerkt sie ihre bandagierte Hand gar nicht. Elise geht in ihr Zimmer und schließt die Tür. Auf dem Fensterbrett stehen die weißen Rosen, die William ihr in Paris geschenkt hat. Die Blütenblätter werden langsam braun, welken. Es überrascht sie, das zu sehen. Sie hatte geglaubt, die Blumen würden ewig halten.

17

Nordfrankreich, Sommer 2009

Lucy hat vor, den ganzen Tag unterwegs zu sein. Der Stadtplan steckt in ihrer Tasche und die geplante Route hat sie im Kopf. Sie wird zum Bahnhof gehen, wo alles begann, und sich am Vormittag den Waldweg vornehmen, von dem Rob ihr erzählt hat. Dann will sie durch die Straßen streifen und sich die Häuser ansehen. Vielleicht kommt sie ja an dem vorbei, in dem ihre Großmutter gelebt hat. Vielleicht wird sie es auf irgendeine Weise ahnen.

Lucy ist schon fast am Bahnhof, als sie die Stelle entdeckt, wo der Waldweg beginnt. Sie geht los und atmet tief, lauscht dem Geräusch des Windes in den Bäumen. Das Rauschen zieht sie in Bann. Parkbänke tauchen auf, einfache Holzkonstruktionen mit kleinen Tafeln auf Französisch. Sie liest eine im Vorbeigehen. Das ist doch der Grund, aus dem Bänke Menschen gewidmet werden – damit Fremde den Namen des geliebten Menschen lesen und ihn damit kurzzeitig wieder zum Leben erwecken.

Pour Monsieur Albert Lavoie
Mort pour la France
1919-1943

Albert Lavoie. Vierundzwanzig, als er starb. Ob er der Résistance angehört hatte? Schade, dass nicht mehr Informationen auf der Tafel stehen. Bei welcher Gelegenheit starb er für Frankreich?

Lucy schlendert dahin. Der Pfad windet sich durch den Wald, durch alten Baumbestand. Sie mag nicht an jene denken, die gefällt wurden, um den befestigten Weg anzulegen, aber diejenigen, die noch stehen, sind alt, voller Würde. Sie erinnern sie an ihr altes Stadtviertel in Boston. Wieder taucht eine Bank auf, und sie versucht die Tafel zu entziffern. Die Bank sieht älter aus, abgenutzt. Sie steht direkt in der Sonne, deren Strahlen im Lauf der Zeit das Holz gebleicht haben. Das Schild ist verrostet. Lucy kann den Namen nicht entziffern. *Une jeune fille.* Irgendwas mit *jacinthes.* Was mag das sein? Sie sieht in ihrem französischen Wörterbuch nach. Hyazinthen. Ein junges Mädchen, das Blumen liebte. Lucy holt ein Taschentuch hervor und versucht das Schild blankzuputzen, aber der Rost geht nicht ab.

Es ist traurig, dass dieses kleine Andenken an jemanden, der längst tot ist, vernachlässigt worden ist.

Sie setzt sich hin, öffnet ihr Tagebuch, macht sich ein paar Notizen. Hält die Namen auf den Bänken fest. Sie hat sich auf die Reise nicht vorbereitet, aber wenn sie nach Hause kommt, wird sie sich die Heiratsurkunde ihres Großvaters besorgen und dort den Mädchennamen ihrer Großmutter finden. Und Einblick in die Unterlagen aus seiner Militärzeit beantragen. Sie wird wiederkommen. Dieser Gedanke und das Hiersein bringen sie zur Ruhe. Oder vielleicht nicht zur Ruhe, aber sie verschaffen ihre eine Auszeit.

Lucy holt ihre Thermosflasche heraus und trinkt etwas. Sie wird diesem Mädchen, wer immer sie war, ein Weilchen

Gesellschaft leisten. Es ist so warm, und es ist so ein schöner Tag.

Sie nimmt sich Zeit für den Waldweg, unterhält sich mit einem Einheimischen, der sein tägliches Training absolviert. Es ist toll, ein wenig Französisch zu üben, und er ist sehr geduldig mit ihr. Lucy fällt wieder einmal auf, wie elegant die Franzosen aussehen, selbst wenn sie schwitzen. Seine Hose hat die perfekte Länge, seine Laufschuhe sind von einem schönen Schwarz mit cremefarbenen Sohlen. Kein zu großes und zu oft gewaschenes T-Shirt, keine Sportsocken mit Turnschuhen. Ihre Großmutter muss die französische Mode vermisst haben, als Granddad mit ihr nach Providence zog, das in modischer Hinsicht nicht gerade Pariser Standards entspricht.

Der Weg endet und Lucy findet sich inmitten alter Steinhäuser wieder. Sie sind nicht aneinandergebaut wie an der Hauptstraße, sondern stehen einzeln – sehr nah beieinander, aber einzeln. Von außen wirken sie langweilig, keine Veranden, keine Garagen, bloß vollkommene Rechtecke und Quadrate. Wie sie wohl im Inneren aussehen? Im Vorübergehen liest sie den Straßennamen, bemerkt die feinen Unterschiede im Farbton der Türen, der Fensterläden. Dann taucht ein Haus auf, das nicht zu den anderen zu passen scheint. Es steht direkt an einer Kurve, die Fassade in einem schrägen Winkel zur Straße. Es sieht aus, als würde es in die Erde geschoben. Nicht direkt einsturzgefährdet, aber irgendwie erschöpft.

Während sie es anstarrt, öffnet sich die Tür und eine vertraute Gestalt taucht auf.

»Lucy?«

Rob steht in Sweatshirt und Jeans barfuß auf den Stufen zum Eingang und winkt ihr zu.

Rob ist nur zehn, vielleicht fünfzehn Schritte von ihr entfernt, aber bei seinem vollkommen unerwarteten Anblick fragt sie sich kurz, ob sie vielleicht Gespenster sieht. Zum zweiten Mal an diesem Tag treffen sie aufeinander, und Lucy überlegt, ob das vielleicht ein Wink des Schicksals sein soll.

Als sie zurückwinkt, landet ein Regentropfen auf ihrer Wange.

»Lucy?«, wiederholt er.

Ein weiterer Regentropfen fällt neben ihr zu Boden. Sie betrachtet den Fleck, den er auf dem Pflaster hinterlässt, und dann den Himmel, als versuchte sie das Prinzip Regen zu verstehen. Sie hat das Gefühl, sich selbst zu beobachten, wie sie dasteht und die ersten Tropfen spürt, die einen Wolkenbruch ankündigen.

18

Esperance, Herbst 1939

Der erste Brief, den Elise nach Williams Abreise bekommt, unterscheidet sich von den früheren. Er kommt im gleichen hellblauen Umschlag mit der gleichen geraden Handschrift. Aber die Worte sind anders. Kein Gekritzel an ein Schulmädchen, die Schwester eines Freundes, und kein Dank für eine nette Geste. Es sind Worte der Liebe, der Leidenschaft, der Verbindlichkeit. Sie freut sich wahnsinnig. Und hat schreckliche Angst. Etwas ist nicht in Ordnung.

Sie kann es nicht beschreiben, aber ein ungutes Gefühl liegt in der süßen Sommerluft, als Elise in die Stadt geht. Es ist allgegenwärtig und nimmt jeden Tag mehr Raum ein. Es sind die Augen der Menschen, ihre verkniffenen Münder, die hochgezogenen Schultern, als versuchten sie sich vor dem zu schützen, was kommen wird. Angst liegt in der Luft. Sie versucht sich auf das volle Blattwerk der Bäume zu konzentrieren, auf das Geräusch des Wasserrads in der Ferne. Die unterschiedlichen Grüntöne im Gras. Aber alles fühlt sich verkehrt an.

Maman ist außer sich. Was hat Hitler wohl vor? Sie fürchtet um ihren Sohn. Die Effekte des Weltkriegs sind noch überall spürbar. Immer noch trauern die Familien um ihre Toten, die Männer, die nun wieder in Cafés sitzen, haben Arme oder Beine verloren. Wie konnte die Welt so schnell vergessen? Wie konnte das geschehen? Und war der letzte

Krieg nicht ausgetragen worden, um allem Krieg ein Ende zu machen?

Nachrichtenfetzen dringen aus den offenen Fenstern, an denen sie vorbeigeht, das Knistern von Radios, die einander im Übertragen der Nachrichten aus Paris Konkurrenz machen.

Sie geht in die Bäckerei, wie jeden Tag, ob sie nun arbeitet oder nicht. An manchen Tagen sucht sie ihr Plätzchen im Wald auf und schreibt an William, an anderen Tagen liest sie. Jeden Tag fragt sie nach Post. Immer noch erfasst sie beim Anblick eines Luftpostumschlags freudige Erregung, denn sie kann kaum glauben, dass William, ihr William, sie liebt. Sie lieben einander. Das Empfinden dieser Liebe stärkt und schwächt sie gleichzeitig. So ist das, wenn man jemanden so sehr liebt, mehr als sich selbst, das lernt sie jetzt.

Als sie um die Ecke biegt und die vertraute Markise der Bäckerei sieht, fühlt sie sich besser, leichter.

Kaum hat Elise den Laden betreten, weiß sie, dass etwas nicht stimmt, ganz und gar nicht. Die Körbe, die stets mit Brot gefüllt waren, sind leer. Auf der Theke steht ein halb glasierter Kuchen. Und es sind keine Menschen zu sehen. Etwas Schlimmes liegt in der Luft.

Dann taucht hinter dem Vorhang, der den Laden von der Treppe trennt, Monsieur Allard auf.

Er ist kreideweiß und scheint geschrumpft zu sein wie ein Soufflé, das in sich zusammenfällt. Elise eilt zu ihm, weil sie fürchtet, er könnte zusammenbrechen.

»Alles in Ordnung? Bist du krank? Oder Marianne? Michel?« Der Gedanke, dem lieben kleinen Michel könnte etwas zugestoßen sein, versetzt sie in Panik.

Er ist unfähig zu sprechen, kann bloß den Kopf schütteln, während er eine Weile lang vornübergebeugt dasteht, die großen Hände auf den Knien, und nach Luft ringt. »Die Deutschen sind in Polen einmarschiert«, stößt er hervor. »Mein Gott, wir haben Krieg.«

Das Wort trifft Elise wie ein Schlag, sie macht einen Schritt rückwärts und lehnt sich gegen die Theke.

»Bist du sicher?«

»Im Radio wird über nichts Anderes mehr berichtet.«

»Ich muss nach Hause.« Zutiefst erschüttert starrt sie Monsieur Allard an. Was bedeutet das für Marianne, eine Deutsche? Wie kann ein hässlicher kleiner Mann in einem anderen Land derart großen Einfluss auf ihrer aller Leben haben? William war schon lange besorgt gewesen, aber sie hatte ihm nicht glauben wollen.

Er nickt und richtet sich auf. Seine Brust hebt und senkt sich, während er Elise zunickt, als wollte er sagen, *ich werde damit schon fertig, alles wird gut.* Elise nickt zurück, aber wirklich glauben tut sie es nicht. Die helle Narbe, die an die Verbrennung an ihrer Hand erinnert, beginnt plötzlich zu jucken, und sie kratzt daran und fühlt erneut den Schmerz.

Sie werden beide in den kommenden Tagen oft so tun müssen, als ob.

***

Der Zigarettengestank, der ihr entgegenschlägt, als sie die Tür öffnet, kann nur eines bedeuten. Philippe ist zuhause.

»Hallo«, sagt er, als er sie sieht, so als hätten sie sich gerade am Vortag gesprochen, dabei ist es Jahre her.

Er sieht schrecklich aus. Als hätte er seit Wochen in seinen Kleidern geschlafen. Er hat Dreck unter den Fingernägeln und Falten wie ein alter Mann. Elise wäre schockiert, wenn die Nachrichten nicht wären. Sie kann an nichts Anderes denken.

Mit einem Kopfnicken sagt sie: »Es gibt Neuigkeiten.« Sie drückt sich behutsam aus, als ob eine sanftere Ausdrucksweise die Bedeutung dessen verändern könnte, was da kommen wird. Diese Nachricht wird ihre Maman bestimmt umbringen.

»Ich weiß.« Philippe scheint vor ihren Augen zu schrumpfen; zweifellos fragt er sich, was das für ihn bedeuten mag. Er holt eine Flasche Calvados aus dem Schrank, schenkt sich großzügig ein und trinkt das Glas auf Ex. Dann füllt er es wortlos erneut.

Elise kann ihn sich schon jetzt nicht als Soldaten vorstellen.

»Du ziehst nicht in den Krieg, sag mir, dass du das nicht tust?« Mamans Augen zeigen blanke Angst. Sie packt Philippes Hand.

»Ich glaube nicht, dass ich die Wahl haben werde.« Er schiebt ihre Hand weg. Elise starrt ihren Bruder an, versucht aus ihm schlau zu werden. Er hat nie nach ihrer Beziehung zu seinem Freund William gefragt, weiß es aber bestimmt.

Elise schenkt auch sich ein Glas Calvados ein, um etwas zu tun zu haben. Sie trinkt einen Schluck, zuckt bei dem scharfen Geschmack zusammen, nippt nochmals und beginnt zu sprechen.

»William meint, ich, wir, sollten nach Amerika kommen.« Ihre Stimme ist leise, ruhig. Er hatte es in Briefen erwähnt, doch Elise hatte es als unmöglich abgetan. Maman würde nicht weggehen. Es würde keinen Krieg mehr geben. Jetzt, wo sie in ihrem kleinen Haus in Frankreich steht, wünscht sie sich, sie wäre schon in Boston.

Mamans angsterfüllter Blick wandert durch ihr Zuhause, als sei es das Taj Mahal. »Frankreich verlassen?«

Elise nickt. »Ich glaube, wir sollten es tun. Wir müssen.«

»Ich kann mein Zuhause nicht verlassen«, sagt sie.

»Es ist nur ein Gebäude, Maman, und noch nicht mal ein schönes.« Aber sie weiß, dass es nicht um das Haus geht. Die Angst steht dahinter. Angst zu bleiben, Angst zu gehen. Wenn sie nicht das Gefühl hätte, ihren lieben Papa im Stich zu lassen, würde Elise gleich jetzt nach Cherbourg fahren und heute noch das Schiff nehmen. Was hält sie hier? Pflichtgefühl. Die Hoffnung, dass dieser Krieg kurz sein wird, schon zu Ende, ehe der erste Schuss fällt.

Sie trinkt ihr Glas leer und schenkt sich nach.

Niemandem fällt auf, dass Philippe seltsam still aus dem Fenster starrt. Elise, die es so gewohnt ist, allein zu sein, vergisst, dass er da ist.

Sie geht die Treppe hinauf und in ihr Zimmer. Sie hat nach dem Aufstehen ihr Bett nicht gemacht. Auf den zerwühlten Decken sitzend, fragt sie sich, was geschehen wird, was aus ihnen allen werden wird. Sie ist doch so glücklich gewesen bei dem Gedanken, mit William zusammen zu sein. Eine gemeinsame Zukunft. Ein schönes Zuhause, Kinder, die sie sich so innig wünscht. Jetzt dieser Krieg. Er wird alles verändern. Sie muss ihre Maman überzeugen zu gehen.

Die in der Luft liegende Beklommenheit hat sich schwer auf alles herabgesenkt. Elise fällt in ihr ungemachtes Bett, legt den Kopf aufs Kissen und zieht die Knie an die Brust. Im Schlaf liegt Vergessen. Sie schließt die Augen.

Stunden später, kurz nach Tagesanbruch, wacht sie auf. Der schale Geruch zahlloser Zigaretten erinnert sie daran, dass Philippe zuhause ist. Mit einem Schlag steht ihr die Nachricht vom Vortag wieder vor Augen. Was bedeutet es, wenn ihr Land im Krieg ist? Und wie schafft sie es, zu William zu kommen?

Sie geht ins Badezimmer, vorbei an Philippes geschlossener Tür. Ein wenig Wasser ins Gesicht, um wach zu werden, dann gedankenloses Zähneputzen. Ihre Morgentoilette ist allenfalls flüchtig. Dann macht sie sich auf den Weg in die Küche, um Kaffee aufzusetzen. Auf dem Stuhl sieht sie ihre Tasche liegen. Sie ist offen. Und noch bevor sie nachgesehen hat, ist ihr alles klar. Das Geld, das sie gespart hatte, ist weg. Sie weiß, wer es genommen hat, und braucht gar nicht hinaufzugehen, um zu wissen, dass Philippes Zimmer leer ist.

19

Normandie, Sommer 2009

»Lucy, komm rein, bevor es anfängt zu schütten«, ruft Rob ihr zu.

Seine Worte holen sie in die Realität zurück und sie bewegt sich auf ihn zu. Als sie auf der Treppe ist, tritt er zur Seite, um sie hereinzulassen.

Während draußen ein süßer, schwerer Duft das sommerliche Unwetter angekündigt hat, herrschen im Haus noch intensivere Gerüche. Es riecht nach Zitronenreiniger und Farbe, doch ein muffiger Geruch nach Verfall ist überall präsent. Und noch etwas. Weniger ein Geruch als ein Gefühl.

Sie hört, wie sich die Tür hinter ihr schließt, und dann ist Rob neben ihr, führt sie in das große Zimmer, dessen Fenster auf die Straße hinausgeht, auf der sie gerade noch gestanden hat. Es nimmt fast die ganze Breite der Wand ein. Keine Vorhänge. Vor dem Fenster steht ein Sofa, das bessere Tage gesehen hat. Eine Farbe wie Hafermehl, und in der Mitte die Andeutung einer Kuhle.

»Hi«, sagt er.

»Hi«, antwortet sie.

Lucy bewegt sich weiter in den Raum hinein. Auf dem Kaminsims steht eine Geburtstagskarte, in den Regalen daneben ein paar Bücher. Ein kleiner Raum, eher ein Durchgang, verbindet das Zimmer mit dem hinteren Hausteil – ein Küchen- und Essbereich vor einer neuen Verandatür.

Es sieht aus, als hätte jemand ein verlassenes Haus vorübergehend zur Junggesellenbude gemacht.

»Willkommen in Casa Rob«, sagt er und trägt Geschirr vom Tisch zum Spülbecken. »Ich hatte keinen Besuch erwartet.«

»Wegen mir brauchst du nicht aufzuräumen«, sagt Lucy.

»Ich saß gerade hier und aß, da sah ich jemanden auf der Straße stehen. Als ich dann aufstand und mich vergewissern wollte, war ich ziemlich überrascht, dich zu sehen.«

Lucy, die neben dem Tisch steht, wendet den Kopf und sieht, dass man von Robs Platz aus einen freien Blick zur Straße hat.

»Kann ich dir irgendwas anbieten?«, fragt er, die Hand an der Kühlschranktür.

»Nein. Ja. Danke.«

Er lacht. »Probier es nochmal.«

»Ich habe einen Apfel in der Tasche. Kann ich etwas zu trinken haben?«

Rob blickt auf die Uhr. »Ich trinke ein Bier. Willst du auch eins?«

Lucy nickt.

»Flasche in Ordnung?«

Sie nickt erneut.

»Ich hatte mir deine Behausung anders vorgestellt.«

Sie blickt sich neugierig um.

»Wie denn?«

Sie denkt daran, wie er sich kleidet, und erwidert: »Modern. Klassisch. Wie hat es dich hierher verschlagen?« Als sie bei diesen Worten den Arm bewegt, fühlt es sich an, als durchschneide er mehr als Luft und Raum.

»Ich bin bei meiner ersten Rucksacktour hier vorbeigekommen. Du findest, es sieht schlimm aus? Da hättest du es mal sehen sollen, bevor ich die Fensterläden erneuert, die Treppe instand gesetzt und das Gras gemäht habe.

Jedenfalls sah ich von der Straße aus einen Zettel im Fenster und ging hin, um ihn zu lesen. Mein Französisch war damals ziemlich erbärmlich, aber es wurden offenbar Informationen über die Besitzer gesucht, und es gab eine Telefonnummer. Ich fand es seltsam, dass niemand wusste, wem das Haus gehört, wobei sicher immer mal wieder Häuser einfach verlassen werden. Als ich das nächste Mal herkam, rief ich die Nummer an und sprach mit dem Mann, der sich darum kümmert. Wir einigten uns darauf, dass ich gratis hier wohnen darf, wenn ich es instand setze, aber ausziehen muss, wenn die Besitzer auftauchen. Damit rechnet allerdings niemand.«

»Wieso?«

»Sie sind schon lange fort«, sagte Rob. »Die Nachbarn waren entzückt, als ich den Rasenmäher rausholte. Weniger entzückt, als wochenlang ein Container vor der Tür stand, während ich den alten Verputz abschlug. Oder über den Lärm, als ich die neue Hintertür einbaute. Dazu musste ich mir von einem Handwerker helfen lassen. Aber ein bisschen Tageslicht war dort hinten dringend nötig. Außerdem war die Tür total verrottet, und die Wand hätte auch nicht mehr lange gestanden.«

»Du hast deinen Platz für dich, und das Haus wird gepflegt. Prima.«

»Und ab und zu kommt eine schöne junge Frau vorbei, die sich verlaufen hat. Eine Win-win-Situation.«

Lucy lacht.

»Klingt gar nicht unheimlich, oder?«, sagt Rob augenzwinkernd.

Sie trinkt einen Schluck Bier.

»Es kommt mir vor, als hätte es so sein sollen, dass du vorbeigehst, das Haus siehst und es rettest.«

Er neigt leicht den Kopf, und sie merkt, dass er über ihre Worte nachdenkt. Das gefällt ihr sogar noch besser, als »schöne Frau« genannt zu werden.

»Glaubst du an Bestimmung?«

»Meinst du Schicksal oder Bestimmung?«

»Der Unterschied hat sich mir nie erschlossen«, entgegnet Rob.

»Schicksal ist das, was geschieht, wenn du dich der Verantwortung für dein Leben entziehst. Bestimmung ist, wenn alles gut ausgeht, weil du die richtigen Entscheidungen triffst.«

»Der Verantwortung entziehen?« Er grinst etwas unsicher.

»Eine nette Art, auszudrücken, dass man das Schicksal für Fehlentscheidungen verantwortlich macht.«

»So was wie: Ich musste zwangsläufig drogensüchtig werden, weil ich ein schlimmes Elternhaus hatte?«

»So verstehe ich den Unterschied. Ich habe mich mal damit beschäftigt, als ich eine Arbeit über *Macbeth* geschrieben habe.«

»Also, was meinst du?«

Lucy denkt über die Entscheidung nach, den Sommerkurs zu machen, als sie nach Frankreich hätte fahren können. »Ich glaube, dass wir alle in jedem Moment die bestmöglichen Entscheidungen treffen, aber in jungen Jahren beeinflusst die Art, wie wir aufwachsen, die Entscheidungen, und wenn wir älter werden, spielen Erinnerungen und Traumata mit hinein.«

»Das gefällt mir. Klingt richtig.«

Lucy nimmt ihre Bierflasche und geht im Zimmer umher. Es gibt eine Tür, die in einen Raum unter der Treppe zu führen scheint.

»Was ist da drin?«, will sie wissen.

»Ein alter Lagerraum. Ich habe ein bisschen Müll herausgeräumt, als ich einzog, und säckeweise Kalk entsorgt. Es ist sehr kalt da und voller Schimmel. Es stinkt.«

»Keine versteckten Leichen?«

»Das wäre ein bisschen übertrieben«, lacht er.

»Es wäre ein toller Aspekt der Geschichte. Wenn du einen ermordeten Nazi dort gefunden hättest oder vielleicht einen Piloten der Royal Air Force, der von den Hausbesitzern gepflegt wurde und dann seinen Verletzungen erlag.«

»Vielleicht, aber hier im Ort ist nicht viel passiert. Zu weit entfernt von der Küste, für die Nazis uninteressant.«

Lucy steht vor der Tür. Sie ist alt, aus Holz, mit metallenen Verstärkungen an den Rändern. Sie spürt die Kälte, einen Luftzug.

»Du kannst gern reinschauen, wenn du willst«, sagt Rob.

Lucy schüttelt den Kopf. Bewegt sich weg.

»Meine Phantasie geht mit mir durch, wie mein Großvater sagen würde.«

»Keine Geister, keine Skelette. Versprochen.«

Lucy lacht, ist aber nicht sicher, ob sie ihm glaubt.

***

Sie bestellen Pizza zum Abendessen, und Rob öffnet eine Flasche Rotwein. Als er sieht, dass Lucy auf dem Sofa die Füße hochzieht, weil ihr kalt wird, macht er Feuer im Kamin.

»Bist du sicher, dass das ungefährlich ist?«, fragt sie, nachdem sie gehört hat, in welch schlechtem Zustand das Haus war.

»Du meinst den Kamin?«

»Ja.«

»Das Haus ist solide gebaut. Es stammt aus einer Zeit, als Dinge noch auf Beständigkeit ausgelegt waren.«

Sie schaut zu, wie die Flammen zum Leben erwachen. Eine vage Erinnerung nimmt in ihrem Kopf Gestalt an, an Kaminfeuer in ihrer Kindheit, als ihre Eltern noch lebten. Sie erinnert sich daran, wie sie das Weihnachtspapier verbrannten, nachdem die Geschenke ausgepackt waren. Lucy trug einen Pyjama mit Schneeflocken und Pinguinen darauf. Sie lässt die Erinnerung aufsteigen, hofft auf mehr, hofft, ihre Eltern zu sehen, doch sie lösen sich einfach wieder auf.

»Lucy?«

»Gedankenverloren. Das passiert mir, wenn ich ins Feuer schaue.«

»Also, was hast du heute bei deinem Spaziergang erlebt?«

Sie nippt an ihrem Glas.

»Nach der Juno-Tour habe ich über den Einheimischen nachgedacht, der bemerkt hat, dass das Blumenbeet durcheinander war. Und mir fiel ein, dass meine Großmutter eine Einheimische war. Da beschloss ich, eine Art Pilgerweg zu machen. Durch die Straßen zu gehen und möglicherweise auf Spuren von ihr zu stoßen. Die Dinge zu sehen, die sie vielleicht gesehen hat. Nach Anhaltspunkten zu suchen, denke ich.«

»Gibt es denn keinen Großonkel oder eine alte Tante, die du fragen könntest?«

»Nein. Niemanden. Meine gesamte Familie besteht aus Einzelkindern und vielen tragischen Todesfällen.« Wieder trinkt sie einen Schluck, während sie darauf wartet, dass Rob etwas äußert wie »Das tut mir leid«. Aber es kommt nichts dergleichen. Stattdessen sagt er zu ihrer Überraschung: »Dein Großvater muss ein toller Mensch gewesen sein. Erzähl mir von ihm.« Irgendwo im tiefsten Inneren spürt Lucy, wie etwas sich wieder zusammenfügt. Wie wenn ein abgebrochener Henkel wieder an die Lieblingstasse geklebt wird. Sie wird nie so sein wie vorher, aber man muss sie auch nicht wegwerfen.

Sie wendet sich Rob zu und sagt: »Er war ein guter Mensch.« Dann erzählt sie ihm von ihrer Kindheit und wie er mit ihr nach Disney World gefahren ist. Das ist ihre Lieblingserinnerung an ihn.

20

Esperance, Frankreich. Winter 1940

Zunächst scheint nichts zu passieren. Ein paar Soldaten tauchen auf, was anfangs erschreckend ist. Britische und französische Soldaten. Die Briten bleiben unter sich, aber Elise sieht sie in den Läden. Es ist eine verstörende Zeit, ein Warten darauf, dass etwas, irgendetwas, geschieht.

Zuhause ist eigentlich alles wie immer, nur dass nun mehr Angst in der Luft liegt. Und Ärger. Elise ist wütend auf ihre Mutter, weil sie nicht fortwollte, als das noch möglich war. Inzwischen braucht man für jede Reise Dokumente. In die USA kommen sie jetzt nicht mehr. Sie können sich nicht einmal innerhalb Frankreichs bewegen.

Sie feiern Weihnachten. Maman wartet darauf, dass Philippe auftaucht, während Elise tief im Herzen weiß, dass er längst fort ist.

Dann scheint es, als werde vielleicht doch nichts passieren. Maman behauptet steif und fest, de Gaulle werde nicht zulassen, dass Frankreich in einen weiteren blutigen Krieg verwickelt würde. Sie schreibt William, fröhliche kleine Briefchen, als sei alles normal. Doch von ihm hört sie nichts, und das beunruhigt sie. Sie fragt sich, ob die Post überhaupt durchkommt.

Und dann, an einem milden Frühlingstag, der ihr das Gefühl gibt, alles könnte gut werden, brechen die Kämpfe aus. Die Deutschen marschieren durch das kleine Belgien nach

Frankreich ein, durchstoßen die Maginot-Linie. Elise ist gleichzeitig entsetzt und wütend. Wie können es diese Leute wagen, in ihr Land, ihre Heimat einzufallen?

Eines Abends, als sie und Maman im Dunklen zuhause sitzen, weil Maman befürchtet, Licht könnte die Aufmerksamkeit der Soldaten erregen, fragt sie in die Finsternis hinein: »Was ist mit William?«

Darauf war Elise nicht gefasst.

»Was soll mit ihm sein?«

»Wirst du mich verlassen, um zu ihm zu ziehen?«

»Wir können nirgendwo mehr hin«, sagt sie. Ihr Kiefer schmerzt vor Wut, und entsprechend kühl klingen ihre Worte.

Marie, ihre Maman, lässt den Blick durch ihr Zuhause schweifen. »Das hier ist alles, was mir von deinem Papa geblieben ist. Wir waren so glücklich hier, in diesem kleinen Haus. Der Krieg war vorbei und ich dachte, die schlechten Zeiten lägen hinter uns. Und er hat sich so gefreut, als Philippe zur Welt kam. Und du. Ich weiß noch, wie er dich über seinem Kopf hielt und zu mir sagte: ›Sieh sie dir bloß an!‹, als sei ich nicht deine Mutter, sondern irgendein zufälliger Gast. ›Ihr wart verbunden, von deiner Geburt an. Er hatte sich eine Tochter gewünscht.‹«

Elise wagt nicht, sich zu rühren. Jede Irritation, so fürchtet sie, könnte Marie in das Schweigen und die Traurigkeit zurückfallen lassen, die so lange ihr Leben gewesen sind. Sie will, dass sie weiterredet, brennt darauf, mehr von Papa zu hören.

»Deine Geburt war schwerer als Philippes. Danach war ich lange sehr traurig. Papa stand nachts mit dir auf, ging mit dir spazieren, wenn du nicht schlafen konntest. Wenn ihr im Wald wart, blies er dir über den Kopf, um die Stechmücken zu verscheuchen. Abends nahm er dich mit hinüber zu Monsieur Gravel, und du hast an seiner Brust geschlafen.« Maman macht eine Armbewegung, als würde sie selbst ein schlafendes Baby wiegen. »Dein Papa war ein guter Mensch. Ein guter Mann. Er hatte die Menschen gern. Sogar den alten verrückten Monsieur Gravel.« Sie hält inne. »Er war ein besserer Mensch als ich.«

Elises Herz fühlt sich an wie ein Schlagzeug, dessen rhythmische Schläge sie überall spüren kann. Sie weiß nicht, was gerade los ist.

»Es ist alles so lange her, aber manchmal, wenn ich zur Tür blicke, sehe ich ihn immer noch hereinkommen und den Hut abnehmen, höre ihn sagen: ›Ich bin daheim!‹, noch bevor er die Tür hinter sich zugemacht hat.« Sie nickt in Richtung Eingang, und Elise versucht sich vorzustellen, was ihre Mutter sieht, doch Papa verblasst jetzt in ihrer Erinnerung. Sie braucht einen Kontext, um ihn sich vorzustellen, hat aber keine Erinnerung an eine solche Szene. Sie ist nicht einmal sicher, ob sie es überhaupt erlebt hat.

»Ich weiß, dass sein Tod sehr schmerzhaft für dich war. Aber wir sind noch da – das ist nun mal Tatsache.«

»Ich finde, du solltest zu deinem jungen Mann gehen, wenn das möglich ist. Ich bleibe hier. Vielleicht ist es an der Zeit, dass ich den Deutschen begegne.«

»Jetzt redest du Unsinn. Verrücktes Zeug. Du kannst doch mitkommen.«

»Elise, ich würde es nicht mal nach Cherbourg schaffen, geschweige denn in die USA.«

»Maman, du bist sechsundvierzig, nicht hundert.«

»Es heißt, in jedem Kriegsjahr, das man erlebt, altert der Körper um zehn Jahre. Ich bin also sechsundachtzig.«

Es dauert ein wenig, bis Elise darauf eine Antwort einfällt. »Na, für sechsundachtzig siehst du großartig aus. Welche Gesichtscreme benutzt du?«

Überrascht über diesen Kommentar ihrer Tochter öffnet Maman den Mund und beginnt dann zu lachen.

Elise sieht, wie ein wenig Licht in die Augen der Frau zurückkehrt, sie jünger aussehen lässt, glücklicher. Einen Sekundenbruchteil lang sieht sie die Schönheit, in die ihr Papa sich verliebt hat. Und dann, als wäre sie für einen kurzen Moment von einem fröhlichen Geist besessen gewesen, verschwinden das Lachen und das Licht.

Elise wartet, ob sie noch mehr erzählt, aber für heute ist sie fertig. Morgen wird Elise ansprechen, dass sie gemeinsam fortgehen, sobald das möglich ist. Aber vielleicht haben sie ja Glück und die Briten bringen alles in Ordnung.

21

Nordfrankreich, Sommer 2009

Lucy erwacht zusammengerollt auf dem Sofa, eine Decke über sich. Sie spürt die Morgensonne, die durch das Fenster hereinfällt, auf ihrem Rücken, und fühlt sich warm und sicher. Lebendig. Sie mag sich nicht bewegen, aber sie braucht ein bisschen Wasser. Das Bad. Sie wünscht sich, sie hätte ihre Zahnbürste dabei. Sie setzt sich auf und lässt den Blick durch den Raum schweifen. Ein Pizzakarton, eine leere Weinflasche.

Als sie Rob auf der Treppe hört, steht sie auf und wickelt sich die Decke um die Schultern.

»Guten Morgen«, sagt er. In seinen Khakihosen und dem marineblauen Pullover sieht er aus wie einem Werbefilm entsprungen. Die Haare sind noch feucht von der Dusche und fallen ihm in die Stirn. Seine Augen haben in den frühmorgendlichen Schatten des Hauses ein noch tieferes Blau.

»Hi«, sagt sie. »Was ist passiert?«

Er lacht. »Wir haben uns unterhalten, und du bist eingeschlafen. Mitten im Satz. Also habe ich dich zugedeckt und bin ins Bett gegangen.«

»Mitten im Satz?«

»So ziemlich. Fairerweise muss ich sagen, es war fast vier Uhr. Und wir hatten eine Flasche Wein getrunken.«

»Und wahrscheinlich hat mich mein eigenes Gerede gelangweilt.«

Er lacht.

»Gibt's vielleicht einen Kaffee?«

Sie folgt ihm in die Küche. Der Boden unter ihren Füßen ist kalt, obwohl sie Socken anhat.

»Ich würde dir gern ein Frühstück anbieten, habe aber nichts im Haus. Und ich muss los. Ich habe eine Tour.« Er schenkt ihr einen Becher Kaffee ein, reicht ihr einen Löffel und die Milch.

»Zucker habe ich nicht«, sagt er entschuldigend.

»Ich nehme sowieso keinen Zucker«, erwidert sie und nimmt einen großen Schluck.

»Jetzt muss ich los. Lass dir Zeit. Zieh die Tür einfach hinter dir zu. Weißt du, wie du zu deinem Hotel kommst?«

»Vorne an der Straße links. Die Hauptstraße herunter, dann wieder links.«

»Genau.«

»Ich wünsch dir einen guten Tag«, sagt er. »Vergiss nicht, die Kaffeemaschine abzuschalten.«

Sie folgt ihm zur Tür.

»Ist es wirklich okay, wenn ich noch hierbleibe?«

»Hier gibt es nichts zu holen. Du könntest höchstens das Haus abfackeln.« Er lächelt sein typisches halbes Lächeln. Lucy ist überwältigt von seiner Freundlichkeit. Und sie fühlt sich echt an, als gehörte sie einfach zu ihm und sei nicht nur eine Rolle, die er spielt.

Sie schließt die Tür, schaut ihm durchs Fenster hinterher.

***

Als er fort ist, fühlt sich das Haus anders an. Weniger lebendig. Weniger einladend. Während sie sich an ihrem Kaffeebecher die Hände wärmt, sieht sie sich um. Der Kaminsims ist massiv, aus dickem, schwerem Holz, glänzend vom Polieren und vom Alter. Die Böden müssten neu lackiert werden, doch Rob hat gesagt, das sei zu viel Arbeit. Sie sehen aus wie Holzbohlen, die einmal zu oft mit grauer Farbe gestrichen wurden. Ob sie sich wohl einen Spreißel einzieht? Ein paar billige Teppiche liegen herum, aber Lucy stellt sich vor, dass einst handgearbeitete Flickenteppiche hier lagen. Sie versucht sich das Haus so vor Augen zu rufen, wie es ausgesehen haben könnte, als es das Zuhause einer französischen Familie war. Haben sie sich vor den Kamin gekuschelt? Sind Kinder vergnügt herumgerannt?

Sie fährt mit den Händen über die Regale, die Rob gebaut hat. Viel steht nicht darin: eine kleine Stereoanlage von einem französischen Hersteller, die so neu aussieht, dass er sie wohl erst kürzlich gekauft hat. Wohlgeordnet ein paar Taschenbücher. Raymond Chandler. Pierre Lemaitre, dasselbe Buch auf Englisch und Französisch. Stieg Larson. P.D. James. Die Gedichte von Emily Dickinson. Lucy nimmt den Band heraus, überrascht, dass Rob ihn besitzt. Das Buch sieht älter aus als die anderen im Regal, die Seiten sind von Feuchtigkeit angegriffen. Trotzdem, ein schönes Buch. Sie liebt Dickinson. Noch weitere Bücher. Biographien Napoleons. Jemand namens Desert Fox. Amelia Earhart. Die Lyrik passt nicht so recht zu den Biographien, und sie fragt sich, ob vielleicht eine Freundin sie hiergelassen hat.

Der Esstisch ist alt, abgenutzt, solide. Vielleicht stand er schon hier. Die Küche ist klein, fast vollkommen quadratisch. Sie öffnet nacheinander die Schränke, findet eine Tüte Nudeln, ein paar Dosen Suppe. Hinter einer anderen Tür Tee und Kaffee. Im nächsten Schrank einfache weiße Teller, Schüsseln und Tassen, alle säuberlich aufeinandergestapelt. Sie schließt die Schränke, geht, an der Kellertür vorbei, den Flur entlang zur Treppe. Oben im Bad war sie schon ein paar Mal, aber die restlichen Räume hat sie nicht gesehen.

Sie hat zwar nicht direkt Angst, zögert aber doch, als sie hinaufgeht, lauscht auf jedes Knarren, wartet darauf, durchzubrechen und in den Raum unter der Treppe zu stürzen. Oben befindet sich das Bad, und ein kleiner Flur führt zu drei geschlossenen Türen. Robs Zimmer, das weiß sie, ist das rechte. Seinen privaten Raum will sie nicht betreten.

Die Tür zum Zimmer gegenüber öffnet sie allerdings. Er ist viel kleiner, unmöbliert, abgesehen von einem Schrank. Ein unangenehmer Geruch hängt im Raum. Schimmel, und eine Andeutung von kaltem Zigarettenrauch, der sich in den Wänden festgesetzt hat. Eine nackte Glühbirne hängt an der Decke und baumelt ein wenig, vielleicht vom Luftzug, als sie die Tür geöffnet hat. Es ist unheimlich, und Lucy schließt rasch die Tür.

Das nächste Zimmer erzählt eine andere Geschichte.

Zunächst wirkt es leblos, wie unbewohnte Räume es sein können, aber es hängt ein Duft in der Luft – nach Lavendel, denkt sie. Ein Einzelbett mit hölzernem Kopfbrett steht an einer Wand, vor dem Fenster ein einfacher Holztisch. Lucy öffnet das Fenster, um ein wenig Luft hereinzulassen, und stellt sich die Gardinen vor, die einst davorhingen, aus Spitze vielleicht. Etwas Leichtes und Hübsches. Vogelgezwitscher weht mit einem Hauch frischer Luft in den Raum und sie steht ganz still und genießt das Gefühl im Gesicht. Die andere Wand wird von einem Schrank eingenommen. Sie öffnet ihn, doch er ist leer. In einer Ecke hinter der Tür entdeckt sie eine alte Truhe. Sie kniet sich davor und hebt den Deckel. Die Scharniere quietschen ein wenig, und ein schaler Geruch sticht ihr in die Nase. Motten tanzen in der Luft. Lucy sieht eine Decke, eine Wolldecke, die vielleicht einmal beige war, jetzt aber eher braun und rot ist, als sei sie irgendwie verrostet. Sie schiebt sie beiseite.

Etwas aus schwarzem Leder kommt zum Vorschein, ein Buch. Sie nimmt es heraus und sieht, dass es die gesammelten Werke Shelleys sind. Kein echtes Leder, denn es bröselt in ihrer Hand. Sie öffnet es behutsam und blättert durch die Seiten, bis sie in einer oberen Ecke eine Widmung findet. Sie ist zur Unleserlichkeit verblasst. Lucy tritt ans Fenster und hält das Buch ins Licht, kann einen Buchstaben ausmachen, den sie für ein W hält. Nachdem sie den Staub vom Einband gewischt hat, drückt Lucy es an die Brust, als wollte sie es schützen. Sie entdeckt in der Truhe noch zwei weitere Bände und hofft, dort die Widmung lesen zu können. Doch allen Büchern haben Zeit und Feuchtigkeit zugesetzt. Die Worte ihres persönlichen Lieblingsdichters Byron sind zu blass, als dass sie sie entziffern könnte. Sie stapelt alle Bände säuberlich aufeinander. Eigentlich würde sie sie gern ins Regal stellen, aber Rob soll nicht merken, dass sie geschnüffelt hat.

In der Truhe liegt außerdem eine kleine, einfache Schachtel aus Karton, die aussieht, als wäre Schmuck darin. Lucy nimmt den Deckel ab und findet ein angelaufenes silbernes

Armband mit blauen Steinen, Saphiren vielleicht. Es ist schwerer, als sie vermutet hätte, und obwohl sie überzeugt ist, dass die Steine nicht echt sind, sieht es wertvoll aus und fühlt sich auch so an. Lucy legt es an und schließt den Verschluss. Es passt perfekt. Im schwachen Licht, das durchs Fenster sickert, werden die Steine heller, nehmen ein Meeresblau an.

Sie zögert, löst dann den Verschluss und steckt das Armband in die Tasche. Sie klappt die Truhe zu und schließt nach einem letzten Blick die Tür des kleinen, nach Lavendel duftenden Zimmers.

22

Esperance, Frankreich. Dezember 1941

Ein weiteres Jahr neigt sich dem Ende entgegen. Ein weiteres Jahr ist ins Land gegangen. Bald kommt Weihnachten. Es wird kein Geschenk von William geben. Keinen Brief, der ihr Mut macht. Sie vermisst die Post schmerzlich.

Elise zieht so viele Schichten wie möglich übereinander an. Das Essen ist rationiert, und sie hat abgenommen. Jetzt friert sie unentwegt. Alles in ihr hat sich vor Kälte und Leere zusammengezogen.

Maman sitzt in einem Sessel vor dem Kamin. Ein paar Flammen flackern müde, als würde auch ihnen vorenthalten, was sie zum Leben brauchen. Wenn die Deutschen einen Weg finden könnten, den Sauerstoff aus der Luft zu rauben, dann würden sie auch das tun, da ist sich Elise sicher.

»Geh nicht raus!«, sagt Maman. Früher hätte das vielleicht scharf geklungen, aber sie ist nun so dünn, dass sie auch den letzten Rest Energie eingebüßt hat. Nachts schläft sie meist auf dem Sofa, zu erschöpft, um die Treppe hinaufzugehen.

Elise wirft einen Blick aus der Tür, auf die Umgebung, in der sie aufgewachsen ist. Sie sieht Monsieur Gravels Haus mit dem Windspiel, das nun schweigt. Als sie keinen in der Nähe entdeckt, geht sie hinaus.

Sie bewegt sich schnell, zielbewusst, bemüht, keine Aufmerksamkeit auf sich zu ziehen. Sie will nicht von Leuten gesehen werden, die einst ihre Freunde waren. Man wusste inzwischen nie, wem man trauen konnte. Sie will keine hungernden Kinder sehen. Ebenso wenig wie die grässlichen gelben Sterne auf ehemals feiner Kleidung. Wie naiv sie gewesen ist, als sie glaubte, Krieg sei unmöglich. Doch dieses Ausmaß an Schrecken hatte niemand vorhergesehen. Wie auch.

Als sie um die Ecke biegt, erblickt sie die Kirche. Erinnert sich an jenen Abend mit William, der ein ganzes Leben her zu sein scheint. Sie bleibt stehen. Und denkt nach. Dann überquert sie die Straße, steigt die Stufen zur Kirche empor. Die große Tür will zunächst nicht nachgeben, und sie glaubt schon, sie sei versperrt. Doch dann öffnet sie sich gerade weit genug, um ihr ein bisschen Hoffnung einzuflößen. Nachdem sie sich ein, zwei, drei Mal umgesehen hat, zieht sie mit beiden Händen an der Tür. Zum Glück gibt sie nach, und Elise tritt ein. Jetzt ist sie aus dem Wind, aber drinnen ist es irgendwie noch kälter. Feucht.

Ihre Augen gewöhnen sich nach und nach an das Halbdunkel. Vielleicht, weil das Leben schon so lange so finster ist. Sie bewegt sich langsam, bemüht, die Erinnerung an ihren Besuch mit William heraufzubeschwören. Eine Flamme in einem roten Glasgefäß auf dem Altar zieht sie an, und sie bewegt sich darauf zu. Sie ist allein in dem riesigen Gebäude, und es fühlt sich an, als würde sogar ihrem Atem ein Echo folgen.

Elise nimmt Platz und senkt den Kopf, unsicher, was sie tun soll. Dann fallen ihr die längst verstorbenen France-Schwestern ein, die sie knien gesehen hat. Elise tut es ihnen nach. Es ist schmerzhaft, ihre knochigen Knie bohren sich in das Holz.

In der kühlen Stille sammelt sie ihre Gedanken. Was will sie wirklich? Dass der Krieg zu Ende ist. Dass der Krieg nie begonnen hätte. Sie könnte jetzt schon verheiratet sein, in Cape Cod leben. Aber nein, was wäre dann aus Maman geworden?

Sie schüttelt den Kopf und beginnt von neuem.

Innerlich setzt sie an: *Danke für William. Danke, dass uns bisher nichts passiert ist. Wir haben Angst, hier in Frankreich. Ich bin sicher, das weißt du. Wir hören von Lagern. Von Menschen, die verschwinden. Es ist wirklich hart. Bitte, der Krieg möge enden. Bitte. William und ich mögen für immer vereint sein, bitte. Bitte. Und Maman. Es ist so schwer gewesen. Bitte mach, dass es ihr besser geht, dass sie stark genug ist, um fortzugehen ...*

Ein dunkler Gedanke kommt ihr in den Sinn, doch sie schiebt ihn weg.

Bitte. Lass uns alle wieder in Sicherheit und glücklich sein.

Sie drückt die Augen zu, als könnte das irgendwie die Abmachung besiegeln. Mühsam, als wäre sie alt und nicht bloß unterernährt, traurig, irgendwie gebrochen, wie eine zu oft gewaschene Stoffpuppe, steht sie auf. Sie erblickt die Tür zur Krypta und ihr fällt der Engel ein. Beim Hinuntergehen versucht sie kein Geräusch zu machen. Was, wenn sich jemand da unten versteckt? Man weiß nie, wo man auf den Feind trifft. Selbst ihre Nachbarn waren jetzt Feinde. Arme Marianne, die verteufelt wurde, nur weil sie Deutsche war. Bei dem Gedanken fühlt sich Elise noch matter, noch älter.

Und dann, am unteren Treppenabsatz, erscheint der Engel von damals. Er ist immer noch da. Sie wusste zwar, dass es so sein würde, aber trotzdem tröstet es sie, ihn zu sehen. Seit tausend Jahren steht hier eine Kirche. Dieser Engel ist schon sehr lange da. Verblasst vielleicht, an ein paar Stellen blättert sogar etwas Farbe ab, doch er ist nach wie vor hier. Er ist weder ausrangiert noch zerstört worden, und das tröstet Elise, gibt ihr Hoffnung. Sie streckt den Arm aus und legt die Hand auf die Brust des Engels, damit er ihr ein bisschen von seiner Kraft gibt. Er fühlt sich kalt an, feucht, aber auch stabil.

»Bitte führ uns durch das alles durch. Bitte schick die Deutschen fort.« Sie wartet auf ein Zeichen, doch nichts geschieht. Sie verweilt, möchte noch bleiben. Die Mauern fühlen sich so solide an, so schützend. Aber sie ist schon zu lange weg. Sie geht zur Tür. Es ist einfacher, sie von innen aufzustoßen. Erst als sie draußen auf der Straße steht, fällt ihr ein, dass sie nicht für ihren Bruder gebetet hat. Es ist so lange her. Er ist inzwischen mehr Erinnerung als Person. Doch das wird schließlich jeder irgendwann sein.

Draußen blickt sie zur Post und zur Bäckerei hinüber und erinnert sich an die Freude, die Briefe abzuholen. An lange Spaziergänge im Wald. Jetzt bringt Elise den Großteil ihrer Zeit damit zu, Schlange zu stehen, da es alles nur auf Marken gibt. Wie sie sich nach jenen friedvollen Tagen zurücksehnt, als der Duft von Backwerk in der Luft hing und die Bäckerei voller Energie und Törtchen und Kuchen war. Sie waren arm gewesen, und Maman war kraftlos gewesen und Philippe ein Trinker, eine verlorene Seele, ein passendes Wort für ihn fällt ihr nicht ein. Aber damals gab es gutes Essen, und die Nachbarn waren nett. Das ist jetzt auch vorbei.

Das Geräusch des Windes in den Baumwipfeln, das sie früher so entzückt hat, hört sich jetzt wie eine Warnung an. *Geh zurück,* sagt es.

Alles ist so seltsam in diesen Tagen. Es ist schrecklich, wenn man sich daheim nicht mehr zuhause fühlt.

23

Nordfrankreich, Sommer 2009

Die Tafel außen an der Mauer verrät Lucy, dass die Anfänge von Saint-Lô bis ins Römische Reich zurückreichen. Lucy kann nicht glauben, dass sie in einer so alten Stadt steht. Einer Stadt, in der sich so viel zugetragen hat. Aber schließlich ist auch Paris sehr alt.

Im Jahre 889 überfielen die Wikinger Saint-Lô und zerstörten es, und während sie über seine Geschichte nachliest, fragt sie sich, ob dieser Akt der Gewalt die Stadt für immer besudelt hat. Im Jahre 1930 brannte eine Papiermühle nieder. 1940 dann wurde es von den Deutschen besetzt, die Cherbourg einnehmen wollten. Über Cherbourg hat sie schon viel gelesen und würde es gern besuchen. Sie kann gar nicht glauben, wie schnell die Zeit vergangen ist.

In der Bibliothek hat Lucy herausgefunden, dass Saint-Lô im Krieg zu neunzig Prozent zerstört wurde. Nur wenige Häuser blieben unversehrt. Lucy hat sich die Straßennamen in ihr Tagebuch geschrieben: Rue du Neufbourg, Rue Croix Canuet und Rue Falourdel. Rue Saint-Georges und Rue Porte au Four. So viel will sie hier sehen, in diesem Ort, von dem sie noch nie gehört hatte, bis Rob ihr davon erzählte. Es ist ziemlich genial, seinen eigenen Fremdenführer zu haben. Sie will alles erkunden, aber der Grund für ihr Hiersein sind die Häuser, die überlebt haben, und die Kirche.

Menschen gehen an ihr vorbei, die typischen schicken Franzosen. Einheimische. Ob sie sich wohl auf Schritt und Tritt an die Vergangenheit erinnert fühlen, wenn sie hier herumlaufen? Ob es je einfach nur ihre Heimatstadt sein kann? Es muss wohl so sein. Sie selbst wohnt an einem Strand, der Touristen aus aller Welt anzieht, aber an manchen Tagen merkt sie das nicht einmal.

Sie zieht den Stadtplan heraus, den Rob ihr gegeben hat, schaut darauf nach, wo die Église Notre-Dame liegt und sucht dann nach einem Wegweiser. Ein Schild, das die Richtung der Kirche weist, wäre willkommen, aber sie kann keines entdecken. Trotzdem ist sie ziemlich sicher, richtig zu gehen, als sie auf den offenbar belebtesten Teil der Stadt zusteuert. Es ist warm, nicht zu heiß, und es weht ein leichter frischer Wind. Sie mag Saint-Lô jetzt schon, seine Atmosphäre. Es strahlt Kraft und Würde aus, vielleicht, weil es so viel überstanden hat. Jetzt ist es friedlich, als würde sich die Stadt entspannen, nicht mehr den Atem anhalten nach all der Gewalt, all den Katastrophen. Der Fluss Vire fließt dahin. Das Leben geht weiter.

Im Vorübergehen betrachtet sie die Häuser, ihre hell gestrichenen Mauern. Sie weiß, dass sie alle erst nach dem Krieg entstanden sind, aber sie sind stimmig, passen zu der gewundenen Straße und dem hügeligen Gelände. Lucy weiß, dass es in Saint-Lô amerikanische Kasernen gab, die in Wohnraum umgewandelt wurden. Die würde sie auch gern sehen, aber wahrscheinlich liegen sie eher außerhalb der Stadt. Saint-Lô ist größer als die Heimatstadt ihrer Großmutter.

Die Kirche taucht auf, nicht so majestätisch wie Notre-

Dame in Paris. Nicht so erhaben wie die Kirche in der Nähe ihres Hotels, aber mit ganz eigener Form, ganz eigener Originalität. Schon aus der Entfernung erzählt sie ihre persönliche Geschichte. Rob hatte sie ihr geschildert, aber selbst davorzustehen ist etwas Anderes. Der ältere Teil, den die Alliierten bombardiert haben, ist durch eine Art Wand mit dem neuen Teil verbunden. Der moderne Teil besteht aus einer anderen Gesteinsart, sodass die Teile zwar vereint sind, aber doch jeder für sich steht. Die Kirche erzählt eine Geschichte des Überlebens, verbindet die Vergangenheit mit der Gegenwart. Lucy berührt den rauen, kühlen Stein, während sie um die Kirche herumgeht, betrachtet die Außenkanzel, die nicht explodierte Granate, die in einen Winkel eingebaut ist. Sie bleibt davor stehen, als könnte jede Bewegung die Explosion auslösen. Obwohl sie alt und von Beton umschlossen ist, fühlt es sich beängstigend an, ihr so nah zu sein.

Sie überlegt, versucht zu begreifen, was das alles bedeutet. Was es ihr sagen will. Bestimmt gibt es hier eine Lektion zu lernen. Dass Gebrochenes wieder heil werden kann. Dass das Gute über das Böse triumphiert. Dass Schönheit nicht unbedingt von Symmetrie abhängt. Die Kirche hat etwas Planloses und ist doch überwältigend schön.

Dann betritt sie das Gebäude, wie immer beeindruckt von der Deckenhöhe – Kirchen scheinen im Inneren meist größer zu sein als von außen. Es ist kühl, ein wenig feucht, und die Luft, denkt sie, gesättigt von Erinnerungen. Sie setzt sich in eine Bank. Zum zweiten Mal in ihrem Leben betet sie.

Granddad, ich sitze in einer Kirche in Saint-Lô. In ihrer

Wand steckt ein Blindgänger. Er steckt dort seit dem Zweiten Weltkrieg, aber ich fürchte, wenn ich niesen muss, explodiert er.

Es tut mir unendlich leid, dass wir nicht zusammen hergekommen sind. Wie sehr ich mir wünsche, manche meiner Entscheidungen ändern zu können! Aber man lernt ein Leben lang, wie du sagst.

Frankreich gefällt mir sehr gut, und wenn ich nach Hause fahre, will ich möglichst viel über Grandma in Erfahrung bringen, und ich werde sehen, ob ich hier leben kann. Keine Sorge, ich werde trotzdem Medizin studieren; ich weiß bloß noch nicht, wann. Und ich verspreche, dass ich nie jemandem erzählen werde, was Grandma getan hat.

Ich vermisse dich, aber das weißt du ja.

Lucy hält inne und denkt einen Augenblick nach.

Ich bin sicher, dass du inzwischen über Hal und Molly Bescheid weißt. Ich möchte Menschen nichts Böses wünschen, aber vielleicht könntest du ein Klavier auf die beiden fallen lassen?

Sie überlegt kurz.

Okay. Lass sie vielleicht einfach einen bösen Ausschlag kriegen.

Sie senkt den Kopf, dankt und wendet sich dann wieder ihrem Tagesplan zu.

***

Es dauert eine Weile, bis sie die Rue Saint-Georges gefunden hat. Die Häuser hier in der Straße bilden eine Einheit. Sie kommen ihr solide vor und doch so, als hätte man viel dem Zufall überlassen. Fenster und Türen scheinen wie zufällig platziert. Es entsteht der Eindruck, als wäre alles aus dem Gleichgewicht, als wäre die Straße einmal hochgehoben, durchgeschüttelt und wieder abgesetzt worden, und alles hätte sich einfach da festgesetzt, wo es gerade landete.

Sie hatte etwas Großartigeres erwartet. Etwas voller Kraft und Solidität. In den USA würden Tafeln auf die geschichtliche Bedeutung hinweisen. Das, denkt sie, ist der Unterschied zwischen ihrem jungen, lauten Land und der Eleganz des alten Frankreich. Hier hat man es nicht nötig, auf irgendetwas hinzuweisen.

Während sie sich umsieht, denkt sie über die Menschen nach, die während des Krieges hier gelebt haben. Während der Bombenangriffe, die die Stadt in Schutt und Asche legten. Hatten sie da drin gekauert und gebetet? Sie denkt an ein Foto, das sie in einem Buch gesehen hat – ein Soldat, der ein kleines Mädchen durch die Trümmer trägt, während ein zweiter, Gewehr im Anschlag, vorausgeht. Das kleine Mädchen trug ein Sommerkleid. Wie entscheiden Eltern bloß, was sie ihrem Kind an einem solchen Tag anziehen, der Befreiung oder Zerstörung bringen kann? Oder Befreiung *und* Zerstörung. Lucy hatte sich darüber geärgert, dass ihre Beine nicht bedeckt waren – schließlich war alles voll mit Glas- und Holzsplittern.

Jemand geht an ihr vorbei, nach seinem Hut und der Einkaufstasche zu schließen ein Einheimischer. Oben in dem Beutel erkennt Lucy ein Brot – geschnittenes Brot in einer Plastiktüte, nicht aus einer Bäckerei. Sie hört lange genug auf, über das Haus nachzudenken, um sich zu fragen, warum man Brot in einem Supermarkt kauft, wenn man auch in die Bäckerei gehen könnte. Doch so langsam, wie dieser Mann unterwegs ist, hat er wahrscheinlich einfach den nächstgelegenen Laden aufgesucht.

»*Bonjour*«, sagt sie.

»*Bonjour*«, erwidert er. Lucy beobachtet, wie er vor einem Haus die Tasche abstellt, einen Schlüssel hervorzieht, die Tür öffnet. Als er sich nach der Tasche bückt, ist sich Lucy sicher, seine Knochen knacken zu hören. Sie würde gern hingehen und ihm helfen, anbieten, ihm gutes Brot zu kaufen, ihn nach seinem Zuhause fragen – aber während sie noch überlegt, verschwindet er drinnen. Lucy hört die Tür ins Schloss fallen. Vielleicht will er die seltsame junge Frau, die ihn anstarrt, aussperren.

Nach einem letzten Blick geht sie die Straße hinunter, zurück ins Stadtzentrum. Bevor ihr Bus fährt, bleibt noch Zeit, die Befestigungsmauern zu besichtigen.

24

Esperance, Frankreich. 9. Dezember 1941

Als Elise aus dem Bett kriecht, ist der Himmel ganz schwarz, ohne jegliche Andeutung von Licht. Sie kommt sich in mehreren Schichten zu oft gewaschener Kleidung vor wie eine Vogelscheuche. Zwar fühlt sich die Baumwolle weich an, aber sie reibt an ihr wie Sackleinen. Draht. Ihre Füße und Knöchel sind so kalt, dass sie befürchtet, sie würden brechen wie trockene Zweige, wenn sie Gewicht darauf gibt.

Sie humpelt die Treppe hinunter und ihre kurzen Atemzüge hängen vor ihr in der Luft, als gehe sie durch ein Gespenst ihrer selbst. Maman schläft, zu einer Kugel zusammengerollt, auf dem Sofa. Ihr Körper ist unter der schweren alten Wolldecke kaum auszumachen. Das Feuer ist erloschen. Lucy schiebt die Asche zur Seite und legt ein wenig Kleinholz hinein, das sie im Wald gesammelt hat. Seltsam, dass sie dort früher saß und an William schrieb. Jetzt sucht sie dort nach Feuerholz und nach Pilzen zum Essen.

Das Feuer kommt in Gang. Sie hält die Hand so nah daran, dass ihre Haut fast die Flammen berührt. Erst dann spürt sie die Wärme. Ihre Hände sehen alt aus, die Haut ist rissig. Sie betet, dass sie heilen, bevor sie William begegnet. Wenn sie ihn je wiedersieht.

Sie macht sich eine Tasse dünnen Kaffee. Alles ist rationiert und Kaffee Mangelware. Als der Krieg begann, schickte Maman sie sofort in die Läden, mit Francs aus einer Kaffeebüchse, von denen Elise nichts wusste. Sie kaufte alles, was sie ergattern konnte, radelte sogar in die Nachbarorte. Damals fand sie es verrückt. Jetzt ist sie dankbar. Doch die gut gefüllte Speisekammer leert sich bereits.

Sie sitzt vor dem Feuer und nippt am Kaffee. Maman erwacht und reibt sich das Gesicht. Sie braucht so lange, um sich aufzusetzen, dass Elise überlegt aufzustehen, um ihr zu helfen. Aber es fehlt ihr die Energie. Schließlich richtet sich Maman in einer Art schräger Position ein – sie sitzt nicht richtig, liegt aber auch nicht. Als sei sie nicht ganz lebendig.

»Wieder ein Tag im Paradies«, sagt sie. Zunächst glaubt Elise, sich verhört zu haben.

»Pardon?«

»Wieder ein Tag im Paradies«, wiederholt sie.

Der omnipräsente kalte Knoten aus Angst, der schon so lange in Elises Bauch festsitzt, dass sie sich widerwillig mit ihm abgefunden hat, wird noch kälter, zieht sich zusammen.

Jetzt hat Maman endgültig den Verstand verloren.

»Das war ein Spaß, Elise. Ich weiß, das sieht mir nicht ähnlich, aber wir alle können uns verändern.«

Elise sitzt ganz still, weiß nicht, was los ist.

»Nach deiner Reaktion zu schließen, probiere ich es besser nicht nochmal.«

Der veränderte Ton katapultiert Elise ins Leben zurück.

»Ja, es ist wirklich das Paradies«, sagt sie. »Ich freue mich schon darauf, durch die warmen, einladenden Straßen zu gehen, um in der Bäckerei Ambrosia zu besorgen. Ich bleibe nicht lange weg.«

Maman, die sich bereits wieder ins Dunkel zurückzieht, nickt.

Elise trinkt ihren inzwischen lauwarmen Kaffee aus und macht sich dann fertig, um hinauszugehen. Während sie den Mantel ihres lieben Papas überstreift, fragt sie sich, nicht zum ersten Mal, wie lächerlich sie wohl wirken muss. Wieder denkt sie an ihre Zeit in Paris, wie sorgfältig sie ihre Garderobe vorbereitet hatte. Jetzt würde sie sich auch in Lametta kleiden, wenn das warm halten würde. Es lag immer noch auf dem Dachboden – aus dem einfachen Grund, dass man es nicht zum Heizen benutzen konnte.

Als sie sich auf den Weg zur Bäckerei macht, dringen erste Lichtstrahlen durch die dunklen Wolken.

Die Straßen wirken abweisend wie immer. Sie ist es inzwischen gewöhnt, dass an den Häusern die Fensterläden geschlossen sind. Eine Barriere gegen die Kälte und gegen das, was geschieht. Der Versuch, das Böse mit den verwitterten Steinen, dem Mörtel und dem Holz eines Hauses fernzuhalten. In der Hoffnung zu überleben.

Sie geht langsam dahin, sie fühlt die Pflastersteine unter den Sohlen ihrer alten Schuhe. Nach ein paar Schritten kommt es ihr vor, als habe sich etwas verändert. Die Fensterläden sind weiterhin geschlossen, die Straßen leer. Aber es liegt ein neues Gefühl in der Luft. Etwas wie Elektrizität.

Sie biegt um die Ecke und ist überrascht, die Tür der Bäckerei geschlossen zu sehen. Das Haus liegt im Dunklen. Dabei müsste Bertrand gerade die Brotration für den Tag herstellen. Elise klopft, einmal, zweimal, und hofft, dass er es hört und niemand anderes durch das Geräusch aufmerksam wird.

»Hallo?«, flüstert sie durch das Schlüsselloch.

Schritte auf der Treppe. Die Tür öffnet sich quietschend. Ein Arm greift heraus, packt sie.

»Schnell, Tür zu. Komm rauf.« Bertrands Gesicht ist röter als gewöhnlich, und das macht ihr noch mehr Angst.

Während Elise hinter ihm die Treppe hinaufeilt, schlägt ihr Herz zum Zerspringen.

Ein Blick auf Marianne genügt und sie weiß, dass es gute Neuigkeiten gibt. Das Licht in ihren Augen zeigt es Elise, ein Licht, das lange Zeit fast erloschen war.

»Erzählt es mir, erzählt es mir!«, drängt sie.

»Wir wissen nicht alle Details. Aber Amerika ist von den Japanern angegriffen worden.«

Elise hat das Gefühl, jemand hätte sie gepackt und gegen eine Wand geschleudert.

»Welcher Teil von Amerika? Ist jemand verletzt worden?«

Bertrand wirkt verwirrt.

»Wie bitte?«

Marianne geht an ihrem Mann vorbei, und die drei vollführen eine Art Tanz in dem beengten Raum.

»Elise, das ist eine gute Nachricht. Amerika hat Deutschland den Krieg erklärt. Wir werden Verbündete haben. Sie werden uns retten«, sagt sie.

Doch Elise schüttelt den Kopf. »Welcher Teil wurde angegriffen?«

»William«, flüstert Marianne ihrem Mann zu.

»Ach so«, nickt er. »Ein Ort namens Pearl Harbor. Es ist ungefähr zwei Tage her.«

Elise blickt Monsieur Allard an, seine geweiteten Augen, sieht das Fünkchen Hoffnung, Freude sogar, darin tanzen.

Wenn die USA in den Krieg eintreten, werden Frankreich und die europäischen Länder einen starken Verbündeten haben. Aber William, ihr William. Natürlich wird er kämpfen. Und es fühlt sich an, als habe jemand in ihre Brust gegriffen und ihr das Herz herausgerissen.

»Woher weißt du das?« Ihre Stimme ist seltsam ruhig, obwohl sie so aufgewühlt ist.

»Einfach so«, sagt er. Elise hat nie nach seinen Informationsquellen gefragt, weiß aber, dass manchmal Nachrichten in Brotlaibe eingebacken werden. Dem Bäcker mit dem kaputten Bein schenkt niemand Beachtung.

»Was in aller Welt ist ein Pearl Harbor?« Vor ihrem geistigen Auge entsteht das Bild eines Strandes, an dem milchig weiße Steine glänzen.

»Ein Militärstützpunkt auf Hawaii. Lebt William da in der Nähe?«

»Ich weiß es nicht. Von Hawaii habe ich noch nie gehört.« Elise vollführt mit ausgestreckten Armen einen Halbkreis, als versuchte sie ihr Gleichgewicht wiederzufinden.

»Ein Atlas. Hast du einen Atlas?«

»Nein.«

»Weißt du sonst noch irgendwas?«

»Nein.«

Elise zieht sich den Schal vors Gesicht. »Ich muss los.«

»Pass auf dich auf«, sagt er.

Sie nickt und wendet sich zum Gehen. »Fang an zu backen, bevor irgendwer misstrauisch wird«, versucht sie zu flüstern, doch ihre Worte klingen angsterfüllt, die Stimme erschöpft.

Draußen hat der Himmel eine Purpurfarbe angenommen. Der Rauch von Holzfeuern erfüllt die Luft, die Leute haben immer noch Holz zum Verbrennen. Möbel vielleicht. Wenn du beinahe erfrierst, ist der Erinnerungswert des Tisches deiner Großmutter nicht mehr wichtig. Elise eilt die Straße entlang, ohne sich darum zu kümmern, ob sie gesehen wird. Auf den Steinplatten, die zu ihrem Haus hinaufführen, rutscht sie aus, kann sich aber fangen, bevor sie stürzt.

Hinein ins Wohnzimmer, zu dem Beistelltisch, auf dem der Atlas liegt.

Elise wirft das große Buch auf den Küchentisch. Sie hat es nicht mehr geöffnet, seit sie Massachusetts gesucht hat, und an Seitenrändern und Buchrücken hat sich Staub angesammelt.

Sie findet im Inhaltsverzeichnis Hawaii, blättert zur entsprechenden Seite und lässt den Finger zur entsprechenden Zahl und zum Buchstaben wandern bis zu ein paar kleinen Flecken. Neben einem steht Honolulu. Ein Pearl Harbor kann sie nicht entdecken.

Wieder konsultiert sie das Inhaltsverzeichnis, findet eine Karte der USA.

Das ganze Land, ein riesiges Land im Übrigen, liegt zwischen Pearl Harbor und Massachusetts, wo William lebt. Bei diesem Anblick geht es Elise besser. Sie sitzt am Tisch und versucht sich einen Reim auf alles zu machen.

Ihr ganzes Leben lang wird sie den Morgen, an dem sie vom Angriff auf die USA erfuhr, als den in Erinnerung behalten, an dem Maman einen Witz zu machen versuchte.

25

Nordfrankreich, Sommer 2009

Es bleiben noch drei Tage bis zu ihrer Rückreise, und Lucy versucht so viel wie möglich zu sehen, bevor sie fortmuss. Sie kennt den Ort inzwischen gut. Hat sich alte Bilder von vor dem Krieg angeschaut. Hat ebendort gestanden, wo sie aufgenommen wurden, und an ihren Großvater, ihre Großmutter gedacht. Daran, was der Krieg allen angetan hat. Was er ihr hätte antun können.

Morgen will sie mit dem Fahrrad nach Sainte-Mère-Église. Kirche der Heiligen Mutter Gottes. Sie plant, um fünf Uhr aufzustehen, um dort hinzuradeln, an den ersten Ort, der von den amerikanischen Truppen befreit wurde. Es ist eine weite Strecke und sie wird ein paar Stunden brauchen. Als sie aus Saint-Lô ins Hotel zurückkommt, bereitet sie ihr Gepäck vor und geht dann schlafen.

***

Das Morgenlicht versteckt sich noch, der Himmel ist von einem marmorierten Purpur, als Lucy ihr Leihfahrrad besteigt. In der Satteltasche hat sie Wasser, ein kleines Baguette, Käse und einen Apfel. Landkarten und ihr Tagebuch. Sie hofft, es in zwei Stunden zu schaffen. Rob hat ihr angeboten, ihn anzurufen, wenn sie nicht mehr kann. Ehe sie das in Anspruch nimmt, würde Lucy auf Händen und Knien kriechen, aber die Tatsache, dass er weiß, wo sie hinfährt, gibt ihr ein gutes Gefühl. Granddad wollte immer wissen, wo sie war. Es kommt ihr vor, als würde sich Rob stellvertretend für ihn um sie kümmern.

Das Gefühl des Kopfsteinpflasters unter den Reifen ist ihr inzwischen vertraut. Seltsam, dass sie erst seit einer guten Woche hier ist. Sie radelt durch die noch schlafende Stadt – nur aus den Bäckereien dringt schon schwaches Licht – und atmet die frische Luft ein. Alles ist friedlich, man hört nur ihre Pedale und die Gangschaltung des Fahrrads.

Irgendetwas geschieht, wenn sie Zeit allein verbringt. Wenn um sie herum Ruhe herrscht. Die Welt dringt kaum zu ihr durch, nur blitzlichtartig. Sie befindet sich auf einer Fahrradtour durch ländliche französische Gebiete, als ihre Eltern ihr erscheinen. Sie denkt zwar jeden Tag an sie, aber dieses Mal fühlt es sich anders an. So, als wären sie bei ihr, würden neben ihr herfahren. Sie verlangsamt ihr Tempo. Sie kann nicht die Hand ausstrecken und sie berühren, aber sie erscheinen ihr sehr real.

Sie hat sie nie auf dem Friedhof besucht. Boston lag eine Stunde entfernt und sie hätte leicht hinfahren können. Sie wusste, dass Granddad sich darum kümmerte, dass immer Blumen auf dem Grab waren. Sooft er sie auch besuchen kam, fuhren sie doch nie gemeinsam hin. Sie konnte den Gedanken, dass ihre Eltern in der kalten Erde liegen, nicht ertragen. Die Straße macht eine kleine Kurve, als Sonnenblumen vor ihr auftauchen. Fast kann sie den Tau auf den gelben Blättern sehen. Und ihr fallen van Goghs Sonnenblumen ein, die im Arbeitszimmer ihres Großvaters hingen.

Er hatte eigentlich kein Faible für Kunst, und der Druck fühlte sich immer fehl am Platz an. Jetzt fragt sie sich, ob er dort hing, weil er ihn an Frankreich erinnerte. Oder vielleicht hatte er in den Niederlanden gekämpft, wo van Gogh herstammte. Während sie zusieht, wie sich die hohen Blumen in der leichten Brise bewegen, kommt ihr ein Gedanke.

Er wollte gar nicht nochmal nach Frankreich. Er hatte das Gefühl, es tun zu müssen. Das Gefühl, er sollte. Aber er wollte nicht. Seltsam. Verpflichtungen waren ihm immer so wichtig. Aber sie ist sich jetzt sicher, dass er darum genau die beiden Sommer wählte, in denen sie etwas Anderes vorhatte. Dass es deshalb für ihren praktischen Großvater, der sonst immer alles hinkriegte, nie wirklich konkret wurde. Dass es deshalb immer etwas blieb, was sie tun sollten, tun würden, aber nie taten. Er hatte es hinausgeschoben, Vorwände gesucht. Als ihr das klarwird, fühlt sie sich besser. Es ist nicht so, dass es sein Traum war und sie ihn versetzt hatte. Bei dem Gedanken überkommt sie ein Gefühl von Frieden.

Sie blickt nach rechts und links, kann aber die Gegenwart ihrer Eltern nicht mehr spüren. Es kommt ihr vor, als hätten sie diese Botschaft überbracht und seien dann verschwunden. Das passiert nicht zum ersten Mal. Sie hat sie gespürt, als sie in der Mittelstufe von Jocelyn Smith gemobbt wurde. Als niemand sie zur Weihnachtsfeier einlud. Bei ihrem Schulabschluss. Als Großvater starb, spürte sie sie nicht. Jetzt denkt sie, dass sie mit ihrer eigenen Trauer beschäftigt waren. Sie kamen wieder, als sie von Hal und Molly erfuhren.

Ich wünschte, du könntest wiederkommen, wenn auch nur

für eine Viertelstunde. Ich will dir so viele Fragen stellen, Granddad.

Unterwegs wünscht sie sich, besser geplant zu haben. Sich den ganzen Sommer Zeit genommen zu haben, um mit dem Rucksack herumzuziehen. Sie weiß nicht einmal mehr, was sie in Boston den ganzen Sommer über gemacht hat oder warum sie geblieben ist – nur, dass sie einfach noch nicht bereit gewesen war. Nicht bereit dafür, das Studium abzuschließen. Sie hatte nicht zurückgewollt nach Florida. War nicht bereit gewesen, an die Nordwestküste zu ziehen, wo sie, wie sie im Grunde ihres Herzens weiß, in einer Woche mit dem Medizinstudium beginnen wird. Das steht schon lange fest, doch jetzt wünscht sie sich, mehr reisen, ein wenig mehr sehen zu können. In Frankreich zu bleiben, weit weg von Hal und all den Erinnerungen. So, jetzt hat sie es eingestanden – der Straße, auf der sie fährt, den Hecken, den dunklen Häusern, an denen sie vorbeikommt, den umliegenden Feldern. Sie will nicht Medizin studieren, jedenfalls jetzt noch nicht. Aber die Wohnung ist gemietet, ihr Leben bereits dort eingelagert. Alles ist an Ort und Stelle. Sie senkt den Kopf, kämpft gegen einen nicht vorhandenen Wind an und tritt kräftiger in die Pedale – ein Versuch, den Entscheidungen, die sie nicht treffen will, davonzufahren.

***

Es ist kurz nach neun, als sie in Sainte-Mère-Église eintrifft. Sie hält kurz an, um etwas zu trinken, und sie braucht jetzt einen großen Kaffee und eine Toilette.

Sie nimmt die Rue de Richedoux. *Doux* bedeutet weich. Reichweich-Straße. Das klingt schön, findet sie. Elegant und einladend. Vielleicht weil es eine breite Straße ist, sind die Häuser zurückgesetzt. Sie sieht überall den gleichen grauen Backstein, kombiniert mit hellem Holz. Alle ähnlich und doch ein wenig unterschiedlich. Sie fährt weiter, bis sie einen Platz zum Ausruhen findet, und in einem kleinen Gebäude in Zentrumsnähe auch die öffentlichen Toiletten. Selbst das erinnert sie an ihren Großvater, der mit ihr stets nach Hause ging, wenn einer von ihnen auf die Toilette musste. »Von Latrinen habe ich seit der Armee genug«, pflegte er zu sagen. Jetzt im Rückblick sieht Lucy diese Äußerungen als perfekten Aufhänger für Gespräche über den Krieg. Warum hatte sie sich so gescheut, Fragen zu stellen? Weil sie wusste, dass er nicht darüber reden wollte. Sie damit belasten.

Sie entdeckt ein Café, holt sich einen Kaffee und nimmt ihr Tagebuch zur Hand. Aber anstatt zum Stift zu greifen, betrachtet sie die Landkarte, die Rob ihr gegeben hat, und liest noch einmal in ihrem Führer nach.

Sainte-Mère-Église existiert seit dem elften Jahrhundert. Es hat Kämpfe in den Religionskriegen und im Hundertjährigen Krieg miterlebt. Lucy hat noch nie von den Religionskriegen gehört und macht sich eine Notiz, um später nachzulesen. Beim Durchblättern des Buches stößt sie auf ein kleines Foto der Stadt, aufgenommen 1944. Es ist ein Luftbild in Schwarzweiß. So, wie die Gebäude angelegt sind, sieht der Ort aus wie ein Kreuz. Sie denkt an die Kirchen, die sie gesehen hat, die Gemälde mit dem Kreuz, und fragt sich, ob das Zufall ist oder Absicht, um mit der Form Unheil abzuwehren.

Gelungen ist es jedenfalls nicht so recht.

Sie findet einen Fahrradständer, wo sie ihr Rad anschließen kann. Alles, was sie sehen will, befindet sich in der Nähe, ist fußläufig zu erreichen. Sie schaut sich in der Nähe des Hôtel de Ville, des Rathauses, wie sie inzwischen weiß, um. Dann geht sie zum Museum, das drei Minuten zu Fuß entfernt liegt.

Ihrem Eindruck nach ist das Airborne-Museum einem Fallschirm nachempfunden. Es ist ein interessanter Bau, und während sie ihn eingehend betrachtet, fragt sie sich, was Rob davon halten würde – das weiße Dach, die Glaswände. Bei einem Panzer auf der Wiese bleibt sie kurz stehen, um ihn sich anzusehen. Sie erinnert sich gelesen zu haben, dass die Geschosse der Alliierten von den deutschen Panzern abprallten. Entweder hatten sie daraufhin bessere Geschosse entwickelt oder eigene stärkere Panzer, denn sonst hätten sie den Krieg nicht gewonnen. Eigentlich müsste sie das doch wissen. Granddad wüsste es bestimmt.

Durch die Glaswände sieht sie ein Flugzeug. Die interessieren sie mehr als Panzer. Sie geht hinein, und obwohl viele Menschen in der Nähe sind, ist es still. Nicht wie in Omaha, aber doch eine Atmosphäre von Ehrfurcht und Erstaunen, dass sich dies alles wirklich genau hier zugetragen hat.

***

Sie verbringt eine halbe Stunde in dem Museum, betrachtet die Uniformen der Soldaten. Beim Anblick des kratzigen Stoffes, der in Glasvitrinen ausgestellt ist, überlegt sie, was wohl mit Großvaters Uniformen geschehen ist. Er war keiner, der Dinge verlegt, und sie scheinen ihr zu wichtig, um weggeworfen worden zu sein. Noch so ein Rätsel.

Die Sonne flutet durch die Glaswände, und Lucy bewegt sich auf den Ausgang zu. Am liebsten besichtigt sie die Städte an sich, die Gebäude, die Straßen. Und es gibt eine Kirche, die sie sehen will. Wie alles andere ist auch sie nah, höchstens ein paar Minuten zu Fuß. Sie entdeckt die Türme schon vom Museum aus und steuert darauf zu. Nie hätte sie geglaubt, dass Kirchen so interessant sind.

Die Kirche ist kleiner, als sie erwartet hat, eine Mischung von romanischen und gotischen Stilelementen. Die Steine sind verwittert, alt, und sie fragt sich, ob der graue Sandton aus einer dunkleren Farbe entstanden ist oder ob sie heller waren und nachgedunkelt sind. Sie schaut im Reiseführer nach, findet aber nichts dazu. Vom Turm hängt eine Puppe, gekleidet wie ein Soldat. Im Reiseführer liest sie, dass er John Steele hieß und beim Fallschirminfanterieregiment war. Sein Fallschirm verfing sich in den Kirchtürmen und er hing dort, mimte den Toten, während die Kämpfe um ihn herum weitergingen. Wenn ihr Großvater jetzt hier wäre, würde er stehen bleiben und hinaufblicken und sagen, er erinnert sich an die Zeit, als dies geschah? Das ist es, was sie interessiert, die Anekdoten, die Erzählungen. Seine Erzählungen, die sie nun nie hören wird.

Sie betrachtet die Puppe am Kirchturm, geht dann in das Gebäude, wo die Luft kühler ist, aufgeladen mit Zeit und Geschichte. Sie neigt den Kopf und setzt sich hin, doch dieses Mal betet sie nicht, sondern sitzt einfach nur still da und genießt den Frieden und die Schönheit des alten Gebäudes, das so viel erlebt hat.

***

Es ist vier Uhr, und sie hat zwar viel gesehen, aber es bliebe noch so viel mehr. Doch sie hat noch eine lange Rückfahrt vor sich.

Während sie in die Pedale tritt, denkt sie an Rob, fragt sich, was der Historiker in ihm von dem Museum hält. Von den neuen Buntglasfenstern in der Kirche, die an die am D-Day gelandeten Soldaten erinnern sollen. Zwar behauptet er, er wolle Historiker werden, doch das erklärt nicht all die Arbeit, die er an dem verlassenen Haus geleistet hat. Vielleicht ist er noch nicht bereit für den Schritt in seine Zukunft. Aber irgendwann wird er es sein, denkt Lucy. Und sie auch. Während sie gegen den ständig wechselnden Wind anstrampelt und die Felder an ihr vorbeifliegen, merkt sie, dass sie den ganzen Tag nicht an Hal oder Molly gedacht hat.

Bei dem Gedanken muss sie lächeln.

26

Omaha Beach, 6. Juni 1944

Die Geräusche begannen bei Tagesanbruch. Die Erde knisterte. Elise erwacht und fragt sich, ob nun das Ende der Welt gekommen ist. Das ganze Haus hebt sich. Als an der Wand neben ihr ein Riss erscheint, springt sie aus dem Bett und rennt in Mamans Zimmer. Sie sitzt mit angstgeweiteten Augen da.

»Die Deutschen?«

»Ich weiß es nicht. Schnell! Wir müssen uns verstecken!« Sie packt Mamans Hand und sie rennen die Treppe hinunter, den Gang entlang, durch die Küche.

»In den Keller!« Maman halb hinter sich hierziehend, reißt Elise die Tür auf, während das Haus erbebt. Sie taumeln hinein, modriger Geruch schlägt ihnen entgegen. Ihre Augen gewöhnen sich nur langsam an die Dunkelheit. Elise findet in einer Ecke eine alte Kiste, dreht sie um und setzt Maman darauf. Der Boden ist kalt, aber er ist real, solide, und Elise drückt die Füße gegen die feuchte Erde.

»Was passiert da bloß gerade?«, flüstert Maman nach einer knappen Stunde, die sich angefühlt hat wie mehrere Tage. Geschützdonner, das pfeifende Brummen von irgendetwas. Flugzeuge vielleicht? Was, wenn das Haus getroffen wird? Sie könnten lebendig unter dem Schutt begraben werden, ohne dass jemand nach ihnen sucht.

»Ich weiß es nicht, Maman«, sagt Elise. Maman streckt

die Arme aus und zieht sie neben sich. Die Kiste ist zu klein, aber sie schaffen es. Elise legt den Arm um die Schulter der älteren Frau, spürt sie unter ihrem Nachthemd zittern.

Sie warten. Sie lauschen.

»Die Alliierten?«, wagt Elise zu sagen, obwohl sie davon schon so lange träumen, dass es fast unmöglich scheint. Flugblätter sind abgeworfen worden, die Menschen sollten aufs Land fliehen. Elise fand, sie seien schon auf dem Land. Die Deutschen waren alle an der Küste.

Maman schüttelt den Kopf. »Es sind die Nazis. Sie wollen uns vernichten.« Ihre Stimme bricht und ihre Beine zucken, ein grotesker Tanz der Angst. Elise hält sie fester, als könnte das helfen. Doch dann durchfährt sie ein scharfer Schmerz, als hätte etwas sie in die Brust getroffen. Hätte sie gestanden, würde sie jetzt auf die Knie fallen. Voller Angst, einen Schlaganfall zu erleiden wie ihr lieber Papa, reibt sie sich die Brust. Sie versucht zu atmen, aber die Luft bleibt in ihrem Mund hängen, der Atem bleibt flach. Es ist, als hätte etwas ihre Brust durchbohrt und würde sich jetzt in ihr ausbreiten.

In der Kälte sitzend, denkt sie an Tee mit Zucker. Die Kuchen, die sie in der Bäckerei immer buken. Dass sie bald dreiundzwanzig wird und das Gefühl hat, schon ewig zu leben. Sie hat keine Ahnung, was jenseits dieser Tür vor sich geht, kann aber ein Rumpeln hören und spüren, wie die Erde tanzt. Sie reibt die Handflächen aneinander, spürt die Stelle, wo sie sich vor so langer Zeit verbrannt hat. Sie denkt an ihre Freunde in der Nähe, Bertrand und Marianne und den kleinen Michel, der im Krieg aufwächst. Und William, nun, William ist immer in ihren Gedanken. Er hat seit dem Tag ihrer ersten Begegnung seinen ganz besonderen Platz in ihrem Herzen.

Sie warten. Und warten. Die Geräusche tosen und verklingen dann. Elise hat keine Ahnung, wie viel Zeit vergangen ist. Vielleicht ein Tag. Nein, bestimmt mehr. Warum waren sie hierauf nicht vorbereitet? Warum hatten sie keine Decken im Keller, kein Essen? Sie frieren, leiden Hunger. Maman hat in die Hose gemacht, und Elise hat einen Streifen von ihrem eigenen Nachthemd geopfert, damit sie sich säubern kann. Der Krieg hat sie als Menschen in einer Weise reduziert, die sie sich nicht hatte vorstellen können. Und ihr reicht es jetzt. Kälte und Feuchtigkeit stecken ihr in den Knochen, alles tut ihr weh, aber sie steht auf und streckt sich.

»Ich gehe mal die Tür aufmachen, Maman, ich will sehen, was los ist.« Elises Stimme klingt beherrscht. Wenn sie sterben muss, dann wird es jetzt sein, selbstbestimmt, nicht versteckt in einem schrecklichen kleinen Verlies. Sie hat genug.

»Elise, tu das bloß nicht!« Mamans Stimme klingt verzweifelt, schrill, flehend – und bleibt ungehört.

Eine große Ruhe überkommt Elise. Selbst wenn das Haus voller Deutscher ist, wäre ihr das ziemlich egal. Sie ist es müde, zu frieren und Hunger zu leiden. Oder Angst zu haben. Oder sich um William zu sorgen. Oh Gott, William. Hat sie ihn auch nur geträumt? Manchmal fühlt es sich so an. Sie reibt sich die Brust, der Schmerz ist immer noch da.

Maman versteckt sich hinter den Regalen, als könnten diese sie schützen.

Elise öffnet behutsam die Tür; die Helligkeit überrascht

sie. Sie geht den Flur entlang, entdeckt ein paar Glassplitter, Dinge, die aus Regalen gefallen sind. In der Vermutung, kämpfende Soldaten zu sehen, nähert sie sich dem Fenster, kann aber keinen entdecken. Die Straßen sind leer, doch der Himmel ist voller Rauch. Flugzeuge fliegen fast unmittelbar über ihnen, so niedrig, dass sie das Gefühl hat, eines vom Himmel pflücken zu können. Feuer brennen in der Ferne, keine Lagerfeuer, keine wärmenden Feuer. Zerstörerische Feuer. Das merkt sie am Geruch, der metallisch und schwefelig gleichzeitig ist. Nicht der Trost eines Holzfeuers an einem ruhigen Abend.

»Elise! Elise!«, hört sie Maman. Ihre Stimme dringt zu ihr, aber sie kann sich nicht umdrehen. Sie schafft es kaum, sich zu bewegen. Es muss wegen der Kälte sein. Ihre Beine funktionieren nicht so, wie sie will, und ihre Arme hängen schlaff an den Seiten. Es ist, als sei alles Leben aus ihr gewichen. Als wäre ihr Herz stehengeblieben, während sie im Nachthemd auf der Treppe des Zuhauses ihrer Kindheit sitzt und sich fragt, was wohl als Nächstes passieren mag, wo William ist und wie sie das jemals herausfinden soll.

Es ist so lange her, seit sie ihn in Paris gesehen hat, so lange her, dass sie einen Brief bekommen hat. Er ist ihr Trost gewesen, ihre Zuflucht, ihre Leidenschaft, solange sie sich erinnern kann. Ihre gemeinsamen Zukunftspläne sind es gewesen, die sie durchhalten ließen. Nach allem, was sie verloren hat, wird sie doch nicht auch noch ihn verlieren?

27

Nordfrankreich, Sommer 2009

»So, so, Saint-Lô, Sainte-Mère-Église, und morgen Mont-Saint-Michel. Du kommst ganz schön rum«, sagt Rob.

Lucy sitzt auf seinem Sofa und trinkt nach sechseinhalb Stunden auf dem Fahrrad ihr drittes Glas Wasser.

»Heute dachte ich mir, ich wünschte, ich wäre für den ganzen Sommer gekommen. Es gibt so viel zu sehen und zu tun.«

»Und warum hast du es nicht getan?«

Lucy überlegt einen Moment. »Ich dachte, dass ich noch nicht bereit wäre, meine Zeit in Boston endgültig abzuschließen. Aber ehrlich gesagt, hat mich mein Freund, mit dem ich zwei Jahre zusammen war, mit meiner besten Freundin betrogen, und ich glaube, ich war zu traumatisiert, um irgendetwas angehen zu können. Hätte meine Nachbarin mich nicht dazu ermutigt, wäre ich vielleicht gar nicht hergekommen.«

Sie kann kaum glauben, dass sie das laut ausgesprochen hat. Aber so ist es. Und er hat nichts darauf gesagt.

»Tut mir leid, das war ein bisschen heftig.«

»Nein, ich bin bloß sprachlos. Du hast so viel durchgemacht, da ist es erstaunlich, dass du auf deinen zwei Beinen stehst und noch dazu ganz allein durch Frankreich reist.«

»Ich hatte vor, mit ihm eine Rucksackreise zu unternehmen, ob du es glaubst oder nicht.« Sie zuckt mit den Achseln, um alledem die Schwere zu nehmen.

»Ich glaube, allein bist du in viel besserer Gesellschaft.«

Darüber muss Lucy lachen. »Anstatt mehr von Frankreich zu sehen, habe ich viel geschlafen.«

»Du kannst wiederkommen«, schlägt er vor.

»Ja, kann ich. Und ich will auch. Aber es wird nicht das Gleiche sein.«

»Das ist es nie.« Er steht vom Fußboden auf, wo er gesessen hat, und geht in die Küche. Sie hört ihn Schränke öffnen und herumkramen. Schließlich kommt er mit einer halben Flasche Wein und zwei Gläsern zurück.

Als Rob ihr ein Glas reicht, fragt sie nach: »Es klang ominös, was du gesagt hast. *Das ist es nie.* Was meinst du damit?«

»Ich bin einfach überzeugt, dass man nie zu irgendetwas zurückkehren kann. Zeit und Erfahrung verändern alles. Wenn du zurückkommst – und ich hoffe, das wirst du –, hast du dich als Person verändert, einfach nur durch neue Erfahrungen. Ich werde mich auch verändert haben. So sind die Dinge nun mal.«

Lucy überlegt einen Augenblick. »Verstehe. Ich habe das Gefühl, dass diese Reise mich verändert hat. Ich meine, es sind bloß ein paar Wochen gewesen, aber ich habe Dinge gelernt, Dinge erlebt. Ich habe Gedanken gehabt und Erkenntnisse gewonnen, die ich daheim nicht gehabt hätte.«

»Reisen verändert einen sehr. Es öffnet.«

»Genau das empfinde ich. Ich habe schon überlegt, wie toll es sein muss, als Reiseschriftstellerin zu arbeiten – auf die Idee bin ich zuvor niemals gekommen!«

»Genau wie ich. Erst als ich Frankreich kennenlernte, wollte ich Historiker werden.«

Lucy überlegt einen Moment, lässt den kleinen Stenographen in ihrem Kopf prüfen, was ihr auf der Zunge liegt, und Zustimmung erteilen oder auch nicht. Als sie grünes Licht bekommt, sagt sie: »Ich glaube, du möchtest gern Historiker sein, aber gleichzeitig willst du auch Architekt sein.« Sie sieht Rob an und wartet auf eine Reaktion, bevor sie fortfährt.

»Darüber hast du nachgedacht?« Er lacht fast, eine Art freudige Verwunderung.

»Sieh dir dieses Haus an. Was könnte dich dazu bewegen, so viel Zeit und Energie hineinzustecken, wenn du nicht eine Struktur sehen würdest, die dich interessiert? Etwas, das erhaltenswert ist? Vielleicht wirst du nicht das nächste Guggenheim entwerfen oder der künftige Frank Lloyd Wright sein, sondern Restaurationsarchitekt werden.«

»Ich glaube kaum, dass es so eine Spezialisierung gibt«, sagt er mit einem glücklichen, leichten Unterton in der Stimme.

»Dann schaffe sie«, sagt Lucy.

»Was ist mit dir und dem Medizinstudium?«

Sie schüttelt den Kopf. »Wir sprechen jetzt über dich. Du bist der Grund, warum ich morgen nach Mont-Saint-Michel fahre. Erzähl mir nochmal, warum du es so liebst und warum ich es mir ansehen soll. Und dann muss ich zurück ins Hotel, morgen will ich wieder früh raus.«

***

Lucy steht zeitig auf, weil sie nicht sicher ist, wo genau der Shuttlebus nach Mont-Saint-Michel abfährt. Einen Linienbus gibt es nicht, und Rob hat zwar angeboten, sie zu fahren, aber für ihn liegt es nicht auf der Strecke. Sie hat einen Muskelkater von ihrem Fahrradmarathon befürchtet, aber ihre Beine schmerzen nicht, als sie zu dem Bus geht, sich einen Platz sucht und auf die anderen Passagiere wartet. Der Fahrer stellt sich vor und erklärt, die Fahrt werde anderthalb Stunden dauern. Dann fährt er los.

Sie blickt aus dem Fenster, um die Gebäude, die Häuser, die Läden, sogar das Gras in sich aufzunehmen. Eingedenk dessen, was Rob darüber gesagt hat, wie Reisen einen Menschen verändert. Wer weiß, wer sie sein wird, wenn sie zurückkehrt?

Bald erreichen sie die Abtei, deren dunkle, eindrucksvolle Mauern und Türme direkt aus dem Meer zu ragen scheinen. Für ein so kleines Land gibt es in Frankreich sehr viele Orte, die man nur als Wunder bezeichnen kann. Sie schultert ihren Rucksack, lauscht auf dem Weg, der sie über den Kanal zum Kloster bringen wird, dem Meeresrauschen. Der Bus hat auf der Zufahrtsbrücke geparkt, den Rest des Weges legen sie zu Fuß zurück. Sie ist die einzige Alleinreisende aus dem Bus, alle anderen sind in Zweier- oder Dreiergruppen unterwegs. Sie zieht ihre Kapuze enger, denn die Morgenbrise vom Kanal her ist frisch.

Die Kirche steht ganz oben, und aus dem Hügel, der zu ihr hinaufführt, scheinen zahlreiche Steingebäude entsprungen zu sein. Jedes ist anders, doch alle sind vom Wetter gezeichnet. Aber statt alt auszusehen, sehen sie beeindruckend aus. Das Ensemble wirkt so, wie sie sich das Prager Schloss vorgestellt hat, als sie Kafka las. Prag – da muss sie auch noch hin. Lucy wendet sich von den Gebäuden ab und blickt hinaus aufs Wasser, sieht den Bus auf der Brücke, der von hier aus schon klein wirkt. Um sie herum schießen Möwen herab und schreien, und sie kann die Wellen hören. Nicht wie galoppierende Pferde, wie versprochen. Dafür ist sie vielleicht in der falschen Jahreszeit hier. Ein Grund mehr, zurückzukommen.

Die Abtei, so erfährt Lucy, wurde im Jahre 708 erbaut, nachdem Aubert von Avranches eine Vision hatte, in der ihn der Erzengel Michael anwies, eine Kirche zu bauen. Als Lucy das hört, denkt sie an die Abbaye d'Ardenne. Und wundert sich über all die Menschen, die damals Visionen hatten. Vielleicht lag es am Wasser. An Mangelernährung. Sie glaubt nicht an Visionen gleich welcher Art. Intuition, ja, aber wenn jemand ihr erscheinen und sie anweisen würde, irgendwo eine Kirche zu bauen, dann würde sie sich noch nicht einmal um die Baugenehmigung bemühen, da ist sie sich ziemlich sicher.

Sie denkt über die Geschichte nach, während sie im immer gleißenderen Licht die Mauern abläuft. Erst eine Kirche, dann ein Gefängnis, dann eine Militärgarnison. Jetzt kommen Touristen. Es liegt eine Schönheit in dieser Entwicklung hin zum Frieden. Sie bleibt stehen, um einem vorbeifahrenden Segelboot zuzusehen, und entdeckt ein paar Blumen, die durch die Felsen brechen. Unkraut wahrscheinlich, aber eine hübsche Purpurfarbe. Sie greift hinüber, pflückt eine Blüte ab, betrachtet die seidigen Blätter eingehend, öffnet dann ihre Tasche und legt die Blume zwischen die Seiten ihres Tagebuchs.

Mont-Saint-Michel ist klein. Nur fünfzig Menschen leben dort. Sie lässt sich Zeit, den Ort zu erkunden, steigt langsam die Stufen hinauf, betrachtet die Gebäude, schafft Erinnerungen. Ein kleines Café taucht auf und sie bestellt sich einen Kaffee. Sie braucht jetzt etwas Warmes. Er ist gut und wird mit einem kleinen Keks serviert. Da dieser nicht verpackt ist, lässt sie ihn liegen – auch diese Angewohnheit hat sie von ihrem Großvater übernommen. Die Wände sind in einem hellen Blau gestrichen und Lucy fühlt sich wohl an diesem warmen, gemütlichen Ort. Sie bestellt ein Crêpe, das erste seit ihrem Aufenthalt in Paris. Mit Himbeermarmelade und Käse. So aß Granddad gern seinen Toast. Ob der Kellner ihre Bestellung seltsam findet? Jedenfalls sagt er nichts dazu. Vielleicht hat Granddad es hier kennengelernt, denkt sie. Und sie lächelt. Es schmeckt köstlich.

Als sie fertig ist, klettert sie weiter bis ganz nach oben. Es dauert nicht lange, die ganze Insel ist nur knapp fünf Hektar groß. Sie fragt sich, ob die Soldaten, die hier gekämpft haben, staunend stehen blieben, als sie diesen Ort zum ersten Mal sahen. Ob sie seine Schönheit wahrnehmen konnten. Sie hofft es. Vielleicht tauchte die Kirche gerade im rechten Moment auf, um die Soldaten daran zu erinnern, wie lange sie schon dort steht. Was sie alles gesehen hat. Ein Menschenleben ist flüchtig, so leicht auszulöschen, aber was geschaffen wird, bleibt in gewisser Weise für immer bestehen.

Von oben blickt sie hinunter auf die Steindächer all der Bauten, an denen sie vorbeigegangen ist. An einem davon fällt ein Tudor-Akzent auf, der sie neugierig macht. Britische Architektur an einer französischen Abtei? Aber vielleicht war das auch französisch. Wieder eine Frage für Rob, denkt sie. Es wäre schön, ein bisschen mehr über das Gebäude und seine Geschichte zu erfahren.

Sie wirft einen letzten Blick auf das Wasser, das an einigen Stellen gegen die Brücke plätschert und gegen die Seiten eines Bootes schlägt, das zwischen den Mauern und der Küste vertäut ist. Dann geht sie den gleichen Weg zurück, den sie gekommen ist, kauft sich unterwegs noch ein Croissant und steuert dann auf die Brücke zu. Sie ist sehr glücklich, nach Mont-Saint-Michel gekommen zu sein. Nach Frankreich. Einst mag das Land vom Krieg zerrissen gewesen sein, aber ihr hat es Frieden gebracht.

Auf der Rückfahrt bleibt der Platz neben ihr frei und sie lässt die inzwischen vertraute Landschaft an sich vorüberziehen. Seltsam, aber zum ersten Mal seit dem Tod ihres Großvaters fühlt sie sich nicht allein.

***

Als sie auf dem Hotelparkplatz aus dem Shuttlebus steigt, taucht im abendlichen Dämmerlicht eine vertraute Gestalt auf.

»Rob?«

»Hi.« Er nimmt ihr den Rucksack ab und sie gehen zu seinem Kleinbus. Es ist dunkel, und Lucy ist gleichzeitig müde von dem sehr langen Tag und beschwingt von all ihren Eindrücken.

»Wie hat es dir gefallen?«, erkundigt sich Rob.

»Es war so schön. Ich weiß nicht, was ich denken soll«, sagt sie. »Das Geräusch der Wellen und die Art, wie die

Stadt auftauchte – als erhebe sie sich aus dem Ozean, wie Neptuns Schloss oder so.«

»Habe ich dir ja gleich gesagt«, scherzt er.

»Stimmt.«

»Hast du Hunger?«, fragt er, während er die Beifahrertür für sie öffnet.

»Eigentlich nicht, nein. Aber ...«

»Aber was?«

»Können wir zu deinem Haus fahren?«

»Klar. Wieso?«

»Ich möchte es gern noch einmal sehen, bevor ich abreise.«

»Ich sagte ja, es wächst einem ans Herz.«

Lucy nickt, aber das ist nicht der Grund. Sie weiß nicht recht, warum es sie dort hinzieht, es ist einfach so. Und sie will gestehen, dass sie die Truhe geöffnet und was sie darin gefunden hat. Nicht aber, dass sie das Armband an sich genommen hat. Eine Erklärung hat sie nicht dafür. Sie schämt sich ihres Handelns, will es aber auch nicht zurückgeben.

Rob biegt in die Straße ein und parkt. Das kleine Haus sieht genauso aus wie am ersten Tag – harmlos, traurig. Lucy betrachtet jeden Stein auf dem Weg, die Stufen, die Eingangstür, um sich alles einzuprägen.

Er öffnet die Tür und sie schiebt sich an ihm vorbei, nimmt den anderen Geruch hier wahr. Sie geht zum Kamin, fährt mit der Hand über das Sims. Im Regal steht ein neues Buch. Victor Hugo auf Französisch. All das registriert sie schnappschussartig.

Sie bewegt sich in Richtung Küche, dreht sich um und sieht Rob an.

Er steht mit den Händen in den Taschen vor ihr. Seine dunklen Augen und die schmale Falte auf seiner Stirn widersprechen seiner entspannten Körperhaltung.

»Was ist los?«, fragt er.

»Ich muss dir was erzählen. An dem Morgen damals, nachdem du weg warst, bin ich raufgegangen ins Bad. Und ich habe in die Zimmer geschaut, in die leeren, nicht in deins.«

Die Andeutung eines Lächelns lässt seine Züge weicher werden.

»In dem einen Raum steht eine alte Truhe. Ich habe sie geöffnet und ein paar Bücher darin gefunden.«

»Ach ja?«

»Ich glaube, ich wollte dir einfach nur erzählen, dass ich geschnüffelt habe.«

»Du musstest Farbe bekennen, hm?«

»Genau. Und es tut mir leid. Aber da ist noch etwas. Die Bücher, die ich gefunden habe – ich glaube, es wäre schön, sie in deine Regale zu stellen.«

»Klar.«

Er dreht sich um und Lucy folgt ihm die Treppe hinauf in das Zimmer mit der Truhe. Er muss sich bücken, um nicht am Türrahmen anzustoßen. Der Raum wirkt jetzt noch kleiner, als hätten sie kaum beide gleichzeitig Platz. Er bückt sich und hebt den Deckel. Lucy greift hinein und holt die Bücher heraus.

»Ich wusste, dass die Truhe da steht, habe sie aber nie geöffnet.«

»Warst du nicht neugierig?«

Rob blickt um sich, als sähe er den Raum zum ersten Mal. »Ich glaube, ich habe es irgendwie vergessen.«

»Die Bücher sind alt, und es stehen Widmungen drin. Ich kann die Schrift nicht entziffern, aber ich finde, es ist an der Zeit, dass sie aufgestellt werden. Sie sind mal jemandem wichtig gewesen.«

»Okay«, sagt er.

Lucy hält die Bücher im Arm wie ein Schulmädchen, während Rob den Deckel über der Truhe und den Erinnerungen an das, was einmal darin gewesen sein mag, schließt.

»Die Truhe ist in einem sehr guten Zustand. Schönes Holz. Vielleicht lohnt es sich, sie zu restaurieren«, sagt er und steht auf, während ein lauter Krach durchs Haus schallt, wie wenn etwas herabstürzt und zu Bruch geht. Lucy ist überzeugt, dass das Haus bebt. Sie hört Glas brechen, Holz splittern. Man hat das Gefühl, der Lärm würde ewig anhalten. Und dann hört er auf.

»Bleib, wo du bist. Rühr dich nicht von der Stelle«, sagt er und springt auf.

»Was machst du?«

»Bleib einfach hier.«

Sie nickt, während er sich abwendet. Dann hört sie unter seinem leichten Schritt die Stufen knarren. Sie denkt an jenen schrecklichen Kellerraum und rätselt, was geschehen sein mag.

28

Esperance, 1944

Als die Post endlich eintraf, kam alles gleichzeitig. Manche Umschläge waren so alt und sahen so abgegriffen aus, dass Elise befürchtete, es könnte sich kein Brief mehr darin befinden.

Es fühlt sich wie ein kleines Wunder an, ein erfülltes Gebet, als Amalie ihr die Briefe überreicht wie heilige Gegenstände. Während der Besatzung hat es kaum Post gegeben, und aus Amerika war überhaupt nichts gekommen.

»Merci«, flüstert Elise, aufgeregt und fast erschrocken. Amelie lächelt, während sie die blassblauen Umschläge mit beiden Händen festhält. Ihre rote Haarmähne ist dünner geworden und es zeigen sich ein paar graue Strähnen. Alle sind sie gealtert, aber in dem Lächeln, mit dem sie Elise die Briefe aushändigt, zeigt sich die Frau, die Elise vor so vielen Jahren den ersten Brief von William überreicht hat.

Elise steckt die Briefe in ihre Tasche und rennt die Straße entlang, vorbei an der Bäckerei und den Läden, hinein ins Haus, die Treppe hoch. Sie schließt die Tür ihres Zimmers hinter sich und versucht zu Atem zu kommen.

Einen nach dem anderen legt Elise die Umschläge behutsam auf ihr Bett. Ihr Herz rast. So viel Zeit hat sie damit zugebracht, genau hier zu sitzen und Jahre alte Briefe zum hundertsten Mal zu lesen. Jetzt liegen da sieben neue.

Elise betrachtet die vertraute Handschrift. Die Tinte ist

verblasst, aber man merkt doch, dass eine starke Hand den Federhalter geführt hat. Sie stellt sich die Hand vor. Spürt ihre Berührung.

Mai 1940

Liebste Elise,

ich schreibe diesen Brief, ohne zu wissen, ob er seinen Weg zu Dir finden wird, und das ist kein schönes Gefühl. Wie sehr ich mir wünschte, ich hätte das alles kommen sehen, wie sehr ich mir wünschte, ich hätte Dich dazu bewegt, Frankreich zu verlassen. Der Gedanke, dass Du voller Angst allein in diesem Haus sitzt, ist mir unerträglich. Es macht mich so wütend, dass um Dich herum der Krieg tobt und ich nichts tun kann, um Dir zu helfen.

Mein Vater verfolgt wie gebannt die Zeitungsnachrichten, und wir setzen große Hoffnung auf die Maginot-Linie und die französische Armee. Alle beten wir, dass es bald vorbei sein möge. Wenn es so weit ist, wirst du hierherkommen, zu mir, wo du hingehörst. Wir werden auch Deine Mutter herholen. Und Philippe. Ich wünsche mir sehr, dass er sich inzwischen stabilisiert hat und sich um Euch beide kümmert.

Bitte pass auf Dich auf, mein Schatz. Es kommt mir in diesen Zeiten falsch vor, über Bücher und Kunst zu schreiben, aber die schlimmen Tage werden vorübergehen und wir werden zusammen sein, das weiß ich. Ich kann mir nichts Anderes vorstellen. Du bist immer in meinen Gedanken, und wenn sich die Lage nicht bald bessert, werde ich notfalls nach Frankreich schwimmen, um Dich wieder im Arm zu halten.

All meine Liebe,
William.

Sie schaut noch einmal auf das Datum. Fast fünf Jahre her. Bevor Frankreich dem Feind zum Opfer fiel. Bevor der eigentliche Albtraum begann.

Der nächste Brief ist von Weihnachten 1940 datiert. Er erzählt von Schnee vor dem Fenster, dem kalten Wind, der vom Atlantik her weht. Davon, dass er den Geruch ihres Haares vermisst. Von Hoffnung und Gebeten, dass das neue Jahr Frieden bringen möge. Sie liest schnell, will wissen, was bei ihm vor sich ging, während sie angsterfüllt und frierend in dem Haus saß, aus dem sie so gerne geflohen wäre.

Ein weiterer Brief stammt vom Februar, einfach nur ein Liebesbrief, der sie von innen wärmt. Ein Brief voller Liebe und Hingabe. Ein Brief, in dem nicht vom Krieg die Rede ist.

Dann noch einer. Ein Brief, in dem er ihr von Ostern erzählt. Seine Mutter habe den Braten anbrennen lassen, und sie hätten schließlich im Restaurant gegessen. Sein Bruder Aaron wachse so schnell, dass sie inzwischen fast gleich groß seien. Sie spürt sein Bemühen, den Brief locker und einfach zu halten. Allzu leicht rutscht man ins Dunkel ab, und noch leichter ist es, dort zu verharren. Das weiß sie nur zu gut.

Der nächste Brief, den sie zur Hand nimmt, fühlt sich anders an. Als sie ihn umdreht, merkt sie, dass zwei Briefe zusammengeklebt sind. Sie zieht sie auseinander und sieht eine andere Handschrift. Größer als Williams und geschwungener. Es liegt Freude darin. Weiblichkeit. Nervös öffnet sie ihn und überfliegt ihn rasch.

Liebe Elise,

ich hoffe, dieser Brief erreicht Sie bei guter Gesundheit.

Ich schreibe Ihnen, um Sie darüber zu informieren, dass William, mein dummer Sohn, einen Unfall hatte. Er hat sich den Arm gebrochen und kann daher nicht schreiben. Auch ein Bein ist gebrochen und ein paar Rippen. Es war ein Autounfall mit dem neuen Auto seines Vaters. Er liegt im Krankenhaus und hat mich gebeten, Ihnen zu schreiben, damit Sie wissen, warum Sie nichts von ihm hören – sofern überhaupt Post durchkommt. Einige seiner Briefe sind zurückgekommen. Andere nicht, und er meint, sie könnten ihren Weg zu Ihnen gefunden haben.

Ich freue mich darauf, dass die Welt in den Normalzustand zurückkehrt, damit Sie uns besuchen kommen können.

Alles Gute,

Jean Hardwick.

Elise fühlt sich ganz benommen, als sie diese Worte liest. Ihr William im Krankenhaus, verletzt. Ein gebrochenes Bein, ein Arm, was noch? Sie liest den Brief ein zweites und drittes Mal, als könnten wie von Zauberhand neue Informationen auftauchen.

Trotz ihrer Sorge über seine Verletzungen kann Elise sich der Freude darüber, dass Williams Mutter von ihr weiß und dass er mit seiner Familie über sie gesprochen hat, nicht erwehren. Wäre der Krieg nicht gewesen, hätte sie ihn inzwischen besucht. Vielleicht wären sie verheiratet. Bei dem Gedanken zittern ihr die Hände.

Die Schrift auf dem nächsten Umschlag ist schwächer, irgendwie ungeschickt. Ein Datum findet sie nicht.

Liebe Elise,

Wie geht es Dir, mein Schatz?

Bitte verzeih die zittrige Schrift. Mir wurde gerade erst der Gips entfernt und ich arbeite daran, wieder Kraft in dem Arm zu bekommen. Es ist ganz ungewohnt, nicht mehr pfundweise Gips am Arm zu haben, von den Fingern bis zur Schulter. Mein Arm fühlt sich jetzt an, als könnte er schweben – allerdings fehlt es mir an Kraft, und einige Nerven sind geschädigt. Schmerzen habe ich zwar auch, aber sie sind nicht zu vergleichen mit denen meines Vaters beim Anblick der Überreste seines neuen Autos.

Darüber muss Elise lachen. Ein kleines Lachen, das sie erschreckt. Wann hat sie zuletzt gelacht?

Meine Schulfreunde sind alle Soldaten geworden, und Mutter, die zunächst sehr in Sorge um mich war und dann sehr wütend wegen meines Unfalls, ist nun absolut entzückt, dass ich die Musterung so nicht bestehen werde. Jeden Tag geht sie in unsere Kirche und betet, dass der Krieg enden möge, bevor ich gesund bin. Ich glaube, mein Vater tut das Gleiche, bloß redet er nicht darüber. Aaron hingegen will unbedingt in den Krieg ziehen, aber er ist erst vierzehn. Gott helfe uns allen, wenn es noch so lange dauert. Aber das wird es nicht, da bin ich mir sicher.

Ich hoffe, Du kannst ein bisschen was von diesem Gekrakel entziffern. Ich schreibe Dir bald wieder.

Alles Liebe,

William

Sosehr sich Elise bemüht, auch das Datum auf dem nächsten Brief kann sie nicht lesen. Sie gibt auf und wendet sich dem Text zu.

Liebste Elise,

ich hoffe, dieser Brief erreicht Dich bei guter Gesundheit. Mutter hat Care-Pakete geschickt, das weiß ich, aber wir wünschten beide, mehr tun zu können. Hat Dir das Corned Beef geschmeckt? Hat die Erdnussbutter die Reise überlebt?

Corned Beef? Erdnussbutter? Elise hat nichts davon zu sehen bekommen. Und das ist nicht die Art, wie er Briefe beginnt, so distanziert und praktisch. Sie spürt, wie Kälte in ihr aufsteigt, wie etwas Dunkles an ihr zerrt.

Vor ein paar Tagen bin ich am Strand laufen gegangen. Es war wunderbar, wieder laufen zu können, und ich fühlte mich gesund und stark, gut in Form. Ich bin nicht mehr 4-F.

Elise starrt auf die Zahl, den Bindestrich, den Brief. Was in aller Welt soll das bedeuten?

Also habe ich mich verpflichtet. Bald geht es los in die Grundausbildung. Dort werde ich sein, wenn Du dies liest – in dem kleinen Haus, das ich vor so vielen Jahren besucht habe.

Ich weiß, dass diese Nachricht Dich treffen wird. Dieses Wissen und der Gesichtsausdruck meiner Mutter waren der schwerste Teil der Entscheidung, aber du sollst wissen, dass ich nicht anders konnte. Ich weiß, dass Du verstehen wirst, dass ich keine andere Möglichkeit habe. Denk daran, was mit Deinem Land passiert ist, mit Belgien, mit Polen. Ich muss tun, was ich kann. Die Barbarei muss ein Ende finden.

Der Brief fällt ihr aus den Händen, die Seiten landen auf dem Boden, bilden eine Art Fächer um ihre Füße. Ihr William – ein Soldat. Sie kneift die Augen zusammen, versucht die Bilder aus ihrem Kopf zu verbannen. William, der erschossen wird. Dem ein Bein abgerissen wird. Der eine

Hand verliert. Der auf einem Schlachtfeld stirbt, wo die Erde das Blut aus seinem Körper aufnimmt.

Ihre Eingeweide krampfen sich zusammen, ihr Mund wird trocken. Und sie umklammert die Blätter.

Ich schreibe Dir, sooft ich kann, und hoffe, meine Briefe erreichen Dich, eines Tages, wenn Frankreich und die Welt wieder frei sind. Wenn ich Dich in meinen Armen halten, Deine Weichheit wieder spüren kann.

Mit all meiner Liebe,
William

Sie betrachtet die wenigen Blätter, die ihr Einblick in sein Leben in den vier Jahren geben, die sie nun schon getrennt sind. Vier Jahre, in denen sie hätten heiraten und ein hübsches Haus in Amerika beziehen können. Vielleicht hätte sie inzwischen auch schon ein Kind. Stattdessen wartet sie und hofft, wieder von ihm zu hören. Zu erfahren, dass er lebt. Wieder anzufangen zu leben.

29

Esperance, 1945

Der Regen draußen fällt weniger, als dass er mit großer Gewalt herabstürzt. Elise, die aus dem Fenster sieht und dabei wie immer an William denkt, sieht ihn auf das Nachbardach prasseln. Würde der Regen schräg herunterkommen, dann würde er Fenster einschlagen, da ist sie sich sicher. Die feuchte Kälte, die im Haus herrscht, dringt tief in ihre Knochen, aber sie hat nicht die Kraft, ein Feuer zu entfachen oder auch nur eine Decke um sich zu wickeln. Sie zweifelt sowieso daran, dass das eine oder das andere helfen könnte. Es ist nicht diese Art Kälte. Sie wird darauf warten, dass der Regen aufhört, und es dann erneut bei der Post probieren. Es ist Monate her, seit die Briefe eingetroffen sind.

Sie hat so viel Zeit damit zugebracht, an William zu denken, sich Fragen zu stellen. Seit jenem schrecklichen, wunderbaren Tag, an dem die Soldaten gelandet sind, fühlt sie sich anders. Abgekoppelt, so, als fehlte ein Teil von ihr. Und doch hofft und betet sie immer noch.

Der Regen peitscht weiter herunter, als sei er wütend auf den Boden unter sich. Sie will unbedingt zur Post, darum sagt sie sich, er lasse nach. Dabei wird er eher noch stärker.

Sie zieht eine dicke Strickjacke über ihr Nachthemd, stopft es in eine Hose ihres Bruders, die sie so abgeändert hat, dass sie ihr passt. Jetzt ist sie schon wieder zu weit, und sie zieht den Gürtel so straff wie möglich. Nachdem sie einen Schal um den Hals geschlungen hat, schlüpft sie in ihre eigene Jacke und dann noch in die ihres Vaters. Als sie nach der Türklinke greift, sieht sie sich selbst im Flurspiegel. Zu groß, zu reich verziert mit goldfarbenen Schnörkeln, würde er eher nach Versailles passen als in dieses Haus. Aber nicht das ist es, was ihr heute auffällt.

Sie sieht alt aus. Ihre Lippen sind aufgesprungen von der Kälte, vom Hunger.

Aus irgendeinem Grund schafft sie es nicht, ihre Beine in Bewegung zu setzen. Es ist, als wäre sie in einer Art Netz gefangen, oder als hielten Hände sie zurück. Sie muss sich zwingen, die Klinke herunterzudrücken und hinauszutreten in den strömenden Regen. Sie öffnet ihren Regenschirm und hört den Regen darauf trommeln. Irgendwie weichen die Tropfen aus und treffen auch sie.

Die Fensterläden der Häuser, an denen sie vorbeigeht, sind geschlossen. Die hübschen Läden, der Juwelier, der Sattler, alle zu. Die Bäckerei ebenfalls. Um diese Zeit wäre das Brot schon ausverkauft gewesen. Wie sie den Duft von Backwerk vermisst, der in der Luft lag, als die Bäckerei noch voller Törtchen und Kuchen, Energie und Leben war.

Sie betritt gerade das Postamt, als ein dumpfes Donnergrollen das ohnehin schon haltlose Land erschüttert.

Amelie steht dort, wo sie immer gestanden hat. Ihre verrückten roten Locken sind von einem breiten Schal und dem Leben, das sie so lange hat führen müssen, gebändigt. Ihr Gesicht ist grau, gealtert vom Krieg und gezeichnet vom Hunger. Bei Elises Anblick greift sie nach etwas, und sie erkennt einen Umschlag in ihrer Hand – blassblau, mit rot. Solche Umschläge hat ihr William immer geschickt.

»Du hast Post.«

Amelie versucht ein Lächeln, doch es sieht nicht freudig aus, eher besänftigend, tröstend. Ein Lächeln voller Sehnsucht nach den Zeiten, als Post für Elise der schönste Moment ihres Lebens war. Elise fragt sich, warum Amelie sich nicht wie sonst mit ihr freut. Dann sieht sie die Handschrift. Es ist nicht seine.

Eine Kälte erfüllt ihren Bauch, als sie den Umschlag entgegennimmt und in der Hand dreht. Dann steckt sie ihn in die Tasche.

»Danke«, sagt sie. Amelie antwortet etwas, aber Elise fühlt sich wie unter Wasser. Sie weiß, dass Amelie spricht, kann aber nicht hören, was sie sagt.

Beim Hinausgehen vergisst Elise ihren Schirm. Als sie an der Bäckerei vorbei ist, überquert sie die Straße und steuert auf die Kirche zu. Die Tür aufzubekommen ist fast unmöglich, aber sie zieht so lange, bis sie nachgibt und sich gerade so weit öffnen lässt, dass sie hineinschlüpfen kann. Sie steigt die Stufen zur Krypta hinunter, zu der Säule mit ihrem Engel, und stellt sich vor ihn hin.

»Ich habe einen Brief bekommen«, flüstert sie. »Und ich habe Angst. Ich will ihn nicht lesen. Ich glaube, ich weiß schon, was drinsteht. Aber bitte, bitte, lass es gute Nachrichten sein. Lass William irgendwo in der Nähe im Krankenhaus liegen. Dann kann ich ihn besuchen. Bitte. Lass ihn einen gebrochenen Arm haben und deshalb nicht schreiben können. Bitte. Lass ihn am Leben sein. Ich glaube nämlich, ich weiß nicht, ob ich ohne ihn weiterleben will.« Sie schließt die Augen. In der Krypta herrscht noch bitterere Kälte, die vom Steinboden aufsteigt.

Sie zieht den Umschlag aus der Tasche und betrachtet ihn einen Augenblick lang. Dann reißt sie ihn seitlich auf und holt den Brief heraus. Er ist kurz, eine halbe Seite.

Liebe Elise,

ich bin nicht sicher, ob dieser Brief es zu Ihnen schafft, aber ich muss es wenigstens versuchen.

Wir haben gerade erfahren, dass wir William verloren haben. Es ist am 6. Juni geschehen. Viel mehr wissen wir nicht. Wir haben nur ein Telegramm erhalten. Er ist in Frankreich im Kampf gefallen.

William hat Sie sehr geliebt, und ich hoffe, das kann Sie ein wenig trösten.

Hoffentlich geht es Ihnen und Ihrer Familie so weit gut.

Wenn es je wieder Frieden auf der Welt gibt, können Sie uns vielleicht besuchen kommen.

Ganz herzlich,

Jean Hardwick

Elise liest den Brief ein zweites Mal und ein drittes.

Jetzt ist es real, obwohl ein Teil von ihr es schon lange gewusst hat. Sie hat an jenem Junitag, als die Alliierten kamen, gespürt, wie etwas ihren Körper verließ. Etwas, das sie brauchte wie die Luft zum Atmen. Sie hat es gespürt. Sie hat es gewusst.

Wieder blickt sie hoch zu dem Engel. Neigt den Kopf, um seine Gestalt genau zu betrachten. Sieht ihn nun als das, was er ist – ein Bild an einer Wand in einem alten Gebäude. Einem schönen Gebäude, ja. Aber er hat keine Kraft. Oder vielleicht doch. Vielleicht werden Elise und ihre Familie dafür bestraft, dass sie in all den Jahren sonntags nie zur Messe gegangen sind.

Sie faltet den Brief zusammen, steckt ihn in die Tasche, dreht sich um und geht die Treppe hinauf.

Die France-Schwestern zünden Kerzen an. Wer weiß, wie viele Francs sie im Laufe der Jahre in den kleinen blechernen Opferstock gesteckt haben? Sie will ihnen sagen, dass sie aufhören sollen, ihr Geld zu verschwenden. Ihre Leben sind genauso hart gewesen wie Elises. Was haben die Kerzen, die Gebete bewirkt?

Sie kann spüren, dass die beiden sie beobachten, als sie wieder hinaustritt in den Regen. Er rauscht immer noch herab, als hätte er vor, Frankreich zu ertränken. Warum nicht? Alles andere ist ihnen ja schon passiert. Sie geht nach Hause, öffnet die Tür. Lässt ihre Jacke fallen und als nassen Haufen liegen. Wasser rinnt über den Boden, bildet eine Pfütze, die über die alten Steine kriecht und sie dunkler aussehen lässt. Sie geht direkt zum Schrank, holt eine uralte Flasche Calvados heraus, die ihr Monsieur Gravel geschenkt hat, als sie während seiner Bronchitis bei ihm wachte. Sie nimmt einen großen Schluck direkt aus der Flasche und bewegt sich dann, die Flasche an die Brust gedrückt, die Treppe hinauf. Sie hört Maman rufen, antwortet aber nicht. Kümmert sich nicht mehr darum.

In ihrem Zimmer schließt sie die Tür und setzt sich ans Fenster. Der Regen fällt jetzt sanfter. Sie starrt auf die Pfützen auf dem Dach der Nachbarn, das einzige Anzeichen dafür, wie heftig er vorher gewesen ist. Vielleicht hat sie sich das Unwetter nur eingebildet. Vielleicht hat sie sich alles eingebildet, die Begegnung mit ihm, den Sternenhimmel auf dem Weg zur Kathedrale, Amelies Lächeln, wenn Post von ihm kam, seine Briefe, die ihr Rettungsanker waren. Vielleicht hat sie sich alles eingebildet, ein sehr angenehmer Traum. Sie blinzelt ein paar Mal, lässt den Blick durch ihr Zimmer wandern und sieht die schwarzen Rücken der Bücher, die er ihr geschickt hat, massiv, beeindruckend. Den Korb, in dem sie die Blütenblätter der Rosen aufbewahrt, die er ihr in Paris geschenkt hat. Es ist kein Traum gewesen.

Seltsam, aber sie spürt keinen Schmerz. Stattdessen fühlt sie sich ausgehöhlt, leer. Ein bisschen, als würde sie schweben, wie außerhalb ihrer selbst. Um sie herum ist es laut. Jemand auf der Treppe. Ein Klopfen. Die Tür geht auf.

Maman, die ein Umhängetuch über ihr Nachthemd geworfen hat. Elise kennt die Kleidung, aber die Frau sieht anders aus. Zwar ist sie kreidebleich, als hätte sie einen Schock erlitten, aber der Nebel in ihren Augen ist verschwunden. Stattdessen ist da etwas Lebendiges, Bewusstes.

»Elise«, sagt Marie und streckt die Hand aus. »Ich habe ein ungutes Gefühl. Ist etwas passiert?«

»Alles in Ordnung, Maman«, sagt sie. »Ich möchte allein sein.«

»Aber was ist los?«

»Nichts, Maman. Ich bin müde.«

Sie kann es nicht laut aussprechen. Kann nicht. Will nicht.

Elise schließt die Tür. Setzt sich aufs Bett. Die Vorhänge bewegen sich sacht, obwohl das Fenster geschlossen ist. Es zieht. Das hat sie nie zuvor bemerkt. Sie starrt auf die weißen Vorhänge, als könnten sie zum Leben erwachen und ihr alles erklären.

Sie nimmt einen Schluck, und noch einen. Dann legt sie den Kopf aufs Kissen, rollt sich zu einer Kugel zusammen und lässt sich von der Leere ihres Schmerzes erfüllen.

30

Esperance, Frankreich. September 1945

Für Elise steht die Zeit still und dehnt sich ins Unendliche. Sie weiß weder, welcher Tag ist, noch, was um sie herum vorgeht. Marianne kommt zu Besuch. Sie bringt sogar Michel mit, der dünn und kränklich ist – der Krieg hat seine Kindheit zerstört. Aber seine Liebe zu ihr ist nicht weniger geworden, und er umarmt sie, malt ihr Bilder. Sie will ihm danken, ihn ebenfalls umarmen, aber es ist, als könnte sie einfach nicht aufwachen. Irgendwann, das ist unvermeidlich, bringt Marianne ihn nicht mehr mit. Geneviève besucht sie, beim ersten Mal voller Mitgefühl wegen ihres Verlusts. Beim zweiten Mal mit Mitgefühl, das von Ungeduld durchsetzt ist. Beim dritten Mal steht sie an der Tür und sagt: »Soll ich dir die Haare schneiden? Du kannst ein Bad nehmen und ich ziehe dein Bett ab und beziehe es frisch. Ich mache deine Haare. Wir setzen uns unten ans Feuer. Dann wirst du dich besser fühlen.«

Kurzzeitig wallt eine andere Emotion in ihr auf: Wut. Darüber, dass ihre Freundin meint, ein einfacher Haarschnitt würde jetzt irgendwas ändern. Dafür sorgen, dass sie sich besser fühlt. Wie denn?

»Was meinst du? Soll ich dir ins Bad helfen?«

Elise schüttelt den Kopf. Geneviève sieht sich nach einem Platz zum Sitzen um und hockt sich schließlich auf die Kante des Schreibtischstuhls.

»Ich weiß, dass es weh tut, William zu verlieren. Aber du hast noch das ganze Leben vor dir. Du bist hübsch und intelligent. Du wirst jemand anderen kennenlernen. Aber jetzt musst du aufstehen und dich anziehen.«

Elise schweigt, will nur, dass sie geht. Geneviève steht auf.

»Ich hoffe, es geht dir bald besser.«

Elise lauscht, als sich die Tür hinter ihr schließt. Sie kann Genevièves Absätze auf der Treppe hören. Dann legt sie den Kopf aufs Kissen und schläft.

Elsie erwacht von Lärm – Jubel, Hupen, Gesang. Sie richtet sich im Bett auf. Das Lied kennt sie. Es ist die Marseillaise. Sie setzt sich aufrechter hin. Dieses Lied zu singen ist verboten. Was denken sich die Leute bloß dabei?

Ihre Tür öffnet sich so schwungvoll, dass sie gegen die Wand schlägt und zurückprallt, um dann von Monsieur Allard abgefangen zu werden. Bertrand steht in ihrem Zimmer. Ist die ganze Welt verrückt geworden?

»Elise, *chérie!* Der Krieg, er ist vorbei!«

Sie braucht einen Moment, um das zu erfassen. Zu begreifen. Die Deutschen sind besiegt. Es ist alles vorbei. Endlich ist es vorbei. Aber was bedeutet das, und was wird als Nächstes passieren?

***

Die Menschen werden sich daran erinnern, wo sie standen, was sie anhatten, an jedes einzelne Detail, als sie an jenem Septembertag die Neuigkeit erfuhren. Es wird Ausgangspunkt von Geschichten sein, die noch Jahre, Jahrzehnte, Generationen später erzählt werden.

Elise wird solche Erinnerungen nicht haben. Man hat ihr berichtet, dass Bertrand ihr die Kunde überbrachte, und sie meint, sie sei in ihrem Zimmer gewesen. Aber warum hätte er in ihrem Zimmer sein sollen? Ihre Erinnerung musste falsch sein. Wenn sie im Bett geblieben wäre, wer hätte gekocht, geputzt? War sie nicht zur Arbeit gegangen?

Sie weiß noch, dass Maman sie zwang, ein Bad zu nehmen. Sie war ihr ins Badezimmer gefolgt, wo die Wanne mit schäumendem Wasser gefüllt war, und hatte ihr den Rücken gewaschen, während Elise frierend die Knie an die Brust zog. Es muss Oktober gewesen sein, vielleicht auch November. Maman versuchte sie anzukleiden, aber Elise weigerte sich und zog das blassblaue Nachthemd wieder an. Das Haarebürsten – wie verfilzt sie waren! Sie hatte an jedem Knötchen gezogen, obwohl sie den Schmerz in der Kopfhaut spürte, und nicht einmal aufgehört, als ihre Augen schon voller Tränen waren. Der physische Schmerz war gar nichts, bloß ein Kratzer verglichen mit dem, was in ihr vorging, dem scharfen, blendenden Schmerz, der aus dem Nirgendwo zuschlug, sie aushöhlte bis zur vollständigen Leere, um dann erneut zuzuschlagen. Trauer, das hatte sie erlebt, ist wie ein Meer mit seinen eigenen Gezeiten.

Jetzt reibt sie sich beim Gedanken an diesen Schmerz die Kopfhaut, als sie alles zu rekonstruieren versucht. Sie sitzt in ihrem Zimmer an dem Schreibtisch, an dem sie so viele Stunden lang Briefe an William geschrieben hat. Sacht öffnet sie das Fenster und sieht dabei ihre Hände, als gehörten sie jemand anderem. Sie sind ganz dünn, knochig. Das helle Blau ihrer Adern zeichnet erhabene Pfade in das weiße Fleisch. Irgendwie hat sie die Hände ihrer Mutter.

In einer Ecke ihres Zimmers steht eine Truhe. Sie öffnet sie, lehnt den Deckel gegen die Wand und beginnt sie mit den Dingen zu füllen, die sie nicht mehr vor Augen haben will. Byron. Wordsworth. Shelley. Tennyson. Die Ohrringe zum Anstecken. Das ist noch nicht alles. Das Armband von Bertrand und Marianne. Die Briefe. Jetzt kommt ihr das vor wie der blanke Hohn, es erinnert sie an eine Zeit, als sie das Leben einfach wunderbar fand. Als sie geglaubt hat, jetzt werde alles besser – eine Illusion. Das Schlimmste kam erst noch. Mit der Wolldecke aus Philippes Bett deckt sie alles zu und schließt dann den Deckel. Schiebt die Truhe hinter die Tür ihres Zimmers.

Dann geht sie hinunter, entzündet ein Feuer, schenkt sich ein Glas Wein ein. Sitzt da und starrt in die Flammen.

***

Ein Klopfen lässt sie auffahren. Elise hat keine Ahnung, wie viel Zeit vergangen ist. Das Feuer ist erloschen und es ist kalt im Raum. Sie hievt sich von der Couch hoch und geht zur Tür. Wahrscheinlich ist Marianne gekommen, um nach ihr zu sehen. Das macht sie in letzter Zeit oft.

Auf das, was sie sieht, ist Elise nicht vorbereitet. Auf der Treppe steht ein Soldat. Ein amerikanischer Soldat. Einen kleinen, wundervollen Moment lang denkt sie, es war vielleicht ein Irrtum und es sei William, ihr William. Aber nein. Er ist nicht so groß wie William. Eigentlich sieht er ihm überhaupt nicht ähnlich. Es war nur ihr Geist, der ihr einen Streich gespielt hat. Sie braucht einen Augenblick, um sich zu sammeln und sprechen zu können.

»Ja. Kann ich Ihnen helfen?«

Der Soldat tritt unbehaglich auf der Stelle, nimmt seine komische Mütze ab und knetet sie mit beiden Händen.

»Ich suche Elise.« Er spricht es so sorgfältig aus, dass es sich anhört wie Ii-liese, und etwas in ihr wird weich. Das erste echte Lächeln seit über einem Jahr zeigt sich, ganz kurz.

»Ich bin Elise. Möchten Sie hereinkommen?«

Er nickt und putzt sich die Stiefel am Fußabstreifer ab.

Elise schließt die Tür hinter ihm. William. Er muss William gekannt haben. Eine Sekunde lang weicht die Kraft aus ihren Beinen und sie fasst nach dem Stuhl neben sich, um sich abzustützen. Zum Glück wendet der Soldat ihr gerade den Rücken zu.

»Kann ich Ihnen vielleicht einen Tee anbieten? *Un café?*«

»Ich möchte Ihnen keine Mühe machen.«

»Ist keine Mühe«, sagt sie und geht in Richtung Küche. So hat sie einen Augenblick Zeit, sich innerlich vorzubereiten.

Mit zitternden Händen setzt sie Wasser auf. Holt die guten Becher hervor und ein Tablett. Elise fährt mit den Händen darüber und erlebt noch einmal ihre erste Begegnung mit William und wie er genau dieses Tablett für sie getragen hat. An ihrem sechzehnten Geburtstag. Vor unendlich langer Zeit. Als der Kaffee fertig ist, stellt sie ihn auf das Tablett und trägt es ins Wohnzimmer. Der Soldat erhebt sich, und nimmt es ihr ab.

»Vielen Dank.« Er lächelt sie an, und Elise weiß nicht recht, ob er schüchtern ist oder sich unwohl fühlt. Sie setzen sich hin, zwischen sich verlegenes Schweigen und etwas Anderes. Maman macht ein Schläfchen, und Elise hofft, dass sie nicht hereinkommt. Sie hat gerade nicht die Energie, einem Fremden zu erklären, was mit Maman los ist.

»Ich weiß nicht recht, wo ich anfangen soll. Mein Name ist Henry Corrigan – Hank – und ich habe mit William Hardwick gedient. Er war mein Freund.« Seine Stimme stockt, und sie meint fast sein Herz schlagen zu hören. »Ich war bei ihm, als es passierte, und ich will Sie nur wissen lassen, dass er nicht leiden musste. Er hatte keine Schmerzen. Und er ist nicht allein gestorben. Ich war bei ihm«, wiederholt er.

Elise umfasst ihren Becher und nickt dem Mann, der ihr gegenübersitzt, zu.

»Seine letzten Gedanken galten Ihnen.«

Ihre Augen füllen sich mit Tränen, aber sie weint nicht.

Er nippt an seinem Kaffee.

»6. Juni, richtig?« Elise weiß noch, dass sie mit Maman in dem schrecklichen Raum unter der Treppe war. Sie erinnert sich an das Gefühl in ihrem Herzen. Sie hat es gewusst. William war an einem Strand unweit ihrer Stadt gestorben. Neuer Schmerz erfüllt sie, als ihr klarwird, dass der Krieg ihn ganz in ihre Nähe gebracht hat, nur um ihn ihr zu nehmen, als er zum Greifen nah war. Hätte er überlebt, würde er ihr jetzt am Tisch gegenübersitzen, nicht dieser Soldat. Dieser Henry Corrigan.

»Ja, Ma'am«, sagt er.

»Er hat nicht gelitten?«

Er verneint mit einem Kopfschütteln.

»Wir waren zusammen in der Grundausbildung. Er zählte zu den Älteren und nahm mich unter seine Fittiche. Wir hatten … wir hatten viel gemeinsam. Kamen aus dem gleichen Teil der Staaten.«

»Sind Sie aus Cape Cod?«

»In der Nähe. Rhode Island. Aber die falsche Straßenseite.«

Elise hat keine Ahnung, was er meint.

»Sie wollen bestimmt nach Hause. Der Krieg ist vorbei. Warum sind Sie noch hier?«

»Das Militär organisiert Prüfungen. Offenbar habe ich einen Blick für Einzelheiten, darum bin ich jetzt in der Verwaltung tätig«, sagt er. »Und ich wollte Sie unbedingt besuchen. Ihnen mein Beileid aussprechen.« Er hört auf zu reden, wendet den Blick von ihr ab zum Fenster.

»Ich habe vor, ein paar Tage zu bleiben. Ich werde mir irgendwo ein Zimmer nehmen«, beeilt er sich hinzuzufügen. »Wenn irgendetwas am Haus repariert werden muss oder so, helfe ich Ihnen gerne.«

Elise nickt. Sie versteht. William hat ihn gebeten, sich um sie zu kümmern. Und das tut er jetzt.

***

Hank quartiert sich bei Monsieur Gravel auf der anderen Straßenseite ein. Elise sieht ihn Rinnsteine säubern, Fensterläden wieder einhängen, die Traufen des Hauses anstreichen – wenn er nicht gerade bei ihr zuhause so ziemlich das Gleiche erledigt.

Sie möchte mit ihm über William sprechen, aber irgendwie ist immer irgendwer in der Nähe, und Elise hat bemerkt, dass andere Leute sich, wenn die Rede von ihm ist, unbehaglich fühlen, nervös werden, das Thema wechseln wollen. Monsieur Gravel hat sich für den Amerikaner erwärmt und ist wieder ein wenig zum Leben erwacht.

»Elise?«

Hank steht in der Tür. Seine Stimme schreckt sie auf.

»Können wir bitte reden?« Sie nickt, macht Tee und setzt sich an den Küchentisch. Hank nimmt ihr gegenüber Platz, verschränkt die Finger, als handelte es sich um einen formellen Anlass, und sagt: »Ich muss zurück zu meinen Leuten, morgen reise ich ab. Nehme ein Boot in Cherbourg und steige dann in Southampton um.« Er schindet Zeit. Sie kann beinahe sehen, wie er nach den richtigen Worten sucht.

»Also wenn noch etwas erledigt werden muss, dann heute.«

»Danke«, sagt Elise, weiß aber, dass er eigentlich auf etwas Anderes hinauswill.

»Es war schön für Monsieur Gravel, Sie hier zu haben. Es hat ihn wieder zum Leben erweckt.«

»Er ist ein guter Mann«, sagt Hank.

Elise wartet.

»Ich weiß, dass Sie und William Pläne hatten. Ich weiß, dass Sie über eine gemeinsame Zukunft gesprochen haben. Ich weiß, dass er sich für Sie das Beste wünschen würde.«

»Sie wissen eine ganze Menge«, konstatiert Elise mit einem Anflug von etwas, das ehemals vielleicht Humor gewesen wäre.

Hank braucht einen Moment, um zu begreifen. Er zuckt die Schultern, als versuchte er eine Bürde abzuschütteln, und setzt erneut an.

»Ich weiß, dass er das Beste für Sie wollte. Wenn ich Ihnen irgendwie helfen kann, dann sagen Sie es mir bitte.«

»Sie haben genug getan. Und ich bin dankbar.«

»Wenn ich mich eingelebt habe, können Sie zu Besuch kommen und Cape Cod kennenlernen. Ich zeige Ihnen die Gegend.«

»Ich glaube kaum, aber trotzdem danke«, sagt sie.

»Wenn ich Sie unterstützen kann …«, probiert er es noch einmal.

»Danke.« Elise erhebt sich, um zu signalisieren, dass das Gespräch beendet ist.

»Morgen früh bin ich weg, also verabschiede ich mich jetzt gleich. Wenn Sie je irgendetwas brauchen, können Sie mich hier kontaktieren.« Er reicht ihr ein Blatt Papier mit der Adresse seiner Eltern.

»Danke«, sagt sie erneut. Ein kurzes Zögern, dann schüttelt er ihr die Hand. Ein irgendwie peinlicher Moment.

»Nichts zu danken«, sagt er.

Sie nickt und schließt die Tür hinter ihm. Sie würde gern Amerika sehen, aber momentan gibt es für sie keinen Anlass. Maman ist zu schwach, aber das ist nicht alles. Als sie William zuletzt gesehen hat, als er sie in Paris zum Bahnhof brachte, hatte er ihr versprochen, sie würden zusammenbleiben, selbst wenn sich zwischen ihnen die Hölle auftäte. Genau das war passiert. Und passiert immer noch. Jetzt ist er in der Nähe begraben. Irgendwie hat er sein Versprechen gehalten. Und sie wird ihn nicht verlassen.

***

Sechs Wochen nach Hanks Abreise kommt Elise von der Arbeit in der Bücherei und findet Maman vor dem Kamin vor. Kleine Flammen knistern und zischen. Elise ist perplex. Es ist warm, ein Feuer ist unnötig.

»Alles in Ordnung, Maman?« Sie legt ihre Schlüssel und ihre Tasche auf dem Tisch ab und geht zu dem Stuhl, in dem sie sitzt. Elise sieht ihren Hinterkopf, das einstmals glänzend schwarze Haar, jetzt grau und fleckig. Es muss einmal richtig gebürstet werden. Sie wird sie zu einem langen Bad überreden und ihr dann die Haare machen, das wird ihr guttun. Dann bemerkt sie, wie reglos Marie sitzt und dass ihr Brustkorb sich nicht mit dem Atem hebt und senkt. Den seltsamen Winkel ihres Kopfes. Und sie weiß Bescheid.

Sie holt eine Decke vom Sofa und steckt sie sorgsam um ihre Knie fest, als sei sie krank und nicht tot. Dann geht sie zum Feuer. Sie blickt in die verlöschenden Flammen und sieht Papier. Einen kleinen Fetzen, aber sie erkennt die Handschrift ihres Vaters. Der Anblick lässt ihr Herz rasen. Lieber Papa. Wie anders wären ihrer aller Leben verlaufen, wenn er nicht gestorben wäre. Sie blickt um sich und findet eine Schachtel mit Papieren. Maman hatte seine Briefe verbrannt. Elise stellt sie sich vor, jung und lebenssprühend, verliebt. Wie grausam ihr alles entrissen worden war. So viele Wenns, so viele Abers. So viele Warums.

Sie zögert einen Augenblick und übergibt dann das letzte Stück Papier den Flammen.

***

Drei Tage später, als sich am strahlend blauen Himmel kaum ein Wölkchen zeigt, begräbt Elise ihre Mutter neben ihrem Vater. Marianne und Bertrand und Geneviève sind bei ihr. Sie weiß nicht, wo Philippe ist, aber ihr Blick wandert immer wieder suchend über den Friedhof. Es sähe ihm ähnlich, im letzten Moment aufzutauchen. Doch es geschieht nicht. Sie weiß nicht, ob er lebt oder tot ist, hat seit Jahren nichts von ihm gehört. Wie sie ihn kennt, ist er dem Krieg entronnen, hat geheiratet und lässt sich jetzt von der Familie seiner Frau aushalten. Elise wird nie wieder nach ihm suchen.

Auf dem Weg zurück zum Haus hält Geneviève ihren Arm. Drinnen zieht Marianne eine Schürze an und scheucht sie aus der Küche, sie soll sich hinsetzen. Geneviève bringt ihr Tee mit Zucker. Elise ist sehr müde, aber sie nickt und nimmt Beileidsbekundungen entgegen. An dem Essen, dass man ihr bringt, knabbert sie wie ein Mäuschen. Die Leute meinen es gut, aber sie will einfach bloß allein sein. Denn jetzt ist sie wirklich allein und muss ihre Zeit irgendwie füllen. Sie könnte alles tun, eine Konditorlehre machen. In die USA ziehen, wie Williams Mutter in ihren Briefen vorschlägt. Jean verwendet die gleichen blauen Umschläge, wie ihr Sohn es getan hat. Es tut weh, sie entgegenzunehmen, denn sie erinnern sie an William und jene Tage, als nur eines zählte: einen Brief von ihm zu bekommen.

Die Gäste gehen nach und nach. Geneviève bietet an zu bleiben, aber sie versteht nicht. Sie glaubt, die Zeit werde alles richten, doch Elise weiß, dass das nicht der Fall ist. Außerdem will sie einfach nur allein sein mit ihren Erinnerungen an William. In ihren Träumen ist er immer noch lebendig. Marianne räumt die Küche auf und putzt den Boden, während Bertrand Elises Gesicht behutsam mit den Händen umschließt und sagt: »Komm doch mit zu uns. Michel wird sich schrecklich freuen.« Seine Augen sind voller Sorge.

»Danke, vielleicht in ein paar Tagen, aber jetzt will ich für mich sein. Es geht mir gut. Glaub mir.« Er zieht sie an seine Brust, doch Elise hat keine Kraft, die Umarmung zu erwidern.

Nachdem sich die Tür hinter dem letzten Gast geschlossen hat, geht sie zum Sofa und löst ihre hochgesteckten Haare. Die Beine an die Brust gezogen, lässt sie den Blick durch den Raum wandern. Sie weiß nicht recht, was sie als Nächstes tun soll, lässt den Kopf gegen die Lehne sinken und schließt die Augen. Sie will einfach nur allein sein. Gut. Das ist sie jetzt.

31

Nordfrankreich. Sommer 2009

Rob steht in der Küche und starrt zu Boden, als Lucy neben ihn tritt. Er ergreift ihren Arm, sobald er ihre nackten Füße sieht.

»Was ist passiert?«

»Die Küchenschränke sind von der Wand gefallen. Und zwar alle.«

Lucy geht zur Eingangstür, holt ihre Turnschuhe und zieht sie an. In der Küche stakst sie durch das Chaos, zerbrochenes Geschirr, gesplittertes Holz.

»Sei vorsichtig«, sagt Rob, als Lucy eine grüne Glasplatte aus dem Durcheinander zieht. Er nimmt sie ihr ab und stellt sie auf den Küchentisch, während sie eine passende Glasglocke herausgräbt und ihm reicht. Dann steht sie da und betrachtet das Ensemble. Eine Tortenplatte, denkt sie.

»Wo kommt das denn her? Ich habe alle Schränke nach einer Vase durchsucht. Im Schrank waren die Sachen nicht«, sagt Rob.

»Das Glas ist dick und schwer. Ich bin überrascht, dass es nicht gesprungen oder gesplittert ist«, sagt Lucy und betrachtet es genauer.

Rob sieht sich das graue Rechteck an der nackten Wand an, wo die Schränke seit wer weiß wie langer Zeit gehangen haben.

»Was machst du jetzt damit?«

»Feuer, denke ich.«

»Ich hole den Besen«, sagt sie. »Du machst Feuer.«

»Ich muss das erst kleinhacken«, sagt er. »Das Holz ist so trocken, dass es schnell brennen wird.«

»Vielleicht solltest du zuerst Fotos machen, damit dein Vermieter weiß, dass es ein Unglücksfall war?«

»Ja, vielleicht. Wobei ich nicht glaube, dass er mir zutraut, ich hätte sie in einem Wutanfall von der Wand gerissen.«

Rob fotografiert die Bescherung, die Wände.

»Ich bringe dich zurück zum Hotel und werde dann wohl hier klar Schiff machen.«

Lucy schüttelt den Kopf. »Ich helfe dir.«

»Wirklich?«

»Ja. Außerdem will ich hier sein, falls noch etwas Verrücktes passiert.«

Lucy tappt zurück in die Küche und beginnt vorsichtig das Holz beiseitezuräumen. Dabei hält sie Ausschau nach anderen Gegenständen, die darunter zum Vorschein kommen könnten.

»Sei vorsichtig. Ich will nicht, dass du im Krankenhaus liegst, wenn dein Flieger geht.«

Rob öffnet die Hintertür, lässt die kühle Brise und die dunkle Nachtluft herein. Er trägt einen Schwung Holz nach draußen, während Lucy in der Hoffnung, noch mehr Geheimnisse zu entdecken, weiter herumsucht. Es ist so still, dass sie Robs Bewegungen draußen hört, das Schwingen einer Axt. Angesichts des Durcheinanders von Scherben auf dem Boden denkt sie über Schränke nach. Dass sie das Alltagsleben verbergen. Dass Menschen Dinge nach hinten schieben, die sie nicht sehen wollen. Warum bloß hatte jemand so schönes Glasgeschirr versteckt?

Rob taucht auf und holt sich die nächste Ladung, Lucy tut es ihm nach. Das Chaos stundenlang anzustarren, bringt überhaupt nichts.

»Werden die Nachbarn sich über das Feuer ärgern?«, fragt sie.

»Das haben sie bisher nie getan, und ich habe schon vieles aus dem Haus verbrannt. Alte Möbel hauptsächlich.« Als das Feuer genug Kraft hat, legt er Teile des Schrankes hinein und Lucy sieht zu.

Die Flammen knistern und zischen, springen, werfen Schatten. Es fühlt sich an wie ein Novemberabend in Rhode Island, nicht wie August in Frankreich.

»Was glaubst du, was das alles zu bedeuten hat?«

»Wie meinst du das?«

»Alles geht zu Bruch außer einer alten Tortenplatte, von der du nicht einmal wusstest, dass sie existiert.«

»Das verstehe ich tatsächlich auch nicht. Warum ist sie nicht zerbrochen, und wo kam sie her?«

»Könnte es sein, dass es ein oberstes Regalbrett gab, auf dem du nicht nachgesehen hast?«

»Ich bin eins neunzig groß. Mir ist kaum etwas zu hoch.«

»Sie kann doch nicht einfach aus dem Nichts gekommen sein.«

»Ich weiß nicht, wie ich sie habe übersehen können, aber so muss es gewesen sein«, sagt er.

Während Lucy die Trümmer auf dem Boden zusammenkehrt, fragt sie sich, was ihm wohl noch alles entgangen ist.

***

Sie verbringt ihre zweite Nacht auf dem Sofa. Nachdem Rob zur Arbeit aufgebrochen ist, trägt Lucy die Tortenplatte zum Spülbecken. Sie seift sie ein und schrubbt, füllt dreimal das Spülbecken, bis sie sauber ist. Dann trocknet sie sie ab und stellt sie zusammen mit den Gegenständen aus der Truhe auf den Wohnzimmertisch. Sie nimmt ein Buch zur Hand, Byron, wie sie sieht, und schlägt es auf. Auf der Titelseite sind Tintenspuren zu sehen. Sie schaltet das Licht an und studiert sie eingehend. Ein Schwung könnte ein I sein. In der Hoffnung, natürliches Licht könnte helfen, trägt sie das Buch zur Terrassentür. Erfolglos. Sie legt das Buch weg und nimmt Wordsworth zur Hand. Hier ist die Tinte kräftiger. Wieder geht sie zur Terrassentür und hofft auf einen Anhaltspunkt.

Ja, in dieses Buch hat jemand eine Widmung geschrieben. Vielleicht war es ein Geschenk. Aber die Zeit hat ihren Tribut gefordert, und sosehr sie sich auch bemüht, sie kann den Namen nicht entziffern.

Teil zwei

32

Rhode Island, 1945

Man trägt die Männer, die sterben, mit sich. Es ist wie ein grausamer kosmischer Scherz. Man will überleben; man will, dass die Kumpels an der Front überleben. Man muss den Feind niedermachen. Der Feind muss einen niedermachen. Ein Tod ist ein Verlust, und ein Tod ist ein Gewinn. Wer überlebt, ist reine Glückssache. Es ist abscheulich. Es ist Krieg.

Was ihnen niemand in der Grundausbildung erzählt hatte, war, wie hart es ist, die Männer um einen herum sterben zu sehen. In ihre erloschenen Augen zu blicken. Den stärksten Typen im ganzen Zug um Atem ringen zu hören, ihn in die Luft greifen zu sehen, als warte dort das Geheimnis des Lebens. Mitzubekommen, wie er seine Frau oder seine Mutter herbeisehnt. Zu erleben, wie der Sensible, der Gutherzige, Zeuge von Dingen wird, die kein Menschenauge je erblicken sollte. Man will einschreiten und ihm den Anblick abnehmen, weil man weiß, dass man stark ist. Dann fängt man an zu denken: Vielleicht bin ich nicht stärker, sondern mir fehlt einfach nur ein wichtiges Stück Menschlichkeit. Man muss seine Gedanken abschütteln.

Man trägt die Toten mit sich. Und sie werden mit jedem Schritt schwerer und schwerer.

Hank hatte geschworen, wenn er den Krieg überlebte, würde er niemals wieder irgendetwas auf dem Rücken tragen. Was er nicht wusste, war, wie schwer die Erinnerungen wiegen würden.

***

Die Busfahrt nach Hause, der kürzeste Teil der Reise, scheint am längsten zu dauern. Er wünscht sich eine warme Dusche, er will seine Eltern sehen, in seinem eigenen Bett schlafen. Er will den gottverdammten Tornister verbrennen, den er quer durch die Hölle und zurück geschleppt hat.

Hank hat sich als Mensch so sehr verändert, dass sogar er selbst es spüren kann. Veränderung geschieht immer, langsam, kontinuierlich. Im Krieg vollzieht sie sich schnell, grundlegend. Man ist nicht mehr derselbe, wenn man einen Menschen hat sterben sehen.

Er blickt aus dem Fenster in die Landschaft hinaus, die er Heimat nennt, und versucht seinen dunklen Gedanken Einhalt zu gebieten. Der Tag neigt sich dem Ende zu, und er hat den Abend in Neuengland immer geliebt. Das Licht ist hier einfach anders. Goldener. Realer.

Sie befinden sich jetzt in den Außenbezirken von Providence; Hank ist schockiert über den Anblick neuer Gebäude. Glücklich über alles, was noch steht. Nach all den Ruinen, dezimierten Dörfern und zerstörten Städten, durch die er gezogen ist, gibt ihm die Tatsache, dass hier alles intakt ist, ein überraschend gutes Gefühl. Sie haben die Bedrohung von ihrer eigenen Heimat ferngehalten. Sie haben gute Arbeit geleistet.

Der Bus fährt an dem Laden vorbei, zu dem Hank seine Mutter an dem Tag begleitet hatte, an dem sie erfuhren, dass die USA sich im Krieg befanden. Sie kaufte gerade Weihnachtssterne, als die Welt sich für immer veränderte.

Die Straßenbeleuchtung wirft Schatten auf den Weg, als der Bus in den Bahnhof einfährt. Er kommt mit einem Stottern zum Stehen, und die zuckende Bewegung beunruhigt ihn einen Augenblick lang. Endlich ist er zuhause. Er schnappt sich seinen Seesack aus dem Gepäcknetz, schultert ihn mühelos und steigt aus dem Bus. Draußen bleibt er stehen, um zu spüren, wie die erfrischende neuenglische Luft ihn einhüllt. Er holt tief Atem. Es fühlt sich an wie ein Wunder.

»Direkt hinter dir, Kumpel. Geh mal aus dem Weg«, kommt eine Stimme von hinten und holt ihn zurück in die Realität.

»Klar«, sagt Hank und bewegt sich vorwärts.

Das Bahnhofsinnere wirkt kleiner, als er es in Erinnerung hat. Er lässt den Blick schweifen, überlegt, ob er die ungefähr drei Kilometer nach Hause zu Fuß gehen oder versuchen soll, jemanden zu finden, der einem alten Soldaten eine Mitfahrgelegenheit bietet.

In diesem Moment entdeckt er einen älteren Mann, der mitten im Bahnhof auf einer Bank sitzt. Sein Kopf ist über eine Zeitung gebeugt, in der er ein Kreuzworträtsel löst. Als Erstes erkennt er den Hut, die Art, wie er ein bisschen zu weit nach rechts geneigt ist. Braun, alt und abgetragen, trotzdem noch gern benutzt. Immer noch einsatzfähig.

Dann erkennt er das Kinn.

Und die Hand, die den Stift hält, um das Rätsel zu lösen.

Dad?

Hank ist schockiert, seinen Vater am Bahnhof warten zu

sehen. Er selbst hatte keine Ahnung gehabt, wann er eintreffen würde. Wie konnten seine Eltern es wissen?

Sein Vater sieht alt aus. Nicht älter, alt. Hank blinzelt, meint, vielleicht Gespenster zu sehen.

Er setzt den Seesack ab und schaut den Mann auf der Bank an.

Als spürte er den Blick, sieht der Mann auf.

Ein seltsamer Ausdruck, der in einen erschrockenen wechselt und schließlich Freude und Erleichterung vermittelt.

»Mein Junge«, sagt er. »Du bist wieder da.« Er steht auf.

Die beiden Männer umarmen sich. Einen Moment lang denkt Hank, sein Vater sei geschrumpft. Aber nein, es liegt an ihm. Hank ist schlank und drahtig, während sein Vater weicher ist. Er lockert seine Umarmung. Er ist jetzt stärker als sein Vater.

»Woher wusstest du, dass ich komme?«

»Ich hatte so ein Gefühl«, sagt der ältere Mann.

Vater und Sohn treten zurück und betrachten einander eingehend, als versuchten sie sich zu vergewissern, dass sie beide real sind, aus Fleisch und Blut.

Sein Vater zuckt ein wenig zusammen. »Deine Mutter. Wir müssen heim zu deiner Mutter«, sagt er. »Sie wird sich so freuen.«

Einen Augenblick lang ist Hank einfach nur froh, heimzukehren und alles so vorzufinden. Er ist einer von denen, die Glück gehabt haben.

Warum hat er solches Glück?

Er schultert den Seesack und legt den Arm um seinen Vater, der wiederum ihm den Arm um die Taille legt. So verlassen sie den Bahnhof. Nie im Leben hätte Hank das für möglich gehalten.

»Du fährst immer noch den Packard?«, sagt Hank, als er das Auto sieht. Er wirft sein Gepäck auf den Rücksitz und nimmt auf dem Beifahrersitz Platz.

»Für mich gibt es kein anderes Auto.« Er lacht. »Ich hoffe, du hast Hunger mitgebracht, mein Junge. Deine Mutter hat gebacken und gekocht und eingefroren.«

»So war sie immer.« Hank lacht.

»Und in letzter Zeit noch mehr.«

»Ihre Care-Pakete waren fabelhaft«, sagt er. »Insbesondere die Buttertoffees.«

»Abends saß sie immer mit ihren Kochbüchern da und hat überlegt, was den Postweg am besten überstehen würde.«

Hank lacht. Erzählt ihm nicht von den Gelegenheiten, bei denen der Inhalt des Pakets direkt nach dem Öffnen in den Müll wanderte, weil er ranzig war. Es war der Gedanke, der ihm so viel bedeutete. Er wusste, dass die Portokosten für seine Eltern ein Opfer waren. Jetzt, wo er zurück war, würden sie es leichter haben. Das beschließt Hank, während ihn sein Vater in das Zuhause seiner Kindheit fährt. Seine Eltern würden besser leben, und er würde sich um Williams Mädchen kümmern. Vielleicht war das der Grund, warum er verschont geblieben war.

Sie biegen in die Einfahrt ein, und Hank erschrickt beim Anblick des Hauses. Es kommt ihm kleiner vor, genau wie sein Dad. Aber es dringt ein warmer Schein aus dem Wohnzimmerfenster, und das Licht fällt auf den Rasen, auf dem er als Kind gespielt hat.

Die Lampe auf der Veranda brennt, und die vertrauten grauen Stufen sehen in ihrem Schein wie flüssig aus. Die Tür quietscht, als er sie für seinen Vater öffnet.

»Sag nichts, wir überraschen sie«, sagt sein Vater, und seine kindliche Aufregung berührt Hank tief.

»Bist du's, James?«

»Ja«, sagt er.

»Und, Glück gehabt?«

»Na ja, ich habe am Bahnhof jemanden gefunden.«

Seine Mutter kommt um die Ecke gerannt. Bei seinem Anblick bleibt sie so unvermittelt stehen, als sei sie gegen einen unsichtbaren Zaun gerannt. Sie schlägt die Hände vor den Mund und lässt ein Keuchen vernehmen, das sich in einen Klagelaut verwandelt. Hank sieht, wie sie zu zittern beginnt.

Er hat so viel Erschütterung erlebt, dass er auf sie zustürzt, als sei sie einer seiner Kameraden und nicht seine Mutter.

»Himmel, Ma, es ist alles in Ordnung. Ich bin da, ich bin da, ich bin da«, sagt er. »Dad, mach einen Tee, mit Zucker«, befiehlt er über seine Schulter hinweg. Zu seiner Überraschung wird sein Vater, der sich noch nie selbst auch nur eine Scheibe Toast gemacht hat, sofort aktiv und eilt an ihnen vorbei in die Küche.

»Nein, nein, mir geht's gut. Ruf deinen Vater zurück, er wird sich wehtun.« Sie streckt die Hand aus und berührt ihn, vergewissert sich, dass er real ist.

Hank schließt sie in die Arme. Er kann spüren, wie sie schnieft, bemüht, nicht zu weinen. In diesem Haus weint keiner, niemand zeigt Gefühle. Hank weiß, was zu tun ist.

»Ich habe schrecklichen Hunger, Ma. Kann ich was zu essen bekommen?«

Sie braucht eine Sekunde, um ihn loszulassen.

»Oh mein Gott! Hat die Armee dich verhungern lassen? Du bist ja nur Haut und Knochen!«

Sie macht sich auf den Weg in die Küche, den Blick über die Schulter gerichtet, um ihn sehen zu können. Er weiß genug, um ihr zu folgen.

Der vertraute Geruch liegt in der Luft, und er weiß ganz sicher, er ist zuhause. Aber es fühlt sich anders an. Kleiner. Weniger dauerhaft. Vielleicht braucht er einfach ein bisschen Zeit, um sich zu akklimatisieren.

Er setzt sich mit seinem Vater an den Küchentisch, während seine Mutter ein Brathähnchen aus dem Kühlschrank holt. In den schmiedeeisernen Tiegel, den er so gut kennt, kommt ein Stück Butter und kalter Kartoffelbrei.

Er ist tatsächlich zuhause.

***

Hank öffnet auf der Suche nach Schreibpapier Schubladen in der Küche, als seine Mutter von ihrem Tee hochschaut, als müsste sie gleich in Aktion treten. Seit seiner Rückkehr bedient sie ihn von vorne bis hinten, starrt ihn an, sobald er sich hinsetzt, als versuchte sie ihm seine Bedürfnisse von den Augen abzulesen.

»Was suchst du? Was brauchst du?«, fragt sie, die Hände in der Luft, einsatzbereit. Hank findet das anstrengend. Er macht die Dinge gern selber.

»Schreibpapier. Ich will einen Brief schreiben«, sagt er.

»Ich hole dir meinen Briefblock.« Seine Mutter eilt ins Esszimmer, öffnete eine Schublade in der Anrichte und holt einen Block sowie ein paar Umschläge heraus.

»Brauchst du einen Stift? Ich hole dir meinen, ich glaube, dein Vater benutzt ihn gerade für ein Kreuzworträtsel. JAMES! Henry braucht deinen Stift.«

»Ma, beruhige dich. Ich habe einen Stift. Lass den Mann sein Kreuzworträtsel machen.«

Doch mittlerweile steht sein Vater schon in der Küche, den Stift übergabebereit in der Hand.

Hank setzt sich an den Tisch, hebt ein Blatt ab, schiebt das Linienpapier, das in dem Block steckt, darunter. Hätte er bloß für das, was er schreiben wird, auch so eine starke Führung. Er denkt einen Augenblick nach, doch es wollen keine Worte kommen.

Er greift in seine Tasche, zieht das Blatt Papier mit Williams Adresse hervor und legt es neben sich auf den Tisch. Dabei spürt er, wie seine Mutter hinter ihm schwebt, ihre Hände knetet, helfen will, unaufdringlich wie ein UFO.

»Ich würde eine Tasse Tee trinken, wenn du mir einen machst«, sagt er. Das verschafft ihm vielleicht ein wenig Zeit.

Er beginnt:

Liebe Mrs Hardwick, lieber Mr Hardwick,

ich hoffe, es geht Ihnen gut.

Mein Name ist Hank Corrigan, und ich habe mit Ihrem Sohn William gedient. Wir lernten uns im Bus zur Grundausbildung kennen und wurden gute Freunde. Wir hatten viel gemeinsam, und wir lernten einander in einer Weise kennen, wie sie nur im Militärdienst möglich ist.

Hank denkt zurück an seine Schulzeit. Ist die Satzkonstruktion so in Ordnung? Als ob das eine Rolle spielt!

Er würde seine Mutter gern fragen, was sie von seinem Brief hält, hat aber Angst, es könnte sie aufregen. Sie kommt ihm seit seiner Rückkehr so angespannt vor. Sein Vater hat einmal gesagt, wenn sie irgendwann ganz verstanden hat, dass der Krieg vorbei und er in Sicherheit ist, wird sie sich wieder beruhigen. Hank hofft es.

William hat mir oft von Ihnen erzählt. Er liebte Cape Cod sehr und hatte viele schöne Erinnerung an Segeltörns und das Laufen am Strand. Er hat mir

Hank hält inne. »hat mir vor seinem Tod das Versprechen abgenommen« schreibt man nicht an die Mutter eines Toten.

»Ach, verdammt.« Er reißt das Blatt ab, zerknüllt es und beginnt von vorn.

Das Eintreffen Ihrer Care-Pakete war jedes Mal ein Ereignis, und wir hatten alle Freude daran. Ich möchte Ihnen recht herzlich für die Stifte und das Zeichenpapier danken, welche Sie für mich mitgeschickt haben. Das war eine sehr willkommene freundliche Geste und lenkte ein wenig von der Situation ab, in der wir gefangen waren.

William war ein guter Mensch, ein guter Freund und ein guter Soldat. In Frankreich habe ich Elise kennengelernt und wir haben uns an William erinnert, der uns beiden viel bedeutet hat.

Werden sie ihn bei diesen Zeilen noch mehr vermissen? Rufen seine Worte Erinnerungen wach, die sie lieber vergessen möchten?

Er nimmt den Block und geht ins Arbeitszimmer, wo sein

Vater angeblich ein Kreuzworträtsel löst, in Wirklichkeit aber eingeschlafen ist. So hat er die Wochenenden verbracht, solange Hank zurückdenken kann.

»Dad«, sagt er sanft, denn er weiß, das wird genügen. Er ist kein tiefer Schläfer.

Sein Vater öffnet die Augen und greift nach dem Kreuzworträtsel.

»Ja, was brauchst du?«, fragt er.

»Ich weiß nicht recht. Ich schreibe gerade den Eltern eines Mannes, mit dem ich gedient habe und der am D-Day neben mir gestorben ist. Er war ein guter Freund, und ich will seine Eltern wissen lassen, dass er unvergessen bleibt. Aber ich möchte ihnen mit dem Brief nicht wehtun.«

»Die Briefeschreiberin ist deine Mutter«, empfiehlt sein Vater.

»Ich weiß, aber ... sie ist so angespannt. Sie soll nicht noch mehr darüber nachdenken, was alles hätte passieren können, als ohnehin schon.«

»Das stimmt natürlich.« Er setzt sich in seinem Stuhl auf. »Lies mir vor, was du geschrieben hast.«

Hank liest.

Sein Vater überlegt einen Augenblick.

»Ich glaube, wenn jemand gute Erinnerungen an meinen Jungen hat, würde mir das Frieden und Freude geben. Ich glaube, das Schlimmste wäre der Gedanke, er könnte vergessen werden.«

Hank nickt und faltet das Papier zusammen. »Ich werde ihn nie vergessen«, sagt er. Etwas in seiner Stimme lässt die Augen seines Vaters schmal werden.

»Darf ich dich noch etwas fragen?«

»Natürlich.«

»Ich war bei ihm, als es passierte. Seine letzten Gedanken galten einem Mädchen, das er in Frankreich kannte.« Hank zögert.

»Ich würde seiner Mutter gern mitteilen, dass er keine Schmerzen leiden musste und dass seine letzten Gedanken den Eltern galten.«

»Und du bist dir unsicher, weil das eine Lüge ist?«

»Ja.«

»Der Gott, an den ich glaube, hätte nichts dagegen, da bin ich mir sicher.«

Hank nickt und geht zurück in die Küche.

Ich weiß nicht, wie ich es formulieren soll, und ich hoffe, es gibt ihnen eine Art Frieden, wenn das überhaupt möglich ist. Aber ich will Sie wissen lassen, dass ich bei ihm war, als es geschah. Er war nicht allein, und er hatte keine Schmerzen. Es war, als würde er einschlafen. Seine letzten Gedanken galten Ihnen und Elise.

Am Ende sind es drei Seiten geworden, die er in einen Umschlag steckt, auf den er eine Marke klebt und den er in den Briefkasten wirft, ehe er es sich anders überlegen kann.

Er überlegt, auch Elise zu schreiben, hat aber noch keine Ahnung, was er ihr sagen soll.

»Ich gehe raus«, sagt er und nimmt seinen Pullover vom Haken an der Tür.

Seine Mutter taucht auf, wie er es schon vorhergesehen hat.

»Wohin willst du?«

»Spazieren gehen, vielleicht noch in die Bücherei«, sagt er.

»Bleibst du lange weg?« Sie ist voller Angst, das sieht er an ihren Bewegungen und daran, wie sie die Hände zum Gesicht führt.

»Lieber Himmel, Ma, ich bin ein erwachsener Mann«, sagt er.

Sein Vater taucht auf und wirft ihm einen Blick zu.

»Zum Abendessen bin ich zurück«, sagt Hank sanft.

Dann geht er hinaus in den wolkenverhangenen grauen Tag.

Zum dritten Mal seit seiner Heimkehr vor sechs Wochen und zum vierten Mal in seinem ganzen Leben sucht er die Bibliothek auf. Als Kind war er einmal dort gewesen, um sich ein Buch über das Zeichnen zu besorgen. Er hatte es verloren und sein Vater hatte dafür zahlen müssen, danach war er nie wieder hingegangen. Doch William hatte immer ein Buch in der Hand gehabt, und Hank hatte begonnen zu lesen. *Früchte des Zorns. Große Erwartungen. Der Glöckner von Notre-Dame.* Er mag es, wenn die Charaktere viel erleben, gerettet oder verschont werden. Wie lange er nun schon unterwegs ist, weiß er nicht, aber ein Blick auf die Uhr zeigt ihm, dass er es in die Bibliothek schaffen wird, bevor sie schließt. Steinbeck hat ihm gefallen, und er will sich noch ein Buch von ihm ausleihen. Er weiß noch, dass William ihm von einem gewissen Hemingway erzählt hat, von seinem Buch über den Weltkrieg. Und er hat von einem französischen Schriftsteller gehört, Camus. Dass die Bücherei etwas von ihm hat, bezweifelt er. Doch Hank ist angenehm überrascht, einen ganzen Arm voll weiterer Bücher zu finden, die interessant aussehen. Er blättert darin, spricht mit der Bibliothekarin Mrs McIntosh. Er ist mit ihrer Tochter

Doris zur Schule gegangen und ihr Sohn Tom war zwei Klassen über ihm.

»Hallo, Mrs McIntosh«, sagt er.

»Henry«, grüßt sie ihn freundlich, eine typische Bibliothekarin. Sie ist höflich, sieht ihm aber nicht in die Augen, und Hank beschleicht ein unbehagliches Gefühl.

»Geht es Doris und Tom gut?«

Seine Worte scheinen sie zu erschrecken, und er macht sich auf schlechte Nachrichten gefasst.

»Dorothy macht eine Ausbildung als Sekretärin in Boston. Tom ist noch nicht zurück.«

Er hört heraus, dass er besser keine weiteren Fragen nach Tom stellt. Da er nicht weiß, was er sonst noch sagen soll, wartet er schweigend ab, bis sie die Karten aus allen Büchern abgestempelt und sie ihm ausgehändigt hat.

Als Hank die Bücher in Empfang nimmt, bemerkt er zu seiner Bestürzung, dass Mrs McIntosh ihn mit einem hasserfüllten Blick bedenkt, bevor sie rasch die Augen senkt.

»Danke«, sagt er. Sie nickt, ohne aufzublicken.

Er ist froh, als er wieder draußen ist. Sein Versprechen, rechtzeitig zum Abendessen zurück zu sein, fällt ihm ein, und er beeilt sich. Da begegnet ihm ein Mann, mit dem er zur Schule gegangen ist, Jerome.

»Hank Corrigan höchstpersönlich«, sagt er und hebt beide Arme zum Gruß.

Jerome, so hat Hanks Mutter oft gesagt, hat immer den irischen Hang zur Dramatik gehabt.

»Hallo, Jerome«, sagt Hank.

»Wie lange bist du schon zurück?«

»Sechs Wochen«, erwidert Hank. »Und du?«

»Ein Jahr. Hab 'ne Kugel in die Schulter bekommen.«

Erst jetzt bemerkt Hank, dass der eine Arm herabgesunken ist, als Jerome ihn begrüßt hat.

»Und du?«

»Glück gehabt«, sagt Hank, plötzlich beschämt, dass er unverletzt geblieben ist.

Sie unterhalten sich an der Straßenecke und wechseln irgendwann in eine nahegelegene Bar. Ein bisschen schäbig, aber sie erfüllt ihren Zweck.

»Wohin hat es dich verschlagen?«, fragt Jerome. Er war in Japan gewesen, das Flugzeug wurde über dem Meer abgeschossen und er hatte lange auf einem Rettungsfloß ausgeharrt. All das, bevor er angeschossen wurde.

»Ich bete zu Gott, dass ich nie wieder das Meer sehen muss«, sagt er. »Die Japaner sind darüber geflogen und wir sprangen ins Wasser, drehten das Floß um und versteckten uns darunter, beteten, dass sie ihre Kugeln nicht für das Floß verschwenden würden.« Er hält inne. »Wie ist es für dich, zurück zu sein?«

»Es fühlt sich unwirklich an, so als könnte ich jede Sekunde wieder drüben sein.« Als Hank das ausspricht, realisiert er, dass es wahr ist. Er fragt sich, ob seine Mutter so angespannt ist, weil sie seine Nervosität wahrnimmt.

In einer Viertelstunde hat er mehr über die Geschehnisse gesprochen als mit irgendjemandem zuvor. Aber wer nicht dabei gewesen war, brauchte auch nichts davon zu hören. Das Reden darüber war sowieso unnötig. Aber Jerome, der wusste Bescheid.

Mit diesem Gedanken im Kopf trinkt er sein Bier aus.

Sie bestellen noch eine Runde. Jemand an der Bar schickt Gläser mit Scotch, und Hank hebt zum Dank die Hand. Das Zeug ist nicht so gut wie das seines Vaters, aber es tut seinen Zweck. Er hat sich schon lange nicht mehr so wohl gefühlt. Der Knoten in seinem Magen hat sich aufgelöst. Die permanente Überlegung, wie er Williams Mädchen helfen könnte, ist ebenfalls verschwunden. Ihm wird schon etwas einfallen. Das ist doch immer so.

***

Hank erwacht, als die Sonne sich in seine Augäpfel bohrt wie ein Küchenmesser in altbackenes Brot. Sein Herz hämmert und er ist nie im Leben so durstig gewesen. Mit geschlossenen Augen, die er mit den Armen noch zusätzlich zu schützen versucht, tastet er nach seiner Feldflasche, bevor ihm einfällt, dass er ja zu Hause ist.

Er liegt vollständig angezogen im Bett. Ausschnitte des Vortags laufen vor seinem inneren Auge ab, wie Spielfilmtrailer. Die Bibliothek. Mrs McIntosh. Der Blick, mit dem sie ihn bedachte und bei dem ihm ganz kalt wurde, obwohl er schwitzte. Die Begegnung mit Jerome. Die Bar. Gütiger Himmel. Wie ist er bloß heimgekommen?

Es dauert einen Augenblick, bis er sich erinnert, ein kurzes Aufblitzen eines Albtraums im Wachzustand. Wie er auf der Schwelle seines Elternhauses steht, einen Arm über Jeromes Schultern. Jerome, der klingelt. Sein Vater, in Schlafanzug und Bademantel, der ihn im Arbeitszimmer aufs Sofa legt. Seine Mutter im Hintergrund, bis sein Vater ihr sagt, sie könne zu Bett gehen.

Wie er aufwacht und ins Bett stolpert. Wie etwas zu Bruch geht. Was, weiß er nicht.

Hank seufzt. Er kommt sich vor wie ein Idiot.

Mühsam erhebt er sich aus dem Bett, öffnet seine Zimmertür, geht ins Bad. Eine lange, heiße Dusche, um das Gift auszudampfen. Eine kalte Dusche, um sich aufzuwecken. Er rasiert sich, zwingt seine Hand zur Ruhe und schneidet sich trotzdem dreimal, dann zieht er sich an und geht die Treppe hinunter.

Seine Mutter bügelt in einer Ecke des Esszimmers. Sie hat schon immer das Bügelbrett dort aufgestellt, das Licht sei dort besser, meinte sie. Sein Vater sitzt am Tisch. Die Tatsache, dass er nicht in seinem Arbeitszimmer ist, sagt Hank alles, was er wissen muss. Irgendwann heute wird sein Vater ihn zur Rede stellen.

Himmel, wie er sich wünscht, Jerome nicht begegnet zu sein.

»Du bist wach«, sagt sein Vater.

»Ja, Sir«, erwidert er.

Seine Mutter setzt das Bügeleisen ab und greift nach der Bratpfanne. Eine Sekunde lang glaubt Hank, sie wollte ihm damit eine überziehen, doch stattdessen schaltet sie den Herd ein, um das Frühstück für ihn aufzuwärmen und ein paar Eier zu braten. Sie bewegt sich schweigend, ganz untypisch für sie. Jede Sekunde, die vergeht, ohne dass sie etwas sagt, beunruhigt ihn noch mehr.

»Es tut mir leid, gestern Abend habe ich ein bisschen über die Stränge geschlagen.«

Sein Vater nickt. Seine Mutter sagt nichts. Er hört nur den Metallschaber in der Eisenpfanne kratzen. Das Geräusch lässt ihn zusammenzucken. Irgendetwas jedenfalls.

»Gestern in der Bücherei habe ich Mrs McIntosh gesehen. Doris macht einen Kurs in Boston. Tom ist noch nicht zurück.«

Seine Mutter zögert, schlägt dann ein Ei auf.

Sein Vater blickt aus dem Fenster.

»Tom gilt als vermisst. Er war Fallschirmjäger.«

Schweigen.

»Aha. Jetzt verstehe ich.«

»Was?«

»Sie hat mich angesehen, als würde sie mich hassen«, sagt er.

Seine Mutter lässt den Löffel fallen, den sie benutzt, um Essen aus der Bratpfanne auf den Teller zu befördern. Er fällt auf die Keramikfliesen und klappert so laut wie die Glocken all der Kathedralen, die er in Frankreich gehört hat.

Hank steht auf, hebt den Löffel auf und legt ihn ins Spülbecken. Er nimmt seiner Mutter den Teller ab und sagt: »Es tut mir leid, Ma.«

Dann setzt er sich an den Tisch und versucht sein Frühstück zu verzehren.

***

Ein paar Stunden später merkt Hank, dass seine Bücher aus der Bibliothek nicht da sind.

»Verdammt nochmal«, murmelt er.

Er verlässt das Haus und geht schnellen Schritts zu der

Bar. Von außen wirkt sie wie eine Baracke, und drinnen ist es unglaublich düster. Es ist eine kleine Altmännerbar, ein Ort, wo der Barkeeper zweifellos einen Baseballschläger zur Hand hat und dessen Adresse die Polizisten auswendig kennen.

»Einen Drink?«, fragt der Barkeeper. Der gleiche Typ wie am Abend zuvor. In den gleichen Klamotten.

»Nein, danke«, sagt Hank. »Ich war gestern Abend hier und habe ein paar Bücher liegenlassen.«

Der Typ benutzt ein dreckiges Tuch, um die Theke abzuwischen, und Hank wird übel bei dem Gedanken, dass er aus den Gläsern hier getrunken hat.

»Ach, ja, das hatte ich ganz vergessen«, sagt er, legt das Tuch beiseite und verschwindet, um mit Hanks Bücherstapel zurückzukehren.

»Herzlichen Dank«, sagt Hank, nimmt die Bücher entgegen und wünscht sich, er hätte eine Tasche mitgebracht.

Ein Mann, der vornübergebeugt an der Bar sitzt – seine Haare hängen in sein Bierglas –, sieht Hank an. Hank nickt und geht hinaus, so schnell er kann. Draußen holt er tief Luft, um sich von der Atmosphäre der Hoffnungslosigkeit freizumachen, die drinnen herrscht.

Erst zuhause merkt er, dass ein Buch immer noch fehlt. Er überlegt zurückzugehen, beschließt aber, stattdessen den Verlust zu bezahlen.

In seinem Zimmer legt er den Stapel neben sein Bett und beginnt zu lesen.

***

Eine Woche nach dem Ereignis, über das nicht gesprochen wurde, ruft Hanks Vater ihn in sein Arbeitszimmer. Einen Moment lang glaubt Hank, sie würden Backgammon spielen wie vor dem Krieg. Sein Vater hatte ihm das Brett mitgegeben, als sein Schiff auslief, aber er hatte es in England zurückgelassen. Kein Platz in seinem Gepäck. Jetzt fühlt er sich schlecht deswegen.

Sein Vater öffnet eine Flasche Scotch und schenkt ihnen beiden ein. Es ist eine neue Flasche und Hank hat das bange Gefühl, sie ist eigens für diesen Augenblick gekauft worden. Er betrachtet die Hände seines Vaters, auf denen seine Arbeit als Rohrschlosser so viele Narben hinterlassen hat. Er wäre gern Geschichtslehrer geworden, aber in seiner Familie wurden die Jungs nicht aufs College geschickt.

»Du bist jetzt schon seit einer Weile zurück«, sagt er.

»Wenn neun Wochen eine Weile sind, dann ja«, entgegnet Hank.

Sein Vater wirft ihm einen Blick zu, und Hank weiß, dass er an die Grenze gegangen ist. »Sir«, fügt er hinzu.

»Ich habe von einem neuen Regierungsprogramm gehört. Der Service Readjustment Act. Roosevelts Idee. Guter Mann, FDR. Die Regierung wird jungen Männern wie dir das College bezahlen.«

Bei diesen Worten horcht Hank auf.

»Das solltest du in Anspruch nehmen.«

»Ich erkundige mich morgen«, sagt er.

»Ich möchte nicht, dass du weit weggehst. Nicht, wo deine Mutter so an dir hängt. Es wäre vielleicht einfacher gewesen, wenn wir zwei oder drei Kinder hätten, aber du warst sozusagen eine Art Wunder.«

Das hatte Hank nicht gewusst.

»Wunder?«

»Im Unterleib was nicht in Ordnung. Brauchst du nicht zu wissen. Darum ist sie, wie sie ist, so nervös, wenn es um dich geht. Also hab Geduld mit ihr.« Sein Ton hat sich verändert. Es liegt eine neue Bestimmtheit darin, die Hank verwirrt.

»Sir?«

»Wage es nicht, noch einmal zu seufzen, wenn sie dich bemuttert.«

»Nein, Sir.«

»Und die vulgäre Sprache, die du dir angeeignet hast. Damit ist jetzt Schluss.«

Hank nickt peinlich berührt.

»Ich habe eine Menge über Krieg gelesen.« Er macht eine Kopfbewegung in Richtung der Regale an den Wänden, Regale, die sein Vater von Hand gefertigt hat und die voller Bücher sind, über Napoleon, Cäsar, Alexander den Großen, Atatürk.

»Ich weiß, dass du schreckliche Sache gesehen haben musst. Ich weiß nicht, ob es hilft, über solche Dinge zu reden. Alkohol hilft jedenfalls nicht.«

Wie absurd, denkt Hank, dass sein Vater so etwas sagt, während sie beide ein Glas Single Malt in den Händen halten.

»Du musst dein Leben in den Griff kriegen, arbeiten gehen, studieren. Mach das Beste aus dem, was vor dir liegt«, sagt sein Vater.

»Das werde ich tun, Sir«, entgegnet er.

»Jetzt trink dein Glas leer, informier dich über die GI-Verordnung und lass mich mein Kreuzworträtsel lösen.«

Es ist Dienstagmorgen und Hank arbeitet auf einer Baustelle, als ein Päckchen für ihn eintrifft. Seine Mutter hat es auf den Tisch gestellt, damit er es vorfindet, wenn er nach Hause kommt.

Hank entdeckt das Päckchen, als er, seine leere Brotdose in der Hand, in die Küche kommt. Er wirft das Papier, in dem die Brote eingewickelt waren, in den Abfall und wäscht dann die Dose im Spülbecken ab, wie er es seinen Vater viele Jahre lang hat machen sehen. Doch sein Blick ist die ganze Zeit auf das Päckchen geheftet.

»Was ist das?« Er nimmt es in die Hand.

»Ich weiß es nicht, aber es ist eine weibliche Handschrift.« Wenn seine Mutter jemals schüchtern geklungen hatte, dann jetzt.

Er sieht genauer hin, und die Absenderadresse, säuberlich in die linke obere Ecke des braunen Papiers geschrieben, fällt ihm ins Auge.

Cape Cod.

Jetzt weiß er, was das ist.

Er schiebt ein Messer unter das Klebeband, öffnet das Päckchen. Das Brett ist zum Schutz in ein Tuch gewickelt, doch er sieht bereits das abgenutzte braune Leder, als läge es offen vor ihm. Obenauf liegt ein an ihn adressierter Umschlag.

Er setzt sich hin und öffnet ihn.

Wieder steht seine Mutter hinter ihm.

Die Worte seines Vaters hallen in ihm nach.

Er öffnet den Brief, und seine Mutter tritt beiseite.

Lieber Hank,

ich möchte Ihnen für Ihren schönen Brief danken. Er ist vor einiger Zeit angekommen, und ich hätte eher antworten sollen, aber ich las ihn immer und immer wieder. Ein paar kurze Momente lang war es, als sei William wieder lebendig und bei uns, weil sich jemand seiner erinnerte, der ihn auf eine andere Weise kannte als wir. Dafür möchte ich Ihnen danken.

Ich habe meinen Sohn nie als Soldaten gesehen. Mein Mann versicherte mir, die Armee werde schon dafür sorgen, dass er einer werde, aber ich hatte meine Bedenken. William war ein so sensibler Junge. Ich glaube, ich war zwar darauf vorbereitet, aber das konnte nichts an meiner bodenlosen Traurigkeit angesichts der Nachricht oder an dem Schmerz, den ich den Rest meines Lebens mit mir herumtragen werde, ändern.

Hank unterbricht seine Lektüre und blickt aus dem Küchenfenster. Er sitzt zwar in der Küche seines Elternhauses in Rhode Island, aber das ist nur seine äußere Hülle. Der Rest von ihm befindet sich in einem Pub in England, wo er versuchte, seinen Freund dazu zu bringen, ein bisschen Hass gegen den Feind zu empfinden, ihn aufzustacheln, ohne zu wissen, wie.

Die Worte auf dem Blatt Papier tun ihm weh. Einmal mehr hat Hank das Gefühl, versagt zu haben.

Er wendet sich wieder dem Brief zu.

Schon als kleiner Junge mochte er nicht Soldat spielen. Er hatte auch keine Spielzeugwaffen. Nicht einmal zum Angeln hatte er Lust. Ich wollte ihn nicht in den Krieg ziehen lassen, aber das will schließlich keine Mutter. Ich musste akzeptieren, dass es geschieht. Aber ich wusste, was kommt.

Hank spürt sein Herz immer härter pochen. Seine Mutter kommt in die Küche und er schiebt den Brief weg. Er hat für den Moment genug gelesen.

»Mutter, heute Abend kochst du nicht. Wir gehen zum Essen aus. Wie wär's mit dem Italiener?«

Der überraschte Blick seiner Mutter, dass er so etwas Unerhörtes vorgeschlagen hat, wie an einem gewöhnlichen Dienstagabend zum Essen auszugehen, bringt ihn zum Lachen. Als er damit einmal angefangen hat, kann er nicht mehr aufhören. Sein Lachen ist laut, und er kann es im Bauch spüren. Es lockt seinen Vater aus dem Arbeitszimmer.

»Was ist denn hier los?«, erkundigt er sich.

»Er will zum Abendessen ausgehen«, sagt seine Mutter und verschränkt die Hände ineinander, als wollte sie ein Gebet für die geistige Gesundheit ihres Sohnes sprechen.

Hank zwingt sich, tief Luft zu holen und sich zu beruhigen. Sein schallendes Gelächter wird zu einem Kichern und mündet schließlich in einem breiten Grinsen.

»Holt eure Jacken. Wir gehen bei Antonio Lasagne essen«, sagt er in dem Wissen, dass sein Vater dieses Gericht abgöttisch liebt und seine Mutter es noch nie zubereitet hat.

Seine Mutter blickt skeptisch drein, doch sein Vater holt bereits seine Jacke.

»Ich wollte eigentlich Hackbraten machen«, sagt sie.

»Auf diese Weise brauchst du nicht den ganzen Abend mit Kochen und Abspülen zuzubringen, Ma. Du kannst also irgendwas Schönes machen, wozu du sonst nicht kommst.«

Die Augen seiner Mutter wandern ziellos durch den Raum, als suchte sie nach etwas, das ihr Freude bereiten würde.

»Ich werde ein paar Kuchen für den Verkauf in der Kirche backen«, sagt sie.

Hank wird klar, dass das gesamte Leben seiner Mutter sich darum dreht, für andere Menschen zu sorgen. Er macht sich eine geistige Notiz, dagegen etwas zu unternehmen.

***

Hank ist seit Jahren nicht bei Antonio gewesen. Das letzte Mal, so rekonstruiert er, wohl nach seinem Abschluss an der High School. Seine Eltern feiern dort ihren Hochzeitstag und den Geburtstag seiner Mutter. Zweimal im Jahr gehen sie zum Essen aus. Der Gedanke deprimiert ihn.

Seine Mutter bestellt Spaghetti, sein Vater Lasagne, wie immer. Hank probiert etwas namens Gnocchi, eine Art Kartoffelklößchen. Sie schmecken gut. Seine Mutter betrachtet sie, als läge eine Art magischer Kristall auf seinem Teller.

Sie müssen mehr raus, denkt Hank. Auch daran wird er arbeiten müssen. Je mehr er zu tun hat, so stellt Hank fest, desto leichter ist es, die dunklen Gedanken in Schach zu halten, die ihn wachhalten.

»Nimm noch einen Nachtisch, Mutter.« Hank schiebt ihr die Speisekarte zu. Er kann sich nicht erinnern, dass seine Mutter jemals ein Dessert bestellt hätte. Dabei fällt ihm auf, dass sie gerade das billigste Gericht auf der Karte bestellt hat. Auch das muss sich ändern.

»Oh, das schaffe ich nicht«, sagt sie, späht aber schon auf die Liste der Angebote. Seine Mutter liebt Süßes. Er macht den Kellner auf sich aufmerksam und bittet um ein Glas Scotch, pur, für seinen Vater. Er selbst nimmt einen

Kaffee. Seine Mutter bestellt etwas mit Löffelbiskuits und Kaffee und Sahne. Einen Augenblick lang fühlt sich Hank einfach nur zufrieden, weil seine Eltern das seltene Vergnügen genießen, das er ihnen von seinem Lohn spendiert hat.

Zuhause beschließt seine Mutter, ein Bad zu nehmen und schlafen zu gehen. Sein Vater zieht sich ins Arbeitszimmer zurück. Hank nimmt den Brief aus der Schublade im Küchentisch, auf dem er das Päckchen vorgefunden hat, und fängt noch einmal von vorn an zu lesen.

Ich lege Ihr Backgammon-Spiel bei. William hat es uns geschickt, damit es in Sicherheit ist, und wir haben es nicht einmal ausgepackt. Der Gedanke, dass mein Sohn während der Ausbildung auch einmal abschalten konnte, tröstet mich, auch wenn er Schach am liebsten mochte.

Ich weiß, dass Sie nun alle Hände voll zu tun haben, um sich ein Leben in dieser neuen Nachkriegswelt aufzubauen, und ich weiß, dass Ihre Mutter Sie nicht aus den Augen lassen wird, aber wenn Sie Zeit haben, würden wir uns sehr freuen, Sie kennenzulernen.

Mit ganz herzlichen Grüßen
Jean Hardwick

Hank nimmt das Backgammon-Brett zur Hand. An dem Tag, an dem sein Vater ihn zum Bahnhof fuhr, damit er seine Grundausbildung antreten konnte, hatte er Hank ein Päckchen in die Hand gedrückt und ihm gesagt, er solle es im Bus öffnen. Darin befanden sich ein Dutzend Schokoladenkekse und das Backgammon-Brett, mit dem sein Vater ihm das Spiel beigebracht hatte. Als Junge hatte er heiße Schokolade bekommen, wenn sie es am Küchentisch spielten. Später war es Malzbier gewesen, bis er eines Tages ein Glas Scotch trank, ihn abscheulich fand und zum Malzbier zurückkehrte. In der Grundausbildung hatte er mit William gespielt, in englischen Pubs. Er weiß noch, wie er das Brett, als sie zusammenpackten, um in Frankreich einzumarschieren, für die anderen Rekruten zurückließ. Er hatte genug zu schleppen. Doch das war nicht der wahre Grund. Der wahre Grund war sehr viel dunkler. Er hatte nicht gewollt, dass es vielleicht mit Spuren seines Bluts seinen Eltern zurückgeschickt würde, wenn ihm etwas zustieß. William musste das gemerkt und es seinen eigenen Eltern geschickt haben. So war er. Umsichtig.

Das Spiel in der Hand, geht Hank die Treppe hinunter und ins Arbeitszimmer seines Vaters.

»Wie wär's mit einer Runde?«, fragt er.

Ein überraschter Blick weicht einem erfreuten.

»Bau es auf. Ich hole uns was zu trinken«, sagt er.

»Ich mache einen Kaffee, Dad«, sagt Hank. Seit jenem schlimmen Abend hat er nur ein einziges Mal Alkohol getrunken. Was ihn erschreckt, ist das Verlangen nach mehr.

Er öffnet das Spiel und stellt es auf den kleinen Tisch im Arbeitszimmer seines Vaters.

Der Krieg hat alles verändert – außer diesem Ritual. Darin liegt etwas wie Frieden.

33

Rhode Island, 1946

Als sich Hank Corrigan im Hörsaal umsieht, ist er überzeugt, der älteste Studienanfänger zu sein, den es je gegeben hat. Bis ein weiterer Mann den Raum betritt. An der Art seiner Frisur – streng zurückgekämmt ohne alberne Welle – und dem perfekt gebügelten Hemd erkennt Hank in ihm auf den ersten Blick einen Kriegskameraden. Das erleichtert ihn ein wenig, und die leise Bangigkeit, derer er sich gar nicht bewusst gewesen ist, legt sich.

Schon bald hat er einen festen Zeitplan, der seine Tage bestimmt – Vorlesungen besuchen, Selbststudium, Arbeit auf einer der drei Baustellen, auf denen er beschäftigt ist, und laufen. Laufen, so hat er entdeckt, bändigt seine Gedanken. Wenn er in einer Sackgasse ist, also wenn die Ratten in seinem Kopf kreuz und quer rennen. Die einzige Möglichkeit, sie zu zähmen, ist, sie müde zu machen, dafür zu sorgen, dass sie sich erschöpfen. Seine Mutter kocht für ihn, erledigt seine Wäsche, putzt sein Zimmer. Er ist selten zu Hause, und wenn, dann ist er abgekämpft.

Eines Abends beim Essen sagt seine Mutter: »Hast du an der Uni schon ein paar nette Mädchen kennengelernt?«

Aus irgendeinem Grund macht Hank diese einfache Frage verlegen.

»In meinen Vorlesungen gibt es keine Frauen.« Das fällt Hank nun zum ersten Mal auf. Auf dem Campus gibt es jede Menge hübsche Mädchen, aber er muss sich immer so beeilen, um von einem Ort zum anderen zu gelangen, dass er darüber gar nicht groß nachdenkt. Manchmal, am Abend, fallen sie ihm ein, wenn er ein körperliches Bedürfnis verspürt.

Er merkt, wie er rot wird.

»Maude, lass den Jungen in Ruhe«, sagt sein Vater, der vielleicht ahnt, warum Hank errötet, während sie Fischfrikadellen, eingelegte grüne Tomaten und gekochte Kartoffeln essen, eines seiner Lieblingsgerichte.

Ihr Kommentar lässt ihn an Williams Mädchen denken, das Versprechen, das er gegeben und nicht eingelöst hat. Ein Bissen bleibt ihm im Halse stecken und er beginnt zu husten. Seine Eltern beobachten ihn zunächst, bis Hank mit der Faust auf den Tisch schlägt und damit die Teller zum Hüpfen bringt. Seine Mutter holt Wasser, sein Vater klopft ihm auf den Rücken, doch nichts geschieht. Hank weiß, dass Panik in diesem Fall ein Feind ist. Welche Feinde hat er in der militärischen Ausbildung kennengelernt? Flüssigkeitsmangel, die Deutschen, die Japaner, Kälte, Erschöpfung.

Sein Vater trommelt nun regelrecht auf seinen Rücken und seine Mutter wimmert entsetzt, bis Hank aufsteht und seinen Vater wegschiebt. Seinen Stuhl umstößt. Er ballt die Hand zur Faust, sucht die Stelle unter den Rippen über dem Bauchnabel und stößt damit gegen die Lehne des Stuhls seines Vaters. Einmal, zweimal, die Zeit wird jetzt knapp für ihn.

Er hat das Gefühl, regelrecht vom Stuhl durchbohrt zu werden, bis zur Wirbelsäule. Er hustet wieder und wieder, schnappt nach einer winzigen Menge Luft, hat das Gefühl zu ertrinken. Es steckt immer noch etwas in seinem Hals. Blut auf dem Stuhl, auf dem Tisch. Das aus seinem Mund läuft.

Sein Vater ruft einen Krankenwagen. Seine Mutter betet. Und Hank kann nur daran denken, dass es einfach idiotisch wäre, den Krieg zu überleben und dann in der mütterlichen Küche an einer Fischgräte zu ersticken.

***

Es war keine Fischgräte. Es war ein Angelhaken, der in der Fabrik übersehen worden war. Man behält ihn über Nacht im Krankenhaus, besorgt wegen des Risses in seinem Hals. Es schmerzt wie die Hölle. Hank hat das Gefühl, dem Tod von der Schippe gesprungen zu sein. Nochmals.

Die diensthabende Krankenschwester ist nett zu ihm, und er findet sie ziemlich hübsch. Nina heißt sie.

Er hat wieder überlebt, und es ist Zeit, ein Versprechen einzulösen.

***

Es dauert ein paar Tage, bis der Entschluss gefasst ist. In der Mittagspause besorgt er sich bei der Bank einen Scheck über 100 Dollar. Er weiß nicht genau, wie viel Francs das sind, aber für ihn ist es eine Menge Geld. Am Abend schreibt er einen ganz einfachen Brief.

Liebe Elise,

ich hoffe, es geht Ihnen gut.

Ich bin nun wieder in den Vereinigten Staaten, wohne bei meinen Eltern und besuche die Uni. Ich wollte Ihnen längst schreiben, aber ehrlich gesagt belastet mich das, was William zugestoßen ist, sehr, und ich versuche, nicht zu viel über alles nachzudenken.

Ich weiß, dass es für Sie noch viel schlimmer sein muss, wo Sie doch in einem Land leben, in dem so viele Menschen durch …

Er hält inne. Will das Wort Krieg nicht benutzten und entscheidet sich für Ereignisse.

… durch die Ereignisse umgekommen sind.

Ich hoffe, das Beiliegende hilft Ihnen über die Runden, bis Frankreich wieder auf die Beine kommt.

Herzliche Grüße

Henry Corrigan

Er steckt den Brief und den Scheck in einen Umschlag und versiegelt ihn. Es fühlt sich billig an, nicht, als löste er ein Versprechen ein, aber es ist das Einzige, was er momentan tun kann. Er schickt den Brief ab und versucht nicht mehr daran zu denken, und doch juckt es ihn immer wieder, lässt sich nicht abschütteln, wie ein Moskito an einem Sommerabend.

Drei Monate später, an einem Tag, an dem Hank sich wegen einer bösen Erkältung weder auf die Uni noch auf die Arbeit freut, trifft ein Brief aus Frankreich ein.

Im Umschlag steckt ein kleines Blatt blaues Papier mit ein paar kurzen Zeilen.

Lieber Henry,

danke für Ihre Post, die kürzlich eintraf.

Ich weiß, dass es für Sie schwer sein muss, in Amerika zu einem normalen Leben zurückzufinden. Ich wünsche Ihnen viel Glück dabei.

Ich arbeite in der Bücherei und in der Bäckerei. Mein Land beginnt sich zu erholen.

Alles Gute,

Elise Lacroix

Zusammengefaltet im Umschlag liegt der Scheck. Hank sieht ihn an, als sähe er ihn zum ersten Mal, schiebt ihn dann zurück in den Umschlag und steckt diesen in die Tasche.

34

Rhode Island, 1949

Hank braucht drei Jahre, um das eigentlich vierjährige Studium abzuschließen. Dazu belegt er Sommerkurse und bewältigt den Stoff eines ganzen Jahres nebenbei. Seine Eltern kommen zur Abschlussfeier, sein Vater in einem Anzug, den er vielleicht schon zu seiner Hochzeit getragen hat, seine Mutter in ihrem besten Kleid.

Er hätte an der Feier gar nicht teilgenommen, wenn sie seinen Eltern nicht so wichtig gewesen wäre. Lieber hätte er gearbeitet. In drei Wochen fängt er bei einer ortsansässigen Ingenieursfirma an. Bis dahin will er so viel wie möglich auf Baustellen arbeiten. Er hat große Pläne.

Er arbeitet und arbeitet und dann, eines Abends beim Essen mit seinen Eltern, erzählt er ihnen, dass er ein Mehrfamilienhaus kaufen wird.

Sein Vater legt – eher mit einem Klirren als mit einem Klappern – die Gabel nieder.

»Du tust *was*? Wo?«

Hank nennt ihm die Adresse, und seine Mutter wird blass.

»Das ist keine gute Gegend«, erklärt sie.

»Wird es aber bald sein. Die Stadt wächst. Die Bevölkerung nimmt zu.«

»Und?« Sein Vater weiß, dass noch mehr kommt.

»Ich werde in eine der Wohnungen ziehen. Es wird einfacher sein, wenn ich vor Ort bin. Die Verwaltungsarbeiten.«

»Du kündigst doch nicht etwa?«

»Nein, keineswegs. Das Gebäude kann ich nebenher verwalten.«

Eine Stille entsteht, von der Hank weiß, dass sie von Furcht erfüllt ist. Menschen wie seine Familie kaufen keine Mehrfamilienhäuser. Sie leben vielleicht in einem, aber sie kaufen nicht. Hanks Eltern sind die einzigen, die ein Haus besitzen, und es glich einer Sensation, als sie dafür achtzehntausend Dollar hinlegten. Damals eine königliche Summe. Das Erbe des Onkels seiner Mutter machte es möglich.

»Für euch beide wird es auch gut sein, eine Pause von mir zu haben«, schmeichelt Hank. Aber er weiß, dass seine Mutter sich sorgen wird, egal, was er macht.

»Weißt du auch wirklich, was du da tust?«, fragt sein Vater.

»Ja, Dad. Glaub mir, ich weiß es.«

Ende September, als die Blätter sich gerade gelb und rot zu verfärben beginnen, zieht er in seine eigene Wohnung. Er benutzt den Pickup, den er aus zweiter Hand gekauft hat, und sein Kollege Joe hilft ihm. Niemals hat er seine Eltern so eng beieinander gehen sehen, wie als sie aus Dads altem Auto steigen. Sie wohnen in einem Arbeiterviertel, aber neben dieser Gegend nimmt es sich gehoben aus.

Seine Mutter hat Putzmaterial mitgebracht, und obwohl Hank sich sträubt, macht sie sich in der Küche seiner Zweizimmerwohnung im Erdgeschoss des Hauses an die Arbeit. Er hat vor, das zweite Zimmer zum Büro zu machen, wie sein Vater in seinem Elternhaus.

»Also, erzähl mal, wie das funktioniert. Dir gehört das

Gebäude, und die Leute bezahlen dir Miete?«, will sein Vater wissen und blickt sich skeptisch um.

»Ja, und das Geld gebe ich der Bank für die Hypothek«, fügt Hank hinzu, der eine Schachtel mit Küchenutensilien trägt, die seine Mutter gestiftet hat.

»Ich hoffe, du weißt, was du tust.«

»Schnapp dir eine Tasche, Dad, so alt bist du auch nicht«, erwidert Hank.

***

Ein neuer Plan beginnt Gestalt anzunehmen. Die Nachbarn seiner Eltern ziehen allesamt nach Florida. Der Winter in Neuengland ist für jeden hart, für die Alten aber besonders brutal. So fährt er eines Tages im April nach Florida mit dem Ziel, in Clearwater, dem einzigen Ort dort, den er dem Namen nach kennt, eine kleine Wohnung für sie zu finden. Außerdem gefällt ihm der Name. Klares Wasser. So einfach. So rein.

Auf dem Weg hält er in einem Ort namens Saint Petersburg an, um zu tanken. Dann fährt er durch eine Wohngegend, wo ihm ein kleines weißes Haus mit umlaufender Veranda und blau gestreiften Markisen ins Auge fällt. Als er das Schild »Zu verkaufen« entdeckt, fährt er vor und klopft an die Tür. Sie öffnet sich und ein älterer Mann steht vor ihm, der an einem Tag, an dem man auf dem Pflaster Steaks braten könnte, graue Flanellhosen trägt. Hank wusste sofort, dass er gedient hatte, und mochte ihn auf Anhieb. Als sie durch das Haus gingen, konnte er sich vorstellen, selbst eines Tages darin zu wohnen.

»Darf ich fragen, warum Sie verkaufen?«, fragt er den Älteren – Edward ist sein Name –, als sie auf der hinteren Veranda sitzen und den Wellen lauschen.

»Für mich ist es zu groß, und meine Tochter wünscht sich eines dieser schicken Häuser in Miami Beach. Hier gibt es nicht viel zu tun. Das passt zwar für mich, aber für die Jüngeren ist es langweilig.«

Hank hält sein Lachen im Zaum. Hier gibt es nicht viel zu tun, aber Hank weiß, dass es so nicht bleiben wird. Die Bevölkerung wächst, und Menschen werden Wohnraum brauchen.

»Also, ich würde es gern übernehmen. Ich finde, es ist ein kleines Stück vom Paradies«, sagt er.

»Ich muss meinen Sohn anrufen. Er ist Anwalt.«

»Bitte, tun Sie das. Ich bin eine Woche hier und würde in der Zeit gern alles abwickeln.«

***

»Florida. Warum sollten wir nach Florida fliegen?«, fragt sein Vater zum ungefähr fünfzehnten Mal, seit Hank erzählt hat, er habe für sie alle Flugtickets gekauft. Von dem kleinen Haus am Meer wissen sie noch nichts.

»Ach komm schon, Dad, für Mom wird es schön sein, ein bisschen Sonne zu bekommen. Entspann dich.«

»Wo werden wir dort wohnen? Was soll das kosten?«

»Mach dir darüber keine Gedanken, Mom.« Hank wünscht, er könnte sie dazu bringen, sich zu freuen. Glücklich zu sein.

»Es ist für alles gesorgt, und es wird schön werden«, sagt er.

Keiner von beiden ist bisher geflogen, und sie haben beide höllische Angst. Sein Vater kann es bloß besser verbergen.

»Mein Koffer ist schwer. Ich fürchte, dass er durch den Flugzeugboden bricht«, sagt sie und starrt auf den schottisch karierten Koffer, von dem Hank nicht einmal wusste, dass sie ihn besitzen.

Er muss lachen, er kann nicht anders.

»Flugzeuge sind ziemlich stabil«, sagt er. »Mach dir darüber keine Gedanken.«

***

Sie landen am Abend und nehmen vom Flughafen ein Taxi zu dem Haus. Die Fahrt führt sie an Hotels, Andenkenläden, unbebauten Grundstücken und Baustellen vorbei.

»Fahren wir zurück nach Rhode Island?«, fragt sein Vater nach zwanzig Minuten.

»Entspann dich, Dad. Der Ort ist groß.«

»Nein, ist er nicht. Ich habe im Atlas nachgesehen.«

Schließlich hält das Taxi vor dem Haus. Das Weiß leuchtet sanft, wie ein Leuchtturm vor dem dunkler werdenden Himmel. Hank bezahlt, und sie steigen aus. Das Geräusch der Wellen und der Geruch des Meeres, salzig und einladend, begrüßen sie.

Sein Vater blickt sich um. »Wo ist das Hotel?«, fragt er, während Hank den Fahrer bezahlt, der ihnen das Gepäck bis zur Eingangstreppe trägt. Sie ist frisch gestrichen, aber ein wenig verzogen und muss ersetzt werden. Das wird er in dieser Woche erledigen. Wenn man Eigentum besitzt, muss man alles im Griff haben.

Hank zieht die Schlüssel aus der Tasche und öffnet die Tür. Seine Mutter steht immer noch auf der Straße, wo sie aus dem Taxi gestiegen ist.

»Lieber Himmel, Ma. Komm jetzt.«

»Henry, was tust du?«

Dass sie ihn bei seinem richtigen Namen nennt, zeigt ihm, dass es mit der Überraschung nichts wird. Sie sind nervös.

Er öffnet die Tür, schaltet innen und außen das Licht ein.

»Ich habe es gekauft, Ma. Das Haus gehört mir. Und jetzt kommt rein!«

Seine Eltern rühren sich immer noch nicht von der Stelle. Hank ist ein bisschen verärgert. Er hatte sich auf diesen Moment gefreut, und sie verhalten sich wie Rehe, die im Scheinwerferlicht erstarrt sind.

Er holt tief Luft. Geht die Treppe herunter und nimmt seine Mutter beim Arm.

»Kommt und seht euch das Haus an«, sagt er.

Das Licht, das durch die Tür hereindringt, erhellt gerade einmal den Eingangsbereich. Vorne an der Straße gibt es ein paar Straßenlaternen, hinten keine, nur wildes Gras, den Strand und den sandigen Abhang zum Meer hin. Hank geht voraus, schaltet die Lampen ein. Als er zurückblickt, sieht er seine Eltern immer noch am Eingang stehen.

Sie sehen aus wie im Schockzustand.

Hank wartet, damit sie ihre Gedanken sortieren können.

»Du hast das gekauft?«

Hank nickt.

»Die Winter daheim sind zu hart. Ich will nicht, dass ihr in kalte Autos steigen und auf vereisten Straßen fahren müsst. Wenn Dad in Rente geht, könnt ihr die Winter hier verbringen. In der übrigen Zeit vermiete ich es.«

»Aber was geschieht dann mit unserem Haus?«

»Ich hatte mir überlegt, dann selbst dort zu wohnen, und ihr beiden könnt kommen, wenn es hier zu heiß wird.«

Seine Mutter blickt sich um. Das Haus ist klein, alles auf einer Ebene – ein weiterer Grund, warum er es gekauft hat. Seine Mutter hat langsam Mühe mit den Treppen.

»Willst du die Küche sehen?«, fragt er.

Sie nickt. Die Küche liegt im hinteren Teil des Hauses. Es gibt eine Tür zum Hinterhof, aber er plant den Einbau von Schiebetüren und einem großen Fenster. Um den Raum zu öffnen und die schöne Sonne hereinzulassen.

Die Küche ist größer als die in Providence. Hank sieht, wie die Miene seiner Mutter sich angesichts des neuen Kühlschranks und der Küchenzeile aufhellt.

Sein Vater kommt ihnen hinterher, sieht sich um. »Mach das Fenster auf«, sagt er. »Ich mag das Wellenrauschen.«

Das hat Hank bisher nicht gewusst. Und schon hat es sich gelohnt.

***

Dass seinen Eltern an Florida vor allem der Strand so gefallen würde, hatte Hank nicht vorausgesehen. Am ersten Tag saßen sie da und sahen aufs Meer hinaus. Am zweiten Tag gingen sie daran entlang – in Schuhen und Winterkleidung – und standen dicht am Wasser. Am dritten Tag äußerte seine Mutter, wenn das Wetter ein wenig wärmer wäre, würde sie vielleicht gern mit den Füßen hineingehen.

Bei diesen Worten meinte Hank einen Moment lang, sie habe am Sherry genippt. Er wünschte sich, einen Fotoapparat dabeizuhaben, wenn sie es wahrmachte.

Das Haus nimmt Gestalt an. In der Küche gibt es nun Geschirr, Besteck, eine Schmorpfanne für den Truthahn, ein Sortiment von Töpfen und Pfannen. Auch einen Tisch haben sie. Die Frau nebenan, Maggie, ist ein Geschenk des Himmels. Sie nahm sie mit zum Einkaufen. Sie gaben in einem Lebensmittelladen 65 Dollar aus, füllten zwei Einkaufswägen. Seine Mutter war angesichts der Ausgaben außer sich. Hank bezahlte bar – stets ein paar hundert Dollar in der Tasche zu tragen gab ihm das Gefühl, etwas erreicht zu haben. Dann gingen sie einen Tisch kaufen.

Und doch fragt er sich jeden einzelnen Tag, wie es wohl Elise geht. Fühlt sich schlecht wegen ihr. Er hofft, dass sie inzwischen einen netten Mann gefunden und eine Familie gegründet hat. Schließlich war sie doch eine sehr hübsche Frau.

Er wird sich den Gedanken, sie könnte Weihnachten allein sein, nicht erlauben.

»Hank?«

»Er ist mit dem Kopf wieder woanders. Das ist unser Immobilienmagnat.«

»Entschuldige, Ma. Was hattest du gesagt?«

»Wir müssen ein paar mehr Handtücher besorgen. Ich würde gern die Betten frisch beziehen. Wann fliegen wir nach Hause?«

»Am zweiten«, sagt Hank.

»Oh«, sagt sie. Hank meint aus dieser einen Silbe einen Anflug von Enttäuschung herauszuhören. Und einen Moment lang ist er erfreut.

Aber irgendetwas passt ihm nicht so recht. Er weiß nicht, was es ist. Vielleicht hat seine Mutter recht und er muss sich häuslich niederlassen, ein nettes Mädchen finden. Er denkt an Nina, die Krankenschwester, die sich um ihn gekümmert hat, als er fast erstickt wäre. Ein paar Mal war ihm in den Sinn gekommen, sie anzurufen und sich mit ihr zu verabreden, doch irgendetwas hatte ihn zurückgehalten. Ihm fehlte der Mut, würde sein Vater sagen.

Aber da ist noch etwas Anderes. Er schläft nicht so gut wie früher. Das Laufen, ja, das kann er jetzt in seinem linken Knie spüren, aber es ist nicht anstrengend genug, um seinen Geist so zu ermüden wie zuvor.

Ganz plötzlich wird es ihm klar. Es ist sein Versprechen William gegenüber. Und es ist an der Zeit, diese Sache zu klären. Immerhin sind schon zehn Jahre vergangen.

***

Als sie zuhause eintreffen, empfangen sie schneidender Wind und beißende Kälte.

Bevor sie schlafen gehen, küsst seine Mutter Hank auf die Wange, etwas, das sie seit dem Tag nicht mehr getan hat, an dem er zur Grundausbildung losgezogen ist. Sein Vater schüttelt ihm die Hand. »Morgen werde ich dich im Backgammon schlagen«, scherzt er. Hank registriert, dass seine beiden Eltern von den Spaziergängen, die sie am Strand gemacht haben, ein bisschen braun geworden sind. Einmal hat er gesehen, dass sein Vater die Hand der Mutter hielt. Das war zunächst verstörend, da seine Eltern sehr zurückhaltend waren, doch dann freute sich Hank einfach darüber.

Sie sind schon so lange verheiratet, haben so viel durchgemacht. Und immer noch lieben sie einander, in einer sanften, aufrichtigen Weise.

Hank geht ins Wohnzimmer, in dem nie jemand sitzt, sieht aus dem Fenster und denkt nach. Die Straße, in der er Hockey gespielt hat. Das unbebaute Grundstück, wo sie Baseball gespielt haben. Die Zahnklinik. Er hatte mit John gespielt, sie waren zusammen aufgewachsen und zur Schule gegangen. Jetzt lag er in Frankreich begraben. Auch die Sullivans haben einen Sohn verloren. Und die Smyths. Drei allein in dieser Straße. Wenn er genau hinschaut, kann er sehen, wie sie als Halbwüchsige einem Ball hinterherlaufen und rangeln, bis sie von ihren Müttern zum Essen gerufen werden. Die endlosen Abzählreime – wer geht als Erster?

Hank weiß, was er zu tun hat.

Nachdem er jetzt für seine Eltern gesorgt hat, ist es an der Zeit, Elise zu helfen. Er wendet sich vom Fenster ab, von seinen Kindheitserinnerungen, und geht in die Küche.

Dort setzt er sich an den Tisch und beginnt einen Brief an Jean. Auch ihr gegenüber ist er nachlässig gewesen. Er fragt, ob sie von Elise gehört hat und ob es ihr gutgehe. Hank hofft, dass sie geheiratet und eine Familie gegründet, sich ein eigenes Leben aufgebaut hat. Hoffen, hoffen, hoffen. Das ist alles, was er tun kann. Nein. Es ist alles, was er bisher getan hat.

Er versiegelt den Brief, kann ihn aber erst am Morgen abschicken. Also geht er in sein Zimmer, zieht die Laufkleidung an und dreht trotz der bitteren Kälte eine Runde. Vielleicht wird er den Geistern der Jungs begegnen, die sie alle einst gewesen sind.

***

Es dauert sechs Wochen, bis Hank eine Antwort von Jean bekommt. Ihre Handschrift wirkt etwas unsicher, und er weiß, dass er auch ihr nicht recht getan hat. Hier und da ein Brief, aber besucht hat er sie nicht.

Der Brief ist nicht beruhigend. Elise wohne, soweit sie wisse, immer noch im gleichen Haus. Sie habe nicht geheiratet. Und sie höre seltener von ihr als vorher.

Ich sehe manchmal Miss Havisham vor mir, wenn ich an sie denke, schreibt sie. Der Satz trifft ihn ins Herz – er kennt die Gestalt, weil ihr Sohn ihm geraten hatte, *Große Erwartungen* zu lesen.

Auf den letzten drei Blättern des Briefblocks seiner Mutter beginnt Hank einen neuen Brief. Bis zum Krieg hatte er keinen einzigen geschrieben, und inzwischen ist er ziemlich gut darin, obwohl er es nicht gerne tut.

Er wird ihr nochmal einen Wechsel schicken, und wenn er nichts von ihr hört, nach Frankreich reisen und sich selbst ein Bild von der Lage machen.

35

Normandie, Frühling 1955

Hank hat immer gewusst, dass er nach Frankreich zurückkommen würde. Da gab es keinen Zweifel. Er wusste zwar nicht, wann genau, aber dass er kommen wird. Um den Gefallenen seine Ehre zu erweisen. Um den verdammten Strand zu sehen, der sein Leben vollkommen verändert hat.

Er möchte sich nicht länger in Paris aufhalten, also begibt er sich nach seiner Ankunft direkt zum Bahnhof. Paris ist eine Stadt, in der sie sich zu allerlei Unfug hatten hinreißen lassen, und selbst nach all den Jahren noch errötet Hank beim Gedanken daran. Er war so jung. Er glaubte, er werde jeden Moment sterben. Jetzt weiß er es besser. Das arme Mädchen, so gebrochen vom Leben. Beide hatten sie nach jedem Strohhalm gegriffen, der sich bot. Er hofft, dass es ihr jetzt gutgeht.

Er muss den Zug Richtung Norden finden.

Der Mann, den er um Hilfe bittet, lächelt ihn an.

»Amerikaner?«

Hank nickt.

Der Mann hilft ihm mit den Tickets. Er muss umsteigen, einmal, zweimal. Hank hat zwar ein wenig Französisch gelernt, aber das hilft ihm jetzt nichts. Eine Frau hinter ihnen tritt nach vorn, sie spricht mit dem Angestellten Französisch und erteilt Hank auf Englisch Anweisungen.

»*Merci, Monsieur*«, dankt sie ihm.

»Wie bitte?« Hank ist verblüfft.

Immer, wenn er den Mund aufmacht, kommt die gleiche Reaktion. Amerikaner? Kanadier? Beide haben an dem Strand, den er jetzt sehen will, gekämpft.

Er hat nur zufällig überlebt, um die Geschichte zu erzählen.

***

Als er aus dem Zug steigt, weiß er genau, wo er hingehen muss. Er hat damit gerechnet, sich nur schwer orientieren zu können – es ist so lange her, und er war damals so müde und voller Angst vor der Reise, die vor ihm lag. Jetzt ist er nicht müde, aber Angst hat er auch, aus anderen Gründen.

Er hatte geschrieben, dass er kommen würde. Zweimal. Aber er war nicht sicher, dass sie seine Post erhalten hatte.

Er nimmt seine Tasche und geht los. An der Ecke sitzen ein paar Männer draußen vor einer Bar. Sie nicken ihm zu, die Gesichter in dunklen Zigarettenrauch gehüllt. Vor ihnen auf dem Tisch die Überreste einer Mahlzeit.

Ein Mann winkt ihn herbei und er geht zu ihnen hinüber, weniger, weil er etwas trinken will, als um aufzuschieben, weswegen er hier ist.

»*Américain?*«, fragen sie.

»*Oui*«, bestätigt er. Einer der Männer steht rasch auf, so dass der Stuhl über den Beton kratzt. Er ruft nach jemandem, und ein Kopf erscheint im Durchgang zur Bar. Es werden ein paar schnelle Worte gewechselt, die Hank nicht mitbekommt, doch er meint »Américain« herauszuhören.

Eine Flasche taucht auf und Gläser werden gefüllt.

»*Santé!*«, sagen sie zu ihm. Er weiß, dass sie auf sein Wohl trinken. Er nimmt ein Glas, orientiert sich. Er weiß jetzt, wo der Kanal ist und jener Strand.

Er lässt sich nachschenken und denkt dabei an William, den Mann, der nie zurückgekehrt ist. Zehn Jahre mögen nur ein Wimpernschlag sein, aber die Männer, die gefallen sind, hätten in dieser Zeit ein Leben aufbauen können, das ihnen verweigert wurde.

Eine weitere Runde wird ausgeschenkt und Hank spricht den Mann neben sich an und fragt nach Elise. Der Ort ist nicht groß, und bestimmt kennt jeder jeden? Doch der Mann zuckt mit den Schultern. Hank ist kein Trinker und kann die Wirkung des Alkohols bereits spüren. Er dankt den Männern, schüttelt Hände und geht davon.

Vielleicht ist es der Alkohol. Vielleicht ist es die Tatsache, dass er wieder hier ist. Jedenfalls fühlt es sich gut an, die Straße entlangzugehen, die, wie er weiß, zu ihrem Haus führt. Es fährt ihm durch den Kopf, dass sie umgezogen und er nicht in der Lage sein könnte, sie aufzuspüren. Er bleibt mitten auf der Straße stehen. Wenn es so ausgehen würde, könnte er dann überhaupt seiner Wege ziehen? Doch nein, Jean sagt, sie sei noch da, und tief im Herzen weiß er das auch.

***

Die Bäume wiegen sich sanft, während er die Straße entlanggeht. Ein Windspiel mischt sich in das magische Geräusch der Blätter. Er weiß, dass das Haus hinter der kleinen Kurve liegt. Und da ist es auch schon. Die Farbe blättert ab, die Stufe vor der Haustür wartet nur darauf, dass ein Unfall passiert. Es ist ein ernüchternder Anblick. Er steigt darauf, aber die Stufe kann ihn nicht tragen. Sie hängt in der Mitte durch wie ein misslungenes Soufflee. Er stellt sein Gepäck ab und geht am Haus entlang, wobei ihm auffällt, dass das Holz der Fensterrahmen fault. Hier wohnt sie doch bestimmt nicht mehr? Als er um eine Ecke biegt, entdeckt er sie hinter dem Haus. Sie sitzt mit einem Buch in der Sonne. Er beobachtet sie einen Moment lang. Eine gutaussehende Frau, schön sogar, wären da nicht ihr ungebändigtes Haar und die hängenden Schultern, als trüge sie eine schwere Last. Er hebt die Faust, um an die Hauswand zu klopfen und auf sich aufmerksam zu machen, doch sie blickt genau in diesem Moment auf und sieht ihn, die eingerollten Finger in der Luft.

Ein erschrockener Ausdruck überzieht kurz ihr Gesicht, ehe etwas wie – Resignation? – Platz macht. Er kann es nicht beurteilen.

Sie sehen einander eine kleine Weile an.

»Elise?«, fragt er, obwohl er weiß, dass sie es ist.

»*Oui*, ja, das bin ich.«

Sie kommt auf ihn zu, und er sieht, wie alt sie wirkt, vergessen, fast schon gebrechlich. Gequält. Ein bisschen wie das Haus selbst.

»Ich bin's, Hank, Williams alter Freund. Wir haben uns kennengelernt …« Seine Stimme verstummt allmählich. Sie muss wissen, wann sie sich kennengelernt haben. Und wenn nicht, dann lag eine schreckliche Aufgabe vor ihm.

»Hank, ja. Der Mann, der mir Geld schickt.«

Es beschämt ihn, wie sie es sagt. Als wüsste sie von dem Versprechen. Als wüsste sie, dass er versucht hatte, sich eine Gnadenfrist zu erkaufen.

»Möchten Sie reinkommen und etwas trinken?«

»Ja, gern.« Er tritt beiseite und lässt sie vorausgehen. Die hintere Haustür fällt fast schon aus den Angeln, das Holz ist vollkommen verfault. Hier könnte sogar ein Kind einbrechen. Bevor er abreist, muss er das in Ordnung bringen.

Im Haus ist es sauber, das muss er sagen. Altmodisch, reparaturbedürftig, aber sauber. Er weiß nicht recht, ob sie eine Art Putzfimmel hat oder ob sie vielleicht putzt, um die Zeit herumzubringen. Als eine Art Therapie, so wie seine Mutter immer seine Kleidung, sein Zimmer in Ordnung hielt und kochte, wenn er kam. Als wolle sie jener Kraft, die ihn verschont hatte, beweisen, was für eine gute Mutter sie ist.

Nein, das war hier nicht der Fall.

Hank beobachtet Elise, während sie in der Küche hantiert.

»Wie geht es Ihnen?«, fragt er und kommt sich dabei dumm vor, weil die Frage so lächerlich ist.

»Gut, danke«, sagt sie, als wiederholte sie einen auswendig gelernten Satz aus einem Lehrbuch.

»Ich habe geschrieben, dass ich kommen werde.«

»Ich gehe nicht oft zur Post.«

Er weiß nicht, was er darauf sagen soll.

»Kommen Sie wegen des Jahrestags?«

Er weiß nicht, ob sie damit den D-Day meint oder Williams Tod.

Also sagt er nichts.

Sie reicht ihm eine Teetasse mit Kaffee und holt eine Flasche mit irgendeinem Alkohol aus dem Schrank. Calvados, jetzt fällt es ihm wieder ein.

Der Geruch erinnert ihn an seinen letzten Aufenthalt hier. Als er sein Versprechen halten wollte. Und gleichzeitig auch nicht. Daran hat sich zwar nichts geändert, aber diesmal ist er hier, um zu handeln. Das schuldet er seinem Freund, der für immer unter einer Wiese an der Küste ruht.

»Was führt Sie her?«, fragt sie und füllt ihr Glas erneut.

Er denkt einen Augenblick nach. »Es ist an der Zeit. Den Strand zu sehen, das Land zu sehen.«

Ihre Augen schließen sich halb, und ihr Kopf sinkt kurz herab.

»Ich war selbst noch nicht dort.«

»Warum?«, fragt er.

»Weil ich nicht will.«

Darauf gibt es nicht viel zu sagen.

Er versucht sie als ein leidendes menschliches Wesen zu sehen. Aber er muss dauernd denken ..., wenn sie ihre Haare schneiden würde, ihre Lippen schminken, modische Kleidung tragen. Nicht, dass die äußere Erscheinung das Leben ausmachen würde, aber sie würde sich dann vielleicht besser fühlen. So, wie er sich besser gefühlt hatte, als er im Militärdienst war, körperlich fit und mit einem echten Anliegen. Jetzt ist er um die Mitte ein bisschen schlaff geworden. Und sein Anliegen scheint nur noch zu sein, so viel Geld wie möglich zu verdienen. Aber auch das ist nicht real. Die Mieter übernehmen durch ihre monatlichen Zahlungen die Tilgung der Hypothek. Das Haus in Florida ist über eine Hypothek auf das Mietshaus abgesichert. Er weiß, dass er langfristig dort sein wird.

»Sie und William. Sie haben in Amerika nicht weit voneinander gewohnt. Haben Sie seine Familie besucht, Jean und seinen Bruder und den Vater?«

Er schüttelt den Kopf. Vielleicht hätte er das tun sollen, aber würde eine Mutter den Menschen kennenlernen wollen, der bei ihrem Sohn war, als dieser starb, und der ihn nicht gerettet hat? Er sagt sich, nein, trotz ihrer Einladungen. Ein weiterer Grund, sich zu schämen.

»Wir haben uns ein paar Mal geschrieben«, sagt er. Von dem Backgammonspiel erzählt er ihr nichts. Auch nicht, dass Williams Mutter gefragt hat, ob ihr Sohn Schmerzen gelitten habe.

»Ich habe auch ab und zu von Jean gehört«, sagt Elise. Hank merkt, dass »William« bei ihr anders klingt, und das liegt nicht am Akzent. Eine Energie, eine Kraft, eine Liebe steht dahinter. Für den Rest der Welt mögen zehn Jahre vergangen sein, aber für sie ist die Nachricht, mit der sie von ihrem Verlust erfuhr, gerade gestern gekommen. Und ihm wird klar: Sie hat aufgegeben, sie weigert sich, nach vorn zu schauen.

Er weiß, dass Arbeit vor ihm liegt, und schiebt sein Glas weg.

»Am Haus muss einiges gemacht werden. Ich bin ein ziemlich guter Handwerker«, sagt er.

Elise will etwas sagen, und er kann in ihrem Gesicht lesen, dass sie ablehnen will. Doch etwas lässt sie ihre Meinung ändern.

»Ja, am Haus muss einiges gemacht werden. Das interessiert mich nicht weiter. Haben Sie einen Ort zum Übernachten? Wenn Sie wollen, können Sie im Zimmer meines Bruders wohnen.«

»Was ist mit Monsieur Gravel?«

»Er ist letztes Jahr gestorben«, sagt sie.

»Oh.« Er senkt kurz den Kopf.

»Ich habe meine Tasche draußen stehen lassen«, sagt er. »Ich hole sie.«

***

Vielleicht, weil Hank von Natur aus nicht sehr gesprächig ist und Elise, wie es ihm scheint, zu schwach zum Reden, kommunizieren sie über Essen und Aufgaben. Sie ist eine fabelhafte Köchin und ernährt ihn gut, und er plant, was getan werden muss, reißt altes, verfaultes Holz heraus und setzt neue Türen ein, neue Fensterrahmen, neue Bodendielen. Während er herausreißt und neu einsetzt, denkt er, dass es einfacher wäre, das Haus komplett neu zu bauen, aber das kann er schlecht vorschlagen. Er arbeitet von Sonnenauf- bis Sonnenuntergang, und eine Woche später sieht das Haus schon besser aus. Nicht neu, nicht frisch, nicht einmal stabil genug, um einem starken Sturm zu trotzen, aber besser. Während er hämmert und sägt, ertappt er sich beim Gedanken an William. Dabei erfüllt ihn Traurigkeit, ein Gefühl von Verlust. Doch manchmal fragt er sich auch, wie gut er dieses Mädchen wohl gekannt hat.

Die körperliche Arbeit tut ihm gut, und eines Abends schlägt er vor, in die Stadt zu gehen. »Sie haben jetzt so oft gekocht. Ich möchte Sie zum Essen einladen«, sagt er.

»Das ist nicht nötig«, gibt sie zurück.

»Nötig sind die wenigsten Annehmlichkeiten, aber sie machen das Leben lebenswert. Also lassen Sie uns auswärts essen gehen.«

Sie rührt sich nicht. Ihr Zögern ist unübersehbar.

»Bitte?«, fügt er leise hinzu.

»Dann muss ich mich erst fertig machen«, sagt sie.

»Na klar. Und ich muss den ganzen Sägestaub zusammenkehren und mich säubern. Ich werde das Waschbecken in der Küche benutzen«, sagt er.

Elise sieht aus, als suchte sie nach einer Ausrede, und Hank scheucht sie. »Ab nach oben. Ziehen Sie ein schönes Kleid an. Wir werden gut essen und Sie brauchen hinterher nicht abzuspülen.« Er erinnert sich, etwas Ähnliches zu seiner Mutter gesagt zu haben, und das gibt ihm ein komisches Gefühl.

Sie dreht sich um und geht die Treppe hinauf. Ihrem Schritt auf den Stufen merkt man das Zögern an. Hank erwartet, dass sie einen Rückzieher macht, sich herausredet. Aber sie tut es nicht.

Als sie in die Küche zurückkommt, trägt sie ein rosafarbenes Kleid. Ihr Haar ist zu einem Knoten frisiert und betont die Schönheit ihres Gesichts ohne den grauen Haarvorhang. Er ist nicht sicher, ob sie sich geschminkt hat, aber ihre Haut hat einen weichen Glanz. Im gefällt der Gedanke, das könnte an der Vorfreude liegen und nicht aus einem Tiegel oder einer Tube stammen.

Hank trägt ein blaues Button-Down-Hemd, hellbraune Hosen und eine graue Jacke, die seine Mutter für ihn gestrickt hat. Er hat keine schicke Kleidung eingepackt, aber er findet, dass er gut aussieht. Trotzdem wünscht er sich, er hätte ein Sakko mitgebracht.

»Sie sehen wirklich schön aus«, sagt er.

»Danke«, erwidert Elise.

»Haben Sie eine Idee, wo Sie gern hingehen würden?«

»Ja. Es gibt ein Lokal in der Nähe des Wasserrads, wenn es noch existiert. Bin lange nicht dort gewesen.«

»Wir werden es probieren. Und falls es nicht mehr da ist, suchen wir uns einen anderen Ort.«

Sie streift eine Strickjacke über, und selbst Hanks ungeschultes Auge nimmt wahr, dass sie nicht zu dem Kleid passt, das sie trägt. Aber er lächelt, zieht die Tür hinter ihnen ins Schloss und bietet ihr, während sie den Fußweg von ihrem klapprigen Haus zur Straße gehen, seinen Arm. Sie zögert und schiebt dann nervös die Hand durch den Winkel, den sein Ellbogen bildet.

Flirrendes Abendlicht beleuchtet ihren Weg ins nahe Zentrum des Städtchens.

»Ich habe die Hintertreppe verstärkt, und die vorne auch. Beide sind jetzt sicher. Auch einige Fensterrahmen habe ich ausgetauscht. Ich würde gern einen Elektriker die elektrischen Leitungen überprüfen lassen und dann ein paar Wände verputzen. Die Feuchtigkeit hat schreckliche Schäden angerichtet. Möglicherweise müssen auch einige Stützbalken ausgetauscht werden.«

Er spürt, wie sie neben ihm steif wird.

»Wird das viel Geld kosten?«, fragt sie.

»Nein, nein. Alle entstehenden Kosten übernehme ich gerne«, antwortet Hank rasch.

Ein Moment des Zögerns, und dann: »Warum?«

Soll er es ihr sagen?

Hank bleibt auf der Straße stehen. Die Kirche neben ihnen wirft einen großen Schatten über sie. Die Sonne steht tief am Himmel, ein leuchtender Ball orangen Lichts, der ihn zwingt, die Wahrheit zu sagen.

»Weil William mein Freund war. Weil ich bei ihm war, als er starb. Und weil er mich bat, mich um Sie zu kümmern. Also lassen Sie mich das bitte machen. Für meinen Freund. Und für Sie.«

Sie senkt den Kopf und Hank hat die höchst reale Befürchtung, sie könnte auf der Straße zu weinen beginnen. Stattdessen hebt sie den Kopf und sagt: »Er ist immer noch bei mir. Ich kann ihn spüren, wissen Sie.«

Er nickt, wagt nicht zu sprechen.

Sie gehen weiter, an der Kirche vorbei.

»Als ich William gerade erst kennengelernt hatte, habe ich ihn hierher mitgenommen.« Sie deutet auf die Kathedrale. »Die Architektur hatte es ihm angetan«, sagt sie. »Während er im Krieg war, habe ich hier für ihn gebetet.« Sie hält inne, und als sie weiterspricht, liegt eine neue Nuance in ihrer Stimme. Verachtung. »Seitdem habe ich die Kirche nicht mehr betreten.«

Hank drückt seinen Arm, auf dem so sanft ihre Finger liegen, fester an den Körper und zieht damit ihre zarte Hand an sich. Er erinnert sich daran, wie viel sie verloren hat, und beschließt, sich noch besser um sie zu kümmern.

***

Das Lokal gibt es noch, und Hank spürt bei Elise eine neue Energie. Er nimmt an, dass sie mit William hier war, der ihr ganzes Glück gewesen ist.

»Möchten Sie drinnen sitzen oder draußen?«, fragt er.

»Lieber draußen, damit wir das Wasserrad hören können«, sagt sie.

Hank nickt und rückt ihr den Stuhl zurecht. Über einem grünen Wassertümpel hängt eine kleine Wolke schwarzer Fliegen, und Hank befiehlt ihnen lautlos, zu bleiben wo sie sind.

Ein Kellner taucht auf, und er scheint Elise zu kennen. Er küsst sie auf beide Wangen, aber so macht man das hier eben. Aber Hank sieht in ihrem Gesicht auch definitiv einen Ausdruck von Überraschung, der sich zwar nicht in Freude, aber doch in Lebendigkeit verwandelt.

Elise ist so dünn, so zart. Wenn seine Mutter sie sähe, würde sie sofort zu kochen anfangen.

»Also, was wird hier Gutes angeboten?«, fragt er. »Gibt es ein Nationalgericht, das ich probieren sollte?«

»Haben Sie schon mal *moules frites* gegessen …« Er wartet, während sie nach den korrekten englischen Worten sucht. »Moules, Meeresfrüchte, hier kocht man sie mit Zwiebeln und Tomaten.«

»Muscheln?«, fragt er. Die hat er schon probiert und mag sie nicht besonders.

Er bestellt ein Rindergulasch mit Bier und Ingwer, und Elise nimmt Garnelen-Kroketten.

Das Essen schmeckt gut. Der Abend ist schön, der Himmel immer noch hell, mit einem purpurnen Einschlag. Das Wasserrad bewegt sich langsam, ohne jemals schneller oder langsamer zu werden. Hank mag den konstanten, vorhersehbaren Rhythmus. Fetzen von Gelächter sind zu hören, lebhafte Unterhaltungen. Hank spürt einen Frieden, den er selten empfindet. Es fühlt sich gut an.

»Das Essen ist fein«, sagt Hank. Elise hat nicht viel zu sich genommen. Sie isst wie ein Mäuschen, knabbert nur ein wenig an allem, und etwas in ihm will ihr sagen, sie solle ihren Teller leer essen, als könnte etwas mehr Fleisch auf den Knochen sie stärken, körperlich wie geistig. Sorgen macht er sich vor allem um ihren Geist, aber tun kann er da nicht viel. Er wünscht, sie wäre ein bisschen mutiger.

Sie ist kein bisschen so, wie William sie beschrieben hat.

Er merkt, dass er mit einer Fremden dasitzt. Einer Fremden, die er mit in die USA nehmen will. Ein Tapetenwechsel, um ihre Lebensgeister wieder zu wecken. Der Gedanke ist immer präsent gewesen, doch jetzt, wo er sie gesehen hat, kann er sie nicht mehr sich selbst überlassen.

»Die Arbeiten am Haus. Wie lang werden die dauern?«

Die Frage erschreckt ihn.

»Was meinen Sie? Wollen Sie wissen, wie lange ich noch daran zu tun habe? Ich bin nur noch eine Woche hier«, sagt er.

Elise schüttelt den Kopf. »Ich meine, wird das Haus dann für ein paar Jahre in Ordnung sein? Was werde ich als Nächstes tun müssen?«

»Ein so altes Haus instand zu halten ist aufwändig, aber eine Weile sollte es schon so gehen, je nachdem wie viel ich noch schaffe. Außerdem kann ich jederzeit wiederkommen.« Er zögert. »Haben Sie mal daran gedacht, zu verkaufen? Ich könnte nämlich …«

»Nein, unmöglich. Das Haus gehört genauso meinem Bruder, und wir sind nicht sicher …«

Hank erinnert sich daran, was William über ihren Bruder erzählt hat: dass er ein massives Alkoholproblem habe und verschwunden sei, als der Krieg ausbrach. Noch so ein Wespennest, in das er nicht stechen möchte.

»Die Tapete im Wohnzimmer, die gefällt mir überhaupt nicht«, sagt sie.

»Dann tapezieren wir neu«, erwidert er.

»Nur Farbe. Ich mag eigentlich gar keine Muster. Oder vielleicht einfach der Stein. Der muss doch unter der Tapete sein?«

»Das ist sogar noch einfacher«, sagt er. »Ich wünschte, ich hätte ein Auto. Ich würde gern eine Menge Sachen besorgen.«

»Mein Freund Bertrand hat ein Auto. Ich bin sicher, er leiht es Ihnen, vielleicht für eine Flasche Schnaps.«

»Dann werde ich ihn fragen.«

Elise sieht gedankenverloren aus. Hank wartet ab, was sie wohl sagen wird.

»Als Sie gekommen sind, haben Sie mir erzählt, dass William mit Ihnen über mich gesprochen hat. Erinnern Sie sich, was er gesagt hat? Das würde ich gern wissen.«

Hank spürt die Frage in seinem Bauch. Einen Augenblick lang hat er geglaubt, sie sei ganz in der Gegenwart, doch die Frage belehrt ihn eines Besseren.

»Er hat mir viel erzählt. Wie er Ihren Bruder besucht und Sie kennengelernt hat. Dass Sie beide Gedichte lieben. Sie haben sich jahrelang lange Briefe geschrieben. Er sagte, dass Sie klug sind.«

Sie blickt ihn an, will mehr hören.

»Ich möchte gerade nicht an all das denken. Das verstehen Sie bestimmt.« Etwas Besseres fällt ihm nicht ein.

Eine Pause entsteht. Um sie herum schwindet am Himmel das Tageslicht und die Dunkelheit der Nacht senkt sich herab. Der Kellner stellt Kerzen auf.

»Ich kann an gar nichts anderes denken«, sagt sie.

»Er hat Sie geliebt. Das hat er mir gesagt. Wie er starb, darauf hatte er keinen Einfluss. Hätte er die Wahl gehabt, wäre er noch hier«, sagt er. »Genügt es nicht, das zu wissen?«

»Es wird genügen müssen«, sagt sie.

***

Hank steht früh auf und inspiziert die Tapete, die sie loswerden möchte. Er tut sein Bestes, ganz leise zu sein, da er sie nicht wecken will.

Im Kopf erstellt er eine Liste der Dinge, die er benötigt, überlegt, ob ihm ihr Freund wohl sein Auto leihen wird, als es an der Tür klopft. Das plötzliche Geräusch in dem stillen Haus schreckt Hank auf, und er braucht einen Moment, um die Quelle des Lärms auszumachen.

Als er die Tür öffnet, steht ein sehr großer Mann auf der Schwelle, ein Mann, den er kennt.

»Ich kann mich gar nicht erinnern, wann hier zuletzt eine Stufe war! Da ist jemand fleißig gewesen«, ist das Erste, was er sagt.

Er geht rasch, selbstsicher trotz eines kranken Beins, und trägt eine Tasche voller Lebensmittel herein. Hank sieht ein Baguette herauslugen. Sein Magen knurrt.

Er schließt die Tür, und zu seiner Überraschung ergreift der große Mann ihn und küsst ihn auf beide Wangen.

»Ich komme gerade von einer Reise zurück und habe gehört, dass Sie wieder da sind. Erfreuliche Neuigkeiten! Wunderbar!«

Dass Hank versucht hatte, leise zu sein, scheint nun lächerlich – diesen Mann können wahrscheinlich auch die Nachbarn hören.

»Wir haben uns schon mal gesehen.«

»Ja«, sagt Hank leise, in der Hoffnung, dass der Mann die Botschaft versteht. Was auch der Fall ist.

»Oh, oh, Elise schläft noch, die Liebe. Kommen Sie in die Küche, ich mache Kaffee und wir können uns unterhalten.«

Selbst wenn er flüstert, ist er draußen vor der Tür noch zu hören. Hank folgt dem großen Mann in die Küche.

»Ich habe gesehen, dass Sie hier gearbeitet haben, viel gearbeitet. Gut. Das Haus ist ein düsteres kleines Stück Hölle, aber das war es immer, schon vor dem Krieg.« Bei diesen Worten wirft er Hank einen Seitenblick zu. »Da wurde nichts mehr getan, seit ihr Vater gestorben war, und Marie, ihre Maman … davon fange ich gar nicht erst an …« Er rollt so stark die Augen, dass Hank die Bewegung fast hören kann.

Er will auch nicht, dass er anfängt. Er will, dass er aufhört. Seine Stimme ist laut, und jetzt scheint Geschirr durch die Küche zu fliegen. Hank mag Lärm nicht. Er öffnet das nächstgelegene Fenster, um die Morgensonne hereinzulassen – und vielleicht auch, um ein wenig Lärm herauszulassen.

»Hier, essen Sie«, befiehlt der große Mann, während er

die Schachtel voller Gebäck öffnet und zu Hank hinüberschiebt, der nickt und ein Pain au Chocolat herausnimmt. Es ist noch warm. Keiner versteht sich so gut aufs Backen wie die Franzosen.

»Also, Sie machen einen kleinen Besuch hier?« Er hebt eine Augenbraue und Hank muss beinahe lachen.

»Ich wollte wissen, wie es ihr geht, und sie hat meine Briefe nicht beantwortet. Ich hoffte, sie hat ein paar nette Männer kennengelernt ...«

»Pah.« Bernard wirft die Arme in die Luft. »Sie würde einen netten Mann nicht einmal wahrnehmen, wenn er an ihre Tür klopft. Ist völlig in der Vergangenheit versunken, genau wie ihre Mutter.«

»Wieso?«

»Marie war genauso, sie ist nie über den Tod ihres Mannes hinweggekommen, so, als wäre sie der einzige Mensch auf der Welt, dem so etwas Schlimmes passiert. Ich hatte gehofft, Elise würde ein wenig mehr – wie sagt man – Tatkraft an den Tag legen. Ja, Tatkraft.« Er rollt das Wort in seinem Mund herum, als wollte er es auswendig lernen. »Vielleicht liegt es an den Genen, aber sie macht es genauso und ich habe die Nase voll davon. Zehn Jahre sind seither vergangen!«

Hank überlegt einen Augenblick lang. Er empfindet ein Gefühl von Loyalität zu dem längst verstorbenen Mann und zu der Fremden, der er zu helfen versucht.

»William war mein Freund. Es wäre schwer, jemanden zu finden, der ihm das Wasser reichen kann.«

»Und er mag ja ihre große Liebe gewesen sein. Aber sie war damals ein blauäugiges Schulmädchen, das keine andere Freude im Leben hatte als die Briefe eines schneidigen Amerikaners. Vielleicht hätte es funktioniert. Vielleicht auch nicht. Das Ganze ist ein, wie sagt ihr Yankees, ein *crap shoot*?«

Es hat keinen Sinn, darauf jetzt weiter einzugehen, obgleich Hank weiß, dass es ihn, sobald der Abend kommt, wieder beschäftigen wird. So ist es immer.

»Was geschehen ist, ist geschehen. Wie können wir ihr jetzt helfen?«

Der große Mann schüttelt den Kopf, und Hank kommt es vor, als brauchte er dazu die gesamte Küche.

»Ich weiß nicht. Jeder, der sie kennt, macht sich Gedanken darüber. Dieses Mädchen hat ein solches Pech, dass sich schon fast Mythen um sie ranken. Wie in einer der verrückten Geschichten, die meine Frau gerne liest. Die Leute haben Mitleid mit ihr, aber ...« er hält einen Moment inne. »Andererseits grollen sie ihr auch. Jeder hat im Krieg gelitten. Sie hat den Schmerz nicht für sich allein gepachtet.«

Die Untertasse klappert, als er eine Tasse Kaffee vor Hank hinstellt, der seine Worte zu verdauen versucht, als hätten sie irgendeinen Nährwert.

»Es ist sehr traurig, aber nicht notwendig«, fasst Bertrand zusammen.

Eine Stufe knarrt, und die beiden Männer sehen einander an.

Ob sie ihr Gespräch gehört hat?

»Sie ist wach«, sagt Bertrand. Sie hören, wie die Badewanne eingelassen wird.

Hank trinkt seinen letzten Schluck Kaffee.

»Ich muss einiges besorgen, um das Haus herzurichten.«

»Mein Auto steht vor der Tür, gehen wir.«

»Ich schreibe ihr eine Nachricht«, sagt Hank und sucht ein Stück Papier.

»Wenigstens wird sie sich nicht auf dieser verdammten Stufe den Hals brechen«, sagt Bertrand, während Hank die Tür hinter sich zuzieht.

***

Als Hank zurückkommt, ist die Küche geputzt. Elise trägt ein einfaches blaues Hauskleid, das schon unzählige Male gewaschen wurde. Ihr Haar ist streng aus dem Gesicht frisiert. Hank nimmt eine Veränderung an ihr wahr, weiß aber nicht recht, was es ist. Er kommt zu dem Schluss, dass sie besser aussieht, weil sie am Vorabend beim Essen waren und sie einmal aus dem Haus gekommen ist.

Im Wohnzimmer stehen Eimer, und er sieht, dass sie ernsthaft vorhat, das Haus in Ordnung zu bringen. Gut, da ist er dabei.

»Heute Morgen ist Ihr Freund Bertrand vorbeigekommen«, sagt Hank, während er die erste Ladung Material hereinträgt und dann kehrtmacht, um die nächste zu holen.

»Er hat Gebäck mitgebracht«, sagt er über die Schulter. »Es steht in der Küche.«

»Ja, ich habe schon was gegessen. Hat er Ihnen erzählt, dass ich früher bei ihm gearbeitet habe? Na, das wissen Sie bestimmt«, sagt Elise. Etwas an ihren Worten stößt Hank auf.

»Ich habe für ihn gearbeitet, in der Bäckerei. Mich um seinen Sohn gekümmert. Bin für seine deutsche Frau eingetreten, als sich die Leute während des Krieges gegen sie wandten.«

Hank setzt den Farbeimer ab, den er in der Hand hatte, denn er weiß, dass er für das, was jetzt geschieht, all seine Kraft brauchen wird.

»Alles in Ordnung?«, fragt er versuchsweise.

»Ja, mir geht's gut«, sagt Elise. »Was soll schon sein? Wollen wir uns jetzt an die Arbeit machen, hier alles in Ordnung bringen?«

Seit seiner Ankunft hat Hank beobachtet, dass Elise dem Wein und dem Calvados durchaus zugetan ist. Er fragt sich, ob sie etwas getrunken hat, aber es ist erst 11 Uhr vormittags.

»Ich habe was besorgt, um die Tapete zu entfernen. Wir müssen die Wände bestreichen und es einwirken lassen. Und – haben Sie etwas dagegen, wenn wir uns jetzt duzen wie Arbeiter auf der Baustelle?«, sagt er.

Sie steht auf und starrt ihn an.

»Hol dir ein paar Handschuhe, dann fangen wir an. Anschließend werde ich einige der Trittflächen an der Treppe ersetzen, das Geländer verstärken. Wenn du das Geschirr aus den Küchenschränken räumst, kann ich die stabilisieren.«

»Ich hole die Handschuhe.«

Sie arbeiten schweigend, was für Hank eine Erleichterung ist. Er ist es gewohnt, still zu sein. Als er mit der Treppe fertig ist, geht er in die Küche. Sämtliches Geschirr steht säuberlich aufgetürmt auf dem Tisch. In einem Topf auf dem Herd köchelt etwas.

»Riecht gut«, sagt er.

»Eintopf. Er hat dir gestern offenbar geschmeckt. Kein Fleisch diesmal, ich hoffe, du magst Linsen.«

»Na klar«, erwidert Hank. Er hat keine Ahnung, was eine Linse ist.

»Wenn wir hier fertig sind, backe ich Brot.«

Hank deutet auf den Raum unter der Treppe. »Von dort breitet sich Feuchtigkeit aus. Ich will sehen, was ich dagegen tun kann.«

Elise schweigt, und Hank sieht sie an.

Sie ist ganz weiß, sogar aus ihren Lippen ist die Farbe gewichen.

»Was ist los?«

Sie schwankt leicht, und er geht zu ihr, durchmisst den Raum mit zwei Schritten. Er legt den Arm um ihre Taille, fängt ihr Gewicht auf. Er schaut in alle Richtungen auf der Suche nach einem Stuhl.

»Nein, alles gut«, sagt sie und drückt mit der Hand gegen seine Brust.

»Bist du krank?«

Sie schüttelt den Kopf.

»Es war so schwer«, sagt sie.

»Was denn?«

»Alles. Seit ich mich erinnern kann.«

Sie bewegt sich von ihm weg, geht in Richtung Küche. Er bleibt ihr auf den Fersen, für den Fall, dass sie umfällt.

»Ich habe gehört, was du gesagt hast.«

»Was habe ich gesagt?«

»Heute Morgen, mit Bertrand. Die Leute haben Mitleid mit mir.« Die Worte kommen heraus, als sprudelten sie aus einem Brunnen tief in ihrem Körper. »Dass die Leute glauben, ich sei wie meine Mutter.«

»Elise, das habe ich nie gesagt. Bertrand wollte dir helfen.« Hank sucht in seinem Gedächtnis. Was genau hat er gesagt? Gespräche verselbständigen sich, man sagt Dinge, von denen man nicht überzeugt ist, um seltsame Unterhaltungen zum Abschluss zu bringen. Dann denkt man nicht mehr daran. Doch irgendwer bekommt es mit, etwas wird wiederholt. Hank seufzt.

»Ich vermisse ihn so sehr.«

»Das weiß ich. Ich denke auch an ihn. Jeden einzelnen Tag.« Er sagt nicht, dass er sich jeden Tag fragt, warum er überlebt hat und gute Männer, bessere Männer, Männer, die er Freunde nannte, neben ihm sterben mussten.

Elise sieht ihn an, betrachtet ihn eingehend, und macht sich dann wortlos auf in die Küche. Er kennt sie genug, um ihr zu folgen.

Sie geht weiter zu dem Raum, aus dem es feucht riecht. Zieht an der Tür, um sie zu öffnen, doch sie ist verzogen von Zeit und Feuchtigkeit. Noch einmal ziehen, und sie gibt nach. Der Geruch strömt heraus.

»Hier haben meine Mutter und ich während der Invasion gesessen. D-Day, Overlord, wie immer man es nennen mag. Viele Stunden hockten wir da drin, einen ganzen Tag lang. Frierend. Halbtot vor Angst. Hier war ich, als er starb. Ich weiß es, weil ich es gespürt habe, als es passiert ist.« Ihre Worte sind leise, aber so wirkungsvoll wie Senfgas.

Hank schweigt, wünscht sich, ihre Worte möchten das Gift ausschwemmen, das sie langsam umbringt.

»Meine Traurigkeit tut niemandem weh. Wenn du sie nicht sehen willst, brauchst du das nicht.« Dies Letzte sagt sie kraftvoll, und Hank sieht das Temperament aufblitzen, von dem William ihm erzählt hat.

Elise blickt ihn einen Moment lang an und sagt dann: »Keiner weiß, was ich durchgemacht habe. Ich weiß nicht, was du durchgemacht hast. Also glaub nicht, mich zu kennen.«

Hank ist klug genug, darauf zu schweigen.

»Ist die Tapete jetzt so weit, dass wir sie abziehen können?«

»Ich denke schon«, erwidert er.

Auf dem Weg ins Wohnzimmer schließt er die Tür zum Raum unter der Treppe, so leise und fest wie er kann. Später wird er Kalk auf den Boden schütten und die Wände streichen. Den Gestank vertreiben. Der Geruchssinn ist der Sinn, der am stärksten mit Erinnerungen in Verbindung steht. Wenn er das Haus schon nicht niederbrennen kann, wird er so viel Geruch wie möglich daraus vertreiben.

***

Der Boden ist übersät mich feuchten Tapetenfetzen, grau vom Wasser und den Jahrzehnten. Elise hat sie heruntergerissen, als hätten sie ihr etwas angetan. Hank stopft alles in eine Kiste und wünscht sich, er hätte draußen einen Container stehen. Ohne das richtige Werkzeug ist die Arbeit viel anstrengender. Alles eigentlich.

Als der Nachmittag sich dem Ende zuneigt, wirkt Elise wieder etwas normaler, was auch immer das heißen mag. Vielleicht hat ihr Gefühlsausbruch sie erschöpft. Sie macht jetzt einen stärkeren Eindruck.

Und Hank selbst auch. Vierzehn Stunden körperliche Arbeit am Tag, und Hank fühlt sich besser. Wenn er nach Hause kommt, wird er einige Veränderungen vornehmen. Er verbringt zu viel Zeit am Schreibtisch, und das passt ihm nicht.

Er gräbt die Blumenbeete um, weil er meint, Elise wolle vielleicht etwas pflanzen, obwohl er vorhat, sie zu bitten, mit ihm in die USA zu kommen. Die Zeit läuft, und er ist unsicher, was er tun soll.

»Das Haus sieht gut aus«, sagt Elise zu ihm, als sie das Abendessen serviert. »Vielen Dank dafür.«

Hank zwingt sich, nicht gleich zur Gabel zu greifen und Essen in den Mund zu schaufeln. Er hat einen Bärenhunger.

»Ich habe mir einiges angeeignet, weil ich die alten Häuser in Schuss halten muss, die ich gekauft habe, um sie zu vermieten«, sagt er.

Jetzt oder nie, denkt er.

»Wenn du in die USA zu Besuch kommen willst, habe ich jede Menge Platz für dich«, beginnt er behutsam, um sie nicht zu erschrecken. Sie soll nicht denken, dass mehr dahintersteckt, als der Fall ist. Sie scheint zu überlegen. Er entschließt sich, einen Schritt weiter zu gehen. Wenn sie nicht mit ihm kommt, ist sie auf sich allein gestellt. Diese Bürde kann er nicht viel länger tragen.

»Komm mit mir in die USA. Nur über den Sommer. Ein Tapetenwechsel.«

Sie sieht ihn an, als sei er verrückt. »Aber ich arbeite doch.«

»Bitte um ein paar Tage Urlaub«, sagt er. Seit seiner Ankunft war sie nur wenige Tage in der Bücherei. Unentbehrlich scheint sie dort nicht zu sein.

Er wartet und versucht es dann erneut. »Wenn du wirklich so leben willst, dann ist das in Ordnung. Ich werde es respektieren. Ich würde dir gern helfen, aber ich kann nicht erzwingen, dass du denkst wie ich –, dass nämlich ein Neuanfang in den USA dir sehr guttun könnte.«

Sie wendet sich von ihm ab, lässt den Blick durch den Raum schweifen, der jetzt besser aussieht, aber immer noch der gleiche ist, die gleichen Wände, die sie zu lange angestarrt hat.

»Das Angebot steht jedenfalls.«

Sie beenden ihr Mahl schweigend, und Elise geht, nachdem sie die Küche aufgeräumt hat, zu Bett. Hank sitzt am Küchentisch und denkt nach.

***

Als Elise am Morgen herunterkommt, sitzt er auf dem Sofa. »Ich mache Kaffee, willst du auch einen?«

»Gerne.«

»Ich möchte das Wasser abdrehen und einiges an den Rohrleitungen machen«, sagt er.

»Ist in Ordnung. Ich bin heute in der Bücherei«, erklärt sie.

Er hat noch einen Tag Zeit, um einen Entschluss zu fassen. Weil William vor ihm aus dem Boot gestiegen ist und dann kehrtgemacht hat, um jemandem zu helfen, während Hank weiterging. Weil er ihm ein Versprechen gegeben hat.

»Ich gehe in die Stadt, ein paar Sachen besorgen. Ich bin bald zurück«, sagt er.

Sie stapelt am Spülbecken Geschirr. »Ja«, sagt sie, ohne aufzublicken.

Er geht hinaus in die frische Morgenluft, freut sich auf den Spaziergang, wenn auch nicht auf den Zweck seiner Expedition. Er kommt an der Kirche vorbei und bleibt beim Wasserrad kurz stehen, sieht sich um. Entdeckt sie auf der anderen Straßenseite, mit Blick auf den kleinen Flecken Grün, den sie Park nennen. Die Bäckerei. Er öffnet die Tür und das Klingeln macht die Anwesenden auf einen neuen Kunden aufmerksam.

Der erste Mensch, den er wahrnimmt, ist Bertrand. Er spricht mit einer kleinen Frau, die Hank für seine Ehefrau hält. Beide schauen sie zu ihm herüber, als er unter dem Türrahmen den Kopf einzieht.

»Henri«, grüßt er ihn. Hank weiß nicht mehr, wann er angefangen hat, ihn bei der französischen Version seines Vornamens zu nennen. Wahrscheinlich, als sie einmal abends etwas zusammen getrunken haben.

»Hallo«, begrüßt er Marianne. »Ob ich Ihrem Mann wohl fünf Minuten seiner Zeit stehlen darf?«

»Ja, natürlich. Möchten Sie etwas trinken?«

»Nein, danke, Ma'am.«

Bertrand schiebt sich an Hank vorbei, führt ihn zu den Tischen und Stühlen vor der Bäckerei.

»Ich habe auf diesen Besuch gewartet«, sagt er. Hank weiß, dass Elise immer noch wütend ist wegen der Äußerungen, die sie Bertrand hat von sich geben hören. Bertrand weiß es ebenfalls und hat sich ferngehalten.

»Ich reise bald ab. Und ich bin unsicher, was ich tun soll. Es kommt mir vor wie eine Sünde, sie hier so weiterleben zu lassen. Ich könnte ihr Geld geben, damit sie sich in Paris etwas Neues aufbauen kann. Oder sie könnte mit mir kommen. Zu Besuch. Ich weiß es einfach nicht.«

»Ich wünschte, ich hätte einen Rat parat, habe aber wirklich keine Ahnung, was ich Ihnen sagen soll. Wie kann das Leben so kompliziert sein, obwohl man nur das Beste für jemanden will?«

Marianne taucht mit Kaffee und einem Teller voller Gebäck auf.

»Schön, dass Sie gekommen sind, Hank. Und so ein herrlicher Sommer. Aber ich habe gehört, in Neuengland ist der Herbst besonders schön. Dass die Blätter sich ganz bunt verfärben und die Kinder an Halloween losziehen und Süßigkeiten sammeln.«

»Ja, Ma'am«, sagt Hank leise, denn er spürt, dass noch mehr kommt.

»William hat Elise in Briefen davon erzählt. Ein Ozean vor der Tür, Meeresfrüchte, Segelboote.«

Sie sieht die beiden Männer an. Diese erwidern ihren Blick.

Sie seufzt.

»Sagen Sie ihr, Sie wollen ihr die Orte zeigen, die William ihr zeigen wollte. Sagen Sie ihr, dass Sie es ihm versprochen haben. Sagen Sie ihr, seine Familie möchte sie kennenlernen. Behandeln Sie sie nicht, als müssten Sie sie retten. Das will niemand.« Sie bedenkt ihren Mann mit einem Blick, der den großen Mann zusammenschrumpfen lässt.

Hank nickt unwillkürlich. »Sie würde es nicht für sich selbst tun, aber für mich wird sie es tun …«

»Für William«, berichtigt Marianne. »Es ist ein anderer Weg, ihn lebendig zu halten, und mehr wünscht sie sich nicht.«

Bertrand blickt vollkommen verständnislos drein, doch Hank hat so viel Tod gesehen. Er versteht.

36

Rhode Island, Sommer 1955

Elise wohnt in einem der leerstehenden Apartments in Hanks schönstem Mietshaus. Er richtet die Wohnung für sie ein, sorgt dafür, dass sie alles hat, was sie braucht. Sie will ihr Englisch verbessern, also kommt er abends vorbei und führt sie zum Essen aus. Seine Eltern besuchen sie, und seine Mutter verbringt Zeit mit ihr. Eines Tages überredet sie Elise zu einem Besuch im Schönheitssalon, und Elise kommt mit einer neuen Frisur nach Hause, kürzer und vorne leicht schräg geschnitten, und in einer hellen goldbraunen Farbe. Sie sieht damit jünger, glücklicher, lebendiger aus. Attraktiv, denkt er unwillkürlich.

Er fährt mit ihr nach Boston, um im Common-Park, den William ihr so oft beschrieben hat, spazieren zu gehen. Sie ist still, in ihren Erinnerungen verloren, und Hank versucht zu verstehen. Wie hat sie William derartig mythisch überhöhen können, dass sie ihm zehn Jahre nach seinem Tod noch so ergeben ist?

Er setzt sich auf eine Bank und sagt: »Die Blätter färben sich später noch schöner. In ein, zwei Wochen werden die Farben zauberhaft sein.«

»Ich finde es jetzt schon wunderbar«, flüstert sie, als könnte jedes laute Worte ihren Tagtraum beenden. Es liegt eine Weichheit in der Luft, und in diesem Augenblick erscheint die Welt als sehr freundlicher Ort.

»Und wo ist die Universität, an der er studiert hat?«

»Das ist ein Ausflug für sich – sie liegt außerhalb der Stadt«, sagt er. »Wir werden bald hinfahren.«

Sie sehen sich Boston Harbor an und lassen sich in einem Restaurant Muschelsuppe servieren. Er sieht, wie ihr in einem Schaufenster ein Kaschmirpullover ins Auge fällt, und besteht darauf, ihn zu kaufen. Wann hat sie zuletzt etwas Neues zum Anziehen gehabt? Während er das Päckchen trägt, geht sie neben ihm und schiebt ihren Arm unter den seinen. Sie hat nie darüber gesprochen, nach Hause zurückzukehren, und er hat es ebenso wenig erwähnt.

Als sie Boston verlassen, spiegeln sich die Lichter der Stadt im Wasser. Hank empfindet ein Gefühl von Stolz, hier zuhause zu sein.

»Neuengland ist so schön«, sagt sie. »Genau wie William es mir erzählt hat.«

Eines Abends ein paar Tage später, als sie durch den nahe gelegenen Park spazieren und Eis essen und er gerade das Gefühl hat, sie würde langsam im Leben Fuß fassen, sagt sie: »Ich möchte Williams Familie kennenlernen.«

Das Eis in Hanks Mund gerinnt zu Kleister. Aus irgendeinem Grund, der ihm nicht ganz klar ist, hat er sich genau davor gefürchtet.

»Das würde bedeuten, eine Nacht auswärts zu verbringen«, sagt er. »Es ist eine lange Fahrt.«

»Ich dachte, ihr wohnt nah beieinander?«, fragt sie.

»Nah in Frankreich und nah in den USA sind zwei Paar Schuhe. Die Fahrt dauert ungefähr fünf Stunden. Wir müssten dort übernachten«, erklärt er.

»Ich will unbedingt den Strand sehen, von dem er mir geschrieben hat. Seinen Lieblingsplatz. Deswegen bin ich hergekommen, und anschließend werde ich heimreisen. Alles, was ich hier tun wollte, wird dann getan sein«, sagt sie.

Die Art, wie sie es sagt, klingt so endgültig, dass es ihm einen Schock versetzt.

Hank hat bereits entschieden, dass er sie, wenn sie gehen will, mit etwas Geld und seinen besten Wünschen ziehen lassen wird. Dann hat er sein Versprechen eingehalten. Und kann sich um seine eigene Zukunft kümmern.

***

Es ist ein goldener Oktobertag, die Luft erfüllt von diesem orangegelben Hauch, den Hank mit Herbst in Neuengland gleichsetzt. Die Blätter flattern in der leichten Brise. Sie fahren schweigend dahin.

»Ich bin nervös, weil ich Jean kennenlernen werde. Ich möchte keine traurigen Erinnerungen wachrufen.«

Hank nickt, überlegt, wie er reagieren soll. Er hat ähnliche Gedanken, seit William neben ihm gefallen ist. Darum hat er sie bisher nicht besucht.

»Wie wunderschön«, sprudelt es aus Elise hervor, als sie Boston hinter sich lassen und in Richtung Cape Cod fahren.

Hank kann die Schönheit nicht richtig wahrnehmen, denn er hat Angst vor dem, was Jean ihm sagen wird. Angst, Williams Vater zu begegnen, dessen Namen er momentan nicht einmal mehr weiß.

»Es ist noch ein ganzes Stück. Lass mich wissen, wenn du mal Pause machen willst.«

»Oh, ich kann keine Pause machen. Ich will nichts verpassen!«, sagt sie und starrt aus dem Fenster, als versuchte sie die Landschaft auswendig zu lernen.

Es ist kurz nach Mittag, als sie ankommen und die leuchtend rote Haustür erblicken, die Jean in ihrem Brief beschrieben hat, als sie ihre Verabredung trafen.

Hank parkt am Straßenrand, mit Blick auf den Ozean. Alles ist genau, wie William es ihm beschrieben hat, als sie in der Grundausbildung schwitzten, und wie er es Elise in seinen Briefen geschildert hat, als sie sich ineinander verliebten.

Es scheint seltsam, dass das Haus existiert und das Meer, dass alles Williams Schilderungen entspricht, er selbst aber nicht mehr da ist.

Hank nimmt die Blumen, die er für Jean gekauft hat, vom Rücksitz. Sie gehen den gepflasterten Weg hinauf, als die Tür sich öffnet und ein junger Mann auftaucht. Er ist William wie aus dem Gesicht geschnitten, und Hank und Elise sind verblüfft. Hank empfindet ein ähnliches Gefühl wie damals, als er eine alte Lampe neu verkabelte und einen elektrischen Schlag bekam, der all seine Sinne in Alarmzustand versetzte. Es ist, als stünde sein alter Freund vor ihm.

Elise stürzt auf ihn zu, und eine schreckliche Sekunde lang glaubt Hank, sie hätte den Verstand verloren und hielte ihn für William. Aber nein, schon begrüßt sie ihn mit Namen: »Aaron! Ich habe so viel von Ihnen gehört!«

Alle Achtung für den jungen Mann, der ihre ausgestreckten Hände ergreift. Hank überlegt einen Moment. Aaron muss jetzt Mitte zwanzig sein. Seltsam, dass man nie daran denkt, dass Menschen älter werden.

Er schenkt Elise ein kurzes Lächeln, dreht dann den Kopf und sagt: »Ma, sie sind da.«

»Himmel nochmal, Aaron, dann bitte sie doch herein.«

Jean taucht auf, kleiner, als Hank sie sich vorgestellt hat, und die drei – Elise, Aaron und Jean – drängen sich vor der Eingangstür, während Hank mit den Blumen in der Hand auf dem Weg wartet. Das Rauschen des Ozeans füllt seine Ohren und er hat keine Ahnung, was er als Nächstes tun soll.

Elise und Jean halten einander so lange die Hände, dass die Szene einem Roman von Jane Austen zu entstammen scheint. Aaron blickt auf seine Füße; Hank kann fast hören, wie er sich wünscht, er wäre nicht zur Tür gegangen. Schließlich taucht ein Mann auf, der so aussieht, wie William ausgesehen hätte, wenn er hätte weiterleben dürfen, und führt alle ins Haus hinein.

Hank tritt durch die rote Tür und nimmt seinen Hut ab. Er steckt ihn unter den Arm und schüttelt den beiden Männern die Hände, dann reicht er Jean die in braunes Papier gewickelten Blumen.

»Sie sind wunderschön, danke«, sagt sie, obwohl sie nur einige der roten und gelben Herbstfarben sehen kann, die Elise ausgewählt hat.

Das Haus ist geräumig, mit hohen Decken und dunklen, teuer wirkenden Möbeln. Ja, Williams Leute hatten definitiv Geld. Sie gehen ins Wohnzimmer, wo kleine belegte Brote und Törtchen bereitstehen. Auch ein Porzellanservice wartet dort. Hank beschleicht das Gefühl, dass Williams Familie dem Besuch genauso nervös entgegengesehen hat wie er. Für Elise kann er nicht sprechen. Er wird nicht schlau aus ihr.

»Ich mache Kaffee«, sagt Jean und eilt aus dem Raum. Elise geht wie in Trance zum Kaminsims, und da sieht

Hank das Foto von William, in einem großen Silberrahmen, ganz in der Mitte. Es wirkt wie ein Altar zu seinem Gedenken. Sanft lässt sie die Finger über den Rahmen gleiten. Alle schauen weg.

»Lange Fahrt. Wie waren die Straßen?«, fragt Arthur.

»In Ordnung. Nicht viel Verkehr.« Hank sieht in Richtung Fenster. »Eine großartige Aussicht haben Sie hier am Ende der Straße.«

»Ja, es ist ein schönes Fleckchen Erde. Wir haben wirklich Glück.«

Jean kommt mit der Kaffeekanne herein. »Bitte, nehmen Sie doch Platz«, sagt sie. Die Männer tun, wie ihnen geheißen. Elise steht immer noch bei dem Foto, als könnte es verschwinden, sobald sie ihm den Rücken zuwendet. Verlegen warten alle, bis sie sich zu den versammelten Menschen gesellt, die nur eines gemeinsam haben: Alle kannten und liebten sie den Mann, der vom Kaminsims zu ihnen herüberblickt.

Elises Augen glänzen und leuchten, und Hank fragt sich beunruhigt, ob sie all den aufwühlenden Erinnerungen standhalten kann. Sie ist so zerbrechlich, innerlich wie äußerlich.

»Ich möchte Ihnen danken für die Stifte und Blöcke, die Sie mir geschickt haben.« Er sagt nicht, während des Krieges, als er kämpfte. Er weiß, dass sie es wissen. Doch Elise wirkt verwirrt.

»Mrs Hardwick hat William Carepakete geschickt und für mich Blöcke und Stifte beigelegt«, erklärt er.

Seine Gedanken wandern zurück zu dem Tag, an dem das Paket für William kam. Sein Freund zog den Brief heraus, las ihn zweimal und holte dann die Stifte und den Zeichenblock heraus, um sie Hank zu geben.

»Was ist das?«, hatte er gefragt.

»Ich habe meiner Mutter geschrieben, dass du gern zeichnest. Sie macht gern Geschenke.« Er hatte sich gefragt, was William in seinen Briefen nach Hause über ihn schrieb. Hank kam es nie in den Sinn, in seinen kurzen, sporadischen Briefen an seine Eltern über die Männer zu schreiben, die mit ihm die Grundausbildung absolvierten. Doch anschließend fing er damit an. Und sah die Männer, mit denen er diente, dadurch mit anderen Augen. Weil er sie beobachtete. Weil er zeichnete. Ein kleines Geschenk, das großen Einfluss auf sein Leben hatte.

Die Erinnerung kommt zurück wie ein alter Freund. Ein einfacher Akt der Freundlichkeit, als sie jahrelanger Finsternis ins Auge blicken mussten.

»Zeichnen Sie immer noch? William hat erzählt, dass Sie sehr viel Talent haben.«

So, nun ist es passiert. Sein Name ist laut ausgesprochen worden. Niemand ist zusammengebrochen. Niemand hat zu schluchzen begonnen. Elises Kaffeetasse ist klirrend auf dem Unterteller gelandet, aber das hat vielleicht nur er selbst bemerkt.

»Er hat mir technische Tipps gegeben. Ich habe viel von ihm gelernt«, sagt er. »Ich wünschte, ich hätte mehr Zeit zum Zeichnen, aber die Arbeit scheint all meine Energie zu beanspruchen.«

»Hank besitzt mehrere Mietshäuser und arbeitet außerdem als Ingenieur. Und er hat ein Haus in Florida«, sagt Elise.

Hank blickt auf, überrascht, dass sie das über ihn erzählt.

Jean sieht ihn an. »In welcher Gegend? Wir haben ein Haus in Boca Raton«, sagt sie.

»Saint Petersburg«, sagt er. »Meine Eltern verbringen jetzt die Winter dort.«

Nun unterhält man sich darüber, wie hart die Winter sind. Hank beobachtet, dass Elise dem Gespräch nur mühsam folgen kann. Vielleicht liegt es an der Sprache. Möglicherweise wartet sie auch darauf, dass mehr über William gesprochen wird, aber seine Eltern behalten ihren Schmerz für sich. Er ist dankbar dafür.

Nachdem sie gegessen und Kaffee getrunken haben, fragt Elise, ob sie den Strand sehen kann. Jean willigt ein und zieht eine Jacke und Stiefel für den Spaziergang an, während Aaron ein Sweatshirt überstreift.

»Ich hab's nicht so mit dem Strand«, sagt Arthur, und Hank bleibt mit ihm zurück.

Als sie allein sind, schenkt Arthur ihnen ein Glas Scotch ein. Die beiden Männer sitzen in Gartenstühlen draußen hinter dem Haus. Die Sonne fängt sich im Kristall ihrer Gläser und zaubert kleine Regenbögen aus Licht.

»Danke, dass Sie gekommen sind und Elise mitgebracht haben. Es ist wichtig für meine Frau«, sagt er.

Hank wartet, denn er spürt, dass da noch mehr kommt.

»Ich habe das Gefühl, etwas tun zu müssen, weiß aber nicht, was. Elise betreffend, meine ich.«

»Ich kenne das Gefühl«, erwidert Hank.

»Sie ist eine attraktive Frau, sie könnte einen netten Kerl kennenlernen. Ich meine, ich weiß nicht, wie viele Männer dort, wo sie lebt, noch übrig sind, aber einige sind doch aus dem Krieg zurückgekehrt.«

Hank ist nicht klar, worauf er hinauswill.

»Meine Frau sieht es als eine große Liebesgeschichte. Ist es vielleicht auch.« Er schüttelt den Kopf, trinkt einen Schluck. Hank tut es ihm nach. »Aber sie waren beide jung, und alles verändert sich. Sie muss nach vorn blicken.«

»Wir können sie nicht dazu zwingen«, sagt Hank.

»Ich weiß. Aber da sie meinem Jungen so viel bedeutet hat, kann ich nicht zulassen, dass sie ...«, er sucht nach dem richtigen Wort, »... zusammenbricht.«

Hank dreht sich in seinem Stuhl zu ihm hin. »Mir geht es genauso. Wenn sie nach Frankreich zurückkehren und in ihrem schrecklichen kleinen Haus wohnen will, dann kann ich nichts weiter tun, als es instand zu setzen und ihr ein bisschen Geld zu geben. Es ist nicht die beste Lösung, aber etwas Anderes fällt mir nicht ein.«

»Warum will sie zurück nach Frankreich? Ich habe gehört, dass sie keine Verwandten hat?«

Hank schweigt, denn er will nicht laut aussprechen, was er denkt. Dass sie in der Nähe des Ortes sein will, wo William ums Leben gekommen ist. Wo er begraben liegt. Doch das bringt ihn auf eine Idee. Wie wäre es, anstatt dem Ort nah zu sein, wo er gestorben ist, dem Ort nah zu sein, an dem er gelebt hat? Einen Augenblick wünscht er sich Marianne herbei. Sie würde die richtigen Worte finden.

»Ich glaube, sie steckt in der Vergangenheit fest.«

»Wir werden helfen, mit Geld«, sagt Arthur. »Wenn das nötig ist.« Der Gedanke, festzustecken, ist ihnen beiden fremd.

Die beiden Männer sitzen einen Moment lang schweigend da, und dann sagt Williams Vater etwas, das seinem

Sohn nie in den Sinn gekommen wäre: »Meinen Sie, die Red Sox werden kommende Saison irgendwas bewerkstelligen?«

»Es wäre schön, wenn sie einen Wimpel holen könnten«, sagt Hank. »Sie haben schon ein paar Talente im Team.« Er notiert sich im Geiste, Elise, falls sie länger bleibt, nach Fenway mitzunehmen. Jeder sollte mal ein Baseballspiel gesehen haben.

Aaron kommt allein zurück und gesellt sich zu den Männern. Er hält eine Flasche Bier in der Hand.

»Wo sind die Damen?«, fragt Arthur und blickt suchend an seinem Sohn vorbei.

»Am Strand. Sie sprechen über William.«

Hank blickt auf die Uhr, als würde er überlegen, wie lang er warten wird.

»Sollen sie«, sagt Artur. »Vielleicht bekommen sie ihn so ein wenig aus ihrem System.« Er holt seine Pfeife hervor und steckt sie sich an. Hank hat nie jemanden Pfeife rauchen sehen, und der starke Geruch des Tabaks gefällt ihm. Es ist ein Geruch, den er für den Rest seines Lebens mit diesem Tag verknüpfen wird.

***

Als die Frauen zurückkehren, ist unübersehbar, dass sie geweint haben. Doch sie reißen sich zusammen und wischen sich die Tränen ab, so gut sie können, und die Männer tun, als würden sie nichts bemerken.

Jean geht zu ihrem Mann und setzt sich auf die Armlehne seines Stuhls. »Ich finde, wir sollten zum Abendessen ins *Lamplighter* gehen«, sagt sie lächelnd. »Du weißt, wie William das *Surf 'n' Turf* geliebt hat.«

Hank steht auf. »Das klingt toll, aber wir sollten uns langsam auf den Weg machen. Wir müssen uns ein Hotel suchen.«

»Kommt gar nicht in Frage. Elise schläft in Williams Zimmer, und Hank bekommt das Gästezimmer«, sagt sie. Hank hatte geplant, erst ein paar Stunden zu fahren und dann unterwegs zu übernachten. Im Grunde wäre er am liebsten heimgefahren und hätte in seinem eigenen Bett geschlafen, den Ausflug damit endgültig abgeschlossen. Doch als er die Hoffnung in Elises Gesicht sieht, weiß er, dass er klein beigeben wird.

»Wenn das nicht zu viel Mühe macht«, sagt er.

»Natürlich nicht. Und jetzt öffnet einer von euch Jungs eine Flasche Wein für uns. Aaron, für dich nichts mehr, du wirst fahren«, sagt sie. Aaron will protestieren, doch sein Vater bringt ihn mit einem Blick zum Schweigen.

»Geh in den Keller und hol eine Flasche Weißwein, Aaron«, weist ihn sein Vater an. Aaron eilt davon. Arthur will Hanks Whiskeyglas nachfüllen, doch er lehnt ab. Er möchte lieber klar im Kopf bleiben.

Es ist eine gute Entscheidung, denn bei ihrer Ankunft in dem Restaurant haben Elise, Arthur und Jean schon ganz schön einen in der Krone.

Das Essen ist schmackhaft, und Hank greift herzhaft zu, während die anderen trinken und in ihren Speisen nur herumstochern. Jean kennt jeden in dem Restaurant und viele Leute begrüßen sie. Sie stellt Elise jedes Mal als Williams Mädchen vor, und Hank beobachtet, dass die Leute schockiert auf Abstand gehen. Weil Jean in der Gegenwart spricht. Weil ein Mann, der seit zehn Jahren tot ist, immer noch ein Mädchen hat.

Er widmet sich weiter seiner Mahlzeit.

Elise hat noch nie Hummer gegessen, und Hank zerlegt ihn für sie. Als sie ihn in die geschmolzene Butter taucht, wirkt sie noch unsicher, doch sobald sie probiert hat, liebt sie den Geschmack.

Schließlich sammelt Hank die Gruppe ein und bringt alle zum Auto.

Zuhause setzen sich Jean und Elise ins Wohnzimmer. Jean lässt Aaron eine Schallplatte auflegen. Hank weiß, dass sie noch stundenlang wach bleiben und reden werden. Doch er meint in ihrer beider Trauer einen wesentlichen Unterschied wahrzunehmen. Während Elise ganz im Dunkel versunken ist, tut Jean, was sie kann, um kleine Lichtblicke zu finden. Die Tatsache, dass sie sein Lieblingslokal gewählt hat. Die Art, wie sie über ihn spricht. Dass sie Musik auflegt. Er hofft, dass die Frau einen positiven Effekt auf Elise haben wird, die noch jung ist und niemanden hat, der sie unterstützt.

Er überlässt sie ihren Erinnerungen und geht zu Bett.

***

Am Morgen ist Hank als Erster wach. Da er niemanden wecken will, verlässt er das Haus und geht den kurzen Weg zum Strand. Der blassblaue Himmel an diesem Morgen Anfang Oktober kündigt einen weiteren schönen Altweibersommertag an. Er ist zufrieden.

Am Ende der Straße führen Stufen zum Strand hinunter.

Das Meer klingt kraftvoll, selbst wenn es so ruhig ist wie heute.

Als er jemanden im Sand sitzen sieht, erschrickt er zunächst. Ihr vom Meereswind zerzaustes Haar bringt ihn zurück in einen Garten in Frankreich vor nicht langer Zeit. Sein Kopf zögert, er weiß nicht recht, was er jetzt tun soll, doch sein Körper geht bereits auf sie zu. Elise.

»Hallo«, sagt sie, als sie ihn sieht.

»Alles in Ordnung?«

»Ich wollte die Sonne über dem Meer aufgehen sehen.«

Er bleibt einen Moment stehen, denn eigentlich will er gehen, sich bewegen. Dann lässt er sich neben ihr nieder. Er spürt, wie die kühle Feuchte des Sandes durch seine Hose dringt.

Sie sitzen schweigend, die Sonne ist schon aufgegangen, steht aber noch niedrig und wirft einen ätherischen Schein auf das Wasser.

»William hat mir geschrieben, dass er zum Sonnenaufgang herkam. Er brachte sich eine Tasse Kaffee mit, oder er ging eine Runde laufen. Als ich das heute erlebt habe, war mir jedes einzelne Wort in Erinnerung.«

Darauf weiß Hank nichts zu sagen.

»Ich stelle mir gern vor, dass ich dort sitze, wo er einst gesessen hat.«

Ein Augenblick vergeht in Schweigen. Zwei.

»Ich glaube, dass Landschaft Erinnerungen speichert. Sie ist lebendig, und mir scheint, das Land merkt sich, was darauf, damit oder in der Umgebung geschieht«, sagt Hank. »Es speichert die Energie der Menschen, die vorübergekommen sind.«

Elise wendet den Kopf und sieht ihn an.

»Danke«, sagt sie.

»Wofür?«

»Für alles.«

Die Luft riecht nach Meer, die Wellen rauschen und die Verheißung, dass etwas Gutes geschieht, ist spürbar wie an jedem sonnigen Morgen.

»Ich verstehe nicht, warum mir genommen wurde, was ich so innig liebte. Ich bin kein schlechter Mensch, doch es scheint, dass mir niemals Gutes widerfährt.«

Ihre Worte lassen in Hank einen Anflug von Ärger aufsteigen. Er hat ihr Haus instand gesetzt und sie in die USA mitgenommen, damit sie an genau diesem Strand sitzen kann. Doch wie eine Welle erreicht sein Ärger eine Spitze und ebbt dann ab. Sie hat so viel verloren. Er hat keine Ahnung, wie sich das anfühlt. Er ist noch nie verliebt gewesen. Und sogar er verspürt eine schmerzhafte Sehnsucht nach der Vergangenheit, wenn er die Sonne auf- und untergehen sieht.

»Möchtest du zurück zum Haus oder einen Spaziergang machen?«

»Machen wir einen Spaziergang«, entscheidet sie.

Hank erhebt sich und bietet ihr die Hand, um ihr aufzuhelfen. Beim Gehen schlingt sie die Arme um ihren Oberkörper, um die Kälte abzuwehren. Hank schlüpft aus seiner Strickjacke und hängt sie ihr über die Schultern.

»Danke«, sagt sie.

Hank schiebt die Hände in die Taschen. Während sie durch den Sand stapfen, denkt er an jene letzten Momente mit William, das Versprechen, das zu halten er entschlossen ist. Er hätte diese Reise besser vorbereiten und mit ihr segeln gehen sollen. Er hat keine Ahnung vom Segeln, aber Aaron kann es vielleicht. Nun, ein anderes Mal, denkt er.

***

Als sie zum Haus zurückkommen, steht Arthur in der Küche und macht Kaffee. Sie trinken jeder eine Tasse, doch zwischen ihnen hat sich Befangenheit ausgebreitet. Nach der freudigen Aufregung vor dem Besuch und der alkoholgetränkten Leichtfertigkeit des Vorabends hält nun der profane Alltag wieder Einzug. Und noch etwas. Die Erkenntnis, dass ihr Leben weitergeht, während William tatsächlich nicht mehr da ist. Sie alle spüren es, ohne etwas zu sagen.

Hank will jetzt nur noch los.

Arthur brät Eier und macht Toast, und sie essen in der Küche, als Jean auftaucht, noch im Morgenrock und mit Make-up-Flecken unter den Augen. Sie sieht älter aus, vielleicht wegen des Make-ups. Oder wegen des Weins.

»Lieber Himmel! Alle so früh auf. Arthur, du hättest mich wecken sollen.«

»Unsinn. Ich bin durchaus in der Lage, Frühstück zu machen.«

Jean setzt sich an den Tisch. Ihre Hand mit der Kaffeetasse zittert. Sie kneift gegen die Sonne, die den Raum erfüllt, die Augen zusammen.

»Wir sollten später einen Ausflug machen. Euch den Segelclub zeigen, in dem William Mitglied war.«

»Das klingt nach einem tollen Plan, aber wir müssen zurück. Ich kann meiner Arbeit nicht allzu lange fernbleiben«, sagt er.

Hank sieht Elise an, weil er fürchtet, sie könnte sich über ihn ärgern, aber er entdeckt in ihrem Gesicht einen Ausdruck, den er als Erleichterung interpretiert.

»Ja«, sagt sie. »Es ist Zeit, zurückzufahren.«

Er weiß nicht recht, was sie meint. Aber wenn er nur wartet, wird er es schon herausfinden. Sie wird es ihm sagen, auf die eine oder andere Weise.

36

Rhode Island, 1955

Es ist eine Woche her, seit sie aus Cape Cod zurückgekommen sind, und Elise hat ihre Rückkehr nach Frankreich inzwischen nicht erwähnt. Hank weiß, dass bald die Kälte kommen wird, und will nicht, dass sie bei stürmischem Wetter reisen muss. Als er das anspricht, sagt sie: »Kann ich vielleicht bis zum Frühjahr bleiben?«

»Wenn du möchtest. Dann schreibe ich Bertrand wegen des Hauses.«

Er zögert.

»Wie bezahlt man in Frankreich seine Rechnungen?«

»Es gibt eigentlich keine. Das Haus ist abbezahlt, mein Vater und mein Großvater haben etwas Geld hinterlassen. Und ich habe seit meinem sechzehnten Lebensjahr gearbeitet. Seit dem vierzehnten, wenn ich die Kinderbetreuung dazurechne.« Sie hält inne. »Monsieur Gravel hat mir ein wenig Geld vererbt. Und wir haben immer sehr bescheiden gelebt.«

Hank schreibt an diesem Abend an Bertrand, versiegelt den Brief aber nicht. Er wird einen Scheck mitschicken, von dem alle eventuellen Auslagen beglichen werden können. Wer wusste schon, wie lang sie bleiben würde?

Als der Winterwind kalt wird, kauft sich Elise wärmere Kleidung. Hank ertappt sich dabei, wie er alles analysiert, was sie tut. Bedeutet der neue Mantel, dass sie vorhat, mehr als einen Winter zu bleiben?

Sie haben eine Art Übereinkunft – oder eher eine Routine – entwickelt. Er kommt fast jeden Abend zum Essen zu ihr. Sie kocht und sie arbeiten an ihrem Englisch, das immer besser wird. Über William oder Cape Cod sprechen sie nie.

Eines Abends betritt er die Wohnung und erschrickt, als er auf dem Tisch Kerzen stehen sieht, deren Flammen sanft in einem Luftstrom tanzen, den er nie gespürt hat. Elise begrüßt ihn in einem langen Rock und barfuß, mit rot bemalten Zehennägeln.

»Herrlich, wie warm es hier ist, sogar im Winter.«

Tatsächlich ist es höllisch warm in der Wohnung, und Hank weiß, dass die Heizungsrechnung enorm sein wird. Doch das ist seine geringste Sorge. Was ist los? Weshalb die Kerzen? Sind ihre Zehennägel immer knallrot gewesen? Er ermahnt sich, nicht hinzusehen.

Er sieht, auf welche Temperatur der Thermostat eingestellt ist, und dreht ihn zurück, als sie in der Küche ist.

»Etwas riecht gut«, sagt er. Auch vertraut. Sie müssen das schon einmal gegessen haben.

Elise kommt mit einer Servierschüssel herein. »Deine Mutter hat gesagt, ich darf ein bisschen Geschirr mitnehmen.«

»Na klar«, sagt er.

Sie stellt die Schüssel auf den Tisch. »Rindergulasch, wie du es in Frankreich gegessen hast«, sagt sie.

»Ich erinnere mich«, entgegnet er.

Dazu gibt es knuspriges Brot und Kartoffelpüree.

»Was hast du heute gemacht?«, fragt er und beginnt zu essen.

Elise nickt in Richtung des Sofatisches. Hank sieht einen

kleinen Stapel Briefe, die darauf warten, abgeschickt zu werden. Er wird sie mitnehmen und aufgeben. Elise geht nicht gerne zur Post.

»Ich habe ein paar Briefe geschrieben und war in der Bücherei.«

»Wie?«, fragt er überrascht.

»Mit dem Bus«, sagt sie.

»Wirklich?« Das Mädchen, das er aus Frankreich mitgebracht hat, wäre niemals allein mit einem Busfahrplan zurechtgekommen.

»Ja. Der Bus hält ganz in der Nähe, und um die Bücherei herum gibt es so viel Interessantes zu entdecken.«

Eine Ruhe, wie er sie lange nicht mehr gespürt hat, erfüllt ihn. Die Spannung in den Schultern, der er sich gar nicht bewusst war, löst sich. Sie kommt wieder auf die Beine. Erleichterung durchflutet ihn.

Als er aufbricht, packt sie ihm den Kartoffelbrei und das restliche Gulasch als Mittagessen ein.

Hank weiß nicht, ob sie ihn bemuttert oder verführt. Aber er hat zu tun. Darüber wird er später nachdenken.

***

»Riecht gut, was du da isst«, sagt sein Mitarbeiter. »Aber wenn du davon was auf meine Entwürfe kleckerst, hau ich dir eine rein.«

»Verstanden.« Hank entfernt sich von dem Platz, wo der andere arbeitet.

Nachdem er gegessen hat, fallen Hank Elises Briefe ein, und er geht zur Post. Während er Schlange steht, sieht er den Stapel durch. Marianne. Ein Extrabrief für ihren Sohn. Irgendeine Karte steckt darin, vielleicht hat er Geburtstag. Jemand namens Amelie und dann noch Geneviève. Hank sieht sich den Brief näher an. Eine Adresse in Fort Walton Beach in Florida.

Er erinnert sich an jenen Tag vor so langer Zeit. Damals war er jung und erschöpft gewesen, nervös, weil er Elise treffen sollte und wegen der Nachrichten, die er zu überbringen hatte. Geneviève war eines Nachmittags aufgekreuzt, mit knallroten Lippen, Seidenstrümpfen und Parfüm. Ein einziger Blick auf sie hatte Hank genügt, um zu wissen, dass ihr Auftauchen nichts Gutes bedeutet.

Er schickt die Briefe ab.

An diesem Abend fragt Hank Elise, als sie in einem Schnellrestaurant in der Nähe seiner Wohnung Burger essen, ob sie gern nach Florida reisen und Weihnachten mit seiner Familie verbringen möchte.

»Wäre das deinen Eltern denn recht?«, vergewissert sie sich.

»Natürlich.«

»Wie kommen wir dorthin?«

»Die Straßen sind in dieser Jahreszeit schlecht zu fahren. Wir werden fliegen«, sagt er.

»Wie viel wird das kosten?«, erkundigt sie sich. Er weiß, dass von dem Geld, das sie mitgebracht hat, bald nichts mehr übrig ist.

»Sagen wir, es ist ein Weihnachtsgeschenk von mir«, sagt er. Als sie widersprechen will, fällt er ihr ins Wort.

»Ich habe gesehen, dass deine Freundin Geneviève in Florida lebt.«

»Ja, sie hat einen Mann geheiratet, der dort ein Unternehmen leitet. Na ja, es ist nicht ihr erster Mann.«

»Wie bitte?«

»Sie hat schon zum zweiten Mal geheiratet«, sagt Elise.

Hank bezweifelt, dass es das letzte Mal sein wird.

»Es ist ziemlich weit von Saint Petersburg nach Fort Walton Beach«, sagt er. »Aber wir können sicher was organisieren, wenn du hinwillst.«

»Nicht nötig. Eigentlich möchte ich sie gar nicht treffen.«

Hank ist überrascht. »Warum willst du deine alte Freundin nicht besuchen?«

»Ich habe sie seit Jahren nicht gesehen und nichts von ihr gehört. Sie hat mir einen Brief nach Frankreich geschickt, den Amelie mir weitergeleitet hat. Ich musste antworten.« Sie hält inne. »Sie hat mir früher einmal einen Gefallen getan, und ich stehe in ihrer Schuld.«

»Das ist nie eine angenehme Position«, sagt er. Er sieht etwas in ihren Augen, in ihrem Blick. Eine Härte. Hier geht es um mehr als um einen Gefallen, den man schuldig ist. Damit kennt er sich bestens aus.

»Ich überlege es mir«, sagt sie. »Und jetzt erzähl mir bitte von Florida und von Weihnachten in der Sonne.«

Hank beschließt, nicht mehr darüber zu reden. Vielleicht erinnert die alte Freundin aus ihrer Heimat sie an die traumatische Zeit, die sie zu vergessen versucht. Auch damit kennt er sich aus.

38

Florida, Winter 1955

In Florida begrüßt sie eine sanfte, warme Brise. Es ist zwar nicht heiß, fühlt sich aber nach den frostigen Temperaturen in Rhode Island fast so an.

»Was für ein schönes Gefühl«, sagt Elise und öffnet ihre Jacke, als sie zum Taxistand gehen.

»Hast du es bequem? Es ist eine lange Fahrt«, sagt er, als sie sitzen.

»Ja, natürlich.«

Das Taxi fährt durch die Tampa Bay. Mond und Sterne sind die einzigen Lichtquellen hier, und man hat den Eindruck, übers Wasser zu fahren. Hank kurbelt das Fenster herunter, um die Nachtluft hereinzulassen. Sie fühlt sich nach der bitteren Kälte daheim sehr mild an.

Elise ist fasziniert. »Dann ist das also alles Wasser, zu beiden Seiten von uns? Ist Florida eine Insel?«

»Fast. Es ist auf drei Seiten von Wasser umgeben.«

»Zum ersten Mal hier, Miss?«, fragt der Taxifahrer.

»Genau«, sagt sie.

»Willkommen im Sonnenstaat!«

Hank nimmt sich vor, ihm ein besonders gutes Trinkgeld zu geben.

***

Seine Eltern sind wach geblieben, um sie zu empfangen. Er weiß, dass sie seine Freundschaft – ein besseres Wort fällt ihm nicht ein – mit Elise merkwürdig finden, aber sie sind nett zu ihr und nachsichtig mit ihm. Mehr kann er nicht verlangen.

»Hallo, hallo, hallo«, wiederholt James, während sie hineingehen. Seine Mutter hat gebacken, und der Duft von Shortbread und Zimt bringt ihn direkt in seine Kindheit zurück. Ihm läuft das Wasser im Mund zusammen.

Seine Mutter trägt eine Weihnachtsmann-Schürze. Überall stehen Weihnachtssterne. Hank hat sich nie etwas aus ihnen gemacht.

Der Anblick des Baumes in der Ecke weckt kurzzeitig nostalgische Gefühle in Hank, denn er ist genauso geschmückt wie in seiner Kindheit: gestrickte Schlitten und Kränze und Glocken, die seine Mutter selbst angefertigt hat. Unter dem Baum liegen die verpackten Geschenke bereit.

Hank trägt Elises Tasche ins Gästezimmer. Er selbst wird auf einer im Arbeitszimmer ausgebreiteten Matratze schlafen, denn das andere Schlafzimmer hat sich seine Mutter zum Nähen eingerichtet. Sie ändert Kleidung für andere Leute. Hank freut sich darüber. Sie lernt neue Menschen kennen und ist jetzt, wo sein Vater in Rente ist, die Hauptverdienerin. Und er merkt, dass sie das genießt.

Nachdem Hank sich rasch gewaschen hat, trifft er in der Küche niemanden an. Die hintere Tür steht offen, und er geht den Stimmen und dem Gläserklirren nach.

Sie sitzen alle auf der hinteren Veranda und trinken Eierlikör. Seine Mutter und Elise planen für den nächsten Tag einen Einkaufsbummel, um in letzter Minute noch ein paar Sachen zu besorgen. Ihm fällt ein, wie ihn bei einer ähnlichen Gelegenheit die Nachricht erreicht hat, dass die USA in den Krieg eingetreten waren. Die Nachricht von Pearl Harbor. Witzigerweise hatte er für sie einen Weihnachtsstern getragen, während er ihr durch Murphy's Dry Goods hinterherlief. Damals zu jung, um zu kämpfen.

Seine Mutter reicht ihm ein Glas mit dem cremigen gelben Getränk, das bei ihnen nur in den Tagen vor Weihnachten getrunken wird.

»Ich dachte, ich würde an Weihnachten Sehnsucht nach Providence bekommen, aber nein. Hier ist es so schön, und am Weihnachtsabend – da wirst du staunen, Elise. Die Einheimischen kommen zusammen und erleuchten die Straßen mit Kerzen in kleinen, sandgefüllten Papiertüten.«

»Das klingt wunderschön«, sagt Elise, beide Hände um das Glas gelegt, die Beine am Fußgelenk übereinander gelegt. Die Haare fallen ihr in die Augen. In ihr mischen sich die Begeisterungsfähigkeit eines Schulmädchens und die Zurückhaltung einer vom Leben gezeichneten Frau. Das verwirrt ihn – so viele Gesichter, und er hat keine Ahnung, wer sie wirklich ist.

»Und was machen wir zwei morgen, Dad?«, erkundigt sich Hank.

»Keine Pläne, aber ich bekomme bestimmt eine Liste.« Er grinst seine Frau an.

»Ach, hör schon auf!«, kichert sie.

Seine Eltern lieben einander immer noch. Das zu spüren, erfüllt ihn mit Wärme.

Seine Mutter macht ihm noch etwas zu essen, einen Teller mit aufgeschnittenem Braten, Kartoffelbrei, Karotten und Sauce. Elise hat keinen Hunger, nascht aber von den Weihnachtskeksen, die seine Mutter gebacken hat.

Erst weit nach Mitternacht gehen sie zu Bett. Als Elise aus dem Bad kommt, wartet Hank im Flur darauf, an die Reihe zu kommen. Das einzig Schlechte an diesem Haus ist, dass es nur ein Bad gibt. Da wird er etwas unternehmen müssen.

Elise trägt einen weißen Bademantel, und ihr dunkles Haar bildet einen starken Kontrast zu dem seidigen Material.

Sie sieht ihn an und sagt: »Das ist das schönste Weihnachten, das ich seit dem Tod meines Vaters erlebe.«

»Das freut mich, Elise.« Ein nutzloser kleiner Satz, aber er weiß einfach nicht, was er sonst sagen sollte.

Hank hofft, dass William, wo immer er auch sein mag, weiß, dass sie sich wohl fühlt.

***

An Silvester besuchen sie eine Strandbar.

»Ich fühle mich schlecht, weil wir deine Eltern nicht mitgenommen haben«, sagt sie, während sie durch den Sand stapfen.

Hank lacht. »Sie werden um zehn im Bett sein, verlass dich darauf.«

Elise trägt ein Kleid, das beim Gehen um ihre Beine raschelt. Die helle Farbe leuchtet im Mondlicht, und Hank fällt auf, wie viel besser sie aussieht. Ihre Wangen sind nicht mehr so eingefallen, und sie wirkt gesünder. Abwesend, ja, aber nicht mehr gequält. Allerdings ist sie immer noch sehr zurückhaltend und irgendwie unerreichbar. Das Mädchen, das William beschrieben und von dem Bertrand erzählt hat, ist für immer verschwunden. Doch es ist eine neue Frau an ihre Stelle getreten, und Hank stellt fest, dass sie ihm gefällt. Sie ist nicht mehr bloß eine Pflicht.

In der Ferne hören sie Musik. Gelächter. Es mischt sich mit dem Geräusch der Wellen, und Hank denkt, dass so oder ganz ähnlich das Glück klingen muss. Diesen einen Abend lang wird er all seine Sorgen und Pläne beiseitelassen und einfach nur genießen.

Die Bar besteht aus nichts weiter als einem Holzboden, ein paar Pfosten und einem Dach aus Brettern und Segeltuch, ein bisschen, wie er es von der Armee kennt. Im Sommer ist alles offen, doch nun hat man Jalousien und Plastikabdeckungen installiert. Es gibt einen Tanzboden und eine Band. Die Leute tragen Papierhüte mit Sprüchen zum neuen Jahr. Hank findet einen Sitzplatz für Elise und geht zur Bar. Eine Flasche Champagner und Gläser.

Als er an den Tisch zurückkommt, sieht Elise der Musikkapelle zu.

Er reicht ihr ein Glas und Elise nimmt es, hält dann inne, starrt die aufsteigenden Bläschen an. Sie ist blass, und Hank weiß einen Moment lang nicht recht, was los ist.

»Das ist Champagner. Hast du schon mal welchen getrunken? Hättest du lieber etwas Anderes?«

»Nein, alles gut.«

»Ich könnte dir ein Ginger Ale holen? Das ist ja fast das Gleiche«, versucht er zu scherzen.

»Nein, nein. Das ist gut. Sehr gut«, sagt sie und wagt einen vorsichtigen Schluck, aus dem irgendwie ein sehr großer Schluck wird. Hank zögert und schenkt ihr dann nach.

»Ich habe seit vor dem Krieg keinen Champagner mehr getrunken«, sagt sie.

Der Tonfall ihrer Stimme. Sie ist in einer schlechten Erinnerung gefangen, an einem unguten Ort.

»Darf ich dir etwas Anderes holen?«, wiederholt er.

Sie legt ihm die Hand auf den Arm. »Es ist gut so. Danke.«

Die Musikkapelle spielt eine lebhafte Melodie, und Hank ist nicht sicher, ob der Tanzboden all das Stampfen und Springen aushalten wird. Doch er befindet sich nur ungefähr zehn Zentimeter über dem Sand, außer ein, zwei gebrochenen Knöcheln würde wohl nicht viel passieren.

Elise scheint sich zur Musik zu bewegen, also fordert er sie zum Tanzen auf.

»Ich weiß nicht recht, wie das geht«, sagt sie.

Er trinkt sein Glas leer. »Das wird sich gleich ändern!«

Sie zuckt mit den Schultern, nimmt seine Hand, und Hank zieht sie an die Seite des Tanzbodens und beginnt ihr den Jitterbug beizubringen.

Sie tanzen, und sie trinken. So oft waren sie beide in ihren inneren Welten gefangen, doch jetzt sind sie ausnahmsweise richtig aufgedreht. Die Luft vibriert vor Energie und schlichter Freude. Es scheint, als würden sich alle eine Auszeit von ihren Sorgen gönnen. Als es Mitternacht schlägt, zählen sie mit den übrigen Gästen die Sekunden herunter, genießen die Atempause. Beim letzten Schlag explodiert die Bar. Jubel, Rufe, die Papiertröten, die so schrecklichen Lärm machen.

Einen Augenblick lang spürt Hank Traurigkeit in sich aufsteigen. Traurigkeit. Sehnsucht. Sie sind so eng verbunden, scheint es. Dann spürt er eine kleine Hand in seinem Gesicht, kühl trotz der Hitze im Raum. Er senkt den Blick und sieht, dass Elise ihn besorgt anschaut. Warum, wird er nie erfahren – vielleicht war es die Stimmung des Abends, als Auld Lang Syne den Raum erfüllte und die Menschen um sie her sich im Takt wiegten.

Er beugt sich vor, um sie auf die Wange zu küssen. Doch sie dreht den Kopf, sieht zu ihm hoch, und sie küssen sich. Er weiß nicht, wie lange sie so stehen, bis das Gedränge zu groß wird, als die Menschen wieder zu tanzen beginnen. Wortlos nimmt Hank ihre Hand und sie gehen hinunter zum Strand, wo die Wellen mit jedem Schritt, den sie tun, mehr von dem Partylärm verschlucken. Auf dieser Seite der Bar hält sich niemand auf. Hier ist viel gebaut worden, doch in diesem Moment herrscht völlige Dunkelheit. Versteckt zwischen ein paar Bäumen öffnet sich eine Lichtung. Hank sieht sich um. Niemand wird sie sehen. Seine Hand in ihrem Haar, es ist so weich. Ihr Körper schmiegt sich an seinen.

»Ist das in Ordnung?« Er muss sich einfach vergewissern.

»Ja«, sagt sie. Seine Hände wandern unter ihr Kleid.

»Kann uns keiner sehen?«, flüstert sie.

»Nein, niemand«, erwidert er, schlüpft aus seinem Sakko und legt es auf den Boden.

»Wir sind hier ganz allein«, sagt er und hofft, dass es für sie jetzt nur ihn gibt und nicht den Geist von etwas, was hätte sein können.

39

Rhode Island, März 1956

Sie fallen zurück in das alte Muster, als hätte es den Abend am Strand nie gegeben. Hank arbeitet und besucht sie am Abend, aber nicht mehr so oft. Elise, so seine Einschätzung, ist zu mehr imstande, als er gedacht hat. Er hat getan, was er konnte. Der Tapetenwechsel hat gewirkt. Und doch quält ihn noch etwas. Er weiß, dass es nicht genug ist. Er glaubt, dass sie nur auf die wärmere Jahreszeit wartet, um nach Hause zurückzukehren.

Es ist ein bitterkalter Tag, und er blickt aus dem Fenster auf die laublosen Bäume, die die Straße säumen, die Borken schwarz von Kälte und Frost. Wenn er die Zweige berühren würde, denkt er, dann würden sie brechen. Er überlegt, ob er sie an diesem Abend besuchen soll. Nun ja, ja, er sollte es tun. Aber er wäre lieber allein. Würde gern ein Buch lesen.

Es klopft an seiner Bürotür und er blickt auf. »Da ist eine Frau, die dich sprechen will«, sagt Joe. An seinem Gesichtsausdruck erkennt er, wer die Frau ist.

»Führ sie nach hinten«, sagt er, und liest Überraschung in Joes Gesicht. Sonst empfängt Hank alle Besucher vorne. Doch er hat das Gefühl, sie bräuchten jetzt vielleicht Privatsphäre.

Elise kommt herein – weder schüchtern noch selbstbewusst. Auch nicht neugierig auf den neuen Ort – sie hat sein Büro noch nie gesehen. Plötzlich spürt Hank Nervosität in sich aufsteigen. Sie ist gekommen, um ihm etwas Wichtiges mitzuteilen, das spürt er. Wahrscheinlich will sie nach Frankreich zurückkehren. Er fühlt ein klein wenig Erleichterung. Und Traurigkeit. Wenn sie geht, das ist ihm bewusst, werden sie einander nicht wiedersehen.

»Hallo«, sagt sie leise und fährt mit einer Hand geistesabwesend über seinen Schreibtisch.

»Hallo, Elise.«

Sie nickt.

»Ich würde dir anbieten, dich herumzuführen, aber es gibt nicht viel zu sehen.«

»Es ist nicht gerade einfach, hierherzukommen. Ich musste zweimal umsteigen.«

»Nein, das stimmt«, sagt er. Und wartet.

»Ich bin beim Arzt gewesen«, sagt sie.

»Alles in Ordnung?« Besorgnis durchfährt ihn wie ein Messer.

»Wir bekommen ein Kind«, erklärt sie schlicht.

Er weiß nicht, was er dazu sagen soll.

40

Rhode Island, September 1956

Niemand ahnt vorher, was Elternsein bedeutet. Man weiß vielleicht einige Dinge, die man nicht tun will, andere, die man zu tun vorhat. Aber keiner hat ein Rezept dafür, ein anderes menschliches Wesen großzuziehen. Ein unbedachter Kommentar, ein Wutanfall, ein dummes Wort, das in der Hitze des Gefechts fällt. Vagabundierende Worte, die größer und dunkler werden und die zerbrechlichen Grenzen eines kleinen Wesens verletzen, das alles hört und sich an alles erinnert.

Niemand weiß, was er tut. Man versucht es einfach und gibt sein Bestes.

***

Nathaniel Anthony Corrigan kommt an einem atemberaubend schönen Septembertag in New England zur Welt. Dreitausendachthundert Gramm, vollkommen gesund. Fünf Monate nach der Hochzeit seiner Eltern. Jeder weiß es, doch niemand sagt etwas dazu.

Hank, der im Säuglingszimmer seinen Sohn betrachtet, hat Angst. Und ist überglücklich. Und besorgt.

Elise hat eine anstrengende Geburt hinter sich und schläft die meiste Zeit. Hank hat sie mehrmals in ihrem Zimmer aufgesucht, ihr Blumen gebracht und Süßigkeiten. Die Rolle des fürsorglichen Ehemanns gespielt. Die Schwester hat ihm gesagt, das komme vor. »In ein, zwei Tagen wird sie sich besser fühlen«, erklärt sie freundlich. Die Frau erinnert ihn an Nina, die Schwester, die ihm vor so langer Zeit geholfen hat. Im gleichen Krankenhaus. Es ist verrückt, aber er würde die Schwester gern fragen, ob sie sie kennt.

Elise hat Hank noch nicht das Gesicht zugewandt. Hat ihren Sohn noch nicht im Arm gehabt. Er fragt sich, ob ihr Herz versagen wird, aber das würden die Ärzte ja sicher bemerken.

Wahrscheinlicher ist, dass sie daran denkt, wie dieser Tag mit einem anderen Mann gewesen wäre.

Während er an ihrem Bett sitzt und sich wünscht, alles wäre anders, seufzt er.

Es ist eine Herkulesaufgabe, mit jemandem, der dich nicht liebt, ein Leben aufzubauen. Das ist ihm klar.

»Ich gehe jetzt, Elise. Die Besuchszeit ist vorbei. Ich hoffe, es geht dir morgen besser«, sagt er.

Als er nach Hause kommt, holt er sich das Branchenbuch und beginnt nach einer Kinderfrau zu suchen.

***

Sie haben zu einer Art Frieden in ihrer Lebensgestaltung gefunden. Dieses Geschenk hat Ned ihnen gemacht. Hank liebt seinen Sohn abgöttisch, und wenn er nicht arbeitet, verbringt er all seine Zeit mit ihm. Elise ist auf ihre Art eine gute Mutter. Doch im Umgang mit Ned wirkt sie nervös. Also bleibt die Kinderfrau, die er angestellt hat.

»Sie traut sich einfach noch nicht. Das wird schon«, sagt die Kinderfrau zu Hank. »Geben Sie ihr Zeit.«

Und dann, in einer Nacht, die kein bisschen anders ist als die anderen, wird der zerbrechliche Frieden plötzlich erschüttert.

»Wach auf, Hank. Wach auf. Du hast einen schlechten Traum.«

Elise rüttelt ihn an der Schulter, kratzt ihn im Gesicht. Hank weiß nicht, wo er ist, als er ihren Arm packt.

»HANK!«, schreit sie, doch er hält ihren Arm umklammert, und jetzt schreit auch er. Ein Teil von ihm weiß, dass er mit seiner Frau im Bett liegt, doch zu diesem Teil hat er keinen Zugang, denn der andere Teil ist in Frankreich, und um ihn und seine Männer herum tobt das Feuer der deutschen Artillerie. Er bedeckt seinen Kopf mit den Armen, als neben ihm ein Baum explodiert, und Elise befreit sich aus seinem eisernen Griff und springt aus dem Bett.

»Wach auf!«, brüllt sie.

Ein Baby weint. Wer hat bloß in dieser Hölle ein Baby zurückgelassen?

Das Bombardement wird schwächer, hört auf. Die explodierenden Bäume schwinden, selbst die Kälte, die er im Winterschnee empfunden hat, taut weg, und er wird sich des Zimmers gewahr. Einen Augenblick lang ist er verwirrt. Dann sieht er sie, mit weit aufgerissenen Augen, entsetzt an der Tür stehen. Hört Ned aus seinem Zimmer weinen.

Zitternd, voller Adrenalin, setzt er sich auf. Gibt Laute von sich, die keine rechten Worte sind.

»Was war los? Habe ich dir weh getan?«

»Mir geht es gut.« Sie starrt ihn an und reibt sich die Arme. Ihre Augen, gerade noch weit aufgerissen vor Entsetzen, werden jetzt schmal, und sie sieht ihn mit durchdringendem Blick an.

Dann wendet sie sich ab und geht zu Ned. Hank hört, wie sie die Tür zu seinem Zimmer hinter sich schließt.

Hank sitzt auf dem Bett. Ein Albtraum, aus heiterem Himmel. Er kann sich keinen Reim darauf machen.

Am nächsten Abend schläft Elise im Gästezimmer.

»Du hast Albträume«, sagt sie, als sie ihr Nachthemd von dem Haken hinter der Tür nimmt.

Hank sieht die blauen Flecken auf ihren Armen und hasst sich selbst dafür. Aber er sagt nichts.

Er hört, wie sie sich im Zimmer auf der gegenüberliegenden Seite des Flurs einrichtet und die Tür schließt. Er glaubt sie den Schlüssel umdrehen zu hören. Das ist, wie er findet, ein bisschen übertrieben nach einem einzigen Albtraum. Sie braucht keine Angst vor ihm zu haben.

Er knipst das Licht aus, greift nach ihrem Kissen und legt es auf seines. Er hat es immer angenehm gefunden, mit erhöhtem Kopf zu schlafen.

Kein Albtraum schreckt ihn auf.

***

Still und leise richtet sich Elise im Haus einen eigenen Bereich ein. Auch ihre Kleidung hängt nun nicht mehr im gemeinsamen Schrank. Ein paar Sachen, die sie nie getragen hat – zum Beispiel ein Morgenrock, den seine Mutter ihr geschenkt hat –, bleiben zurück, als versuchte sie damit zu zeigen, dass der Umzug nicht auf Dauer ist. Er kümmert sich nicht groß darum. Er arbeitet. Sie kocht für ihn; seine

Kleidung ist gebügelt. Ned ist gut versorgt. Hank denkt an die Beziehung seiner Eltern, diese echte Liebe und Zuneigung zueinander, doch die kann er nicht so einfach herbeizaubern. Stattdessen hält er sich beschäftigt.

Es ist Dienstag und er ist bei der Arbeit. Sein Rücken schmerzt, weil er die ganze Zeit über Tische voller Baupläne gebeugt sitzt. Als das Telefon klingelt, ist ein Arzt in Florida am Apparat.

Bei einem Strandspaziergang mit seiner Mutter hat sein Vater einen Schlaganfall erlitten.

Hank weiß zwar, dass seine Eltern nicht mehr die Jüngsten sind, doch sein Vater ist immer so voller Energie gewesen. So voller Leben. Er stellt sich vor, wie er in seiner langen Hose mit Gürtel und im perfekt gebügelten Hemd über einem blütenweißen Unterhemd in die Brandung fällt, und glaubt gleich selbst zusammenzubrechen.

»Wird er es schaffen?« Hank spürt, dass alle im Büro ihn anstarren, während er spricht. Im Raum, der vom Kratzen von Stiften, Telefongeklingel und Arbeitsgesprächen erfüllt war, ist es jetzt still. Die Angst vor dem, was geschieht, erfüllt seine Umgebung.

»Ich komme, so schnell ich kann.« Er legt den Hörer auf die Gabel des schwarzen Telefons. Dann holt er aus seinem Büro Mantel und Hut und geht geradewegs hinaus in das spätmorgendliche Licht. Er fährt nach Hause, in das Haus, wo er geboren wurde und in dem seine Eltern ihr ganzes Leben lang gewohnt haben, bis sie nach Florida zogen.

Ned und die Kinderfrau sitzen auf dem Boden und spielen mit Bauklötzen. Sie steht auf, als sie Hank in der Tür sieht. Ned kichert und streckt ihm die Ärmchen entgegen. Hank nimmt ihn hoch.

»Was ist passiert?«, fragt Diane, die Kinderfrau.

»Ein kleines familiäres Problem. Ich muss nach Florida.« Er trägt Ned mit sich ins Schlafzimmer. Holt seinen Koffer und wirft ein paar Kleidungsstücke hinein. Erst als er die Tür schließt, fällt ihm Elise ein. Dass er eine Frau hat.

Er ruft in der Bücherei an, in der sie arbeitet, und erzählt ihr, was geschehen ist.

»Ich nehme den nächsten Bus«, sagt sie.

»Es ist nicht nötig ...«

»Vielleicht braucht mich deine Mutter. Bin schon unterwegs.«

Elise packt eilig ein paar Sachen. Für Ned hat Diane gepackt. Sie sind schon auf dem Weg zum Flughafen, als sie fragt: »Wie geht es dir, Hank?«

»Ich habe Angst«, sagt er.

Sie greift über die Gangschaltung und legt eine Hand auf sein Knie. Er spürt die Berührung wie einen Strom durch seinen ganzen Körper fahren.

Sie landen nachts, als die Besuchszeit im Krankenhaus längst vorbei ist, aber Elise bezirzt die Pfleger und Hank eilt durch die endlos langen Flure zu seinem Vater. Der Krankenhausgeruch breitet sich in ihm aus wie eine böse Erkältung. Die Tür zum Zimmer seines Vaters steht offen, und es dringt Licht heraus. Er hält inne, strafft die Schultern und geht dann hinein. Die Situation ist vollkommen neu für ihn. Die Väter anderer Leute sterben. Seiner nicht.

Auf das, was er sieht, ist er nicht vorbereitet. Es ist, als wäre sein Vater geschrumpft, er ist unter den Krankenhauslaken kaum zu sehen.

Seine Mutter sitzt neben ihm, Hank den Rücken zugewandt. Er flüstert leise »Ma« und legt ihr eine Hand auf die Schulter. Sie bedeckt sie mit der ihren.

Elise bleibt an der Tür stehen, sie will nicht stören. Den schlafenden Ned hält sie im Arm. Hank sieht sie dort warten, das Flurlicht betont die karamellfarbenen Strähnen in ihrem Haar und ihre blasse Haut. Sie kommt ihm vor wie ein Gespenst, das zwischen seiner Familie und ihrem eigenen Platz in der Welt, wo immer dieser auch sein mag, schwebt.

***

Zum ersten Mal seit seinem Traum teilen sie sich ein Zimmer. Es geschieht, ohne dass sie darüber sprechen, denn sie wissen, dass sie seiner Mutter getrennte Zimmer nicht erklären könnten. Doch Hank hat das Gefühl, sie weiß Bescheid. Je älter er wird, desto mehr erkennt er, dass seinen Eltern so schnell nichts entgeht. Und seine Mutter verfügt über jene besondere weibliche Intuition. Er erinnert sich an den Ausdruck in ihrem Gesicht, als Elise keinen Verlobungsring wollte. Sie wusste es damals schon. Und sie weiß auch jetzt Bescheid.

Hank spürt, wie ein Schmerz ihn fast zerreißt, als ihm etwas klarwird. Sie wollte keinen Ring von ihm, weil der einzige Mann, von dem sie einen Ring wollte, William war.

Er sieht zu, wie sie ihre Tasche auspackt, und spürt eine Kälte ihr gegenüber, wie er sie nie zuvor empfunden hat.

Wortlos verlässt er den Raum und geht ins Badezimmer. Während er duscht, denkt er nach. Er lässt das Wasser über sich strömen, wäscht die Keime ab, die Angst, die Traurigkeit, die Hoffnungslosigkeit. Ganz schön viel verlangt von einem Stück Seife, denkt er und muss ein wenig schmunzeln. All die Emotionen des Tages. Er ist erschöpft.

Nach der Dusche fühlt er sich leichter, so, als hätte er nicht bloß gewichtslose Flugzeugkeime, sondern eine Schicht Zement abgewaschen.

Im Pyjama und barfuß geht er zum Zimmer seiner Mutter und klopft leise an die Tür – falls sie schon schläft, will er sie nicht wecken.

»Komm rein.« Ihre Stimme klingt schwach.

Sie sitzt, einen Rosenkranz in der Hand, im Bett. Ihre Haut sieht grau aus, das ist ihm noch nie aufgefallen.

Hank ist verlegen, sie trägt eine Art blaues Nachthemd, aber er setzt sich neben sie. Sie zieht die Decken hoch, der Schicklichkeit halber, wie er meint.

»Wie geht es dir, Ma? Du musst doch unter Schock stehen.« Seine Stimme ist immer noch sanft.

»Ich muss die ganze Zeit daran denken. Es ging ihm gut. Wir waren spazieren – du weißt, wie gern er die kleinen Vögel beobachtet, die in die Wellen laufen und wieder heraus – und wir unterhielten uns …« Sie bricht ab. »Ich weiß nicht mehr, um was es ging, aber plötzlich ergab das, was er sagte, keinen Sinn mehr. Ich habe mich zu ihm gewandt, um ihn anzusehen.« Sie dreht sich im Bett. »Und sein Gesicht. Er sah aus, als hätte man ihm die Luft abgelassen. Eine Seite war einfach eingefallen.« Sie hebt die Hand, wie um es an ihrer eigenen Wange zu zeigen. »Er versuchte zu sprechen, und er hielt sich den Arm. Und dann fiel er auf ein Knie.« Sie hört einen Moment lang auf zu reden und fährt dann fort: »Gott sei Dank war ein junger Strandwächter da. Er wusste genau, was zu tun war. Ich muss unbedingt seinen Namen rauskriegen und seinen Eltern einen Brief schreiben.«

Sie fängt an sich zu bewegen, als wollte sie gleich aufstehen.

»Das übernehme ich, Ma. Die Stadtverwaltung wird wissen, wie er heißt.«

»Versprochen, Hank?«

»Versprochen. Wir sehen uns morgen früh, dann fahren wir ins Krankenhaus. Bestimmt geht es ihm besser«, sagt Hank.

Er geht hinüber in sein eigenes Zimmer und hätte fast an die Tür geklopft. Elise sitzt im Bett und liest. *Vom Winde verweht.* Das hat sie jetzt wohl schon ein Dutzend Mal gelesen, denkt er. Ned liegt schlafend neben ihr, Arme und Beine von sich gestreckt wie ein Seestern. »Wie geht es deiner Mutter?«, fragt sie.

Hank geht zu seiner Seite des Bettes, sitzt einen Moment lang auf dem Rand, legt sich dann flach auf den Rücken und zieht die Decke über sich.

»Sie will, dass ich den jungen Strandwächter ausfindig mache, der meinen Dad gerettet hat, und sie will seinen Eltern mitteilen, dass er ein guter Junge ist.«

Elise klappt ihr Buch zu. »Das ist fein. Sie versinkt also nicht in Verzweiflung.« Sie klopft ihr Kissen zurecht, rollt sich auf ihrer Seite zusammen und sieht Hank über Ned hinweg an. »Wie fühlst du dich?«

»Müde. Panisch«, sagt er, die Augen auf den schlafenden Ned gerichtet.

»Wenn du mich fragst, sah er nicht schlecht aus. Seine Haut hatte eine gute Farbe. Dein Papa wird es schaffen«, sagt sie. Dann hebt sie den Arm, als wollte sie ihn berühren, überlegt es sich aber anders. Sie steckt um Ned herum die Decke fest und dreht sich dann auf die andere Seite, zum leicht geöffneten Fenster hin, durch das das Wellenrauschen fast bis zu ihnen dringt.

***

Morgens wecken Hank der Duft von Kaffee und die Sonne, die durch die Jalousien fällt. Einen Augenblick lang erfüllt ihn ein Gefühl von Frieden. Dieses Haus in Florida ist sein absoluter Lieblingsort. Dann fällt ihm ein, warum er da ist, und der Schrecken begräbt ihn unter sich wie kalter, grauer Haferbrei.

Er steht auf, sieht seinen Morgenmantel auf Elises Bettseite liegen. Wie ist er da hingekommen? Als er ihn angezogen hat, geht er in die Küche, aus der es tröstlich nach Kaffee und gebratenem Speck mit Eiern riecht. Trotz allem, was geschieht, sorgt seine Mutter immer noch für ihr leibliches Wohl.

Am Herd steht aber nicht seine Mutter, sondern Elise.

Seine Mutter sitzt am Tisch und hat Ned auf dem Schoß. Hank ist überrascht, sie im Bademantel zu sehen. Sie trinkt aus einer Porzellantasse.

»Guten Morgen«, sagt Elise und dann, leiser, nur zu ihm: »Setz dich zu deiner Mutter. Ich bringe dir einen Kaffee.«

»Guten Morgen, Ma«, sagt er. »Warum die edle Tasse?«

»Deine Frau wusste noch, dass ich mal gesagt habe, dass ich gern aus Porzellantassen trinke. Also hat sie mir von Zuhause eine mitgebracht.« Seine Mutter ist sichtlich gerührt über diesen kleinen Akt der Freundlichkeit.

Hank sieht zu Elise hinüber, doch sie steckt mit dem Rücken zu ihm Brot in den Toaster.

»Nach dem Frühstück fahrt ihr beide ins Krankenhaus«, sagt Elise.

»Und du?«

»Ich dachte mir, ich könnte später vorbeikommen, wenn ihr mit den Ärzten gesprochen habt. Wenn dein Vater noch Besuch verträgt«, sagt sie. »Man sollte ihn nicht überfordern. Ich würde inzwischen mit Ned in den Park gehen.«

Hank kennt den Grund dafür. Sie will seiner Mutter Zeit mit ihm geben. Aber sie gesteht damit auch ein, dass sie ein Eindringling, eine Außenstehende ist.

Er sticht mit der Gabel in sein Eigelb. Vielleicht ist das bei allen verheirateten Paaren so. Er weiß es nicht, da sie keine Familie hat, die er kennenlernen könnte.

»Ich möchte nicht, dass du den ganzen Tag allein bist«, sagt seine Mutter.

»Ich werde nicht allein sein. Das Meer leistet mir Gesellschaft«, sagt sie. »Und Ned.«

***

Nach zwei Wochen in Florida muss Hank zurück nach Providence. Sein Unternehmen braucht ihn, und er braucht das Geld, um die Rechnungen zu bezahlen. Sein Vater wird

Therapien benötigen und seine Mutter Unterstützung bei der häuslichen Pflege.

Elise bietet an zu bleiben, um seine Mutter ins Krankenhaus und zurück zu fahren.

»Willst du das wirklich tun? Darum kann ich dich nicht bitten«, sagt er. Insgeheim macht er sich Sorgen um Ned. Es ist ihm wichtig, ihn im Auge zu behalten. Elise wirkt manchmal so abwesend.

»Ich biete es an. Wenn es deiner Mutter recht ist«, sagt sie.

»Das ist es bestimmt«, meint er.

»Frag lieber nach«, entgegnet Elise.

Sie hat alle Mahlzeiten zubereitet, das Haus geputzt, die Wäsche erledigt. Als sein Vater aufwachte, war sie diejenige, die daran dachte, ihm seinen eigenen Pyjama mitzubringen. Sie war es auch, die seine schmutzige Wäsche aus dem Krankenhaus mitnahm und gewaschen und gebügelt zurückbrachte. Sie war diejenige, die seiner Mutter frische Blumen ins Zimmer stellte. Sie wusste, was zu tun war und wie es getan werden musste. Aber trotzdem stimmte etwas nicht. Hank wird sich in diesem Moment bewusst, was es ist. Elises Handlungen entspringen einem Pflichtgefühl, nicht der Liebe. Er kennt dieses Gefühl gut und erkennt es. Bei dieser Erkenntnis spürt er eine Leere in der Brust.

Seine Mutter ist dankbar für das Hilfsangebot, aber Hank hört aus ihrer Stimme ein Zögern heraus.

»Es ist schwer, sie kennenzulernen, Ma, aber gib ihr eine Chance«, sagt er. Hank hat Elise immer in Schutz genommen, den Weg für sie geebnet. Er weiß, dass seine Mutter darauf angewiesen ist.

In der vom Sonnenlicht durchfluteten Küche des kleinen Hauses, das er so liebt, steht seine Mutter vor ihm und sagt einfach nur: »Das habe ich immer getan.«

Dann wendet sie sich ab und geht in die Richtung, aus der sie Ned lachen hört.

41

Rhode Island, 1957

Elise und Ned kehren nach Providence zurück, als die letzten hartnäckigen Blätter von den Bäumen geweht werden. Es regnet stark, als Hank sie vom Flughafen abholt und nach Hause fährt.

Sie haben einander seit sieben Wochen nicht gesehen, und der Kuss am Flughafen ist flüchtig gewesen. Eher Pflicht als irgendetwas Anderes. Und doch hat er Hoffnung. Es ist keine große Liebesgeschichte, aber sie haben jetzt Ned.

»Hank?«, fragt sie.

Er hat nicht bemerkt, dass sie mit ihm gesprochen hat.

»Entschuldige, was ist?«

»Du wirkst zerstreut.«

»Ich konzentriere mich bloß auf die Straße, damit wir heil nach Hause kommen«, sagt er. Ned schläft in ihren Armen. Als der Wagen auf einer eisigen Stelle rutscht, bedeckt Hank blitzschnell den kleinen Kopf seines Sohnes mit seiner großen Hand.

»Was hattest du gesagt?«

»Ich hatte gesagt, dass ich vielleicht einige deiner Aufgaben als Vermieter übernehmen könnte, damit du öfter nach Florida reisen kannst. Deine Eltern werden dich jetzt immer öfter brauchen«, sagt sie.

»Ich werde es mir überlegen«, sagt er. Allerdings hat er keinerlei Pläne in dieser Richtung. Sein Unternehmen ist das Einzige, was er kontrollieren kann. Außerdem hat er bereits mit Joe gesprochen, damit der ein wenig mehr Arbeit übernimmt.

»Haben wir etwas zu essen zuhause? Müssen wir noch einkaufen?«

Hank hat keine Ahnung, ob etwas da ist. Er hat im Büro gegessen oder im nahe gelegenen Schnellrestaurant.

»Gute Idee«, sagt er.

Im Laden sagt Elise ihm, was er besorgen soll, und bleibt wegen der bitteren Kälte mit Ned im Auto.

Zuhause angekommen, sagt er zu ihr: »Bleib du im Warmen und bring ihn ins Bett. Ich hole den Rest aus dem Auto.« Er stellt ihren Koffer mitten in der Küche ab. Dann schnappt er sich die restlichen Einkaufstüten und schließt mit Mühe die Autotür hinter sich. Er kann gar nicht glauben, wie schnell sich die Wetterlage geändert hat. Seinem Gefühl nach steht ein harter Winter bevor.

Drinnen sieht er, dass ihr Koffer verschwunden ist. Sie inspiziert gerade den Kühlschrank, ihr Haar glänzt feucht im Licht der Deckenlampe.

Er zieht die Schuhe aus und hängt seine Jacke neben die Tür.

»Hast du Hunger?«, fragt sie. »Ich kann uns ein paar Eier machen oder Pasta, etwas Schnelles«, bietet sie an.

»Das wäre schön. Dafür wasche ich ab.« Er geht schnell den Flur hinunter in Richtung Schlafzimmer und ist sich der Tatsache bewusst, dass ihr Verhalten in diesem kleinen Punkt über das Schicksal ihrer Ehe entscheiden wird. Doch er muss eigentlich gar nicht nachsehen. Das Licht brennt im Gästezimmer, während ihr gemeinsames Schlafzimmer – jetzt wohl sein Schlafzimmer – im Dunkeln liegt.

Hank sieht den Koffer auf dem Gästebett liegen. Er knipst das Licht aus und sucht das Bad auf. Wäscht sich lange Hände und Gesicht. Dann schaut er nach Ned, der in seinem Bett schläft. Er hat ihn so vermisst.

»Mein Junge«, sagt er und streicht ihm vorsichtig über den Kopf.

Anschließend geht er zurück in die Küche, setzt sich hin und isst, als seien sie krank, Rührei und Toast mit seiner Frau.

42

Rhode Island, Winter 1960

Die Kälte scheint tief in den Boden gedrungen zu sein, sie bricht die Straßen auf und nistet sich in seinen Knochen ein. Der Sommer erscheint nun wie eine verklärte Erinnerung. Es hat Tage gegeben, als die Wiesen grün waren und die Sonne Wärme und Licht verbreitete, Tage, an denen man auf dem Weg vom Haus zum Auto schwitzte. Er weiß das. Doch wenn man das Gefühl hat, dass einem die Augenlider zufrieren, während man einen Parkplatz überquert, ist es schwer zu glauben, dass die Welt einst warm gewesen ist.

In einer Nacht, in der die Kälte eine anderthalb Zentimeter dicke Eisschicht auf den Fenstern hinterlassen hat, blickt Hank hinaus und sieht, dass die Leute von gegenüber ihren Hund rausgelassen haben. Er hat ihn schon öfter bei einem Wetter, bei dem man keinen Hund vor die Tür jagt, draußen gesehen, aber an diesem Abend zieht er seine Jacke an.

Elise, die mit einem Buch und einer Decke über dem Schoß auf dem Sofa sitzt, blickt auf.

»Wo gehst du hin?«, fragt sie.

»Über die Straße.«

»Wozu?«

»Um den Hund zu holen, bevor er erfriert.«

Er zieht die Tür hinter sich zu und überquert mit großen Schritten die Straße.

Das Haus hatte jahrelang der Familie Bugliosi gehört. Ihr Sohn Marco war in Hanks Alter, und als Kinder hatten sie zusammen gespielt. Bei ihnen hatte er zum ersten Mal Lasagne gegessen. Sie waren weggezogen, und die Familie, die jetzt dort lebte, blieb ganz für sich.

Sie waren laut und kümmerten sich wenig um ihr Haus, doch das war Hank egal. Der Köter, der sich zu Tode fror, nicht.

»Hallo Junge.« Hank spricht leise, um niemanden im Haus aufmerksam zu machen. Ob der Hund bellt, ist ihm egal, denn das ignorieren sie sowieso die ganze Zeit.

Der Hund wirkt vernachlässigt. Sein Fell ist matt. Hank geht in die Hocke, macht sich so klein, wie er kann, und senkt dann langsam die Hand. Mit eiskalten Füßen wartet er in der Kälte, bis der Hund sich an seinen Geruch gewöhnt hat. Sein Atem hängt als Eiswolke in der Luft. Er spürt ihn in den Lungen. Nach ein, zwei Minuten hakt Hank die Leine aus, nimmt den Hund hoch, steckt ihn sich unter den Arm und rennt zurück zu seinem Haus.

Die Tür öffnet sich, als er die Treppe hinaufkommt. Sie muss ihn beobachtet haben.

»Gieß doch bitte etwas Wasser für ihn in eine Schüssel.«

»Soll ich es anwärmen?«, ruft sie über die Schulter, während sie Richtung Küche geht.

»Nur Zimmertemperatur«, sagt er, setzt den Hund auf dem Boden ab und zieht eine Decke vom Sofa, in die er ihn einpackt.

Elise kommt mit dem Wasser zurück.

»Der arme kleine Kerl.«

Sie streckt die Hand aus und streichelt zärtlich seinen

Kopf, und der Blick, mit dem das kleine Wesen sie ansieht, könnte die Straßen draußen zum Schmelzen bringen. »Was ist das für eine Rasse?«

»Ich glaube, es ist eine Terrier-Mischung«, sagt er.

Elise dreht den Kopf und flüstert: »Er riecht nicht besonders gut. Vielleicht würde er sich nach einem Bad wohler fühlen.«

»Warum flüsterst du?«

Elise sieht ihn an. »Um seine Gefühle nicht zu verletzen?«, sagt sie und fängt an zu lachen.

Auch Hank lacht.

Er weiß nicht mehr, wann sie zuletzt zusammen gelacht haben.

Das Hündchen, das zwischen ihnen liegt, hebt den Kopf und sieht sie beide an.

»Okay, lass Wasser in die Wanne. Wir werden ihn baden, und dann muss ich ein Bett für ihn suchen.«

»Wir werden auch Futter brauchen«, sagt Elise.

Der Hund hebt den Kopf und legt ihn auf Elises Knie.

Hank hat ihn zwar gerettet, aber von diesem Augenblick an ist er Elises Hund.

»Hat er einen Namen?«, fragt sie.

»Vielleicht, aber ich kenne ihn nicht.«

»Wie sollen wir ihn nennen?«

Hank betrachtet ihn einen Moment lang. »Für mich sieht er nach Floyd aus«, sagt er.

»Floyd? Nein, das gefällt mir nicht. Albert. Ich werde ihn Albert nennen.«

»Kann sein, dass wir ihn zurückgeben müssen«, meint er. »Ich habe ihn einfach mitgenommen.«

»Albert gehört jetzt mir. Die schrecklichen Leute von gegenüber werden ihn nicht mehr anrühren.«

Hank, der den frisch getauften Albert trägt, folgt ihr ins Bad, wo die Wanne sich mit Wasser füllt. Elise dreht den Hahn zu und Hank hebt den Hund ins Wasser.

»Er stinkt wirklich.«

»Psst«, sagt sie. »Albert ist sensibel.«

Hank lacht. Wenn sie so ist, lustig, entspannt, verspürt er eine große Zärtlichkeit für sie und glaubt, dass sie es schaffen können. Doch diese Momente sind sehr selten. Und er hat keine Ahnung, was sie empfindet.

Elise lässt sich elegant auf die Knie hinunter und tropft Shampoo in ihre Hände. Er faltet ein Handtuch und geht neben ihr in die Hocke. »Dieser Boden wird deine Knie ruinieren. Komm hoch«, sagt er.

Sie tut es, und er legt ihr das Handtuch unter.

Sie beugt sich vor und reibt das Shampoo in Alberts Fell.

Der Geruch von Seife liegt in der Luft und überlagert den Gestank nach nassem Hund. Geißblatt, Jasmin, Erdbeere.

»Wir können ihn nicht rauslassen, wenn er nach Blumen riecht. Die anderen Hunde werden ihn auslachen. Er wird verprügelt werden«, sagt Hank.

»Keiner wird Albert anrühren, das werde ich nicht zulassen!«, sagt sie, als wäre er ein Baby.

Als alle Seife aus dem Fell herausgespült ist und Hank ihn aus der Wanne gehoben hat, wobei sein Hemd tropfnass wird, rubbelt Elise Albert trocken. Die Badewanne ist schmutzig und Albert sieht dünner, aber auch besser aus. Sein Fell hat eine schöne goldbraune Farbe.

»Na, du bist ja ein hübscher Kerl!«, sagt sie, während der Hund ihr übers Gesicht leckt.

»Du musst in den Laden fahren, Hank. Wir brauchen Hundefutter. Und besorg auch ein paar Leckerli.«

Als Hank aufbricht, schaut er zu Alberts ehemaligem Zuhause hinüber. Selbst das Licht, das aus der Küche dringt, wirkt deprimiert. Er fragt sich, wie lange es dauern wird, bis sie überhaupt merken, dass der Hund weg ist.

Er braucht sich nicht lange Gedanken zu machen. Drei Tage später taucht, als er aus seinem Laster steigt, von hinten ein Mann auf und sagt: »Sie haben meinen Hund.«

Hank erschrickt, weil der andere so nah ist und er nicht gehört hat, wie er sich näherte.

»Welcher Hund?«

»Ich habe ihn an ihrem Fenster gesehen. Er gehört mir und ich will ihn zurück.«

Hank geht im Geist seine Möglichkeiten durch.

Er betrachtet die Schuhe des Mannes mit den aufgerissenen Nähten. Die ausgefransten Aufschläge seiner Hose, die an den Knien schon glänzt vom langen Tragen. Es ist zu dunkel, um seine Hände zu sehen, aber Hank hat Männer immer danach beurteilt, wie sauber und gut geschnitten die Nägel sind. Intensiver Alkoholgeruch weht zu ihm herüber. Da weiß Hank, was zu tun ist.

»Meine Frau hat ihn ins Herz geschlossen. Sie verstehen sich prächtig, und er ist gern im Haus.« Eine nicht gerade subtile Anspielung.

»Ich will meinen Hund.«

Hank greift in die Tasche und zieht etwas Bargeld heraus.

»Ich bin sicher, dass Sie Albert gern haben …«

»Wer zum Teufel ist Albert?«

»Der Hund.«

»Sein Name ist Champ.«

Hank ignoriert das und zählt ein paar Banknoten ab. »Wie gesagt, ich bin sicher, dass sie Albert gern haben ...«

»Champ.«

»Aber er hängt sehr an meiner Frau. Er ist glücklich. Würden fünfzig Dollar Sie glücklich machen?«

»Er steht nicht zum Verkauf.«

Hank sieht, wie sein Blick auf die Scheine fällt, und zieht ein paar mehr heraus.

»Achtzig?«

»Ich hänge sehr an dem Hund ...«

»Hundert Dollar, und Albert bleibt bei uns.«

Der Mann streckt die Hand aus. Hank gibt ihm das Geld, er nickt und geht davon.

Als er die Tür öffnet, wartet sie schon auf ihn. Albert liegt zu ihren Füßen, und wenn es einem Hund möglich ist, besorgt dreinzublicken, so tut er das.

»Alles in Ordnung?«, fragt er. »Wo ist Ned?«

»Er spielt in seinem Zimmer.«

Hank hat sie noch nie so nervös gesehen. Er zieht den Mantel aus und hängt ihn an die Garderobe.

»Alberts Besitzer hat vorhin an die Tür geklopft. Ich habe nicht aufgemacht. Aber Albert hat gebellt.«

Beide sehen sie zu ihm hinunter und Hank ist überzeugt, dass der Hund wusste, dass etwas im Busch war.

Er geht in die Hocke und streichelt das Hündchen. Wirklich ein hübscher Kerl.

»Er gehört jetzt dir, ganz offiziell. Ich habe für ihn bezahlt«, sagt er.

Elise beugt sich hinunter und streichelt Albert, krault seine kleinen seidigen Ohren. »Hast du gehört? Du darfst bleiben!« »Danke«, sagt sie zu Hank.

»Gern geschehen!«

Er geht durch den Flur. Aus Neds Zimmer dringt Licht, ein Baseball-Nachtlicht in einer Ecke, ein Nachtlicht in Zugform in der anderen. Beides Geschenke der Großeltern.

Er hat sich in sein Bett auf dem Boden verkrochen. Mit zehn Monaten ist er gelaufen, mit fünfzehn aus dem Kinderbett geklettert. Für ein richtiges Bett ist er noch zu klein, aber beide Eltern waren in Sorge, dass er sich beim Hinein- und Herausklettern verletzen könnte. Elise hatte sich angewöhnt, neben ihm auf dem Boden zu schlafen. Also hatte Hank eine Einzelmatratze gekauft und als Isolierung eine Matte daruntergelegt.

Jetzt kniet er sich neben ihn. Streckt den Arm aus und streichelt das daunenweiche Haar. Albert bellt und Ned zuckt im Schlaf ein wenig zusammen, wacht aber nicht auf.

Sein Junge ist gesund. Er hat Geld auf der Bank. Eine Frau, die sich um seine Eltern kümmert. Jetzt noch einen Hund, um alles rundzumachen.

Er ist ein glücklicher Mann, sagt er sich.

43

Rhode Island, Weihnachten 1962

Zum ersten Mal in den sechs Jahren ihrer Ehe verbringen sie Weihnachten in ihrem eigenen Zuhause. Hank hat vor, für ein paar Tage nach Florida zu reisen, aber Elise sagt, es sei ihr zu viel, Neds ganze Weihnachtsgeschenke mit nach Florida zu schleppen. Und sie will Albert nicht wieder in eine Hundepension geben.

Hank ist einverstanden. Sein Vater hat sich von dem Schlaganfall weitgehend erholt. Wenn er spricht, klingt es, als hätte er eine Murmel im Mund, aber es geht ihm gut. Hank hat immer etwas zu tun, und da das Büro über die Feiertage geschlossen ist, kann er vielleicht einiges aufarbeiten. Davon träumt er schon lange.

Den Nachmittag vor Heiligabend bringt er damit zu, eine leere Wohnung zu streichen. Plant, einen Reinigungstrupp kommen zu lassen, da das Treppenhaus besser aussehen könnte. Wechselt für eine Frau, die in dem Haus schon gewohnt hat, bevor er es erwarb, eine Glühbirne. Sie schenkt ihm wie jedes Jahr eine Dose mit Weihnachtsplätzchen.

Hank überreicht ihr wie jedes Jahr einen Weihnachtskaktus.

Auf dem Weg nach Hause hält er an und kauft Blumen für Elise. Eine Weihnachtsmischung mit Rosen und Nelken und einen Strauß anderer Blumen, die er nicht kennt.

Die Luft ist frisch und kühl, aber nicht übermäßig kalt.

Als er die Haustür aufsperrt, kommt Ned ihm entgegengerannt. Das ist für Hank immer der schönste Moment des Tages.

»Hey hey!«, sagt er und nimmt ihn auf den Arm.

»Wo warst du, Daddy?«, fragt er und legt die Hände an Hanks Wangen. »Dein Gesicht ist kalt!«

»Ich habe gearbeitet, und das sollst du jetzt auch tun!«, sagt er und setzt ihn ab.

Hank gibt ihm die Blumen, damit er sie seiner Mutter überreicht.

»Mommy!«, ruft Ned und rennt durchs Haus.

Hank sieht ihm nach und blickt sich dann in der Küche um. Elise hat gekocht, und ein feiner Duft hängt in der Luft. Er hört sie sagen: »Für mich? Wie schön!« In der Küche holt Elise eine Vase für die Blumen, Ned und Albert sind direkt neben ihr.

Hank seufzt zufrieden. Es ist ein guter Tag. Elise strahlt etwas Energie aus. Ned ist glücklich.

Er gesellt sich zu seiner Familie.

***

Als Ned endlich im Bett ist, holt Elise seinen Strumpf aus dem Versteck, wo sie ihn aufbewahrt hat, und gibt ihn Hank zum Aufhängen. Sie findet den kleinen Nagel am Kamin, der schon seit Hanks Kindheit da ist, nie. Hank braucht nicht einmal hinzusehen.

Er betrachtet den Baum. Von einem Ast hängt eine Art Rentier aus Pappe.

»Ist das Neds Werk?«

Sie nickt. »Er hat es in der Schule gebastelt. Du bekommst etwas Ähnliches zu Weihnachten. Tu so, als wärst du überrascht.«

Elise ruht auf dem Sofa, wie immer mit hochgezogenen Beinen, und nippt an ihrem Eierlikör. Hank sitzt ihr gegenüber im Sessel. Zwischen ihnen stehen ein Kaffeetisch und eine ganze Welt.

»Ich dachte gerade nach. Es ist Heiligabend. Ich habe noch einen einzigen Verwandten, aber keine Ahnung, wo er steckt. Seit 1939 weiß ich nichts mehr von ihm.«

Hank fragt sich, wie sie jetzt darauf kommt. Sie hat ihren Bruder nie erwähnt. Hank kann sich nicht mal mehr an seinen Namen erinnern. Pierre, meint er.

»Vielleicht hat er geheiratet. Vielleicht bin ich Tante. Vielleicht ist er schon tot.«

Hank wartet.

»Überhaupt keine Ahnung zu haben fühlt sich ungut an. Doch selbst wenn er jetzt anriefe, ich weiß gar nicht, ob ich mit ihm sprechen wollte.«

Hank verharrt in Schweigen. Das Falsche zu sagen, um die Lücke zu füllen – er hat gelernt, dass Schweigen besser ist.

»Ich habe es nie jemandem erzählt, aber an dem Tag, an dem wir das von Polen erfuhren, war er zuhause. Maman stand unter Schock. Ich ging ins Bett und dachte, Philippe könnte sich um sie kümmern. Als ich wach wurde, war er weg. Er hatte alles Geld mitgenommen, das ich gespart hatte. Es war in einem kleinen Beutel in meiner Tasche.«

Philippe. Nicht Pierre.

»Niemand wusste, was geschehen würde. Ob die Nazis

auf der Straße sein würden, wenn wir das Fenster öffneten. Und mein Bruder hat mein Geld gestohlen.«

Hank weiß nicht, was er mit dieser Information anfangen soll. Aber er weiß, wie man zuhört.

»Er ist geflohen. Und blieb bis zum Tage ihres Todes der Liebling meiner Mutter.«

Oberflächlich gesehen, kennzeichnen Gehässigkeit, Wut, Hass ihre Worte, doch hinter all dem Hässlichen versteckt sich der Schmerz, den sie ihr ganzes Leben lang mit sich herumgetragen hat.

»Es tut mir leid. Ich weiß nicht, was in mich gefahren ist«, sagt sie und stellt ihr Getränk auf dem Tisch ab.

»Du hattest große Bürden zu tragen«, entgegnet er. Nach einer Sekunde des Nachdenkens fügt er hinzu: »Philippe ist der einzige Mensch, von dem ich William je schlecht habe reden hören.«

Elise sieht ihn mit großen Augen an. Seit ihrem Besuch in Cape Cod vor so vielen Jahren haben sie William nie mehr erwähnt.

»Wenn Philippe nicht gewesen wäre, hätte ich William nie kennengelernt.«

»Wenn ich beim Militär irgendwas gelernt habe, dann, wie willkürlich das Leben ist.«

Sie sehen einander an. Vielleicht zum allerersten Mal. Hank erkennt in ihren Augen Müdigkeit, Resignation.

»Ich habe gesehen, dass du eine Weihnachtskarte von Geneviève bekommen hast«, sagt er. Er hatte sie hinter dem Brotkasten gefunden, nicht auf dem Tisch ausgestellt wie die anderen Karten, die eingetroffen waren.

»Ja.«

»Was ist zwischen euch beiden vorgefallen? Ihr wart doch Freundinnen.«

»Waren wir, ja, ich weiß nicht. Sie hat ein paar Sachen gesagt, die ich nicht vergessen, nicht vergeben konnte«, sagt sie. Ihr Blick schweift in Richtung Fenster, ihre Augen werden matt, und Hank weiß, dass er sie nicht drängen darf.

»Alles klar, soll ich das Spielzeug aufräumen? Wollen wir noch etwas trinken?«

»Beides ja«, sagt sie.

Hank springt von seinem Stuhl auf, dankbar, dass die Krise abgewendet ist. Vielleicht, nur vielleicht, erholt sie sich. Er erinnert sich wieder daran, wie viel sie durchgemacht hat.

In dieser Nacht schläft sie in seinem Zimmer. Er hält sie im Arm, und ihr Kopf ruht an seiner Schulter. Er sagt nichts, nicht einmal, als er ihre Tränen auf seiner Haut spürt.

***

Weihnachtsfeiertag, und alles läuft wieder normal. Elise ist effizient in der Küche, effizient mit Ned. Hank scheint sie zu meiden, aber das hat er schon erwartet. Es passiert, wenn Menschen einem erlauben, sie verletzlich, schutzlos zu sehen.

Sie sehen zu, wie Ned seine Geschenke auspackt. Beide zeigen sie ihre Freude über die Zuckerstangen-Rentiere, die sie von ihm bekommen. Hank gibt Ned eine kleine Schachtel, die er seiner Mutter überreichen soll – Ohrringe, die seine Sekretärin ausgesucht hat.

Elise gibt Ned ein Päckchen für Hank. Eine Fleecejacke für seine Baustellen.

Auch Albert wird nicht vergessen. Er bekommt Spielzeuge und eine Tüte Leckerli, die er aufbeißt, als keiner hinsieht.

Nach dem Mittagessen schlägt Hank einen Spaziergang vor – um all den Truthahn und die Soße zu verdauen, sagt er, aber eigentlich will er einfach nur aus dem Haus. Nach den Geschenken und dem Essen spürt er eine Leere, die er nie bewusst wahrgenommen hat.

»Es ist nicht kalt heute«, sagt er und nimmt Albert an die Leine, während Elise Ned einen Schal umlegt.

Die Sonne scheint strahlend, und der Schnee auf der Straße beginnt zu schmelzen. Ned trägt seinen Schneeanzug, der beim Gehen ein leises scharrendes Geräusch macht. Albert knurrt das Haus an, in dem er einmal gewohnt hat, und Hank weiß, dass er, wenn man ihn näher heranlässt, an der Einfahrt das Bein heben wird. Also hält er die Leine ganz fest.

Sie gehen zum Park, obwohl die Stadt alle Rutschen und Schaukeln entfernt hat und nur noch die Metallgerüste da stehen.

Elise lässt den Blick durch den weiten Raum schweifen, den sie ganz für sich haben, und löst Alberts Leine.

Hank fragt sich, ob das eine gute Idee ist, sagt aber nichts dazu. Warum sollte er den schönen Moment zerstören, den sie gerade erleben? Er wirft einen kleinen Schneeball auf Ned, der lacht. Hank wartet, während er einen formt, um zurückzuwerfen. Dann zeigt Hank ihm und Elise, wie man einen Schneeengel macht.

Im Schnee liegend, hebt Elise den Kopf und hält nach Albert Ausschau. Als sie ihn nicht entdecken kann, steht sie auf.

»Hank, wo ist der Hund?«

Hank steht auf und sieht sich um.

»Albert!«, ruft er und dreht sich auf der Suche nach ihm einmal um sich selbst. Er rennt zu einer Baumgruppe – in seiner Kindheit waren das Setzlinge – und denkt, der Hund würde vielleicht sein Geschäft verrichten.

Nichts.

Er betrachtet eingehend den Zaun, aber da konnte der Hund unmöglich drüberspringen. Hank geht daran entlang und fragt sich, ob er vielleicht darunter hängengeblieben ist.

Als er zurückkommt, kann er weder Elise noch Ned entdecken.

Er bewegt sich zum Ausgang, folgt ihren Spuren im Schnee.

Dann hört er ein Knirschen. Ein Wimmern. Und schließlich einen Schrei.

***

Der Fahrer des Autos, das Albert erfasst hat, war von der Sonne geblendet. Er steht da und entschuldigt sich, während der kleine Hund still daliegt, ein kleines Häufchen. Er rührt sich nicht.

»Himmel Herrgott«, flüstert Hank. Ned läuft auf die Straße, und sowohl der Fahrer als auch Hank rennen los, um ihn zu packen.

Elise rührt sich nicht.

Hank hat Ned an der Hand und entfernt sich mit ihm von Albert.

Er will Elise sagen, sie solle Ned nach Hause bringen, damit er sich um Albert kümmern kann, aber er will ihr seinen Sohn nicht anvertrauen. Ihrer beider Sohn.

Hank zieht die Jacke aus, legt sie auf den Boden und hebt Albert darauf.

»Ned, nimm die Hand deiner Mutter. Geht vor mir her, ihr beiden«, sagt er.

»Was ist mit Albert los? Schläft er?«, fragt Ned.

»Geh mit deiner Mutter«, sagt Hank.

»Es tut mir leid«, wiederholt der Fahrer.

Hank nickt und bewegt sich auf das Haus zu. Sie bewegen sich schweigend vorwärts. Hank, der Albert fest an die Brust gedrückt hat, nimmt nicht einmal die Kälte wahr. Zuhause angekommen, legt er den Hund in seinen Lastwagen.

Dann fasst er Ned bei den Schultern und sagt: »Geh in dein Zimmer, okay? Spiel mit deinen Spielsachen. Verlass das Zimmer nicht, bis ich wieder da bin. In Ordnung?«

»Und was ist mit Mommy?«

»Mommy geht es gut. Sei einfach ein großer Junge und setz dich in dein Zimmer. In Ordnung?«

»Geht es Albert bald wieder gut?«

Hank hat das Gefühl, jemand hätte ihm einen Magenschwinger versetzt.

»Ich hoffe es«, lügt er. Er weiß, dass der Hund, den er im Auto zurückgelassen hat, tot ist.

Er sperrt die Tür hinter sich zu und fährt zum Tierarzt.

Beim Blick auf Albert neben sich auf seiner Jacke versucht Hank die Tränen zurückzuhalten. Aber er schafft es nicht.

***

Als er wieder vor seinem Haus ankommt, bleibt er im Wagen sitzen. Was soll er bloß tun? Hätte er sich nicht solche Sorgen um Ned gemacht, wäre er vielleicht ewig dort sitzen geblieben. Schließlich öffnet er die Autotür. Steigt aus. Die Temperatur ist gesunken. Der Schnee ist hart und knirscht unter seinen Füßen. Das Geräusch scheint im Zwielicht des Weihnachtstags widerzuhallen.

Er sperrt die hintere Tür auf und geht hinein, geradewegs in Neds Zimmer. Er sitzt mit seiner Eisenbahn auf dem Boden.

Lächelnd blickt er hoch zu Hank. »Hallo, Daddy. Wo ist Albert?«

Hank wischt sich mit der Hand über das Gesicht. Dann nimmt er Ned hoch und setzt sich, den Jungen auf den Knien, in den Schaukelstuhl in der Ecke.

»Es gibt einen Ort im Himmel, wo alle guten Hunde hinkommen, wenn ihre Zeit hier zu Ende ist«, fängt er an. »Es ist ein wunderschöner Ort mit ganz viel Platz zum Herumlaufen und ganz vielen Leckereien zum Essen.«

»Wann kommt er zurück?«

Oh je, ich stelle das vollkommen falsch an.

»Er kommt nicht zurück, Ned. Aber weißt du was? Hier wird er immer weiterleben.« Hank zeichnet einen Kreis über Neds Herz. »Und hier auch.« Er berührt seinen Kopf.

»Gehen wir den Baum anschauen«, sagt er dann, weil ihm nichts Anderes einfällt, um ihn abzulenken.

Elise ist nirgends zu sehen, also ist sie wohl in ihrem Zimmer. Er zieht ein paar von Neds neuen Spielsachen unter dem Baum hervor. Als er in das Spiel mit einem kleinen Traktor vertieft ist, steht Hank auf.

»Ich sehe mal nach Mommy. Bleib du hier.«

Hank geht den Flur entlang und bleibt vor der Tür zum Gästezimmer – nein, zum Zimmer seiner Frau – stehen.

Er klopft. Als keine Reaktion kommt, drückt er auf die Klinke. Er ist auf Tränen vorbereitet. Er ist auf Wut vorbereitet – schließlich ist er derjenige, der den Spaziergang vorgeschlagen hat.

Warum hat er ihr nicht gesagt, sie soll den Hund wieder an die Leine nehmen?

Vorsichtig öffnet er die Tür. Er hat Angst, sie zu erschrecken. Angst vor dem, was ihn erwartet.

Sie sitzt auf dem Bett und blickt aus dem Fenster. Ihre Haut ist so weiß wie der fallende Schnee draußen. Sie gleicht einer Marmorstatue, wie man sie in Kirchen sieht.

»Elise?«, sagt er.

Sie dreht sich in Zeitlupe zu ihm um. Sieht ihn an, durch ihn hindurch. Schweigt.

»Ich habe ihn zum Tierarzt gebracht. Es ging schnell. Er hat nicht gelitten.« Er erzählt ihr nicht, dass er für Alberts Verbrennung bezahlt hat. Dass auch er geweint hat.

»Wären wir nach Florida gefahren, wäre er in einer Hundepension gewesen. In Sicherheit.«

Hank öffnet den Mund, um ihr zu sagen, dass sie das nicht denken darf. Um irgendeine Plattitüde zu äußern. Doch er schließt ihn wieder, als sie die Hand hebt, um ihn zu stoppen.

»Wenn ich mit ihm zuhause geblieben wäre und dich mit Ned hätte spazieren gehen lassen.«

Eine einzelne Träne rollt ihre Wange hinunter, und der Anblick allein zieht Hank den Boden unter den Füßen weg.

»Wenn ich ihn an der Leine behalten hätte …«, aber sie bringt die Worte kaum heraus. Das Geräusch, das entsteht, ähnelt einem Geheul, wie es ein in einer Falle gefangenes Tier von sich gibt. Hank zieht sie an sich. Um sie zu trösten, ja. Aber er will auch nicht, dass Ned sie so weinen hört.

Sie schluchzt an seiner Schulter. Er spürt ihr Herz schlagen, als würden die Schluchzer sie in Stücke reißen. Sie weint, bis sie keine Tränen mehr hat. Dann lehnt sie sich von ihm weg. Die Wärme an der Stelle, wo sie ihn berührt hat, kühlt schnell ab.

»Vielleicht willst du ein Bad nehmen? Ich mache Ned etwas zu essen. Mach dir um uns keine Gedanken.«

Sie nickt. Als klar ist, dass sie nichts weiter sagen wird, geht er zur Tür und hinaus.

»Alles, was ich liebe, stirbt«, sagt sie.

»Wie bitte?« Hank hat ihre Worte nicht richtig mitbekommen.

Doch sie schüttelt den Kopf. »Nichts.« Sie dreht sich wieder zum Fenster.

Der Tag hatte so schön begonnen.

44

Rhode Island, April 1963

Hank wartet ungeduldig auf den Mai, wenn der Himmel schön blau ist und alles zu blühen beginnt. Er hofft, dass das auch Elise helfen wird. Sie hat ihre Arbeit in der Bücherei aufgegeben. Kochen tut sie selten, und das Haus verlässt sie kaum. Heute ist ihr Geburtstag, und er hat vorgeschlagen, zum Italiener zu gehen. Sie hat abgelehnt. Hank hat Blumen besorgt, die Ned ihr überreichen soll. Sie liegen jetzt neben ihm auf dem Sitz.

Meistens holt er Ned von der Schule ab und nimmt ihn dann mit ins Büro. Die Sekretärinnen machen jede Menge Wirbel um ihn, und er erledigt seine Hausaufgaben. Malt Bilder. Er hat einen guten Blick. Heute ist er bei einem Freund. Elise hat einen Spielnachmittag für ihn organisiert. Das hat Hank als gutes Zeichen interpretiert.

Er fragt sich oft, was Elise wohl an jenem Abend, als Albert starb, gesagt hat, als er das Zimmer verließ. Etwas über Dinge, die sie liebt. Er weiß es nicht.

Die Dämmerung ist gerade vorüber, das allerletzte Licht schwindet. In ein paar Minuten wird es dunkel sein. Hank steigt aus seinem Wagen und betrachtet sein Haus, ertappt sich bei der Frage, ob sein Vater beim Anblick seiner eigenen Haustür jemals ähnliches Grauen empfunden hat. Irgendwie bezweifelt er es.

Hank zögert einen Augenblick, überlegt, erst einmal in

der Bar um die Ecke etwas zu trinken. Am Ende holt er seinen Schlüsselbund heraus und schließt auf.

Das Haus fühlt sich anders an, ruhiger. Die Tür zwischen Küche und Flur ist geschlossen. Das ist sie sonst nie. Stille liegt in der Luft, und Hank hofft, dass sie beim Einkaufen ist. Er hat ihr Geld für neue Kleidung für Ned dagelassen. Sein Blick fällt auf den Tisch, das Geld liegt noch dort. Und dazu etwas Anderes. Ein Umschlag. Sein Name steht darauf, mit schwarzer Tinte geschrieben. Seltsam, die Schrift sieht kräftiger aus als sonst. Er kann sehen, wie sich die Tinte in das Papier gefressen hat.

Er schenkt sich einen Whiskey ein, nimmt Platz und betrachtet den Brief. Sie ist fort, so muss es wohl sein. Und das ist in Ordnung. Aber Ned wird sie ihm nicht wegnehmen.

Der Umschlag ist verschlossen, und er zieht sein Taschenmesser heraus, um ihn zu öffnen, und beginnt zu lesen.

Lieber Hank,

wenn du diese Zeilen liest, bin ich schon fort. Es tut mir leid, dass es so weit gekommen ist, aber wir sind beide so lange unglücklich gewesen, dass sich etwas verändern muss. Wenn schon nicht unseretwegen, so doch Ned zuliebe.

Ich will nicht, dass er durchmachen muss, was meine Mutter mir angetan hat. Ich sehe euch beide zusammen, und ihr seid so glücklich. Ihr habt einander. Ich bleibe im Hintergrund, weil ich immer Angst davor hatte, ihn zu sehr zu lieben. Alle Männer, die ich liebe, sind mir früh genommen worden – erst mein Papa, dann William. Sogar mein Bruder. Jeder Mann, den ich je geliebt habe, ist jung gestorben.

Er hört auf zu lesen, obwohl der Brief noch weitergeht. Kälte breitet sich in seinem Körper aus, und er merkt, dass die Heizung nicht läuft. Warum hat sie sie bloß abgedreht? Aber das ist nicht der Grund für sein Frieren. Etwas stimmt nicht, ganz und gar nicht. Er legt den Brief ab und geht durch die Küche. Springt, drei Stufen auf einmal nehmend, die Treppe hinauf. Noch bevor er oben ankommt, sieht er sie schon.

Sie trägt ein einfaches cremefarbenes Kleid, eines, das er sie nie hat tragen sehen. An ihren Füßen, die unnatürlich reglos sind, befindet sich irgendetwas Rosafarbenes.

Er hat genug Tod gesehen. Er weiß Bescheid. Er schiebt den Stuhl neben ihr wieder in die Ecke, wo er hingehört. Schon jetzt will er, dass alles normal aussieht, wenn Ned kommt.

Er trägt sie ins Gästezimmer, legt sie aufs Bett. Setzt sich neben sie. Starrt sie an. Er hört den großen Zeiger der Uhr im Flur, der den leeren Raum um ihn erfüllt. Die Sekunden brechen wie Wellen über ihn herein.

Die Uhr scheint noch lauter zu werden, während er überlegt, was er nun tun soll. Schließlich steht er auf.

»Du bist eine dumme, selbstsüchtige Frau. Und du hättest ausnahmsweise einmal deinen gottverdammten Kopf benutzen sollen. Vielleicht hättest du mit William ein wunderschönes Leben gehabt. Vielleicht, und vielleicht auch nicht. Ich hätte nie geglaubt, dass ich mal in einem Krieg kämpfen würde, und erst recht nicht, dass ich es überleben würde. Ich dachte, wenn ich erst wieder zu Hause wäre, würde alles gut sein, aber ich wurde all das, was ich gesehen hatte, nicht mehr los. An jedem einzelnen Tag habe ich all diese toten Männer mit mir herumgeschleppt. Wie kannst du behaupten, deine Verluste seien schlimmer als die aller anderen? Und was hast du deinem Sohn angetan?«

Er bricht ab, als ihm klarwird, dass er mit einer Toten streitet.

»Ich hoffe, dass es das wert war«, sagt er und starrt sie an, wartet darauf, dass sie aufsteht und William verteidigt.

William. Er hatte schon länger nicht mehr an ihn gedacht. Jetzt fällt ihm alles wieder ein, so real und so laut, dass er sich am liebsten die Ohren zuhalten würde.

»Ich habe mein Bestes getan«, flüstert er. »Es tut mir leid, dass ich nie mit ihr segeln gegangen bin.«

Dann geht er in die Küche, greift nach seinem Scotch und ruft die Polizei.

Teil drei

45

Rhode Island, 1966

Es ist ein strahlend schöner Septembernachmittag. Neds zehnter Geburtstag. Die Hälfte der Kinder aus der Nachbarschaft und einige aus Neds Klasse essen im Garten Burger. Als Geburtstagsgeschenk hat er sie alle zum Bowling mitgenommen, und jetzt wird gegrillt. Auch einige Eltern sind dabei. Joes Frau hat die Dekoration besorgt, Ballons und Luftschlangen. Es gibt immer jemanden, der an die Sachen denkt, die er vergisst, und dafür ist er dankbar. Er sieht Ned mit seinen Freunden lachen, er kaut mit offenem Mund. Darüber wird er später mit ihm sprechen müssen. Er ist ein guter Junge. Hat gute Freunde. Lacht viel.

Eine ganze Zeit lang hat Ned immer wieder gefragt, wo Mommy sei. Hanks Eltern waren außer sich gewesen – das Ausmaß dieses Zustands zeigte sich, als sein Vater entgegen ärztlichen Rats ins Flugzeug stieg und seine Mutter es zuließ. Sie blieben sechs Monate und waren eine riesengroße Unterstützung, doch hauptsächlich hatte Ned der kleine Hund über die Zeit geholfen, der jetzt neben ihm sitzt. Skipper. Hank hatte ihn aus dem Tierheim geholt, und Skipper hatte von Anfang an gewusst, was er zu tun hatte. Er war nicht von Neds Seite gewichen.

Er wendet die Burger und füllt einen Teller. Joes Frau Eleanor öffnet eine Tüte mit Brötchen.

»Wir sollten bald die Torte rausbringen. Die Jungs müssen irgendwann nach Hause«, sagt sie.

Hank nickt, aber er hat keine Eile, den Tag enden zu lassen. Eltern kommen, um ihre Söhne abzuholen, doch Hank bietet Essen und Getränke an und die Männer nehmen ein Bier. Schließlich wird die Torte serviert und alle singen Happy Birthday. Hank wird innerlich ganz weich, als er beobachtet, wie sein Sohn verlegen auf seinen Händen sitzt, mit einem breiten Grinsen im Gesicht. Es ist die Abendzeit, in der er Sehnsucht verspürt und sich bei Gedanken an Elise ertappt. Wenn er ihr bloß hätte helfen können. Lange war er der Meinung gewesen, sein Versprechen gegenüber seinem Freund eingelöst zu haben, so gut er konnte. Dann kam ihm der Gedanke, dass manche Versprechen besser gebrochen werden. Doch in letzter Zeit, wo er seinen Sohn heranwachsen sieht, hat das Gefühl von ihm Besitz ergriffen, alles geschehe aus gutem Grund.

Es war leichter, sich vorzustellen, das Leben habe eine Art Konzept, anstatt darüber nachzudenken, wie schädlich und zerstörerisch die Entscheidungen sein können, die man aus bestem Wissen und Gewissen heraus trifft.

Die Freunde fahren nach Hause, als sich die Dunkelheit herabsenkt. Eleanor hilft ihm beim Aufräumen. Als auch sie und Joe weg sind, sagt Hank Ned, er solle ein Bad nehmen.

»Ich brauche keins«, fängt er an, doch Hank bedenkt ihn mit einem strengen Blick.

»Ja, Sir«, sagt er.

»Und nimm auch Seife!«, ruft Hank ihm hinterher.

Es gab eine Zeit, da hatte Ned Schaumbäder geliebt. Doch

eines Tages behauptete er, er sei zu alt und wolle duschen. Offenbar glaubte er, damit sei das Baden endgültig von Tisch. Doch Hank brachte ihm bei, die Wasserhähne zu benutzen, und stand dann draußen vor der Tür, die Ned unbedingt schließen wollte. Mit klopfendem Herzen drückte er das Ohr dagegen, weil er Angst hatte, Ned könnte in der Wanne ausrutschen.

Wachsam und unsichtbar sein. Ein bisschen wie als Soldat.

46

Rhode Island, 1979

Elternschaft war eine höllische Aufgabe, dachte Hank, als er dasaß und aus dem Fenster auf die immer gleiche Straße blickte, auf die er geblickt hatte, solange er denken konnte.

Alles, was er sich für seinen Sohn wünschte, war ein glückliches Leben, frei von den Kämpfen, die er selbst hatte führen müssen. Als Ned im Medizinstudium überlegte, Psychiater zu werden, befürchtete Hank, er könnte dadurch seine eigenen Probleme bewältigen wollen, und wurde fast verrückt bei dem Versuch, herauszufinden, welcher Art die wohl waren, denn Ned erzählte nie etwas davon. Er bekam immer nur zur Antwort: »Mir geht es gut, Dad. Mach dir keine Sorgen um mich.« Es erinnerte Hank daran, wie er aus dem Krieg zurückgekommen war und sein eigener Vater versucht hatte, ihn zum Reden zu bewegen. Jetzt wünscht er sich, er hätte gewusst, welche Gedanken seinen Vater umtrieben. Hank hätte sagen können: »Ich habe Flashbacks, in denen ich mich in Schützengräben verstecke, kaum mehr als einen Meter von den Männern entfernt, die mir den Hals durchschneiden wollen.«

Ned wuchs in einem schönen Zuhause auf, mit einem Vater, der genug Geld verdiente, um ihm alles Erdenkliche zu ermöglichen. Er sah gut aus und war intelligent. Beliebt. Also blieb nur Elise.

Hank sorgte sich jeden Tag aufs Neue, die Lügen über

den Tod seiner Mutter könnten ans Licht kommen. Jeden Tag aufs Neue dachte er, dass sie falsch mit dem Thema umgegangen waren, doch seine eigene Mutter war hart geblieben. Elise mochte nicht katholisch gewesen sein, aber sie waren es. Todsünde. Hank war eher der Meinung, all das, was Elise hatte durchmachen müssen, sei eine Sünde. Und das machte ihm einiges klar. Früher hatte er sich darüber geärgert, dass sie es nicht schaffte, über all das hinwegzukommen, doch nun hat er das Gefühl, es steckte mehr dahinter. Nun denkt er, dass sie Angst davor hatte, glücklich zu sein. Wann immer sie glücklich war, wann immer sie liebte, wurde ihr das genommen. Wie sie es in ihrem Brief geschrieben hatte. Ihr Vater, der so jung gestorben war. Ihre Mutter, die keine Mutter hatte sein können. Ihr Bruder. William. Aber vielleicht redete er sich das auch nur ein, um sich besser zu fühlen. Im Leben ging es darum, die Geschichte zu erschaffen, mit der man leben konnte.

Er wird nie den Brief vergessen, den er von Geneviève erhalten hat, nachdem sie von Elises Tod erfahren hatte. Die meisten Briefe hatten ihm Beileid ausgedrückt. Marianne und Bertrand waren am Boden zerstört gewesen, und es hatte Monate gedauert, bis sie in der Lage waren, Elises ehemaliges Haus aufzusuchen, das so lange leer gestanden hatte. Marianne schrieb Hank, dass Elise sie gebeten hatte, ihr Williams Briefe zu schicken, nachdem sie sich entschlossen hatte, in Rhode Island zu bleiben. Sie waren in der Post verloren gegangen, erfuhr er. Auch das eine schrecklich schwere Zeit für sie, das ahnte er. Ansonsten brauche sie nichts aus dem Haus, sagte sie ihm. Es gebe nichts von Wert. Irgendwann wird er sich darum kümmern müssen.

Aber Genevièves Brief stach aus allen anderen heraus. Sie schrieb, es tue ihr leid, was er alles habe durchmachen müssen. »Ich habe ihr vor vielen Jahren gesagt, dass Sie ein guter Mann sind und dass es lächerlich ist, einem Mann nachzutrauern, der schon lange tot ist und den sie kaum kannte. Daraufhin hat sie nie wieder mit mir gesprochen, aber ich bereue meine Worte nicht. Ich hoffe, Sie und Ned gestalten nun ihr Leben neu und sind glücklich«, hatte sie geschrieben. Daraufhin war ihm Geneviève sympathischer. Sie war mutig genug gewesen, Elise das ins Gesicht zu sagen, was er erst ihrem toten Körper hatte zuschreien können, an jenem längst vergangenen Tag. Er hatte Elise ein paar Mal gefragt, warum sie nicht mehr mit Geneviève befreundet war. Nun wusste er es.

»Lass uns rausgehen und ein paar Bälle werfen«, sagt Hank. Ned liegt auf dem Sofa und liest ein Buch.

»Okay«, sagt er und steht auf.

»Und dann gehen wir zu Mario auf eine Pizza.«

Ned will seinen Handschuh vom Schrank im Flur holen, hält aber mitten in der Bewegung inne, den Arm nach oben gestreckt, wo die Schachtel mit den Bällen und dem Handschuh liegt. Früher hatten sie sich immer an der hinteren Tür angesammelt, bis Hank eines Abends darüber stolperte, als er gerade Einkäufe hereintrug. Dabei zerbrach ein Karton voller Eier auf dem Boden, und er wurde sehr wütend. Eigentlich ärgerte ihn viel mehr, dass er sich dabei das Knie verdreht hatte, doch Hank benutzte es als Ausrede und hielt einen Vortrag über die Lebensmittelpreise und die Kinder, die in Afrika verhungern.

»Stimmt was nicht?«

»Zuletzt waren wir bei Mario, als Skipper eingeschläfert wurde.« Ned spricht den Namen seines Hundes zärtlich aus, auch jetzt noch, Jahre später. Damals war er achtzehn gewesen.

Hank erinnert sich an jenen Tag, an die Fahrt zum Tierarzt. Skipper lag in Neds Schoß, zu alt, um seinen Kopf zu heben und aus dem Fenster zu sehen.

Ned hatte seinen Kopf gestreichelt, seine Hände waren denen seiner Mutter so ähnlich.

Hank spürt schon beim bloßen Gedanken daran einen Kloß im Hals.

»Wollte dir keinen Schreck einjagen – ich hatte einfach Lust auf Pizza«, sagt Hank. Ihm wird klar, dass sie alle Meilensteine in Neds Leben – die guten wie die schlechten – mit Pizza begangen haben. Seinen Schulabschluss. Den Tag, an dem er nicht Kapitän des Hockeyteams wurde. Den Tag, an dem Skipper eingeschläfert wurde. Aber das war keine gute Idee gewesen, und Hank hatte am Ende Pizza zum Mitnehmen geholt.

Hank bezieht an einem Ende des Gartens hinterm Haus Position. Als sie mit dem Ballspielen anfingen, war Ned noch ein Dreikäsehoch. Hank weiß noch, dass er sich hingekniet hat, um ihm den Ball zuzuwerfen. Nach einer Weile vergrößerten sie den Abstand. Hank stand, hatte aber immer im Kopf, wie groß er war. Eines Sommers hatte Ned einen neuen Handschuh gebraucht, aus seinem war er herausgewachsen. Damals war Hank zum ersten Mal aufgefallen, wie groß und schlank der Junge war. Vom Körperbau her eher ein Schwimmer als ein Hockeyspieler, aber er mochte beides. Hank war überzeugt, dass Ned nicht in Schwierigkeiten geraten würde, solange er ihn beschäftigt hielt und müde machte.

Die Sonne schickt Lichtstrahlen, die genau auf Hanks Augen zu zielen scheinen, und er verfehlt zweimal den Ball. Als es zum dritten Mal passiert, sagt Ned: »Lass uns die Seiten wechseln, Dad«, was Hank peinlich berührt.

»Kein Grund dazu«, sagt er, nicht gewillt, sich der Zeit oder der Sonne zu beugen.

Sie spielen noch ein paar Minuten weiter. Als Hank den Ball erneut verfehlt und er ihm schließlich an den Kopf knallt, beginnt Ned schallend zu lachen und rennt dann über den Rasen, elegant wie ein Reh, um nach seinem Vater zu sehen.

»Morgen wirst du eine Beule auf der Stirn haben«, sagt Ned.

»Zur Hölle damit. Gehen wir Pizza essen.«

Im Restaurant hält Hank ein Glas mit eiskaltem Wasser an seine Stirn, während Ned sagt: »Darf ich dir eine Frage stellen?«

»Schieß los«, sagt Hank und richtet sich auf. Keine einfache Frage wird mit dieser Vorrede gestellt.

»Woran ist Mom gestorben?«

Hank fühlt sein Herz wild im Brustkorb schlagen. Er hatte damit gerechnet, dass die Frage einem Mädchen gilt. Er wusste, dass Ned etwas im Sinn hatte.

»Wieso fragst du das jetzt?«, will Hank wissen.

»Sie ist meine Mutter. Ich habe das Recht, es zu erfahren.«

»Das habe ich nie bestritten. Ich überlege nur, warum du es gerade jetzt wissen willst. Was, glaubst du, könnte ich dir dazu noch sagen?«, weicht Hank aus.

»Du hast erklärt, es war das Herz. Ihr Vater ist jung an einem Herzinfarkt gestorben. Ich lese viel über kardiovaskuläre Gesundheit und frage mich, ob ich zu Herzproblemen neige.«

Hank erlaubt sich einen Moment der Entspannung.

»Mir scheint, du schlägst eher mir nach, und mich könntest du nicht mal mit einer Axt umbringen. Ich weiß es. Die Deutschen haben es mit allen Mitteln probiert.«

Das bringt Ned zum Lachen. Und eine Sekunde lang glaubt Hank, er hätte diese spezielle Landmine umgangen. Doch als Ned still wird und ihn mit gesenktem Kopf ansieht, genau wie seine Mutter es früher getan hat, weiß er, dass noch mehr kommt.

»Wir sprechen nie von ihr«, sagt er leise.

»Ich weiß. Das ist meine Schuld. Ich habe immer versucht, negative Gedanken aus meinem Kopf zu verbannen«, sagt er.

»Das ist nicht fair. Ich will sie kennenlernen«, sagt Ned.

»Was möchtest du denn gerne wissen?«

»Hat sie mich geliebt?«

Hanks Herz bekommt einen kleinen Riss, wie er sich in einer gefrorenen Teichoberfläche auftut, wenn ein Schlittschuhläufer darüber hingleitet.

»Natürlich. Wie kannst du das in Frage stellen?«

»Es gibt keine Bilder, auf denen wir zusammen zu sehen sind. Als ich ein Baby war, als ich laufen lernte, nichts. Ich sehe es jetzt in den Häusern meiner Freunde. Bei Mike und bei Tommy gibt es überall Babyfotos und Bilder von ihnen mit ihren Müttern. Von ihr und mir gibt es kein einziges im Haus.«

Er klingt so jung, dass es Hank fast das Herz bricht.

»Das ist meine Schuld«, lügt er. »Als sie starb, habe ich alle Fotos von euch beiden weggetan. Außer Sichtweite gebracht. Und ich erinnere mich nicht, wo ich sie verstaut habe.« Hank bittet einen Gott, an den er nicht glaubt, dass sein Sohn das Thema endlich fallenlässt.

Ned ist jetzt älter. Und Hank muss auf Zack bleiben.

»Wie konnte das passieren?«

»Ich dachte, sie wären auf dem Dachboden. Dann dachte ich, ich hätte sie vielleicht deiner Großmutter gegeben. Und als deine Großeltern starben, ist vieles verloren gegangen«, lügt er. Hank hat in seinem Leben noch nie etwas verloren.

»Wie war sie?«

Hank erkennt eine Niederlage, wenn er sie sieht. Elise war störrisch. Kein Wunder, dass der junge Mann ihm gegenüber es auch ist.

Hank schließt einen Moment lang die Augen. Erinnerungen überfluten ihn, während er nach den richtigen Worten sucht.

William. Ihr Bruder. Albert. Geneviève.

»Loyal. Sie war loyal. Und sehr intelligent. Sie las gern.«

Die ganze Zeit über hat er versucht, die Vergangenheit draußen zu halten, hat so hart gearbeitet, um jedes »was wäre, wenn« und jedes »warum nicht« aus seinen Gedanken zu verbannen, und jetzt versucht er ein paar positive Aspekte zu finden, für seinen Sohn.

»Sie ist im besetzten Frankreich aufgewachsen und hat überlebt. Das ist schon eine Leistung. Sie war sehr lieb zu deinen Großeltern, als dein Großvater einen Schlaganfall hatte.«

Er sieht ein zögerliches Lächeln und den Funken von Interesse und Liebe in Neds Augen. Hank wird sein Bestes tun müssen, um das lebendig zu halten. Ein Junge braucht eine Mutter, selbst wenn sie tot ist. Das hätte Hank berücksichtigen müssen.

47

Rhode Island, 1984

Es gibt Dinge im Leben, die man nie vergisst. Seinen eigenen Geburtstag. Weihnachten. Wo man war, als man erfuhr, dass die Welt im Krieg war. Als Kennedy erschossen wurde. Es gab Dinge, an die sich Hank so lebhaft erinnerte, dass sie so real waren wie der Toast, den er zum Frühstück gegessen hatte, oder der Wind, der im November in den Bäumen heulte. Er sprach nicht über diese Dinge.

Als Ned Amanda mit nach Hause brachte, wusste Hank, dass er sich daran erinnern würde, was er angehabt hatte und dass sich im Spülbecken das Geschirr stapelte und die Glühbirne im Flur flackerte.

Sie stand in einem Kleid vor ihm, das aussah, als würde sie es gleich verlieren. Vorne hatte es irgendeinen Fleck und hinten hing der Saum herunter.

Er hätte sie als Hippie bezeichnet, aber die gab es doch schon seit zwanzig Jahren nicht mehr, dachte er. Heutzutage war man viel lockerer, was Kleidung anging. Wenigstens trug sie keine dieser lächerlichen Hosen und schminkte sich die Augen nicht in verrückten Purpur-Tönen.

Ein nettes Mädchen. Ein bisschen seltsam in ihrem Kleidungsstil, aber das spielte keine Rolle. Sie sah seinen Jungen an, als sei er die Luft, die sie atmete. Und Hank entspannte sich. Fühlte sich sogar wohl. Sein Junge hatte eine Liebste gefunden.

Als also Ned in seinem Büro auftauchte und vorschlug, Pizza essen zu gehen, wusste er, was los war.

»Klingt gut«, sagte er und schnappte sich seine Jacke.

Sie gehen den gewohnten Weg zum Mario's, dem italienischen Lokal an der Ecke. Der Besitzer hebt grüßend den Arm, als sie eintreten. Er kann sich nicht an seinen Namen erinnern, aber er hat ihn stets an Bertrand Allard erinnert, den Bäcker, der ihm damals bei Elise geholfen hatte. Nach Elises Tod hatte er noch ein paar Briefe von Marianne bekommen, sie aber nicht wiedergesehen. Das bereut er jetzt. Er hätte Ned zeigen sollen, wo seine Mutter geboren wurde. Er hätte den Ort besuchen sollen, an dem William begraben lag. Wenn die Dinge sich beruhigt haben, wird er es tun, beschließt er. Es ist an der Zeit.

Sie setzen sich nach hinten in eine Nische. Es ist zu mühsam, sich an einen der kleinen Tische zu zwängen, und Hank hasst es, angerempelt zu werden.

»Das einzig Schlechte am …«

»Es gibt zu viele Tische hier«, beendet Ned den Satz seines Vaters.

Hank lacht und hängt seine Jacke über den Stuhl. »Sie haben eine sehr gute Pizza mit Salami und Pilzen«, sagt er.

Hank macht es sich bequem. »Ok. Schieß los.«

»Dad, ich heirate.«

»Na dann«, sagt Hank und lehnt sich in seinem Stuhl zurück. Es kommt ihm vor, als würden seine ganzen Gefühle enorm viel Raum einnehmen.

»Gut«, sagt er. Es klingt schwach, aber etwas Anderes fällt ihm nicht ein. Er traut sich einfach auch nicht viel mehr. »Wann?«, fragt er.

»Im Sommer, vielleicht sogar schon diesen Sommer. Das überlasse ich ihr. Ich muss arbeiten.«

Hank sieht zu, wie Ned seine Pizza zusammenfaltet und einen großen Bissen nimmt, wie er es immer schon getan hat.

»Der Ring?«

»Mann, diese Dinger sind nicht billig«, sagt er.

Hank fragt sich, was mit Elises Ehering passiert ist. Er meint, seine Mutter hätte ihn gehabt. Vielleicht sind ihm ja doch Dinge abhandengekommen.

»Wir müssen ausgehen und feiern.«

Sie essen ihre Pizza. Als sie fertig sind, bezahlt Ned die Rechnung. Sie treten hinaus auf die Straße, eine Straße voller hupender Autos und dahineilender Fußgänger. Ein Presslufthammer reißt den Zement auf, und Hank spürt den Lärm und die Erschütterung bis in seine Zähne.

Ein Mann stößt ihn im Vorbeigehen an und setzt wortlos seinen Weg fort. Hank blickt ihm nach und sagt zu Ned: »Zu meiner Zeit war die Welt ein besserer Ort, vor dem Lärm und der Eile. Wir hatten noch Manieren.«

»Ja, die guten alten Weltkriegszeiten, wo die Frauen noch Perlen trugen, daheimblieben und staubsaugten. War das nicht auch der Grund für den Anstieg des Medikamentenmissbrauchs?«

»Haha«, sagt Hank.

Ned blickt auf die Uhr, die Hank ihm zum Abschluss seines Studiums geschenkt hat. »Ich muss los, Dad«, sagt er. Dann schließt er seinen Vater inmitten des ganzen Getümmels in die Arme.

Er dreht sich um und geht davon, in die gleiche Richtung

wie der Mann, der Hank angerempelt und nicht um Entschuldigung gebeten hat.

48

Rhode Island, 1984

Sie heiraten im Haus ihrer Eltern, einem weitläufigen Gebäude in der Nähe von Barrington. Hank fährt selbst dorthin. Das Haus ist seit Generationen in Familienbesitz und war einst sicher eindrucksvoll. Bei seinem Anblick wünscht er sich, seine Werkzeugkiste mitgebracht zu haben. Es sieht aus, als hätte es bald eine Renovierung nötig, um nicht davongeweht zu werden.

Hank stellt das Auto unter einer alten Eiche ab und geht zum Haus.

Amandas Vater empfängt ihn an der Tür. Sein herzlicher Händedruck und das breite Lächeln zeigen, wie sehr er sich über diesen Tag freut.

»Hallo, Hank!«, sagt er. »Komm rein, komm rein!«

»Die Kinder haben einen perfekten Tag gewählt, kein Wölkchen am Himmel.«

»Könnte gar nicht besser sein«, stimmt Hank zu.

»Ned ist hinten, damit er von der Braut getrennt bleibt. Du weißt ja, der Aberglaube ... Meine Frau ist mit dem Partyservice in der Küche.«

Hank geht in Richtung des hinteren Zimmers, aus dem männliche Stimmen dringen.

Hank klopft und öffnet die Tür.

Ned trägt einen blauen Anzug, wie er es bei der Hochzeit eines anderen Paares auch täte. Sein Sohn steht nicht auf

Smokings und Schickimicki. Hanks Anzug ist grau, er hat ihn eigens für diesen Anlass gekauft. Er wollte für den großen Tag seines Sohnes einen Anzug haben, den er noch nicht zu einer Beerdigung getragen hat.

Ned sieht das Bild seines Vaters im Spiegel, während er seine Krawatte richtet.

»Da bist du ja, Dad.« Vater und Sohn schütteln sich die Hand, und dann umarmt ihn sein Sohn. George, der Trauzeuge, sein alter Zimmergenosse aus Unizeiten, drückt ihm ebenfalls die Hand.

Amandas Mutter kommt herein. In ihrem rosafarbenen Hochzeitsstaat lässt sie, die Hand in die Hüfte gestützt, den Blick über die Männer wandern und erklärt: »Ihr seht genauso gut aus wie die Kennedy-Boys, ich schwör's!«

Sie holt eine Ansteckblume aus einer Schachtel und lässt die Finger über Hanks Jackenaufschlag gleiten, ehe sie sie feststeckt. Hank riecht den Wein in ihrem Atem. Sie ist herausgeputzt wie ein Weihnachtsbaum. Aber sie ist glücklich. Die Eltern sind gute Leute.

Als sie weg ist, trinken die Männer ein Glas Whiskey, bis George schließlich sagt: »Na dann, Corrigan – verheiraten wir dich mal!«

George geht vor ihnen hinaus, vielleicht in der Annahme, dass Vater und Sohn sich einen Moment allein wünschen. Hank legt die Hand auf die Schulter seines Sohnes und drückt sie. Das genügt den beiden Männern.

49

Rhode Island, 1988

Lucy Eleanor Corrigan – benannt nicht nur nach einem, sondern gleich nach zwei Beatles-Songs – wird an einem jener Frühlingstage geboren, an denen jeder einfach nur glücklich ist, am Leben zu sein. Einer jener Tage, an denen der eisige Griff des Winters endlich gebrochen ist und die Sonne höher steigt und kühner am zartblauen Himmel steht.

Hank ist in einem Schwebezustand, als er sich auf den Weg zum Säuglingssaal im Krankenhaus macht – zum gleichen Säuglingssaal, in dem er Ned vor all den Jahren zum ersten Mal gesehen hat.

Sie wiegt fast sechs Pfund, ein perfektes Wesen, und er verliebt sich auf den ersten Blick hoffnungslos in sie. In eine Decke gewickelt, liegt sie still, majestätisch, zwischen all den schreienden Babys.

Ned sitzt neben ihm, müde, weil er die ganze Nacht mit Amanda durchwacht hat.

»Ist sie nicht schön?«

»Das schönste kleine Mädchen, das es je gegeben hat«, sagt Hank.

Keiner der beiden Männer kann den Blick von Lucy wenden.

»Wie geht es Amanda?«, fragt Hank.

»Erschöpft.«

»Ich werde sie nicht belästigen. Aber sag ihr, dass ich

vorbeigekommen bin. Ich hoffe, sie fühlt sich bald besser.« Er zögert. »Sag ihr alles Liebe von mir«, ergänzt Hank.

»Hat das Baby dich rührselig gemacht?«, scherzt Ned und fügt dann hinzu: »Danke, Dad.« Er sieht noch einmal hin.

»Ich geh jetzt mal besser wieder zu Amanda«, meint er.

»Ich bin da, falls ihr mich braucht«, sagt Hank, den Blick weiter auf Lucy gerichtet. Als die Schwester an die Glasscheibe klopft, meint er, sie wolle ihm bedeuten, er müsse jetzt gehen, und verflucht sie innerlich. Doch sie winkt ihn herein. »Erstes Enkelkind?«, fragt sie.

»Tatsächlich, ja«, entgegnet er.

»Nehmen Sie im Schaukelstuhl Platz. Ich bringe sie Ihnen.«

Als die Schwester ihm Lucy gibt, glaubt Hank, sein Herz würde gleich aus der Brust springen. Er hält sie behutsam, zieht sie ganz nah an sich, um sie warm zu halten. Hier in diesem Säuglingssaal sieht Hank Corrigan zum ersten Mal seit langer Zeit einen Sinn im Leben.

***

Den Tag, an dem er, seine Enkelin vor die Brust geschnallt, ins Büro ging, sollte Hank nie vergessen. Natürlich wäre das nicht möglich gewesen, hätte er nicht sein eigenes Unternehmen gehabt. Amanda wollte promovieren und Hank bot sich an, auszuhelfen. Um ehrlich zu sein, fühlte er sich in Lucys Gesellschaft so wohl wie nie zuvor.

Er installierte in seinem Büro einen Laufstall, besorgte sich einen Vorrat an Babynahrung und machte Lucy quasi zur jüngsten Mitarbeiterin der Corrigan Enterprises.

Mittags ging er mit ihr spazieren, und alle Frauen aus dem

Büro packten mit an. Er kaufte eine Schaukel und etwas Spielzeug. Er sprach mit ihr, während er arbeitete.

Nachdem Amanda ihren Abschluss gemacht hatte, trat sie eine Stelle als Stadtplanerin an, obwohl Hank ihr in seiner Firma einen Job angeboten hatte.

»Für meinen Schwiegervater arbeiten? Nie im Leben«, scherzte sie, während sie Pizza aßen und Champagner tranken.

Er ist stolz auf die Frau seines Sohnes.

Als Lucy in den Kindergarten kommt, bringt Hank sie jeden Tag dorthin und holt sie anschließend wieder ab. Er geht zu Schulaufführungen. Bringt sie in den Ballettunterricht. Sie sind beste Freunde.

Doch der Winter macht ihm zu schaffen. Er leidet an beginnender Arthritis in den Gelenken. So beschließt er, als Lucy acht ist, nach Florida zu ziehen. Sie kann ja in den Schulferien kommen. Und er ist wegen der Arbeit mal hier, mal dort.

Sie werden dafür sorgen, dass es funktioniert.

***

Es ist hart, zuzusehen, wie der Immobilienmakler ein »Zu Verkaufen«-Schild in einen Grasfleck vor dem Haus hämmert. Ein junger Mann, der mit Ned befreundet ist. Er winkt Hank zu, als er, den Hammer noch in der Hand, in sein Auto steigt. Hank sieht ihn davonfahren und nimmt an, dass er ihn auf den Beifahrersitz geworfen hat.

Die Zeiten haben sich geändert, und die Grundstückspreise ebenfalls. Die Lage ist inzwischen das A und O, und damit kann Hank punkten. Sein kleines Haus liegt günstig in der Nähe des Stadtzentrums. Es ist für das Fünfzehnfache dessen ausgeschrieben, was sein Vater dafür bezahlt hat. Wie gern Hank die Reaktion seines Vaters darauf sehen würde! Natürlich ist das Haus, das er in Florida erworben hat, dreißigmal so viel wert wie der ursprüngliche Kaufpreis. Es war die beste Investition, die er je getätigt hat.

Finanziell hat er alles richtig gemacht.

Er geht durch das Haus, als verabschiedete er sich bereits. Das vordere Zimmer, wo seine Mutter einst das alte Sofa mit einem Plastiküberzug schützte, »damit es schön bleibt«, obwohl sowieso keiner darauf sitzen durfte. Er hatte die Couchgarnitur wegwerfen wollen, doch Ned erklärte, sie sei aus Massivholz und er solle sie neu beziehen lassen. Altes ist wieder gefragt.

Er öffnet den Geschirrschrank, betrachtet all die Gläser, die seine Mutter geliebt hat, das blaue, das im halbdunklen Zimmer in verschiedenen Facetten funkelt. Er schaltet das Licht im Schrank ein und sieht sich an, wie das purpurfarbene, grüne, rote und orange Glas schimmert. Sein Vater hatte zu jedem besonderen Anlass eines für sie gekauft. Königliches irgendwas. Die muss er gut verpacken. Er nimmt eines in die Hand, betrachtet den Stiel. Sie wirken so zerbrechlich und sind doch überraschend schwer.

Als er es zurückstellt, stößt er mit dem Knie an etwas. Beim Blick nach unten entdeckt er einen Griff. Er schnaubt überrascht – dass dieses Ding eine Schublade hat, wusste er gar nicht. Er beugt sich hinunter und öffnet sie. Beim Anblick des Inhalts beginnt sein Herz dumpf zu hämmern.

Ein Brief, in einem weißen Umschlag, auf dem in der

Handschrift seiner Mutter sein Name steht. Lieber Gott. Wie lange hat der dort gelegen?

Mein Junge,

ich hoffe, Du liest diese Zeilen, wenn Du dafür bereit bist. Ich habe immer befürchtet, dass Du den Geschirrschrank verkaufst, ohne den Brief zu finden, hatte aber keine Idee, wo ich diese Dinge sonst verstauen könnte.

Hank schaut in die Schublade und sieht dort, wo der Brief gelegen hat, eine kleine Schachtel.

Er holt sie heraus. Man kennt einen Menschen niemals. Und ein Haus genauso wenig.

Wir sind so stolz auf Dich. Du hast dir so ein gutes Leben aufgebaut und bist gleichzeitig ein starker Mann mit ethischer Gesinnung geworden. Das erfüllt uns besonders mit Stolz.

Nie werde ich den Tag vergessen, an dem Du uns das kleine Haus in Florida geschenkt hast. Mir machte es schreckliche Angst, allem, was ich kannte, fern zu sein, aber es hat uns ein neues Leben ermöglicht. Danke, dass Du uns so wunderbare letzte Jahre bereitet hast.

Du sollst wissen, dass Dein Vater und ich unser Bestes getan haben, um mit Elise zurechtzukommen, aber es ist nicht leicht, sein Kind mit jemandem verheiratet zu sehen, der es nicht so liebt, wie es das verdient hätte. Wir haben uns große Mühe gegeben, Deine Entscheidung zu verstehen und ihre guten Seiten zu würdigen. Nach dem Schlaganfall deines Vaters hat sie sich großartig verhalten. Aber das Verhältnis blieb distanziert, sie hatte etwas Unnahbares an sich. Sogar im Umgang mit Ned. Das hat mich am meisten beunruhigt. Und dann die Art, wie sie sich entschieden hat, uns zu verlassen.

Beim Lesen des Briefes sieht Hank vor sich, wie seine Mutter mit jeder einzelnen Formulierung gerungen hat. Er fragt sich, wie lange sie gebraucht haben mochte, um sich diesen Euphemismus auszudenken.

Ich hatte immer geglaubt, wenn ich eine Schwiegertochter hätte, würde ich eine Freundin in ihr haben, jemanden, der meinen Jungen ebenso liebt wie ich. Doch Elise wollte nicht meine Freundin sein. Dein Vater hat gesagt, sie will niemandes Freundin sein. Später sprachen wir darüber, wie wir ihr hätten helfen können. Dein Vater hat gemeint, ihr könne niemand helfen. Deinem Vater entging so schnell nichts, und ich nehme an, dass er recht hatte.

Ich hinterlasse Dir den Smaragdring, den Dein Vater mir geschenkt hat. Neds Frau soll ihn bekommen. Ich hätte ihn Elise geben können, aber ich wollte einfach nicht. Ich hoffe, Du verstehst das.

Alles Liebe
Mom

Hank faltet den Brief zusammen. Er hofft, dass seine Mutter, wo immer sie auch ist, Frieden gefunden hat. Der Ring liegt in derselben Schachtel, in der er gekauft wurde. Als er ihn sich jetzt ansieht, kommt er ihm viel kleiner vor, als er ihn an der Hand seiner Mutter in Erinnerung hat. Sein Vater hatte ihn zurücklegen lassen und in Raten bis zu ihrem Hochzeitsjubiläum abgezahlt. Das einzige Schmuckstück, das seine Mutter je besessen hatte.

Er legt den Brief in seinen Koffer und steckt den Ring in die Tasche, bis er sich überlegt hat, wo er ihn aufbewahren wird.

Es bleiben nur ein paar Tage, und er hat noch viel zu tun.

50

Florida, 1996

Als Allerérstes nach seinem Umzug in das ehemalige Haus seiner Eltern in Saint Petersburg macht Hank sämtliche Fenster auf. Die Luft ist stickig, hängt in den Räumen wie eine hässliche Wolke, und das will er alles herauslassen.

Er dreht die Klimaanlage auf, da es ein sehr heißer Tag ist, und öffnet alle Fenster sowie die Verandatüren sperrangelweit. Zum Teufel mit den Kosten.

Harte Arbeit hat Hank nie gescheut, und trotz des dumpfen Schmerzes in seinen Knien füllt er einen Eimer mit heißem Wasser und schüttet eine ordentliche Menge Zitronenreiniger hinein. Es ist der Duft seiner Kindheit, seine Mutter hat immer irgendwas geschrubbt.

Er beginnt mit den Schränken und den Arbeitsflächen und wendet sich dann dem Fußboden zu. Als die Küche fertig ist, macht er weiter, wobei er bei jedem Zimmerwechsel Wasser und Reiniger erneuert. Mit einem Schwamm nimmt er die Wände in Angriff. Er wird sowieso bald neu streichen. Dann betrachtet er den Teppichboden. Der muss verschwinden. Er wird ihn herausreißen und einen Holzboden verlegen. Lucy hat so schlimme Allergien, und Teppiche machen ihr zu schaffen. Holzböden sind hier sowieso sinnvoller.

Das Zimmer vorn im Haus, einen kleinen Raum, in dem sein Vater seine Kreuzworträtsel löste und döste, wählt er als Büro. Hank hat zwar jetzt einen Geschäftsführer, ist aber immer noch über alles informiert, was in seinen Mietshäusern vor sich geht. Auch über jede einzelne Investition weiß er Bescheid. Natürlich ist Geld nicht alles im Leben, doch bisher ist Geld der einzige Teil seines Lebens, der Sinn hat. Außerdem will er sicherstellen, dass Lucy alles hat, was sie jemals brauchen wird, und da die Studiengebühren immer weiter steigen, beschäftigt ihn das Thema. Er notiert sich im Geiste, dass er ein paar Kleiderbügel für den Schrank kaufen muss, und greift dann doch zum Stift, um es schriftlich festzuhalten. Inzwischen basiert sein gesamtes Leben auf To-do-Listen.

Beim Auspacken seines Koffers findet er den Ring seiner Mutter. Er blickt sich nach einem Ort um, wo er ihn aufbewahren kann, und beschließt, in seinem Büro einen Safe zu installieren. Noch ein Punkt für die To-do-Liste.

Die Nachbarin Maggie schaut mit Bananenbrot vorbei. Sie ist immer noch eine attraktive Frau. Ihr Mann ist vor zehn Jahren verstorben, aber sie ist immer noch allein. Das wundert ihn, obgleich auch, er seit Elises Tod allein ist. Doch allein war er ja eigentlich auch, als sie noch lebte.

Das Haus ist blitzsauber. Jetzt fühlt er sich angekommen in diesem seinem letzten Lebensabschnitt. Er schenkt sich ein kleines Glas Scotch ein, setzt sich auf die hintere Terrasse und sieht zu, wie die Sonne untergeht.

Er ist ein glücklicher Mann.

51

Rhode Island, 1996

»Lucy hat ihren Wunschzettel geschrieben. Sie wünscht sich einen kleinen Hund, den sie nicht bekommen wird. Ein Pony, dito. Und einen Pandabär als Kuscheltier.«

Hank lacht.

»Das alles habe ich Amanda überlassen. Aber der nächste Teil ist meine Sache.«

Es ist die letzte Novemberwoche und Hank sitzt in kurzen Hosen auf seiner hinteren Terrasse und trinkt mexikanisches Bier mit Zitrone. Maggie und ihr neuer Mann, Butch, haben ihn damit vertraut gemacht.

»In Ordnung«, sagt Hank und beschließt, später loszugehen und für seine Enkelin einen Panda zu kaufen. Sein Getränk schiebt er beiseite.

»Und dann wünscht sie sich noch, dass du zu Weihnachten kommen sollst.«

Hank atmet tief ein und langsam wieder aus.

»Das heißt, sie hat den Weihnachtsmann darum gebeten?«

»Ich glaube nicht, dass Lucy je an den Weihnachtsmann geglaubt hat – sie ist zu praktisch veranlagt, ein bisschen wie ihr Großvater.«

Hank sagt lieber nichts, aber er denkt daran, wie sehr er dieses kleine Mädchen liebt.

»Und da du so schwer zu beschenken bist, weil du nichts

willst, dachte ich mir, ich kaufe ein Flugticket als Weihnachtsgeschenk für dich und für meine Tochter.« Er hält inne. »Es wäre schön, dich zu sehen, Dad.«

»Was ist ein Weihnachten ohne Schnee?«, sagt Hank – seine Art, die Reise zuzusagen.

Hank blickt auf die Uhr; wenn er sich beeilt, schafft er es noch zu dem großen neuen Spielzeugladen mit dem lustigen Namen. Was war das gleich, was sie sich wünscht? Einen Pandabär. Den findet er dort ganz bestimmt.

***

Ned und Lucy holen ihn vom Flughafen ab. Sobald Lucy ihn sieht, jauchzt sie, klatscht in die Hände und rennt durch die Menschenmenge auf ihn zu. Hank lässt seine Tasche fallen, bückt sich und fängt sie in seinen Armen auf. Er spürt Tränen aufsteigen, von der guten Sorte, die fließen, wenn man das Gefühl hat, das Herz würde einem vor Glück zerspringen. Er macht sich nicht mal die Mühe, sie wegzublinzeln.

»Mein Mädchen«, sagt er, als er ihre kleinen Ärmchen um seinen Nacken spürt.

Ned taucht auf und nimmt seine Tasche. »Sie ist zu groß, um getragen zu werden, Dad.«

»Ich grüße dich ebenfalls«, sagt er. »Und still ist sie nicht.« Doch er setzt sie ab und nimmt ihre kleine Hand in seine. Mit der freien Hand schüttelt Hank die seines Sohnes, während Lucy um sie herumhüpft, zu aufgeregt, um still zu stehen. Das Leben ist wirklich schön.

***

Neds Haus liegt auf dem College Hill, ein hübscher Stadtteil von Providence. Hier wohnen die Studenten der Brown University.

Amanda öffnet die Tür, ein Rentiergeweih auf dem Kopf.

»Sehr festlich!« Hank lacht und umarmt sie vorsichtig. Sie ist so klein, dass er sich herunterbeugen muss.

In einer Ecke steht ein Baum voller Lichter zwischen vielen Päckchen. Die Grün- und Goldtöne vom Baum und den Kugeln erinnern ihn an den Ring seiner Mutter, und er wünscht sich, er hätte ihn für Amanda mitgebracht. Beim nächsten Mal, sagt er sich. Lucy hält seine Hand und hüpft auf und ab. So aufgedreht hat er sie noch nie gesehen.

»Na los. Jetzt bekommst du erstmal was zu essen, Dad«, sagt Ned.

»Und dann können wir Geschenke auspacken, Granddad?«

***

Lucy bekommt gleich zwei Pandabären – Hank konnte sich nicht entscheiden, welcher ihr besser gefallen würde – und kleine goldene Ohrringe für die Löcher, die sie sich bald in die Ohrläppchen stechen lassen will. Sie bekommt außerdem ein Flugticket nach Florida und eine Woche bei ihrem Großvater. Hank will die Zeit nutzen, wo sie noch für Disney schwärmt, bald schon wird sie wahrscheinlich kein Interesse mehr daran haben, Zeit mit ihrem Großvater zu verbringen.

Er kann gar nicht glauben, wie sie gewachsen ist, seit er sie vier Monate zuvor zuletzt gesehen hat. Wahrscheinlich wird sie groß werden, so wie er. Wie Ned. Wobei sie Elise ziemlich ähnlich sieht.

Ned hat es gut getroffen. Ein gesundes, glückliches kleines Mädchen und eine Frau, die ihn verehrt.

Die Woche vergeht wie im Flug, und als Hank seine Koffer packt, plant er bereits einen nächsten Besuch. Er wird im Frühling wiederkommen, um bei den Arbeiten mitzuhelfen, die in Neuengland nach einem harten Winter anstehen.

Amanda hat Lucy warm eingepackt und zieht auch selbst ihren Mantel an. Sie werden, wenn sie ihn zum Flughafen gebracht haben, noch bei Freunden vorbeischauen.

»Also, ihr Lieben, alle Mann ins Auto«, ermuntert Ned, der den Koffer seines Vaters trägt, seine Familie.

Hank bleibt in der Auffahrt stehen und blickt zum Himmel hinauf. Ein leicht metallischer Geruch in der Luft zeigt an, dass es schneien wird. Ein paar Flocken beginnen zu fallen, und ihn beschleicht ein mulmiges Gefühl.

»Vielleicht nehme ich besser ein Taxi«, fängt er an.

»Was? Wieso?«, will Ned wissen.

Sie steigen alle ins Auto, Lucy klettert zu ihm nach hinten.

Er sorgt dafür, dass sie den Sicherheitsgurt trägt.

»Können wir nach Disneyland fahren, wenn ich dich besuchen komme, Granddad?«, fragt sie.

Er lacht, denn er weiß schon, welche Geschichte sie jetzt hören will. »Weißt du noch, wie ich dich zum Country Bear Jamboree mitgenommen habe?«

Sie beginnt zu kichern.

»Du bist in Socken rausgekommen! Wo sind deine Schuhe, habe ich gefragt, und du hast gesagt: ›Ich habe sie ausgezogen.‹ Ich war wirklich ratlos. Ich musste zurückgehen und deine Schuhe suchen. Es stellte sich heraus, dass einer der Bären …«

»Ganz bestimmt Big Al«, unterbricht Ned, der die Geschichte auswendig kennt, aber immer wieder gerne hört.

»Sagte: ›Setz dich hin, entspann dich, zieh die Schuhe aus.‹« Hank schmunzelt und bereitet sich auf den Höhepunkt vor.

»Ich sagte: Warum hast du die Schuhe ausgezogen?«

»Und Lucy sagt seelenruhig: ›Er hat das gesagt, und ich dachte, er kontrolliert es vielleicht!‹«

Alle Autoinsassen brechen in Gelächter aus. Amanda dreht sich um und lächelt Lucy und ihn an.

Jetzt fällt der Schnee dichter, kleine Flocken kommen ganz schräg herunter, kein gutes Zeichen. Hank sieht, wie Ned sich am Steuer vorbeugt, weil die Kristalle wie Nadeln auf ihn zuschießen.

»Unglaublich, wie schnell das Wetter umgeschlagen ist. Ich bin gespannt, ob dein Flug überhaupt geht.«

»Wenn nicht, nehme ich mir ein Hotelzimmer in der Nähe vom Flughafen. Ich will nicht, dass du bei diesen Straßenverhältnissen noch einmal hin- und herfährst.« Hank wünscht sich, er hätte wie vorgeschlagen ein Taxi genommen. Er wird sich den ganzen Flug über Sorgen machen.

»Also, ja, Miss Lucy, wir werden zum Country Bear Jamboree gehen, wenn du mich besuchen kommst. Aber nur, wenn du die Schuhe anlässt.«

Sie lacht, überglücklich.

Dann ein Knirschen, ein Krachen. Etwas rast in die Fahrerseite des Wagens. Die Fenster zerspringen. Hanks Kopf wird nach hinten gerissen. Er streckt die Arme nach Lucy aus.

Schreie erfüllen das Auto, während es sich im Kreis dreht, bis wieder etwas dagegenprallt. Funken fliegen wie in einer Schweißerei. Die Kälte raubt ihm den Atem. Er versucht Lucys Körper mit dem seinen zu schützen. Sein Gurt hält ihn an seinem Platz.

Und dann ist es ganz still.

***

Jemand leuchtet ihm mit einer Lampe in die Augen. Er wird auf eine Trage geschnallt. Seine Arme bewegen sich, tasten nach seiner Waffe, bis ihm klarwird, dass er kein Soldat mehr ist. Der Krieg ist längst vorbei. Was ist geschehen?

Der Flughafen. Das Auto. Der Schnee.

Ned.

Lucy.

Jetzt kann er die Arme gar nicht mehr ruhig halten, er greift nach irgendetwas, nach irgendjemandem. Er weiß, dass auch sein Mund sich bewegt, aber hören kann er nichts. Er kann sich selbst nicht hören.

Eine Schwester fasst ihn am Arm. »Nur ruhig, Mr Corrigan, nur ruhig.« Ihre Stimme ist sanft und beschwichtigend und dann dreht sie sich um und sagt mit einer gewissen Dringlichkeit: »Ich brauche Hilfe hier.« Er spürt einen Stich, jemand hat ihm eine Spritze verpasst. Solange er kann, kämpft er gegen die Benommenheit an, die ihn überkommt, sich herabsenkt wie ein Vorhang, der ein Theaterstück zum Ende bringt.

***

Hank wird den jungen Arzt nie vergessen, der ihm erzählt hat, dass Ned und Amanda es nicht geschafft haben. Er wird nie vergessen, wie in diesem Moment die Sonne durch die Jalousien fiel und Lichtstreifen auf seine Krankenhausdecke zeichnete. Schwerter der Helligkeit an einem kalten Januartag. Innerlich fühlte er sich wie tot.

»Lucy ...?«

»Es geht ihr gut. Ein paar Prellungen. Aber es geht ihr gut.«

Der Arzt, der Ned aus dem Krankenhaus kannte, betont, dass sie sofort tot waren, also keine Schmerzen leiden mussten. In Hanks Erinnerung blitzen Momente auf, in denen er Ähnliches gesagt hat. Zu Elise, dass William keine Schmerzen hatte und im letzten Augenblick an sie dachte. Zu Jean das Gleiche. Er musste nicht leiden, und seine letzten Gedanken galten seiner Familie. Hank weiß, dass er lügt. Er hat die Schreie im Auto gehört.

»Das Country Bear Jamboree«, sagt Hank und hebt die schweren Lider, um den Doktor anzusehen.

»Was ist das, Mr Corrigan?«

»Das Letzte, worüber wir sprachen ... das Country Bear Jamboree.«

Er spürt, wie der junge Mann ihm die Hand auf die Stirn legt, als er die Augen schließt.

***

Dreizehn Stiche in Schulter und Gesicht, vom Fensterglas. Ein schmerzender Nacken, der nach Meinung der Ärzte vielleicht von der Wirbelsäule kommt – und wahrscheinlich der Grund dafür ist, dass sie ihn mit Schmerzmitteln betäuben. Das ist alles. Sein Sohn und Amanda, nur einen halben Meter entfernt, mit Verletzungen, die sie nicht überleben konnten. Wie die Männer, die auf den Schlachtfeldern in Frankreich und Belgien neben ihm gestorben waren, während er unversehrt blieb. Lucy mit einer Beule an der Stirn. Hank sieht die Kratzer auf seinen Händen, dort, wo das Glas aufgetroffen ist, als er ihren Kopf schützte. Sie hat ein paar Stiche neben dem Auge. Gott sei Dank hat sie es nicht verloren.

Er holt ein weißes Hemd aus dem Schrank. Ein Nachbar hatte gefragt, ob man irgendwie helfen könne, und Hank hatte geantwortet: »Ich brauche einen Anzug. Marineblau oder schwarz. Einfarbig. Größe 52.«

An seine Worte erinnert er sich noch, nicht aber daran, wann der Anzug kam.

Er sitzt auf dem Rand seines Bettes. Wenn er nicht zu Weihnachten gekommen wäre. Wenn er daheim geblieben wäre. Wenn sein Flug am Tag davor gegangen wäre oder am Tag danach. Ein paar Stunden früher. Wenn er ein Taxi gerufen hätte.

Er reibt sich das Gesicht mit der Hand, vorsichtig wegen des Verbands. Er hat genug Blut gesehen. Es klopft an der Tür.

Und da ist sie, ihr kleines Gesicht. Die Angst in ihren Augen geht ihm durch und durch.

»Granddad?«, fragt sie, während er seinem Gesicht einen Ausdruck zu verleihen versucht, der ihr die Furcht nimmt.

Er klopft auf das Bett und sie setzt sich neben ihn. Ihre kleinen Füße in den Riemchenballerinas reichen nicht bis zum Boden, und ihre Beine in den grauen Wollstrumpfhosen baumeln hin und her.

Sie ist alt genug, um zu verstehen, dass ihre Eltern nicht mehr da sind. Aber Hank ist sich nicht sicher, ob sie begreift, dass es endgültig ist. Er weiß nicht einmal, ob er selbst es begreift.

»Wie geht es dir? Hast du etwas gefrühstückt?«

»Ich habe eine Pop-Tart gegessen. Blaubeer mag ich am liebsten, die mit dem Zuckerguss.«

Hank lässt ihr das vorerst durchgehen. Später wird er sehen müssen, wie er es anstellt, dass sie richtig isst. Etwas in ihm wünscht sich, seine Mutter wäre da – sie würde dafür sorgen, dass alle zu essen haben und alles seinen geordneten Gang geht. Aber es ist gut, dass sie das nicht erleben muss. Es wäre für seine Eltern zu viel gewesen.

Er denkt an Elise und ihre Überzeugung, dass alle Männer, die sie liebte, jung starben. »Nun ist es wieder passiert«, sagt er zur Zimmerdecke. Er spürt, wie etwas in ihm sich ihr gegenüber verhärtet.

Hank steht auf, holt sich eine Krawatte und beginnt sie sich umzubinden.

»Heute wird ein harter Tag«, setzt er an. Er ist unsicher, ob sie überhaupt zu der Beerdigung mitgehen sollte. Er weiß nicht, was zu tun ist. Neds Freund scheint der Meinung zu sein, die Erfahrung sei wichtig für sie. Er ist Psychiater, also hört Hank auf ihn. Noch.

»Möchtest du zu Hause bleiben?«

»Bleibst du denn hier?«

»Nein, Liebes. Ich muss da hin.«

»Ich will bei dir sein«, sagt sie mit einem kleinen Schulterzucken.

»Hol mir deine Haarbürste, Schätzchen«, sagt er.

Lucy reicht ihm die Bürste. Behutsam löst er die verfilzten Stellen. Als er fertig ist, schickt er sie los, ihren Hut und ihre Jacke zu holen.

Dann nimmt er ihre kleine Hand in die seine und sie gehen in die Küche, wo Neds Freunde warten.

52

Florida, 1997

Wenn er darüber nachdachte, merkte Hank, dass er in der Erziehung seines Sohnes hauptsächlich seiner Intuition gefolgt war. Er hatte Ned mit Sport beschäftigt gehalten, damit er nicht auf dumme Gedanken kam. Er hatte ihn Respekt vor sich selbst und vor anderen gelehrt. Doch als seine Enkelin zu ihm zog, nützte ihm das alles gar nichts. Ein Mädchen. Seine Enkelin. Er hatte seinen Sohn geliebt, doch seine Liebe zu ihr, nun, das war ein ganz anderes Niveau von Liebe. Und Verantwortung. Er zog ein Kind auf, das nicht sein eigenes war. Er musste alles richtig machen.

Er setzt sich hin und schreibt eine Liste.

Ballett natürlich. Schwimmunterricht. Sie sind schließlich in Florida. Ponys. Der Gedanke überfällt ihn. Sie hat sich eines zu Weihnachten gewünscht. Kann er ihr ein Pony besorgen? Nicht gleich. Er setzt den Stift ab und geht in ihr Zimmer. Sie hat das Bett gemacht, aber die Decken hängen auf den Boden. Die Teddybären sind auf den Kissen drapiert. Er öffnet die Schubladen der kleinen Kommode. Ein paar T-Shirts. Ein paar Tops. Nicht viel. Sie wird etwas zum Anziehen brauchen. Wo soll er mit einem Mädchen ihres Alters einkaufen gehen? Er greift zum Telefon und ruft Maggie an.

Als er seine Notlage erklärt hat, sagt Maggie: »Ich kann am Samstag mit ihr losziehen. Wir machen einen ganzen

Tag daraus, gehen shoppen und essen zu Mittag. Das wird bestimmt lustig.«

»Darum kann ich dich nicht bitten«, sagt er.

Maggie lacht. »Du hast mich nicht gebeten. Außerdem macht es mir Spaß, das Geld von jemand anderem auszugeben.«

Hank spürt eine Welle der Erleichterung. Er muss Maggie eine Flasche Wein schenken. Und einen Kasten Bier für ihren neuen Mann, wenn er in der Garage Fußball schaut. Wie heißt er doch gleich? Butch.

Dann nimmt er wieder seinen Stift zur Hand und wendet sich seiner Liste zu.

***

Die Tage vergehen. Hank sitzt bei den anderen Großeltern, wenn er ihr beim Schwimmen oder bei Tanzvorführungen zusieht. Sie schlagen sich irgendwie durch. Gemeinsam begehen sie die Meilensteine. Erster Geburtstag, erstes Weihnachten. Erste Reise zurück nach Providence. Das war hart. Sie schien gut damit zurechtzukommen. Er war stolz auf sie, aber was sie dachte, wusste er nicht.

Er vereinbart für sie einen Besuch beim Psychiater. Nach dem ersten Termin halten sie bei IHOP, einem Frühstückslokal, und essen Pfannkuchen. Nach dem zweiten Besuch ebenfalls. Nach dem dritten sagt sie ihm, dass sie da nicht mehr hinwill.

»Warum nicht?«, fragt er.

»Ich mag einfach nicht«, entgegnet sie.

»Magst du den Arzt nicht? Wir können einen anderen

suchen«, sagt er, während er einen Pfannkuchen zerschneidet.

»Einfach so. Er hat Mommy und Daddy nie kennengelernt. Und ich will nicht mit jemandem über sie sprechen, der ihnen nie begegnet ist.« Sie zuckt die Achseln – ihre Art zu sagen, dass das für sie vollkommen klar ist, wozu also die Frage?

»Okay«, sagt er. »Verständlich. Wenn du mit jemandem sprechen möchtest, lass es mich wissen, ja? Dann werden wir jemanden finden.«

An diesem Abend ruft er Neds Freund an und fragt ihn nach seiner Meinung.

»Kinder sind belastbarer, als wir es ihnen zutrauen. Aber möglicherweise hat sie mal jemand mit der Mahnung durcheinandergebracht, man solle nicht hinter dem Rücken von Menschen über sie sprechen.«

»Das war mir gar nicht in den Sinn gekommen.«

»Lucy kennt mich. Und ich habe das Glück gehabt, ihre Eltern zu kennen. Wenn sie reden will, kann sie mich jederzeit anrufen.«

»Vielen Dank«, sagt Hank. Er will nicht den gleichen Fehler machen wie damals, als Ned seine Mutter verlor.

Eines Morgens schlägt Hank vor, ins IHOP zu gehen, um zu reden.

Lucy blickt auf und sagt: »Können wir stattdessen zu Denny's gehen?«

»Wohin immer du willst. Warum zu Denny's?«

»Ich mag die Kartoffelpuffer dort«, sagt sie.

Alles, was er tun kann, ist, zuzusehen und zu beten, dass er die Anzeichen erkennen wird, wenn sie Probleme hat. Er beobachtet und wartet. Doch nichts scheint den Rahmen des Normalen zu sprengen. Mal ein Streit mit Freunden, ein bisschen Mobbing, von dem die Eltern eines anderen Kindes ihm erzählen, ein Junge namens Jimmy, der sich über sie lustig macht, weil sie »mit einem alten Mann in einem alten Haus« wohnt. Hank hätte den kleinen Schuft am liebsten nach Strich und Faden verprügelt, aber dann lernte er dessen Vater kennen und wusste, wo er es herhatte. Also setzte er sich mit Lucy hin und erklärte ihr, dass Menschen, wenn sie böse Sachen zu einem oder über einen sagen, das tun, weil sie selbst unglücklich sind. Ihr eigenes Problem übertragen.

»Also wenn Jimmy dich einen alten Mann nennt, meint er damit, dass er selbst alt ist? Das ist doch Quatsch.«

»Na ja, ich habe es wohl nicht gut erklärt. Aber Jimmy ist kein netter Junge, weil seine Eltern nicht nett sind. Und sie sind nicht nett, weil sie unglücklich sind. Wenn er also gemeine Sachen sagt, tut er das eigentlich, weil er innerlich leidet und will, dass andere Leute auch leiden. Verstehst du das?«

»Ich glaube schon. Und mir ist es egal, wenn er blödes Zeug über mich sagt, aber wenn er über dich schlecht redet, dann würde ich ihn am liebsten verprügeln.«

Hank lächelte Lucy an und schmolz innerlich dahin. Himmel, wie er sein Mädchen liebte.

»Ignorier Jimmy einfach. Das Leben wird ihn irgendwann schon lehren. In ein paar Jahren wirst du ihn zufällig auf der Straße treffen und es wird eines von zwei Dingen passieren. Entweder er entschuldigt sich dafür, wie er dich behandelt hat, oder er wird immer noch ein Idiot sein. Wie es auch kommt, ignorier ihn einfach.«

Damit war das Thema vom Tisch. Von Jimmy war nie mehr die Rede.

Die Pubertätsjahre hatten ihre Tücken, aber sie kamen gut zurecht.

Und dann nahte Lucys sechzehnter Geburtstag.

Sie fragt, ob zur Feier des Tages ein paar Freunde kommen und sie auf der hinteren Veranda grillen könnten.

»Klar doch.« Er ist hocherfreut darüber, wie normal alles läuft. Bis ihm einfällt, dass er nicht nur der Spaß-Opa ist. Er ist gleichzeitig in der Elternrolle.

»Aber trinken werdet ihr bei diesem Fest nicht, oder?« Er versucht seine Stimme tiefer, streng klingen zu lassen.

»Ich habe keine solchen Freunde«, sagt sie in empörtem Tonfall, und er muss ein Lachen unterdrücken. Die Verandatür gleitet auf und sie geht hinaus, ein Buch unter dem Arm.

***

Er hat es leicht gehabt mit Lucy. Trotz aller Sorge, trotz des Wartens auf die nächste Hiobsbotschaft, scheint sie ausgeglichen und stark geworden zu sein. Sie brilliert in der Schule und hat ein paar treue Freunde, die immer zur Stelle sind, wie es scheint. Sie vertieft sich auch gern in ein Buch. Er ist dankbar.

Er betrachtet sie, wie sie auf der Veranda Jane Austen liest. Würde man Mr Darcy gegen Sherlock Holmes austauschen, wäre sie durch und durch ihr Vater, und dafür ist er unendlich dankbar.

Er öffnet die Tür und tritt hinaus. Sie blickt von ihrer

Lektüre auf und lächelt ihn an. Hank spürt es in seiner Brust. Das Gefühl, das einen überkommt, wenn ein geliebter Mensch sich einfach freut, einen zu sehen. Ein schöneres Gefühl gibt es nicht auf der Welt.

»Wir werden für deine Freunde ein bisschen was einkaufen müssen. Und was für einen Kuchen wünscht sich Miss Lucy zu ihrem großen Tag?«

Er weiß, was sie wollen wird, aber er fragt trotzdem.

»Den dreilagigen Schokokuchen«, sagt sie. »Gibt es in der Tiefkühltruhe im Supermarkt.« Sie wünscht sich jedes Jahr den gleichen Kuchen. Man bekommt ihn das ganze Jahr über, aber sie will ihn nur zum Geburtstag.

»Bist du sicher? Es ist ein besonderer Anlass.«

»Ja.«

»Na schön. Morgen Abend gehen wir zwei ganz allein ins Juniper's.«

Lucy nickt zustimmend. »Ich liebe das Juniper's.«

»Ich weiß, mein Schatz. Und jetzt bin ich mal einen Moment weg. Kommst du ein paar Stunden allein zurecht?«

»Ich will sowieso lesen«, sagt sie.

»Braves Mädchen. Lass die Türen verschlossen. Wenn irgendwer vom Strand heraufkommt ...«

»Reingehen und den Riegel vorschieben. Dich auf dem Handy anrufen. Du kommst dann sofort heim«, greift sie seinen Worten vor.

»Ehrlich, Granddad, das sagst du jedes Mal. Es ist noch nie jemand vom Strand hochgekommen. Alles in Ordnung!«

»Sei wachsam, Lucy ...«

»Es gibt ein paar verrückte Leute da draußen«, vervollständigt sie seinen Satz.

Hank erlaubt sich einen kleinen Moment lang, einfach stolz zu sein – auf sie und auf sich selbst. Sie haben sich beide wacker geschlagen.

***

Sie fahren in seinem Pickup zum Restaurant. Er hatte überlegt, ihr ein Auto zu schenken, aber sie hat kein Interesse daran gezeigt, den Führerschein zu machen. Das macht ihn gleichzeitig glücklich und traurig. Glücklich, weil er keine Angst um sie haben muss, wenn sie im Auto unterwegs ist, traurig, weil er sicher ist, dass der Tod ihrer Eltern dabei eine Rolle spielt.

Lucy trägt ein kurzes, blaues Sommerkleid, dazu hellbraune Sandalen. Ihr Haar ist lang und von einer goldbraunen Farbe, fast wie Rohzucker. Sie hat große blaue Augen wie ihr Vater. Wie Elise. Hank hat das Gefühl, sie ist das schönste Wesen, das er je gesehen hat.

Er stellt den Pickup vor dem Restaurant ab und sie steigen aus. Es ist immer noch heiß. Als er ihr die Tür aufhält, spürt er die Wand klimatisierter Luft. Sie wird frieren, denn sie hat keine Jacke mitgenommen.

»Möchtest du vielleicht noch über die Straße gehen und dir ein Sweatshirt kaufen?«, fragt er und zieht bereits seinen Geldbeutel hervor.

»Nicht nötig. Gehen wir essen!«

Er lächelt in sich hinein.

Als die Teller abgeräumt sind und bevor der Kuchen kommt, holt er ein kleines Päckchen aus seiner Tasche und legt es vor sie auf den Tisch.

Lucy hat ein Faible für alte Filme und liebt Audrey Hepburn. Um *Frühstück bei Tiffany* anzusehen, durfte sie zum ersten Mal bis nach zehn aufbleiben. In Erinnerung daran, wie Lucy sich fragte, warum der weiße Schauspieler einen Chinesen parodierte, schmunzelt er. Sie fand es schrecklich. Die Zeiten haben sich geändert, hat er ihr gesagt. Jetzt legt er die kleine Schachtel vor sie auf den Tisch.

»Oh mein Gott ... Ach du liebe Güte«, korrigiert sie sich selbst. Was Sprache anging, war er streng.

Ihre Hände zittern, als sie die kleine blaue Schachtel aufmacht und die Ohrringe sieht.

»Diamanten von Tiffany's!« Sie schnappt nach Luft. Tränen steigen ihr in die Augen. Lucy steht von ihrem Platz auf, umarmt ihn und drückt ihn dabei so fest, dass er scherzhaft sagt: »Genug jetzt!«

»Sie sind wunder-, wunder-, wunderschön!« Ihre Stimme ist so laut, dass Hank überlegt, sie zu bremsen – er weiß, dass die Leute schon hersehen. Aber egal, entscheidet er. Glücksgefühle sind flüchtig. Er will ihr den Moment gönnen.

Lucy nimmt die kleinen blauen Steine, die sie getragen hat, aus den Ohrläppchen und steckt mit immer noch zitternden Händen die neuen Ohrringe fest.

»Ich brauche einen Spiegel. Ich muss auf die Toilette«, sagt sie und steht auf. Sie umarmt ihn noch einmal.

Die Kellnerin bringt den Kuchen. »Da freut sich aber jemand.«

»Meine Enkelin ist sechzehn geworden«, sagt er.

»Ach, wie schön.«

Sie holt ein Feuerzeug aus der Tasche, und als Lucy an den Tisch zurückkommt, brennen die Kerzen hell.

Nachdem sie sie ausgeblasen hat und der Applaus verklungen ist, sieht Lucy ihn an und sagt: »Ich wünschte, Mom und Dad wären hier.«

Zunächst empfindet Hank ihre Worte wie einen physischen Schlag. Dann aber freut er sich darüber. Sie denkt an die beiden. Und das hält sie lebendig.

»Ich auch, mein Liebling«, sagt er, und dann, nach einem Augenblick stillen Gedenkens: »Zeig mir deine Ohrringe.«

Lucy streicht sich das Haar von den Ohren weg, sodass er die schimmernden Steine sehen kann.

Dann bringt die Kellnerin den übrigen Kuchen und die Rechnung. Ein weiterer Höhepunkt des Lebens ist damit abgeschlossen. Was kommt als Nächstes? Der Abschlussball der Highschool. Sie auf die Uni schicken. Medizinstudium in Boston. Wie ihr Vater. Sie fortgehen zu sehen wird ihn umbringen.

»Alles in Ordnung, Granddad? Du siehst ein bisschen traurig aus.«

Im letzten Abendlicht gehen sie zu seinem Wagen. Hank schweigt, überlegt, wie er diese Frage beantworten soll.

»Ich dachte nur gerade daran, dass du dich ziemlich bald nicht mehr mit deinem alten Opa wirst abgeben wollen«, weicht er aus.

»Das wird nie passieren«, sagt sie, hakt ihn unter und drückt seinen Arm.

»Habe ich dir schon gesagt, wie wunderschön meine Ohrringe sind?«, seufzt sie.

Hank lächelt in sich hinein. Er hatte daran gedacht, ihr den Ring seiner Mutter zu schenken, aber dann entschieden, diesen für eine noch speziellere Gelegenheit aufzubewahren.

Er setzt sie bei ihrer Freundin ab und fährt dann nach Hause, die kleine blaue Schachtel auf dem Beifahrersitz. Zuhause angekommen, stellt er sie in ihr Zimmer. Sieht den Einband eines Liebesromans unter ihrem Kissen hervorlugen. Wie lange macht sie das schon?

Er setzt sich hin und zieht ihn heraus, liest ein paar Seiten, nur sicherheitshalber. Dann fällt ihm ein, dass sie jetzt sechzehn ist, und legt ihn dahin zurück, wo er ihn gefunden hat.

In der Küche schenkt er sich ein Glas Scotch ein, stellt sich damit auf die hintere Veranda und blickt hinaus aufs Wasser. Der Tag ist zu Ende gegangen und die Nacht angebrochen, doch am Himmel ist immer noch ein Streifen Licht zu sehen, der einen hellen Schein aufs Wasser wirft. Hank glaubt nicht an Zeichen, prostet aber trotzdem dem Licht im Dunkel zu und sagt: »Sie ist ein gutes Mädchen. Ihr wärt beide stolz auf sie.«

Der Lichtstrahl scheint größer zu werden, sich auszudehnen, vor Lebendigkeit zu vibrieren. Dann verschluckt ihn der Himmel, und die Spiegelung auf dem Wasser löst sich in den Wellen auf.

53

Florida, 2006

Es ist der letzte Sommer, bevor Lucy aufs College geht. Hank ist so stolz, dass er platzen könnte, und gleichzeitig nur noch ein Nervenbündel. Sie ist ein kleines Mädchen, und er schickt sie ganz allein in eine große Stadt. Er weiß, dass sie ein kluger Kopf ist, aber die Welt ist manchmal ein grausamer Ort. Er geht zu dem Safe in seinem Büro und dreht die Nummernscheibe. Eine Zahlenkombination, die er sich nicht hat aufschreiben müssen – ein Tag, der den Lauf der Geschichte – und auch seines Lebens – veränderte.

Er ertappt sich dabei, dass er mehr und mehr Zeit in der Vergangenheit verbringt, der Zeit, als er ein junger Mann war und die Kraft und Energie besaß, alles zu überwinden, was sich ihm in den Weg stellte, ob es nun die deutsche Artillerie war oder ein einzuhaltendes Versprechen oder der Aufbau eines Lebens, an dem mehr als ein Hauch von Tragik haftete – und mehr als ein Hauch von Erfolg.

Er denkt oft an diesen jungen Mann, der ein Problem ebenso erkannte wie die Möglichkeit einer Lösung. Jetzt braucht er für Entscheidungen genauso lange, wie um morgens in die Gänge zu kommen. An manchen Tagen schafft er es kaum, seinen alten Körper in Bewegung zu setzen. Knarrend wie ein schlecht geölter Motor will er sich kaum von der Stelle rühren. Immerhin hat er keine wirklichen gesundheitlichen Probleme. Er ist einfach nur alt.

Als er im Safe nach der kleinen Schachtel sucht, sieht er die Papiere, die sein Leben dokumentieren. Testament, Versicherungspolicen, Eigentumsurkunden und Kontoauszüge. Sie sind alle säuberlich auf einer Seite aufgestapelt. Als er sie beiseiteschiebt, tauchen die anderen Dokumente auf, die für den anderen Teil seines Lebens stehen, den Teil, in den nicht so leicht Ordnung zu bringen war. Während er finanziell, das weiß er, alles richtig gemacht hat, ist er mit dem anderen Teil seines Lebens nicht recht in die Gewinnzone gekommen.

Er zieht die Briefe hervor, die er während des Krieges erhalten hat. Hauptsächlich von seiner Mutter. Eine gute Frau, die ein gutes Leben geführt hat. Die Umschläge sind in Providence abgestempelt, wo er aufgewachsen ist. In jenem alten Haus, in das er nach dem Krieg zurückkehrte. Dem Haus, in das er Ned mitgenommen hat, gleich nach dem Krankenhaus. Wo Elise … nun, daran will er jetzt nicht denken. Er hat es verkauft, um einen neuen Anfang zu machen. Jetzt war Hank alt genug, um zu wissen, dass es so etwas wie einen Neuanfang nicht gibt. Die einzigen Menschen, die die Vergangenheit hinter sich lassen konnten, waren Menschen ohne Gewissen. Auch das hat er im Krieg gelernt. Eine Lektion, die das Leben bestätigt hat.

Er legt die Briefe auf seinen Schreibtisch. Er wird sie später lesen. Jetzt hat er etwas Wichtigeres zu tun. Er wühlt in dem Safe herum, der nicht sehr groß ist, und beginnt sich schon Gedanken zu machen, als er endlich die kleine Schachtel unter seiner Hand spürt. Er holt sie heraus und öffnet sie, um sicherzugehen, dass es die richtige ist, obwohl er das eigentlich genau weiß.

Lucy steht am Kühlschrank und schüttet nach einem langen Lauf Wasser in sich hinein, als Hank in den Raum kommt.

»Setz dich an den Tisch«, sagt er.

Lucy ist vollkommen verschwitzt, tut aber, was er sagt, weil sie spürt, dass etwas Bedeutendes in der Luft liegt.

»Das ist von deinen Urgroßeltern. Meinen Eltern.«

Er reicht ihr die kleine, abgegriffene Schachtel. Sie hebt den Deckel und schnappt beim Anblick des Inhalts kurz nach Luft. Behutsam holt sie den Smaragdring heraus, den seine Mutter an jedem einzelnen Tag ihres Lebens getragen hat, nachdem sein Vater ihn ihr zum zehnten Hochzeitstag geschenkt hatte. Hank hatte Lucy den Ring eigentlich zum Universitätsabschluss überreichen wollen, aber wenn er eines über das Leben gelernt hat, dann, dass Pläne sich ändern können und es nicht sinnvoll ist, allzu lang vorauszuplanen.

Lucy hält den Ring in die Höhe, ein quadratischer grüner Stein, umringt von Diamanten.

»Vielleicht nicht so dein Geschmack, ein bisschen altmodisch«, setzt er an.

»Genau darum gefällt er mir«, sagt sie. »Er ist wunderschön.«

»Geh vorsichtig damit um.«

Lucy probiert den Ring an. Für den Ringfinger ist er zu groß, aber am Mittelfinger sitzt er perfekt.

»Er kommt mir vor wie aus einem alten Hollywoodfilm«, sagt sie. »Und du weißt, wie sehr ich alte Filme liebe. Er ist wunderschön.«

Sie sieht mit jenem Ausdruck von Glückseligkeit zu ihm

hoch, den man nur ein paar Mal im Leben sieht. Und zu wissen, wie sehr sie den Ring schätzt, tut seinem Herzen wohl. Sie hat alte Sachen immer gemocht, fällt ihm dabei ein.

Hank zwingt sich zu sprechen. Es gibt so vieles, was er sagen will. Wie sehr er sie liebt. Wie sehr er ihren Vater geliebt hat und wie er ihn vermisst. Sie erinnert ihn so stark an Elise, nicht nur im Aussehen, auch in ihren Eigenarten. Aber er wird ihr nicht von Elise erzählen. Was gibt es da schon zu sagen? Außerdem ist sie in allen wichtigen Aspekten ganz die Tochter ihres Vaters.

Er würde ihr gern von William erzählen. Aber das kann er nicht tun, ohne Elise zu erwähnen. Es quälte ihn schrecklich, dass niemand mehr da war, der über sein Opfer Bescheid wusste. Die Eltern seines Freundes waren schon lange tot, und sein Bruder war noch ein Kind gewesen, als William starb. Was für Erinnerungen er wohl hatte, abgesehen von seiner Trauer und dem Wissen, dass seine Eltern dadurch gebrochen worden waren? All die Jahre nicht über ihn zu sprechen, war auch eine Art Tod, wird ihm klar. Wenn sich niemand mehr an einen erinnert, ist es irgendwie noch schlimmer.

Nicht zum ersten Mal denkt er darüber nach, wie zufällig alles geschah. William war ein Freund. Ein echter Freund. Und ein guter Mensch. Hank weiß, dass er selbst ein besserer Mensch geworden ist, weil er ihn kennengelernt hat.

Lucy blickt immer noch auf ihren Ring.

»Hat Grandma ihn auch getragen?«

Die Frage rüttelt ihn auf.

Er geht auf Nummer sicher. »Er gehörte meiner Mutter, die deine Urgroßmutter war.«

»Ich weiß.«

»Nein, mein Schatz. Sie starb, bevor deine Urgroßmutter ihn ihr geben konnte.«

»Wie war sie, Grandma?«

Hank sucht nach den richtigen Worten. Erinnert sich an all die Lügen, die er Ned erzählt hat. Hoffentlich war das kein Fehler.

»Sie war sehr traurig und sehr schön. Du siehst ihr sehr ähnlich.«

»Das hast du mir schon gesagt. Aber ich bin größer, nicht wahr?« Offenbar erinnert sie sich an jenen Morgen, als er vorgeschlagen hatte, gemeinsam nach Frankreich zu fahren.

»Ja. Das hast du von deinem Vater, der es von mir hatte.«

Hank schweigt, lässt sie dieses Gespräch führen. Er ist alt. Die gesprochenen Worte werden in seinem Kopf nicht so lange herumgeistern wie in ihrem. Er hat das Gefühl, Wasser zu treten, während er darauf wartet, dass sie weiterspricht.

»Warum war sie traurig? Woran ist sie gestorben?«

Hank hat die Chance, ihr die Wahrheit zu sagen. Oder die Täuschung aufrechtzuerhalten. Aber Lucy ist der einzige Mensch, der es je erfahren wird.

»Sie hat sich das Leben genommen, als dein Vater ein kleiner Junge war. Ich habe es ihm nie erzählt.«

Lucy ist still, blass. Er fragt sich, ob er ihr zu viel zumutet.

»Warum?«, flüstert sie.

»Sie hatte ein schweres Leben. Hat viel gelitten. Ich weiß nicht, was letztendlich der Grund war, aber manchmal können schlimme Erinnerungen unerträglich werden.«

»Dad hat es nie erfahren?«

»Nein. Ihm habe ich erzählt, sie hätte Herzprobleme gehabt.«

»Oha«, sagt sie und betrachtet den Ring. »Das muss ja schrecklich für dich gewesen sein.«

Hank ist vollkommen überrascht, dass ihr erster Gedanke ihm gilt.

»Und ich sehe ihr ähnlich?«

»Ja. Sehr sogar. Die gleichen Augen. Das gleiche Haar.«

»Hast du ein Foto?«

Hank fällt ein, dass sein Sohn die gleiche Frage gestellt hat. Was hatte er damals geantwortet? Dass sie verloren gegangen waren. In Wahrheit hatte es nie Fotos gegeben.

»Nein.«

»Hast du sie geliebt?«

Wer A sagt, muss auch B sagen, denkt Hank. »Ja, auf meine Weise.« Seine Worte setzen etwas in ihm in Bewegung, etwas, worüber er sich selbst nicht nachzudenken erlaubt hat. Er hätte sie lieben können, hätte sie geliebt, wenn sie ihn gelassen hätte. Vielleicht hatte sie Angst davor. Er wird es nie erfahren.

Lucy blickt aus dem Fenster und trinkt nachdenklich einen Schluck Wasser.

»Sie war aus Frankreich. Paris?«

Er schüttelt verneinend den Kopf. »Ein Ort in der Normandie namens Esperance.«

Lucy überlegt. »Esperance? Das ist das französische Wort für Hoffnung.«

Hank schnaubt überrascht. »Das wusste ich nicht.«

»Wie habt ihr euch kennengelernt?«

»Sie war die Verlobte eines Freundes von mir. Er starb im Krieg, und ich habe mich um sie gekümmert. Er war der beste Freund, den ich je hatte.«

Hank gibt acht, nicht zu viel zu sagen. Lucy ist intelligent, aber wie er neigt auch sie zum Grübeln. Er will ihr nichts in den Kopf setzen, über das sie jahrelang nachdenken wird.

»Irgendwann müssen wir nach Frankreich fahren. Dann zeige ich dir, wo sie gelebt hat«, sagt er. »Und jetzt ab unter die Dusche, du stinkst.«

Er könnte ihr noch so viel erzählen. Aber wozu jetzt?

54

Florida, 2008

Hank hat den September immer geliebt. In jungen Jahren hat er die Blattfärbung bewundert und die Tage, die kühl begannen und dann langsam wärmer wurden, genossen. Er liebte den Geruch von Holzfeuer in der Luft. In Florida war es anders. Hätte man in der Gluthitze ein Feuer entfacht, hätten die Leute einen für verrückt gehalten oder gemutmaßt, man wolle Beweismittel vernichten.

Lucy steht jetzt schon kurz vor dem Abschluss, schlägt sich wacker und wirkt ziemlich glücklich. Sie trifft sich mit einem Jungen, für den sich Hank nicht erwärmen kann. Hal heißt er. Es ist Hank schwergefallen, keinen Kommentar zu ihm abzugeben. Der junge Mann ist zwar höflich gewesen, aber Hank spürt, dass er nicht integer ist. Zu prahlerisch. Er hofft, es geht alles gut.

Eine Woche nach Lucys Abreise hat er den Arzt angerufen. Und so viele Untersuchungen über sich ergehen lassen, so viele Blutproben abgegeben, dass er meint, sie hätten vielleicht den Tank geleert.

Jetzt geht er die Ergebnisse abholen.

In der Praxis muss er warten. Andere Leute haben vielleicht einen Ehepartner oder ein Kind dabei, das sie unterstützt. Während er da sitzt, wird Hank bewusst, dass er die großen Dinge immer allein geklärt hat. Es ist ihm lieber so. Lucy braucht es nicht zu wissen. Bis es etwas zu wissen gibt.

Der Arzt kommt herein, und Hank merkt an seinem verkniffenen Mund und seinem ausweichenden Blick, dass es schlimm ist. Wobei er das schon gewusst hat, seitdem sich der Schmerz in seinem Bauch, der bis zum Rücken ausstrahlt, zum ersten Mal bemerkbar gemacht hat. Er hat gewusst, dass das keine Zerrung war.

»Wie lange habe ich noch?«, fragt Hank.

Der Arzt dreht sich überrascht um.

»Sie sind ganz schön direkt«, sagt er, zieht einen Stuhl heran und nimmt eine Karteikarte.

»Es ist schließlich mein Tod, und ich will wissen, was ich habe und wie viel Zeit mir noch bleibt.«

»Bauchspeicheldrüsenkrebs«, sagt der Arzt. »Es tut mir leid. Das ist nichts Gutes.«

»Und?«

»Sechs Monate? Die Behandlungsmöglichkeiten ...«

»Ich würde wegen meiner Enkelin gern noch länger leben, aber ich werde nicht zulassen, dass ihr Leben zum Stillstand kommt, während ich durch die Hölle gehe, um vielleicht ein paar Monate zu gewinnen.«

»Wir sollten trotzdem über die Möglichkeiten reden.«

Während der Doktor spricht, beobachtet Hank durchs Fenster, wie sich der Baum im Wind bewegt. Er hat das Geräusch, das die Blätter machen, immer geliebt, ein unvergleichlicher Laut. Das Meer hat ebenfalls seine ganz eigene, unnachahmliche Melodie. Wer oder was auch immer diese Welt zusammengebaut hat, hat sich etwas dabei gedacht, denkt Hank.

»Ich melde mich wieder bei Ihnen«, sagt Hank, steht auf und schüttelt dem Arzt die Hand.

Der Arzt schreibt ein paar Rezepte. »Für die Schmerzen, fürs Erste. Dann müssen wir bald darüber reden, wie es weitergeht.«

Hank dankt ihm und tritt hinaus in den Tag. Einen Tag, der genauso aussieht wie vorher, sich aber jetzt, wo er weiß, dass es sein letzter September ist, so anders anfühlt.

***

Hank hat Lucy erfolgreich überredet, an Thanksgiving nicht nach Hause zu kommen, und er ist froh darüber. Um ehrlich zu sein, hat sie für das Studium so viel zu tun, dass keine große Überredungskunst nötig war. Er sieht nicht besonders gut aus und weiß, dass sie an Weihnachten ein schwieriges Gespräch werden führen müssen.

Er bestellt bei einem Lokal, das sie mag, ein Thanksgiving-Essen, das zu ihr nach Hause geliefert wird – genug, um eine ganze Meute satt zu bekommen und noch etwas übrig zu haben – und geht selbst zu Maggie zum Essen.

Maggie weiß, dass er nicht gesund ist. Alle wissen es, außer Lucy. Er hat sie alle versprechen lassen, sie nicht anzurufen oder ihr eine dieser verrückten Mails oder Textnachrichten zu schicken, die dieser Tage so leicht von der Hand gehen. Er bringt Maggie eine Flasche Champagner und einen großen Strauß Blumen mit, die der Wind auf dem kurzen Weg zu ihr etwas zerzaust.

Maggie nimmt ihm die Geschenke ab und führt ihn zu einem Stuhl am Fenster. Sie haben keine so tolle Aussicht wie er, aber das Haus ist warm und gemütlich. Es ist ein Segen, solche Nachbarn zu haben.

Er hört ein Ploppen und weiß, dass sein Champagner geöffnet wird. Zunächst verweigert er das Glas, das man ihm bringt, doch dann wird ihm bewusst, dass er zum letzten Mal Thanksgiving mit seinen Freunden feiert. Er nimmt das Glas entgegen.

Es ist ein guter Tag.

***

Hank hat es sich niemals nehmen lassen, Lucy vom Flughafen abzuholen. Er hat sie vor seiner Krankheit nie angelogen – na ja, kleine Familiengeheimnisse, aber die hat ja jeder. Doch jetzt wird es Mühe kosten, die Lügen aufrechtzuerhalten.

Maggie holt sie ab. Sie werden jede Minute da sein. Hank betrachtet im Spiegel seine schlaffe, graue Haut. Er hat so viel Gewicht verloren, dass seine Kleider lose an ihm hängen. Sie wird erschrecken, wenn sie ihn sieht. Das tut ihm sehr leid.

Der Baum ist aufgestellt, der gleiche, den sie immer hatten. Darunter liegen Geschenke. Die meisten davon hat Maggie ausgesucht und eingepackt. Die Lebensmittel wird Lucy selbst einkaufen müssen. Hank traut sich nicht mehr oft aus dem Haus. Für die letzte Fahrt zum Arzt hat er ein Taxi genommen – es hat ihn fast dreißig Dollar gekostet. Er hat gedacht, der Schreck würde ihn auf der Stelle umbringen.

Er trägt unter dem Pullover zwei T-Shirts, und darüber eine dicke Fleecejacke, die Maggie ihm besorgt hat. Es ist kalt, aber er bemüht sich auch, nicht ganz so dünn auszusehen.

Er öffnet die Tür zur Veranda und lässt die frische Abendbrise herein. Die Luft riecht süß und er genießt den kühlen Hauch auf der Haut. Am Himmel leuchtet der Mond, und Hank könnte schwören, dass er seine Oberfläche sehen kann, die Spuren von Violett in dem Gelb, wie er es noch nie erlebt hat. Seltsam, seit er bei der Armee war, hat er nie mehr aufgehört, den Mond zu betrachten. Damals gab es ihm das Gefühl, dass in der verrückten Welt, in der er sich wiederfand, doch noch so etwas wie Harmonie existierte. Jetzt erkennt er die Dauerhaftigkeit darin. Er selbst wird nicht mehr da sein, aber der Mond wird weiterhin zu- und abnehmen, himmlisch über diesem Strand scheinen, den er so sehr liebt. Die Wellen werden weiterhin singen.

Er muss das Geräusch des heranfahrenden Autos und der sich öffnenden Tür verpasst haben, denn als er ins Haus zurückgeht, sieht er Lucy in der Tür stehen. Sie ist kreideweiß vor Entsetzen, ihr Mund steht offen, ohne dass Worte herauskommen.

Hank verflucht sich selbst. Das ist es nicht, was er bezweckt hat.

»Alles gut, mein Schatz. Es wird alles gut«, lügt er. Er umarmt sie, wie er noch nie einen Menschen umarmt hat, und versucht den kleinen Rest Kraft, der ihm bleibt, auf sie zu übertragen. So bleibt sie stehen, regungslos in seinen Armen, während hinter ihnen die Wellen in ständiger Bewegung bleiben, voller Leben.

***

»Warum hast du mir nichts gesagt?«, fragt Lucy. Sie sitzt auf dem Sofa, die Beine an die Brust gezogen, die Arme um die Knie geschlungen. Für Hank sieht es aus, als versuchte sie sich zusammenzuhalten. Und er fühlt sich bei diesem Anblick noch schlechter als in dem Moment, in dem er die Diagnose erhalten hat.

Er hat ihr gegen den Schock ein Glas Portwein eingeschenkt und sie hat es heruntergestürzt. Das leere Glas steht auf dem Tisch vor ihnen, das Kristall fängt die blauen und grünen Lichter am Christbaum ein. Hank findet die Farben, die Schönheit inmitten der Dunkelheit tröstlich.

»Du warst mit dem Studium beschäftigt und hattest so viel um die Ohren«, sagt er schließlich. Damals war es ihm richtig erschienen, sie zu schonen. Doch was hat er ihr damit angetan?

»Als Maggie mich abholen kam, wusste ich schon, dass etwas nicht stimmt. Ich dachte, du hast dir vielleicht die Hüfte gebrochen wie so viele alte Leute. Oder dass du Prostataprobleme hast. Aber das wäre behandelbar. Wie konntest du das durchmachen und mir nichts erzählen?« Lucy löst ihre Haltung und stellt die Füße auf den Boden.

Sie ist wütend auf ihn, und das macht es Hank ein bisschen leichter. Wut motiviert. Wut ist Energie. Trauer und Kummer saugen einen Menschen vollkommen aus. Sie erholt sich. Sie ist sein Mädchen.

»Vielleicht habe ich mich falsch entschieden, aber ich wollte und will nicht, dass das, was ich durchmache, dein Leben in Unordnung bringt.«

»Was du durchmachst? Das ist keine Übergangsphase, etwas, das von selbst wieder weggeht. Bauchspeicheldrüsenkrebs ist tödlich. Du stirbst!« Ihre Augen funkeln vor Empörung, sie ist verletzt, weil er ihr so wenig zugetraut hat. Oder es ist die Angst, ihn zu verlieren. Er weiß es nicht.

»Ich möchte, dass du so viel wie möglich erreichst, während ich noch am Leben bin und es mitbekomme«, sagt er. »Ich habe es dir aus reinem Egoismus verschwiegen.« Wieder lügt er, aber diese Lüge klingt gut. Er ist fast stolz, dass sie ihm eingefallen ist.

»Unsinn«, sagt sie.

Hank sieht Lucy an. Ihr Kinn, die Art, wie sie den Kopf nur ein klein wenig emporreckt, wie sie die Augen zusammenkneift. Er weiß, dass sie angestrengt nachdenkt. Er weiß bloß nicht, worüber.

»Du bist jetzt fast zwei Wochen hier. Wir haben genug Zeit, alles zu besprechen«, sagt er. »Lass uns jetzt einen Eierlikör trinken. Den magst du doch so gerne.«

Lucy steht auf und geht in die Küche. Er hört, wie sie den Kühlschrank öffnet und die Eierlikörflasche öffnet. Er hört, wie sie den Deckel von der Keksdose nimmt, die Maggie herübergebracht hat.

Als sie ins Zimmer zurückkommt, merkt er an der Art ihrer Bewegungen, dass sie einen Entschluss gefasst hat. Sie reicht ihm sein Glas und geht wieder zu ihrem Sofaplatz. Dann sieht sie ihn an und sagt: »Verzeih mir meine Ausdrucksweise, Granddad. Aber keine zehn Pferde könnten mich in zwei Wochen zurück zur Uni bringen.«

An diesem Abend telefoniert sie. Unter Tränen versucht sie zu sprechen. Sie spricht mit diesem Jungen. Hank denkt an seine erste Begegnung mit ihm, in dem hübschen Restaurant im Hafen. Er war nicht aufgestanden, als Lucy sich kurz entschuldigt hatte. Na schön, das war vielleicht altmodisch, aber Lucy mochte Altmodisches, gute Manieren zum Beispiel. Müsste er das nicht wissen? Er hatte nicht angeboten, die Rechnung zu bezahlen. Hank hätte es nicht zugelassen, aber trotzdem.

Er lauscht, obwohl er weiß, dass er das nicht tun sollte. Lucy wird Hal und Molly brauchen, und Hank hofft, dass er sich in Hal täuscht und dass Molly ein Mitgefühl an den Tag legt, das er bisher nicht an ihr bemerkt hat.

Hank wartet und beobachtet. Was hätte er an Hals Stelle getan? Er wäre gekommen, hätte Unterstützung angeboten. Hätte Blumen geschickt. Nichts davon passiert.

Hank seufzt. Er wünscht sich, er hätte diesem Mädchen beigebracht, seine Freunde weise zu wählen.

***

Hank muss die Augen nicht öffnen, um zu wissen, dass Lucy mit ihm im Raum ist. Er spürt ihre Gegenwart, hell wie die Sonne, real wie das Morphium, das in seinen Arm tropft und den physischen Schmerz in Schach hält. Der Schmerz, sie zu verlassen, ist eine andere Sache.

Er weiß nicht, wie lange er schon hier ist. Eines Nachts ist er aufgestanden, um auf die Toilette zu gehen, und zusammengebrochen. Er weiß noch, wie sie in der Tür aufgetaucht ist, und dass er sich geschämt hat, in diesem Zustand gesehen zu werden.

Wenn sie seine Hand hält, kann er den Ring spüren, den seine Mutter einst getragen hat. Das Gefühl, sie damit irgendwie beide bei sich zu haben, tut ihm gut. Dann haben die Krankenpfleger eine Liege für sie ins Zimmer gestellt. Er wollte, dass sie an die Uni zurückkehrt, aber er fühlt sich besser, wenn er weiß, dass sie in der Nähe ist.

Er hört, wie Maggie hereinkommt und ihr sagt, sie müsse unter die Dusche und eine ordentliche Mahlzeit zu sich nehmen. Als sie Maggie schufen, denkt er, haben sie sich wirklich selbst übertroffen. Doch Lucy hat ihn seit ein oder zwei Tagen nicht allein gelassen.

Hank wünscht sich, jemand möge das Fenster öffnen. Er möchte ein letztes Mal die Vögel singen hören. Und am liebsten auch das Meer. Wenn er an jenem letzten Abend zuhause gewusst hätte, wie es enden würde, hätte er sich auf die Terrasse gesetzt und noch einmal dem Ozean gelauscht. Hätte ein Glas Whiskey getrunken. Was hätte es ihm geschadet?

Sein Arm zuckt, er hat die Kontrolle über einige seiner feinmotorischen Fähigkeiten verloren. Die Bewegung scheint Lucy zu alarmieren. Er kann sich vorstellen, was sie tut, als sie aufsteht und das Gitter an seinem Bett herunterlässt – er hasst das Ding. Es ist, als würde man sich, wenn man alt und krank ist, in den Augen der Leute zum Baby zurückentwickeln.

Dann sitzt sie neben ihm, er kann ihre Hand auf seinem Arm spüren.

»Ich bin da, Granddad.« Ihre Stimme ist sanft, aber er hört die Müdigkeit darin. Er hofft, dass sie nicht krank wird. So viele Sorgen, so viele Hoffnungen. Dass sie eine gute Stelle in einer Gegend findet, die ihr gefällt, und einen netten Mann, mit dem sie sich ein glückliches Leben aufbauen kann. Dieses Mädchen verdient nur das Beste. Er lässt seine Hand absichtlich zucken, und sie nimmt sie sanft in die ihre.

»Ich hätte ein Radio mitbringen sollen«, sagt sie. »Du hast doch immer gern die Nachrichten gehört. Und Dean Martin. Seine Musik hast du gemocht.«

Sie hält inne, und Hank fragt sich, was sie wohl denkt. Wünscht sich, er hätte die Kraft, mit ihr zu sprechen. Es gibt jetzt so vieles, was er sich wünscht gesagt zu haben. Über das Leben, über die Liebe, über das Nichtfestlegen. Darüber, dass man mit Versprechen vorsichtig sein sollte. Seine Worte gewissenhaft wählen. Über den Krieg. Über William und sogar über Elise. Er empfindet jetzt Güte für sie. Vielleicht war William für Elise die große Liebe wie Lucy für ihn.

Wie sehr er sie liebt, seine schöne Enkelin, für die sich all das Schreckliche gelohnt hat. Er versucht tief Atem zu holen. Will erzwingen, dass sein Mund Worte formt, will sprechen. Er will, dass sie Bescheid weiß. Aber er hat keine Kontrolle über seinen Körper. Sein bester Freund hat ihn verraten.

Lucy beugt sich näher zu ihm. »Was ist los, Granddad? Hast du Schmerzen?«

Er drückt ihre Hand, und sie fährt vom Bett auf, um einen Arzt zu holen. Das ist es nicht, was er wollte. Er wollte, dass sie weiß, was er für sie empfindet.

Er spürt, wie sich eine Träne aus seinem Auge stiehlt. Die Schwerkraft bewegt sie von seinem Augenwinkel aufs Bett.

Lucy kommt zurück. Eine Schwester erklärt, dass sie ihm keine Schmerzmittel mehr geben kann.

Das ist es nicht, was er will!

»Bitte. Er weint.«

Die Schwester sagt, es gehe ihm gut. Hank ist dankbar für den beruhigenden Tonfall, in dem sie mit Lucy spricht. Lucy weint jetzt. Und das alles nur, weil er ihr sagen wollte, wie sehr er sie liebt, und es ihm nicht möglich ist.

Er schläft ein.

In den frühen Morgenstunden des nächsten Tages, als die Nacht dem Licht Platz macht, spürt Hank, wie ein Ruck durch ihn geht.

Lucy, die neben ihm auf einem Stuhl sitzt, wacht auf.

»Alles in Ordnung, Granddad«, sagt sie und setzt sich zu ihm aufs Bett.

Er spürt ihre weiche Hand auf seiner Stirn.

»*Mein Mädchen!*«, denkt er.

Lucy legt sich neben ihn, den Kopf an seine Schulter gebettet, und schlingt ihren Arm um seine Brust.

»Wenn du gehen willst, ist das in Ordnung. Dad wartet auf dich, und ihr habt euch lange nicht gesehen. Ich komme schon zurecht.«

Er weiß, dass sie sich Mühe gibt, nicht zu weinen, und ist so stolz auf sie.

»Ich komme schon zurecht.« Sie küsst ihn sanft auf die Wangen.

»Ich hab dich lieb, Granddad«, sagt sie.

Ein Schauer fährt durch Hanks Körper. Das Letzte, was er spürt, ist der Arm seiner Enkelin auf seiner Brust und das Gefühl ihrer Hand auf seiner Schulter.

55

Nordfrankreich, 2009

Eine Tasse Kaffee in der Hand, sieht sich Lucy in dem traurigen, heruntergekommenen Haus um, das nun so anders aussieht. So, als wollte es überleben, nicht sterben. Seltsam, als Rob es ihr zum ersten Mal zeigte, fand sie, es sei reif für die Abrissbirne.

Neben ihrem Rucksack sind die Bücher aufgestapelt, die sie in der Truhe und im Regal gefunden hat. Sie wird Rob fragen, ob sie sie mitnehmen darf. Von dem Armband hat sie ihm noch nicht erzählt. Es steckt bereits in ihrem Gepäck.

Die Haustür öffnet sich, und sie weiß, dass er zurück ist.

»Hallo«, sagt er.

»Hi.«

Sie blickt auf die Uhr. »Du bist früh dran.«

»Ich wollte dich abholen, dir etwas zeigen.«

»Omaha?«

Er blickt sie neugierig an. »Woher weißt du das?«

»Ich hatte so ein Gefühl«, sagt sie. »Und ich stand hier und habe mir gewünscht, ich könnte den Kanal nochmal sehen.«

»Ich möchte dir zeigen, wo mein Großonkel beerdigt ist.«

»Du besuchst sein Grab, nicht wahr? Ich habe am ersten Tag gesehen, wie du die Hand auf eines der Kreuze gelegt hast.«

»Ich besuche ihn jedes Mal, wenn ich dort hinkomme, hauptsächlich meines Großvaters wegen«, sagt Rob achselzuckend.

»Das ist schön. Ich möchte es gerne sehen«, gibt sie zurück.

***

Die Fahrt nach Omaha und zum Friedhof ist viel kürzer, als sie sie in Erinnerung hat. Allerdings schien die Zeit immer schneller zu vergehen, je näher ihr Rückflug rückte.

Die Hecken sausen vorbei. Rob fährt schneller als gewöhnlich, vielleicht in dem Bewusstsein, dass ihnen die Zeit davonläuft.

»Meinst du, dass du bald wieder nach Frankreich kommen wirst?«

»Ich weiß, dass ich wiederkommen werde. Ich weiß bloß nicht genau, wann.«

»Weihnachten ist hier ziemlich schön.« Sie hört die Andeutung in seiner Stimme.

»Ist das eine Einladung?«

»Ja.«

»Bleiben wir in Kontakt?«

»Ich werde meinen ersten Brief morgen Abend anfangen.«

»Der Gedanke, einen Brief zu bekommen, gefällt mir«, sagt Lucy. Sie überlegt einen Moment.

»Wenn ich nach Hause komme, ändere ich meine Telefonnummer. Ich schicke dir dann die neue per SMS.«

»Hat das was mit deinem Ex zu tun?«

»Ja. Es ist Zeit für einen Neuanfang.«

Lucy fühlt sich besser, als sie sich jemals seit jenem Dezembertag gefühlt hat, an dem sie nach Hause kam und ihren Großvater in viele Schichten Kleidung verpackt fand, die nicht verbergen konnten, dass er dahinschwand.

»Machst du nun weiter mit dem Medizinstudium?«

»Ja.«

»Was hat sich verändert?«

»So ziemlich alles in den letzten drei Wochen.«

»Wie gesagt, Reisen verändert.«

Lucy blickt aus dem Fenster auf die fast schon vertraute Landschaft und erinnert sich daran, wie sie vor zehn Tagen die gleiche Strecke gefahren ist. Damals hatte es sich zwar ganz neu angefühlt, zugleich aber so, als wäre sie schon einmal hier gewesen. Sie kann das Gefühl nicht ganz greifen, aber vielleicht gelingt es ihr mit der Zeit. Vielleicht werden sich ihr die Geheimnisse der Vergangenheit enthüllen, wenn sie aufmerksam ist.

Rob fährt auf den Parkplatz. Er kommt Lucy jetzt, wo sie ihn zum zweiten Mal sieht, kleiner vor. Sie steigen aus und schließen die Autotüren leise, sich des Ortes jetzt schon bewusst.

Es ist nicht so kalt auf dem Friedhof wie am ersten Tag, oder vielleicht ist Lucy einfach entsprechend angezogen. Vielleicht hat sie sich auch daran gewöhnt. Sie atmet tief ein, der Geruch des Salzwassers, des Strandes, erfüllt sie und macht sie stark. Der Strand daheim gibt ihr Frieden. Dieser hier gibt ihr Kraft.

Sie gehen am Reflexionsbecken vorbei und laufen zwischen den sauberen weißen Kreuzen herum. Rob geht schnell, zielbewusst, und Lucy hält mit ihm Schritt.

»Viele Menschen würden mich seltsam finden«, sagt er, gerade so laut, dass seine Worte trotz des Windes noch zu hören sind.

»Wieso?«

»Weil ich ein Mädchen wie dich auf einen Friedhof führe.«

»Wenn ich in der Oberstufe irgendwas gelernt habe, dann, dass Leute, die andere für seltsam halten, meistens todlangweilig sind.« Lucy schlägt die Hand vor den Mund. »Tut mir leid«, sagt sie zu den Grabkreuzen um sie herum. Und das ist die Wahrheit. Was für ein Moment, um sich einer schlechten Sprache zu bedienen. Granddad wäre entsetzt.

Er drückt ihren Arm, bleibt dann stehen und lässt sie vorausgehen.

Lucy bewegt sich langsam, liest im Vorübergehen die Namen. Sie wünscht, sie hätte die Zeit, alle Namen auf dem Friedhof zu lesen. Vielleicht wären Menschen darunter, die ihren Großvater gekannt, mit ihm gekämpft hatten. Wenn sie den Namen ausspräche, wäre er, wenn auch nur ganz kurz, vielleicht für eine Sekunde, bei ihnen.

Rob bleibt stehen und legt die Hand auf eines der Kreuze.

Lucy betrachtet die Inschrift.

William Hardwick. 25 Jahre. Massachusetts.

»Das war der Bruder meines Großvaters. Mein Großonkel also.«

Lucy legt ihre Hand auf den Stein. »William. Ob er wohl Billy genannt wurde?«

»Wohl kaum, nach allem, was ich weiß. Er war ein richtiger Gentleman. Studierte Architektur. Las für sein Leben gern.«

Bei Lucy klingelt etwas, als er das sagt – es kommt ihr vertraut vor.

»All diese Träume, all dies Potenzial, einfach ausgelöscht.«

»Wir sind uns nie begegnet, ich weiß, aber manchmal beschäftigt mich der Gedanke an seinen Tod. Ich hoffe, dass er keine Angst hatte und keine Schmerzen litt. Ich hoffe, er ist nicht allein gestorben.«

Ein Blatt in einem Grünton, wie sie ihn noch nie gesehen hat, landet auf dem Stein. Beide sehen sie in den Himmel hinauf, fragen sich, wo es wohl hergekommen sein mag.

»Noch ein Geheimnis«, sagt Lucy. Dann hebt sie es auf und steckt es in die Tasche. Mit dem Zeigefinger malt sie ein winziges Herz oben auf William Hardwicks Kreuz. Und dann geht sie davon.

Danksagung

Dank an die Faber-Akademie und Richard Skinner dafür, dass er eine Frage gestellt hat, die mich auf den richtigen Weg brachte.

Dank an meine Agentin Schofield von LBA Books und meine Verlegerin Hannah Todd sowie an alle von Aria und Head of Zeus für ihren Glauben an mich (und an Hank und Lucy). Auch dafür, dass sie dafür gesorgt haben, dass der Entstehungsprozess so viel Spaß machte.

Großen Dank an die tapferen Seelen, die die erste Fassung gelesen und mich beraten haben: Kerry Andrew, Katherine Armstrong, Christine Bridger, Roberto Pastore und den wunderbaren Bill Buckley, der im Zweiten Weltkrieg gekämpft und seine Geschichten mit mir geteilt hat. Bill, du bist eine Legende.

Ein Riesendankeschön an Marla McAlpine, die mich erfolgreicher angefeuert hat als sonst irgendwer.

Ein liebevoller Dank an die Freunde, die mich auf jede erdenkliche Art und Weise unterstützt haben: Anne Mackie, Andrew Lawrence, Dan Foster, Felicia Sinusas, Lee Walton, Simon Frost, Diana Marrs, Treena Muck Pixner, Tiffany Jarva, Michael Callanan, Pamm Sullivan, Philip Gwyn Jones, Christopher MacLehose und Simon Rees.

Dank auch an den Truckles-Club: Jo Harcourt-Smith, Becky Lucas, Catherine Gladstone and Harriet Copland.

Inniger Dank an meine Schwester Anita Pentz und meinen Schwager Bob Pentz, der bisweilen der einzige Mensch war, der genau wusste, wo ich war, geographisch gesehen.

Dank an den verstorbenen Historiker Stephen Ambrose, der das Buch *Wir waren wie Brüder* geschrieben hat und mich dazu inspirierte, in die Normandie zu reisen, wo die Idee zu dieser Geschichte Gestalt annahm.

Danke, Dad.

NF 558/1/10.22